八月之母

早見和真

八月之母　目次

序章

八月總會飄來母親的味道。

好幾年來，我一直假裝沒有察覺到這件事。直到某天，我才不經意地發現原來自己是裝出來的。

我連日期都記得清清楚楚。就在五年前的八月十四日——

歷經超過三十小時的難產後，小嬰兒誕生來到我們身邊的那一天，助產師把小嬰兒輕放在我的胸口時，我用力吸了口氣嗅著小嬰兒的味道。

我聞到了一股像砂糖溶在水裡時的香甜氣味。「小嬰兒的味道。」獨自這麼低喃一句後，我緩緩伸出手打算撫摸仍溼答答的髮絲時，一股淡淡的血腥味從香甜氣味的深處飄來。

強烈的厭惡感湧上我的心頭。

「怎麼了嗎？」

陪著我進產房的丈夫雙眼泛著淚光。看見丈夫的表情後，我才察覺到自己伸出的手臂停在半空中。

「沒事，我剛剛是在心裡說著『謝謝你來到這個世上陪伴我們』。」

我急忙摸了摸小嬰兒的頭髮。看著小男嬰立刻含起乳房喝奶的模樣，感動的淚水從我的臉頰滑落。

儘管如此，我的心情依舊開朗不起來。一定要烙印在腦海裡！一定要把孩子此刻的模樣深深烙印在腦海裡！我反覆在心中這麼告訴自己。因為如果不這麼做，我怕自己的意識會被如怒濤般湧上心頭的抗拒感狠狠吞噬。

小嬰兒被抱去做產後處理，盛夏的日光從恢復平靜的分娩室窗外照了進來。母親忽然從我的人生中消失的那天記憶，隨之甦醒過來。

一路走來，我一直試圖刪除那段記憶。明明如此，從五年前生產的那天後，卻是每次只要感受到夏天的悶熱，就會想起那個人。

八月總會飄來母親的味道。

八月總會飄來血腥味。

在籠罩至高喜悅的那天清晨、在嗅著初生嬰兒的氣味之中，我不小心找到了一直視而不見的自己的過往。

近似後悔的負面情感一鼓作氣地滿溢出來。

為了不讓任何人發現，我拚命地想要把這股情感鎖在幸福之中。

我切身感受到從母親延續下來的故事，已經不小心經由我這個存在，將透過小嬰兒串連到未來。

好不容易擁有嚮往已久的美好家庭，我卻是被不安占據了情緒。這個事實使得我不論對大我五歲的丈夫健次，還是對取名為一翔的初生小嬰兒，都深感愧疚。

一翔出生後，好一段時間我不敢考慮生第二胎。不僅如此，生下一翔那天的沉悶情感反覆被喚起，別說是與健次有肉體關係，我甚至會抗拒被觸摸身體。

健次一直耐心地等待我整理好心情。他不但沒有表現出鬧彆扭的態度，也沒有對我惡言相向。反倒是我會不講理地遷怒於健次，但就連我這樣的態度，健次也笑著包容。

好幾次，我哭著向健次道歉，並咒罵自己的情緒不穩。明明如此幸福，妳到底在不滿意什麼？我不停反覆自問。我哪可能有什麼不滿。可是，正因為「我很幸福」，才讓我不由得心生難以言喻的恐懼。

直到一翔三歲時，我才總算能夠接受健次的擁抱。整個過程我一直全身僵硬，也依舊無法拭去厭惡感，我鬱悶地心想這下子恐怕又要有好一段時間不能有肌膚之親了吧。

然而，完事後，健次用著開玩笑的口吻說：「呼～好險，其實我嚇得半死，還以為真的會就這樣一輩子都沒機會了。」

健次想必是看出我內心沮喪，才刻意表現得開朗。

「爸爸，謝謝你，之前真的很抱歉。」這麼說出口後，我感覺到自己的心情變得輕鬆。從那次之後，我事隔多年又開始會主動牽健次的手，也能夠很自然地不再抗拒被觸摸身體。

一翔也一天一天地健康長大。轉眼間一翔已經五歲了，我們母子之間也算是稱得上關係良好。

去年冬天，得知我終於懷了期盼已久的第二胎時，一翔高興得跳了起來。「這次的Ｂａｂｙ好像是女孩子喔！」我這麼告訴一翔後，一翔溼潤著眼眶大喊：

「那我一定要好好保護她！」

溫柔體貼、懂得為家人著想，而且很容易感動落淚；如果說一翔這樣的個性是遺傳到了健次，不知道肚子裡的女孩會遺傳到誰？

雖然心中總會掠過一抹的不安，但我讓自己被忙碌的育兒、工作和家事追著跑，也就勉強逃過了精神受損的折磨。

所以，這一年來我不太會想起關於母親的記憶。即便如此，不知道是因為比往年來得漫長的梅雨季總算結束，還是因為在這個時間點開始請產假，這幾天卻老是覺得內心特別浮躁。

我猛地看向月曆。

明天就要進入八月份了。

我一邊摺著被太陽曬得暖烘烘的乾淨衣物，想著今年夏天要帶一翔去哪裡玩耍，一邊卻克制不住地頻頻嘆息。

七月最後一天的晚上，健次比平常早歸。「今天吃火鍋？好香喔～」健次一邊拉鬆領帶，一邊問道。

健次一向展現男女平等的態度，打死也不會說家事是女人該做的事那種話。

「嗯，再一下就可以吃了。不過，照慣例，我不保證好不好吃喔。」

對於廚藝這件事，我完全沒有自信。我的料理都只是照著網路上找來的食譜忠實重現出來而已，但健次每次都會大力稱讚。

「放心，媽媽煮的料理大多都很好吃。對不對？一翔。」

「嗯，除了辣的東西和綠色豆子。」

「爸爸也討厭吃綠色豆子。那種東西不吃就算了。」

「要吃豆子的話，吃納豆就夠了，對不對？」

「沒錯，吃納豆就夠了。」

說著說著，兩人就像約定好似地一起往浴室走去，不一會兒工夫就又走了回來。睽違多日，我們一家三口一起圍著餐桌準備吃飯。

位在東京三鷹的兩房兩廳公寓。擁有二十多坪的寬敞空間，也是這間的公寓吸引人之處，但步行到井之頭公園只需十五分鐘的地理位置，才是促成我們租下這間公寓的最大原因。以在飲料廠工作的健次，以及我這個美髮師的收入來說，租這間公寓算是牽強了些，但一翔出生後我們就搬進來住，這屋子裡總是充滿著笑聲。

「我要開動了！」一翔這麼大喊一句後，抓起電視遙控器。平時我們就約定好只有我和一翔兩人一起吃飯時可以看電視，但爸爸在家時就不能看電視。

「一翔，今天爸爸在家喔。」

我拿下一翔手中的遙控器說道。電視裡正在播放晚間七點的整點新聞，加上此刻的新聞內容也不適合用餐時間，於是我準備關掉電視。這時，健次盯著螢幕畫面，出聲制止我說：「抱歉，可以看一下下嗎？」

新聞節目正在報導去年震驚全日本的一則事件的後續消息。報導指出一名女性死刑犯被處以死刑後，才查明是一場冤獄，並從今日起展開上訴。

看在我眼裡，我甚至不明白這則新聞有何意義。無庸置疑地，這是一起令人痛心的事件。真相浮出檯面時，不論是對警方的不實搜查，或對政府監察體制的鬆散，都讓我感到憤憤不平，但隨著輿論的熱潮漸漸退去，我的怒火也熄滅了。

隨著事件的細節一一釐清，我反而開始覺得難以理解。據說這名前死刑犯生前從未提出重審要求。我還曾經看到網路上的批評指出，其原因是前死刑犯想要「花國家的錢讓自己有一場壯烈的自殺」。雖然我不至於認同這個看法，但我相信那名女子想必確實抱有死意。

報導一個早已不在人世的女子的上訴審判消息，有什麼意義嗎？是因為有人有什麼訴求嗎？前死刑犯的女子渴望上訴嗎？我這個非相關人士無法做出任何判斷，也不明白健次為何會對這則消息感興趣。

健次似乎從視線之中察覺到我的疑問，一副難以啟口的模樣低喃說：
「其實那女生跟我同年。」
喔，所以那女生如果還活著的話，才三十一歲而已啊……我內心頂多浮現這樣的感想，依舊不明白健次究竟想表達什麼？
「新聞報導好無聊喔，我要轉台喔。」一說著，一翔再次抓起遙控器。畫面切換到被原色點綴得好不熱鬧的綜藝節目。
若是在平常，我一定會生氣地關掉電視。不過，透過肌膚感受到氣氛緩和了些，我不禁有種得到拯救的感覺。
一翔遲遲無法入睡，看來有父親陪伴玩耍似乎讓他興奮過了頭。平常若是健次在家，都是由他負責安撫一翔睡覺，但今天一方面因為健次罕見地早早就喝了酒，所以決定由我來負責。
後來，為了安撫一翔入睡，花了我將近一個小時，回到客廳後，發現健次把紅酒杯往嘴邊湊，目光盯著晚餐時看見的那則新聞。
「看你好像很關注這個事件。」
「喔，沒有啦，也不算是特別關注。」
健次微微顫動了一下後，詢問我要不要也小酌一杯，跟著看向我的肚子自言自語說：「抱歉，我忘了妳現在不能喝酒……」

「也不知道為什麼，我看到這個新聞就覺得很在意。」
「為什麼？因為跟你同年？」
「嗯～我也不知道為什麼會這樣。我剛剛也一直在思考這個問題，但就是說不出個原因來。」
健次無力地歪著頭。含了一小口從冰箱裡拿出來的氣泡水後，我刻意放大動作地把氣泡水往桌上放。我慎重地豎起耳朵，等著聆聽健次接下來的發言。
健次一口氣喝光超市買來的平價紅酒後，也把酒杯緩緩往桌上放。
「我在想這個事件就像朝向我刺過來的一把刀。」
健次把視線拉回電視畫面後，一副下定決心的模樣開口說：
「我還清楚記得七年前發生事件時的狀況。那時候我住在橫濱，事件也剛好發生在橫濱，而且是一個跟我同年紀的人犯下凶殘罪行，所以不只新聞報導，我也在網路上到處搜尋資訊。網路上真的是寫了一堆有的、沒的事情。」
七年前剛好是我滿二十歲的那一年。那時我才離開苟延殘喘的故鄉愛媛，來到東京不久。當時光是為了讓自己的人生步上軌道已筋疲力盡，所以幾乎沒什麼看電視。應該說，我根本是刻意不去看。
不過，去年那則證實冤獄的新聞畢竟是轟動社會的大事件，加上現在不同於七年前，我身邊多了健次一起，自然會得知消息。即便如此，到現在也還是不太了解事件的詳情。

健次看也沒看我一眼。或許是有些醉意了吧，健次用著像在懺悔似的自白口吻，靜靜地編織起話語：

「我再怎麼誇張，也不至於相信網路上寫的全是事實，但一直認為當中當然也參雜著真相。至少我從來沒有懷疑過她是個『凶殘的女人』，在這個前提下，我感到忿忿不平。」

「對什麼感到忿忿不平？」

「這還用說嗎？當然是對犯人恣意奪走無辜人們的性命。我站在正義的一方覺得滿肚子火。」

健次輕輕嘆了口氣。認識健次時，他就是一個敏感的人。當時我不僅對異性，對他人全面徹底關起心房，這樣的我之所以願意接受健次的原因只有一個，正是因為他的纖細讓我覺得能夠信賴。

健次關掉了電視，沉默氣氛瞬間籠罩客廳。健次幾秒鐘前說的「無辜人們的性命」這句話，使得我心臟撲通撲通跳個不停。

我拚命掩飾著內心的動搖，但幸好健次完全沒有發覺。

「不過，她其實根本沒有犯罪。我想都沒想過這個可能性。我被一群素未謀面的人所說的話煽動，對一個素未謀面的人擅自判罪。就像大家常說的，害她死掉的或許是媒體、或許是司法制度、或許是她身邊的人，也或許是她自己。我不知道答案會是哪個，但如果把這些全部加進來，假設是整體社會把她逼上了絕路，那我也會是害死她的人。因為我無疑也是構成社會的一員。」

說到這裡時，健次在臉上浮現微笑。那不是平時總會帶給我勇氣的開朗表情，而是我不曾看過的無力表情。

我不禁心想：「這未免也敏感過了頭。」不知怎地，我有種重要存在被玷汙了的感覺，鬧起脾氣說：

「那是你想太多了。如果都要這麼想，什麼新聞都不能相信了。跟家人的對話、和朋友說的話也都會失去立足點。一切都要自己親眼看過才能做出判斷，這樣太奇怪了。」

健次保持著臉上的冷淡笑容，無力地搖了搖頭。

「儘管如此，還是不應該那樣。至少在給某人冠上罪名時，一定要以自己親眼看到的事物來判斷才行。她的死，就我不應該成為幫兇。」

聽著健次說到這裡，我總算明白是怎麼回事。健次小學四年級時一家人從神奈川搬到北陸地區的某城鎮居住，卻在那裡無緣無故受到毀謗。健次一家人被說成是因為在關東地區犯下重罪，才會舉家逃來。

這當然是無中生有的不實消息，健次一家人最初也覺得那只是「外來者」容易受到的對待而沒有多做解釋。然而，謠言如滾雪球般轉眼間變大，日漸增添真實性，遲遲無法平息。

同學們原本只是站在遠處投來目光，但在健次升上六年級時，目光變成了霸凌。「如果當初只有我被霸凌，我還受得了。」如健次本人這麼說過，當時連健次的母親也受到不僅止於在背地裡說壞話的陰險霸凌，而得知這個事實時才讓健次真正感到折磨。

搬到鄉下住一直是健次父母的夢想。他們賣掉在橫濱的房子，在無親無故的陌生土地建蓋新家後，拿著伴手禮挨家挨戶地向附近鄰居打招呼，釋出「希望以後能與各位相處愉快」的善意。我還記得有一次健次露出極度不悅的表情說：「一開始不應該表現得那麼謙卑的。」後來，健次一家人等不及健次國中畢業，便宛如逃跑似地離開了那裡。

除了對周遭人們的善解人意，以及個性纖細，還有一個原因讓我願意對健次敞開心房。那就是我們兩人都打從心底痛恨自己度過多愁善感時期的城市。

健次告訴我在北陸地區的遭遇時，我也忍不住說了在愛媛的往事。我沒有說出具體內容，印象中也沒提到母親。我只是讓健次知道沉入瀨戶內海的夕陽有多麼地令人鬱悶。

雖然就只有傳達這麼多，但那是我來到東京後，第一次向他人坦承故鄉的往事。那時健次對我說：「我懂。我懂妳的感受。」

望著夕陽沉入故鄉的大海時，人們臉上都會浮現柔和的笑容。健次的話喚醒我在看見那一片和平景象時湧上心頭的強烈孤獨感，同時也感受到人生中第一次擁有了知己。

健次肯定根本不記得了。

不過，那時他對我說的那句「我懂妳的感受」，到現在仍實實在在地帶給我拯救的力量。

可能是前天晚上喝了酒，隔天早上健次比平常起床得晚。一翔已經先吃了早餐，目不轉睛地盯著電視看。

健次顯得有些不悅地看向放在吧檯上的桌曆，思考一陣後，才把桌曆翻到新的一頁。

健次吃了一口微波爐加熱過的早餐後，低喃一句：

「昨天對不起喔。」

「沒事。不過，你昨天挺激動的呢。」

「我就知道。其實我不太記得昨天怎麼了。」

才看見健次顯得難為情地露出微笑，他馬上又恢復原本的嚴肅表情，說出完全出乎我預料的話語：

「老實說，公司決定派我去外地工作。九月下旬，要去新加坡。」

還來不及訝異，就在我發出一聲「咦？」的下一秒，全身細胞彷彿就快填滿幸福感。

健次一副感到過意不去的模樣低下頭。

「其實我昨天就想跟妳提這件事的。對不起喔，我跟公司拜託過，說希望等我太太生產後再去外地，但公司沒有答應我。真的很抱歉。」

「這種事情有什麼好——？」

「說實話，我是希望妳可以跟我一起去。但是，我當然也知道妳有妳自己的人生。生小孩還有一翔的幼兒園這些事，我們以後再一起討論要怎麼安排，至於工作方面，我希望由妳自己來決定。」

我心中頓時升起一把火。工作有什麼好煩惱的，我可以馬上辭掉工作！我就快脫口說出這句話，但最後硬是吞了回去。

我當然也想到了這麼說會讓健次失望，但比起這點，我心中更加強烈的想法是，哪怕月薪少得可憐、哪怕是可以被別人取代的職業，也改變不了那是我自己拚命爭取來的工作的事實。什麼人都可以，就只有我不應該瞧不起選擇從事美髮師工作的自己。明明如此，我還是克制不住地對能夠離開這個國家、能夠比現在更遠離愛媛這件事，懷抱起甜美的想法。

「還有時間考慮，妳好好想一想再做決定。」

健次疊好餐具準備端去廚房時，忽然停下腳步，讓視線落在方才翻到新的一頁的桌曆上。

「今天就八月份了啊。妳們的生日快到了呢。」

目送丈夫和兒子出門的背影離去後，我站在玄關口邊撫著肚子，抬頭仰望天空。

太陽已經高高掛在天上。想著眼前的太陽，就是過去曾經把故鄉的海岸染成一片紅的那顆太陽，我不禁有種神奇的感覺。

一陣鐵鏽的臭味掠過鼻尖。

二十七年前的八月，不知道我是如何來到這個世上？

我那母親是否儘管笨拙，仍灌注了滿滿的愛給我？

不知為何，一直以來我拚命不去回顧的事情一件接著一件從腦海裡閃過。

第一部

於伊予市

1977年8月

我從沒想過要有什麼小孩。

我怎能生下身上跟我流著相同血液的人？

在街上看見母子身影時，我只會覺得厭煩。

明明如此，我卻做了好幾次自己有小孩的夢。

每次夢見的都是女孩。

我走在前頭，女孩拚命地在後面跟隨我的腳步。我緩緩回過頭，溫柔地呼喚女孩的名字。

惠梨香，快過來——

夢裡不見另一半的身影，也沒有其他小孩。

總是只有兩個人。一個是我，另一個是惠梨香。

當初為什麼會把女兒取名為惠梨香？夢裡的我總是差一點點就快要想起答案。

儘管想不起來，惠梨香還是人如其名，十分惹人憐愛。

惠梨香是個如夢似幻，但個性堅強，而且願意對我展現愛意的體貼女孩。

越智美智子非常討厭自己的名字。

從小學一年級開始，班上一定會有一個叫美智子的同學。當認識名叫「美知子」的女生時，光是「智」和「知」的差異，就讓美智子羨慕得全身顫抖（註1）。

在美智子出生八年後，也就是一九五九年，正田美智子女士與明仁親王（註2）結婚。

美智子八歲時在電視上看到的成婚遊行畫面，至今仍記憶猶新。美智子甚至依稀記得當時內心的驕傲感，但在那前後日子裡，班上的男同學越來越常開玩笑地叫美智子為「小美美～」、「美智子皇后」，過分一點時還會被叫成「灰姑娘」，使得美智子變得怨恨起自己的名字。

讓美智子感到最難受的是，新聞報導中的「美智子皇后」散發出華麗的氛圍，與美智子自身的境遇有著天壤之別。

美智子在距離愛媛縣宇和島市中心，往北走約十公里遠的吉田町出生長大。吉田町是一座人口約兩萬人的小城鎮。

吉田町環山面海，美智子不曾擔心過沒地方玩耍。她的朋友算多，周遭的人對美智子也都抱持著開朗孩子的印象。

註１：美智子與美知子的日文發音相同。
註２：明仁親王是日本第１２５代天皇，所使用年號為「平成」。

事實上，美智子在學校裡是個外向的孩子。她就讀的陶南小學坐落於吉田灣的凹陷處，經常會聽到因發生地震而可能引發生海嘯的危險警告，但平常時候多虧瀨戶內海呈現海面無波的特有狀態，所以總是一片安穩祥和的氣氛。

如此靜謐的小學裡，總會聽到美智子的響亮聲音。尤其在低學年時，即使因為名字遭人捉弄而感到內心受傷，美智子還是能靠著男生也自嘆不如的開朗，大聲反駁回去。

在同年級的女生大多會以姓氏「〇〇同學」來稱呼男生之中，美智子不論對哪個同學，都是不加上姓氏而直呼名字。對美智子來說，直呼名字比較自然，也沒有男生討厭被美智子直呼名字。對於美智子的這般態度，也有女生覺得帥氣而感到崇拜。美智子身邊總是圍繞著一群朋友，而美智子總在人群中間笑得開懷。

不過，那是只有在學校時才會看到的光景。學校裡的同學們想必無法想像美智子在家中的模樣，而家人肯定也會對美智子在學校時的模樣感到意外。

每到黃昏，街上就會傳來童謠〈晚霞漸淡〉（註3）的旋律，那是美智子最怕聽到的旋律。「討厭，再不回家就要挨罵了。」同學們嘴裡會這麼說，但臉上的表情總會變得放鬆柔和。同學們的家裡肯定有熱騰騰的飯菜等著他們回來，然後一家人圍著餐桌吃飯。

美智子家同樣也會準備好飯菜，但不會有圍著餐桌吃飯的場面。用餐時間身為國中老師的父親會在客廳上座盤腿而坐，母親和美智子，以及同住的祖母則會被要求跪坐，這讓美智子痛苦不已。

用餐時，基本上只有父親說話的份。父親總會大談自己學生時期有多麼勤勉學習、教師是個多麼值得尊敬的工作、賺錢有多麼辛苦，以及一家人是靠誰才有幸享受現在的幸福生活。

大致說過一遍這些關於自己的話題後，父親接著又會喋喋不休地說起每次都一樣的話題。日本未來會變成什麼樣的國家、世界接下來會如何改變，以及「以後不再是因為身為女人就能天真過活的時代」。

父親總是看似得意地說著美智子不知道已經聽過多少遍的話題。對於父親說的每一句話，祖母總會表現出佩服的模樣，母親則總是一副靈魂早已出竅的模樣聽著父親說話。美智子不知道自己該如何做出反應才好。她沒辦法像祖母那樣稱讚個不停，也做不到像母親那樣堅持佯裝沒聽見的態度到底，最後變得只能做出「喔」、「嗯」這類討不了父親歡心的回應，導致弄僵餐桌的氣氛。

基本上，不論任何局面，父親的發言都只會是針對美智子。每次只要覺得美智子的反應不討喜，父親一定會扳起臉來。

「妳到底有沒有認真在聽！」

「嗯，有啊。」

「注意妳的態度。」

註3：晚霞漸淡的日文曲名為〈夕焼け小焼け〉，描寫著鄉村日落時分的景象。

「是，我有認真在聽。」

尤其是喝了酒後，父親對美智子的態度更是嚴厲。有必要嗎？現在又不是戰爭期間……美智子當然不敢這麼說出心中的不滿，她只能一邊掩飾雙腳發麻，一邊不停地在心中發揮念力期望快點結束。

不論什麼狀況，祖母一定會支持父親的發言。

「沒錯，小美，妳一定要好好聽爸爸說的話。在奶奶那個時代，比現在嚴格多了。我們根本不被允許和爸爸一起吃飯，也要等到最後才能去洗澡。只要有一點點姿勢不正，大人就會用長尺毫不留情地用力打我們的背。妳都不知道那時代有多嚴格。」

對於祖母的發言，母親也沒有要理會的意思。全家人當中，只有母親一人呈現低溫狀態，不曾流露出情感。「妳給我好好訓一下小孩！」只有在父親這麼發出命令時，母親才會訓誡美智子，但在這種時候，母親也只會單純順著父親的發言說：「爸爸不是也這麼跟妳說嗎？」

母親簡直毫無主體性，表現得彷彿其存在意義就是不要惹得父親或祖母生氣。

就這點來說，美智子還比較喜歡會照著自我意識發言的父親和祖母，哪怕發言內容不合理到了極點。

美智子不曾挨過母親的罵。

基本上，美智子根本沒有與母親交談過的記憶。

當然了，在日常生活中，美智子與母親會有很多對話，但美智子不記得母親曾向她表達過心情，美智子也從未有過想要向母親提出訴求的想法。

如果美智子記得沒錯，那時她應該是小學三年級。「請同學們把平常很想對媽媽說些什麼，卻因為難為情而說不出口，或是不好意思開口問媽媽的事情，寫成作文吧！然後，趁這個難得的機會，我們就在教學觀摩那一天來發表作文。」在學校聽見老師這麼說時，美智子完全說不出話來。

在那之後，美智子針對母親思考了好幾天，但她根本沒有什麼話想對母親說。「媽媽愛我嗎？」美智子確實有過這樣的疑問，但對美智子來說，這個疑問已經變得過於理所當然，所以不會讓她覺得特別煩惱。

不過，重新拿出這個問題自問後，美智子不禁有種站不穩腳步的奇妙感覺。美智子感受得到對強勢的父親來說，自己確實是他的女兒。對母親來說呢？美智子是個什麼樣的存在？

當然了，美智子不可能真的跑去這麼詢問母親，最後只能寫出一篇內容不痛不癢的作文。好巧不巧，觀摩日那天老師偏偏點名了美智子。假使字典裡有「教學觀摩時應為母親朗讀之作文」這個項目，那麼美智子朗讀出來的作文肯定與該項目的解說內容一字不差。美智子回頭一看，發現母親也在臉上浮現笑容，做出「教學觀摩時母親應有之表情」。

美智子忽然感到背後一陣涼意。

這個人究竟是誰？

平常的那個疑問化為不同的語意，從美智子的腦海掠過。

不管怎樣，對美智子來說，家不是一個可以讓她深呼吸放鬆的地方，她甚至幾乎沒有開口說話。美智子總是迫不及待地等待天亮，也從不曾裝病請假不去上學。有些人常被形容「在家像老虎、在外像老鼠」，但美智子可說完全相反。

美智子如此外向的個性之所以漸漸轉為內向，當中勢必有多個原因。

其中之一是四年級放完寒假時，父親被診斷出罹患了癌症。第二個原因是，在父親住院進了宇和島市內的綜合醫院的時間點前後，開始傳出母親出軌的謠言。第三個原因是，美智子的初經來得比她想像中的早。就在小五的美智子正在放暑假時初經來了，就她所知，當時班上的同學應該都還沒有來。

美智子本來就知道女生會有月經，但初經來潮之前，美智子沒感覺到身體有任何異狀，更是作夢也沒想過自己竟然會這麼早就有月經。

一開始，美智子以為自己漏尿。當時父親正在住院，但母親和祖母都在家，一個在廚房準備午餐，一個則是在院子裡整理花草。平常這時段兩人差不多都該在醫院裡，但偏偏這一天，兩人都還在家裡。

對美智子來說，兩人都在家的事實只能以倒楣來形容。美智子衝進廁所裡，脫下內褲查看。她從未見過如此鮮紅的東西。美智子恨不得立刻換上乾淨內褲，衝到浴室裡洗澡，但如此做出這樣的舉動，母親和祖母勢必會起疑心。

美智子有種簡直像做了壞事而試圖隱瞞的感覺。事實上，近似罪惡感的慌張情緒，確實在美智子的內心翻騰著。

在客廳吃午餐時沒有任何對話。母親和祖母兩人明明根本對棒球一點興趣也沒有，卻讓收音機播放著父親愛聽的甲子園現場轉播。現場轉播的甚至不是愛媛縣的代表校球隊比賽。兩人表現出像忠犬等著主人歸來似的態度，讓美智子不由得心裡發毛，急忙囫圇吞棗地吃下涼麵。

這天美智子正好與朋友約好下午要去對方家玩。美智子逃跑似地衝出家門，在蟬鳴聲此起彼落之中，用著努力讓下半身使力的彆扭姿勢，小跑步地去到朋友家。

美智子比約定時間提早到了將近一個小時，結果朋友去跑腿買東西還沒回家。「對不起喔，杏子還沒回來呢！」朋友的姊姊花梨這麼告訴美智子，但美智子想找的人其實正是花梨。看見美智子就快哭出來的模樣，花梨立刻察覺到異狀，什麼也沒多問就讓美智子進到屋內。

花梨比美智子年長三歲，是個國中二年級生。花梨還就讀陶南小學時，就一直對美智子疼愛有加。

二年前花梨一家人從東京搬來時所帶來的震撼，美智子至今難忘。花梨一家四口身穿高雅的服裝，用著以往美智子只在收音機或電視裡聽過的標準腔說話，以及年輕媽媽散發出帶點慵懶的氛圍，都讓人印象深刻。房間的裝潢就不用說了，姊妹兩人各自擁有房間這件事，也讓美智子感到震撼。

最令人羨煞不已的是，姊妹兩人的名字。美智子從沒聽過杏子這樣的名字，也很羨慕可以擁有這麼可愛的名字。不過，姊姊的名字花梨遠比杏子來得更加印象鮮明。

姊姊的全名是「伊東花梨」。光是這四個字，便足以散發出女明星般的華麗感，但姊姊本人更喜歡以片假名「カリン（Karin）」來標示自己的名字，美智子也覺得這樣的標示更適合她（註4）。

說到花梨所散發的氛圍，其本質就在於自然不做作。有一次提到東京的話題時，花梨露出苦笑說：

「我們以前是住在東京沒錯，但其實是在多摩郊區。而且，我們是從多摩逃來這裡的。」

那時杏子一樣也是不在場，只有美智子和花梨兩人獨處。美智子聽不太懂意思而歪著頭時，花梨盯著美智子看了一會兒後，一副放棄掙扎的模樣垂下視線。

「我們是趁著夜晚逃跑來這裡的。原因是爹地做生意失敗。這裡的人大方地接受了我們，所以我沒有想要對大家擺出都市人的高姿態。」

花梨不知為何表現得像在懺悔似地這麼低喃後，馬上接著說：「啊！別跟杏子提這件事喔！因為杏子好像有點自豪自己是個東京人。」說著，花梨露出一如往常的爽朗笑容。

這天，美智子擁有了只屬於她與花梨兩人的祕密。美智子變得更加崇拜花梨，只要一遇到什麼傷腦筋的事，就會找花梨商量。

「我聽說美國有專用的墊子，而且很久以前就開始有傳言說日本以後也會賣這一類的東西。」

花梨一邊自言自語似地說道，一邊把疊了好幾層的脫脂棉遞給美智子。

「其實應該要塞在裡面比較好，但我想妳應該還不敢那麼做，所以只要墊著就好。妳也順便把內褲洗一洗吧。拿去，這是我以前小學時穿的，已經洗過很乾淨的。」

花梨把摺得整整齊齊的緊身短褲，也一起遞給了美智子。美智子照著指示做好處置，也徹底洗了內褲。回到房間後，花梨坐在椅子上，頂出下巴指向窗戶的方向。花梨似乎是要美智子把內褲拿到陽台曬的意思。

蟬鳴聲變得越來越吵雜。曝曬在日光下的內褲還留有淡淡的血痕，但美智子已經不再抱有在家中時的那種愧疚感。

「那個……這件事請不要告訴杏子……」

花梨一臉彷彿在說「那當然」似的表情聳了聳肩膀。

「剛剛那只是緊急處置，妳回家後要好好跟媽媽說喔！」

「我不想跟我媽媽說。」

「不行。這種事沒辦法隱瞞到底的。」

註4：花梨的日文發音為Karin，其片假名寫法為「カリン」，日文的片假名通常多用於標示外來語，但也會被用於標示名字。

「可是，我不想說。」

「為什麼？如果是爸爸就很難說，但如果是媽媽，不至於會不高興吧？」

美智子說不出話來。為什麼我不想讓媽媽知道這件事？美智子試著思考這個問題，但腦中浮現不出任何答案。

電風扇的葉片轉動聲一陣又一陣地傳來。沉默的時光持續了好一會兒後，花梨一副放棄掙扎的模樣晃動一下身子後，先打破沉默說：

「美智子，有件事我之前就一直想問妳，我可以現在問嗎？雖然要問這件事實在很難開得了口……」美智子大概猜得出花梨想問什麼。以前也有過類似現在這樣的氣氛，但那時被杏子的出現打斷了。美智子也早有預感如果哪天有人直接來問她，那個人應該會是花梨。

美智子用力點頭回應後，花梨注視著美智子也輕輕點了點頭。

「美智子，妳有沒有聽過關於妳媽媽的謠言？」

「嗯，聽過。」

「跟公所的人有關的謠言？」

「嗯。」

「那謠言是真的嗎？」

「我怎麼可能知道。雖然不知道，但我覺得不是真的。」

「為什麼？」

「因為我媽媽一直都在家，而且她也不是那種人。我媽媽很安靜，一直都是我爸爸說什麼，她就做什麼。她對我奶奶也是——」說到一半時，美智子有所驚覺地倒抽了一口氣。

就是因為這樣，才會……美智子的思緒忽然變得特別冷靜。就是因為這樣在家裡受到痛苦折磨，才會到外面宣洩情緒？

美智子瞪大著眼睛都忘了眨眼，花梨笑出聲音說：

「其實我也來得很早。我是說生理期。」

「什麼？」「我是在小四的時候來的。我那時跟妳不一樣，我連月經是什麼東西都不知道，只知道祈禱它快停下來，然後硬是塞面紙。那時候我也是沒辦法跟媽咪商量，所以就這點來說，我很能體會妳的心情。」

美智子第一次聽到花梨不是以「媽媽」來稱呼母親，而是稱呼「媽咪」。雖然覺得有些不對勁，但美智子沒有多加理會，而開口說：「那妳為什麼還要叫我——」花梨伸出手制止美智子繼續說下去。

「我很後悔當初選擇那麼做。」

「後悔？為什麼？」

「我的媽咪不是現在的媽媽。杏子是媽媽跟前夫生的小孩。我的媽咪不知道跟哪個男人私奔了。就在我初經來之後才過了兩星期左右的時候跟人跑了。我在想小孩應該都沒辦法知道自己的爸媽實際是什麼樣的人。我想都沒想過爹地會欠一屁股債。」

花梨的口吻聽起來絕不像帶著恨意。反而應該說，花梨的表情看起來比以往都來得豁達。

美智子不知道該如何做出回應，但她明白了一件事。美智子明白了花梨為何會對她如此親切。花梨把當時的自己投射到了美智子的身上。這麼一想後，也就能夠解釋一路來的相處。

花梨肯定也察覺到美智子想通了什麼。

「有時我會想如果那時我有好好跟媽咪商量月經來的事，媽咪搞不好就不會跟人家私奔。」「那根本沒有關係。」

「也是啦。媽咪應該早就背叛我了，也可能是有什麼不得已的苦衷。爹地也很快就再娶新老婆，根本就不知道他們是誰先背叛了誰。可是啊──」

花梨一口氣說到這裡後吞吐起來，跟著像要斷絕什麼情緒似地抬起頭說：

「我就是甩不開一種想法，我總會想如果那時能夠好好傳達自己的不安情緒，或許就可以再多一個讓媽咪打消離家出走念頭的理由。」

「再多一個？」

「沒錯，再多一個。我在想搞不好那時候其實有很多讓媽咪沒辦法離家出走的理由疊在一起。如果再多一個……真的只要再多一個什麼理由，媽咪搞不好就不會拋棄我。我心裡一直存在著這個疑問，怎樣也甩不掉。所以，我告訴自己覺得痛苦時，一定要把心情好好傳達給對方知道。我也跟自己約定好就算會被認為很任性，也絕對要向自己能夠信賴的對象撒嬌。」

花梨的告白在這裡結束了。

「可是，我還是無法接受。這樣簡直像在說是妳害媽媽離開了一樣。」

美智子以自己的方式，盡了最大努力想要安慰花梨。「對了，妳別誤會喔。我覺得現在的生活還不賴，我和媽媽跟杏子也都相處得很融洽。這不能和媽咪的事混為一談。」花梨瞇起眼睛，帶過了美智子的發言。最後，花梨補上一句說：

「又多一個只有我們兩人知道的祕密了。」

與花梨約定好的那天晚上，美智子等到祖母確實入睡後，下定決心告訴了母親。

母親一臉訝異的表情皺起眉頭，但很快地輕輕嘆了口氣，隔一會兒後伸出手輕撫美智子的髮絲。

「那這樣明天要去買黑色內褲給妳才好。」

美智子已經不記得有多久沒有聽到母親如此溫柔的話語了。那一刻，她甚至覺得真搞不懂自己當初在擔心什麼。

雖然有了這麼一段互動，但美智子與母親的關係沒有因此出現改變。母親毫無怨言地照顧反覆住院、出院的父親，也一絲不苟地做好家事討好祖母。母親依舊是這樣的態度，與美智子之間也只有所需最低限度的對話。

不過，美智子看待母親的目光變得有些不同。別的不說，至少在聽到花梨提起話題的當下，美智子心中早已篤定母親出軌。若非如此，花梨不會特地向美智子提起這件事。花梨肯定是目擊了什麼關鍵性的場面，才會告訴美智子若以後遇到什麼難受事情就去找她商量。

所以，美智子自認已經做好心理準備，也覺得不在乎母親的心向著誰。然而，這個事實卻選在不能再壞的時間點浮出檯面。

美智子升上六年級沒多久的五月，父親死了。那時期父親的身體狀況穩定，在家中休養了好長一段時間，所以對家人來說，簡直是晴天霹靂。

事情來得太突然，使得美智子的思緒停擺，父親被送往醫院後，美智子也沒有在醫院流下淚水。

這時掠過美智子心頭的，不是必須與父親永別的寂寞情緒，而是自私的不安情緒——以後我要怎麼活下去？比起祖母哭倒在地的身影，母親果決處理後事的身影更教美智子印象深刻。

就在美智子還沒進入狀況即展開的守夜儀式上，事件發生了。母親在儀式途中離席，跑到屋外依偎在男人的身上大哭，毫不在乎旁人的目光。

因為母親的娘家幾乎沒有親戚前來參加喪禮，所以在舉辦喪禮的時間點，包含祖母在內的一群參加者早已為此心生不悅。在這般氣氛之中，母親竟然還做出那樣的舉動。不過，讓美智子感到疑惑的地方，完全不在於這點。

首先，搭肩摟著母親的不是之前傳出謠言的公所男人，而是美智子也認識的年輕漁夫。

另一個疑惑點是，母親絲毫沒有想要隱瞞的意思。現在的狀況是，連女兒美智子也目睹了那場面。母親的舉動未免過於露骨，擺明就是要報復一路來讓她吃盡苦頭的父親以及祖母。

隔天，在火葬場送完父親最後一程後，祖母當場不堪精神勞累而病倒了。父親這方的親戚怒氣難消，把矛頭全指向了母親。

母親一如往常，持續表現出不知道到底有沒有在聽人說話的態度。不過，美智子察覺到了異狀。母親臉上掛著帶有嘲笑意味的笑容。母親身穿喪服、面帶冷漠表情的模樣，即便看在女兒的眼中，也覺得散發出妖豔的性感魅力，美智子不禁看得入迷，什麼話也說不出口。

祖母借住嬸嬸家的那天深夜，客廳傳來微弱聲響吵醒了睡夢中的美智子。美智子猜想可能是守夜加上喪禮使得她精神亢奮，也可能是因為面臨與母親獨處的狀況而情緒緊張。

不管原因是什麼，美智子被小小的聲響吵醒後，走出臥室一看，整個人嚇傻了。「媽媽？」聽見美智子的聲音後，母親的身體抖了一下。

母親轉過頭來時，美智子看見她的臉上浮現感到厭煩的神情。一片昏暗之中，母親正忙著打包行李。這麼晚了打包行李是要做什麼……美智子心中沒有產生這樣的疑問。光是看見母親那顯得愧疚的表情，美智子便已看出母親打算做什麼。

「妳要把我丟在這裡？」

美智子沒料到自己會這麼脫口而出。母親一臉尷尬的表情把視線拉回包包後，什麼也沒回答便動手打包。

「媽媽——」

「不要吵！」

「我不要自己一個人。」

「還有奶奶啊。」

「可是，我想跟媽媽在一起。」

美智子不明白自己怎麼會說出這種話。與母親之間，美智子從未感受過親子的羈絆，也根本不曾有過希望與母親在一起的想法。

母親再次停下打包的動作，皺起眉頭勸說：

「以後的日子肯定要吃苦，小美待在這裡比較好。」

「我不要，我要一起去。」

「這樣也會沒有機會跟朋友道別。」

「可是……」

「妳待在這裡真的會比較好。不用想也知道以後肯定要吃苦，我沒辦法也顧到妳的人生。」

回想起來，母親的這句話著實傷人。她怎能完全忘記自己身為母親的立場，做出拋棄小孩的狠心發言？

儘管如此，美智子卻真實感受到了一股痛快。她覺得自己第一次聽見母親這個人物的坦率心情。

母親沒有用「小美」，而是以「妳」來稱呼美智子，對自己也不是以「媽媽」，而是第一次用「我」來自稱。這樣的態度讓美智子覺得很舒服，不可思議地也就能夠想像自己可以與母親一起活下去。

美智子最後問了一個問題，這個問題的答案成了關鍵，讓她決心與母親一起離開。

「以後要住在哪裡？」

母親一副感到無趣的模樣哼了一聲說：

「松山。」

美智子感覺到全身細胞頓時彈開來。她從來沒有去過松山。只要想像一下自己住在大都市裡的模樣，答案自然只有一個：

「我也要去。」

「我剛剛不是——」

「我絕對要去！就算媽媽今天把我丟在這裡，我也一定會找到妳，然後去跟妳一起生活！」

母親直直注視著美智子的眼睛。母親的眼神說不上像在哀求，也說不上像是死了心。美智子直視著母親，沒有挪開視線。

美智子發愣地心想，或許是因為那天確實向母親報告月經來的事，此刻才能坦率面對母親。

最後母親先放棄掙扎，點頭答應了。

「三十分鐘內做好準備。不然就真的會把妳丟在這裡。」

美智子從櫃子裡拉出父親的包包，放大嗓門應了一聲：「好！」

那天之後，美智子再也沒有回去過吉田町，也不知道奶奶等人有沒有尋找她的下落。唯一讓美智子感到遺憾的是，沒能夠與花梨和一些朋友們道別，但美智子告訴自己等長大後，還是有機會去找花梨她們。

離家那天，美智子看見一輛車停在公園裡等候，但令人驚訝的是，車上那個人不是守夜儀式時看見的漁夫矢野一郎，而是以前便傳出謠言、在公所上班的中井昭吾。

美智子聽說過中井有自己的家庭。如果美智子沒記錯，中井的女兒年紀比美智子小，也同樣就讀陶南小學。

發現拉著母親衣角的美智子身影後，中井把不滿情緒全寫在臉上，毫不掩飾。「有什麼辦法，總不能丟著不管吧。」察覺到中井的不滿後，母親丟出這麼一句，沒有表現出感到過意不去的態度。

母親的話語顯得特別強勢。至少與對待父親時的態度相比，明顯帶著凶狠感。從這段短短的互動，美智子已看出母親與中井兩人之間的關係性，不禁覺得更加想像不出未來會展開什麼樣的生活。

即將與中井一起生活讓美智子感到不安，但與中井的生活，以及有些抱以期待的松山生活，只過了短短半年時間即宣告結束。

美智子轉學到新學校後，每天過得挺好的。班上的女同學都很歡迎美智子的加入，男同學們雖然會站得遠遠的投來目光，但不會像吉田町的同學們那樣沒事就愛找碴。

這或許有一大部分是因為美智子她們搬到了與想像中的松山市區相差甚遠、位於山谷的小部落。美智子也交過花梨那樣有氣質的朋友，所以不會表現得畏畏縮縮，很快便融入學校生活。

至於另一方面的家庭生活，母親和中井總是互相謾罵，家中經常籠罩著低氣壓。美智子的存在似乎也讓中井感到厭煩，每次照到面時，中井總是一臉不悅的表情，有時真的心情極差時，還會動手打美智子的頭。

不過，美智子並不在意，哪怕以前就連那麼嚴厲的父親也幾乎不曾動手打過她。美智子與中井毫無關係可言，中井卻願意供她三餐，甚至讓她擁有渴望已久、哪怕空間只有三張榻榻米大的自己的房間。「我們擁有的都不是理所當然。」祖母總是掛在嘴邊的這句話，不知在美智子的耳邊重新響過多少遍。

母親對中井再怎麼惡言相向，說到底除了依賴中井之外，也沒有其他維生手段。美智子就算抱怨，也於事無補。哪怕在家裡有多麼令人窒息，至少美智子還擁有自己的狹窄房間以及學校這兩個避難所。美智子以為自己會與現在的同學們一起從小學畢業、一起升上同一所國中，而且深信不疑。誰知道……

十一月下旬的某天早上，從奧道後山頭吹下來的冷風灌進客廳裡來，母親目送中井出門後，突如其來地開口說：

「今天不用去學校了。我們馬上就要離開，妳也快去做好準備。」

美智子吃到一半的早餐卡在喉嚨。

「什麼做準備？我們要去哪裡？」

「總之動作快點就是了！還用問嗎？當然是要準備離開這個家！妳如果再拖拖拉拉，這次真的會丟下妳不管！」

老舊房子的壁面隨著母親的尖銳聲音震動。搬到這個家之後，越來越常聽到母親歇斯底里的聲音。母親發脾氣的對象大多是中井，但不少時候也會像現在這樣把脾氣發在美智子的身上。

離開這個家要去哪裡？

我又不能跟同學們道別了嗎？

美智子的腦海裡湧現無數疑問，但沒能夠說出口。因為美智子擔心自己只要隨便開口說一句話，母親真的會丟下她不管。

在那之後不到一個小時，兩人便離開了住家。屋外一片秋高氣爽，天氣晴朗得不禁教人感到諷刺。美智子與母親依舊沒有任何交談地搭上公車，再轉搭火車一路南下。

美智子一度以為會南下回去吉田町，但母親似乎沒有這樣的打算。「準備下車了。」在松山車站搭上火車搖搖晃晃約莫二十分鐘後，傳來沉默許久的母親聲音，寫著陌生地名「伊予市」的站牌映入美智子的眼簾。

母親一副熟悉的模樣踏上月台。美智子心想不知道會是誰在剪票口外等著迎接她們，結果看見了守夜那天母親一副刻意要表現給別人看的態度，依偎在其身上的矢野一郎。

「哈囉！小美美！坐那麼久的車，累了吧？來，我幫妳拿行李。一陣子沒看到妳，妳又更成熟了呢！這段時間過得好不好啊？」

美智子驚訝得說不出話來。為什麼會是一郎來接我們？這裡到底是哪裡？美智子想破了頭，也想不出答案來。

一郎表現得關係親密的說話態度，也讓美智子摸不著頭緒。美智子確實認識一郎沒錯。以前美智子和陶南小學的同學們一起走在海邊時，與一群年輕漁夫抽著菸的一郎曾經突然主動向美智子搭腔。

「哈囉！小美美！妳放學要回家了啊！」一郎從遠處揮著手這麼說時，美智子並沒有察覺到一郎是在喊她。

「咦？小美，妳跟一郎哥很要好嗎？」同學們投來的聲音夾雜著羨慕的情感，那時美智子才知道原來一郎是女生們崇拜的存在。

不過，當中有一位同學這麼提到：

「我媽媽說他是個可怕人物。小美，我勸妳不要太接近他比較好。」

那位同學是出了名的家管嚴，而且個性愛吃醋，所以美智子沒有把她的發言掛在心上。的確，一郎的左手臂有著龍虎圖案的醒目刺青，但很多漁夫都會刺青，所以沒什麼好在意的。

在那之後，每次遇到一郎時，美智子都會和他打招呼。不過，那也只限於其他朋友也在場的時候。只有自己一個人時，美智子只要在遠處發現一郎的身影，就會很自然地繞道而行，所以不曾與一郎在兩人獨處之下好好交談過。

國鐵伊予市站的小小車站裡，陣陣寒風吹拂而過。一郎親切過了頭的笑臉只讓美智子覺得詭異，以往從沒有人以「小美美」稱呼過美智子，一郎卻這麼喊她的舉動也讓人在意。

被一郎像搶劫似地拿走行李的那一刻，美智子的心頭掠過一陣強烈的不安情緒。美智子不由得抬頭看向母親，卻看見母親臉上不知為何流露出憤怒的情緒。

「一直待在這裡也不是辦法。快點回家吧！」說著，一郎率先踏出步伐，但不知想到了什麼，立刻停下腳步，看似開心地轉過頭說：

「小美美，從今天開始妳不用客氣，儘管叫我『爸爸』吧！」

母親的雙手依舊提著大行李，身體微微顫抖著。美智子牢牢地抓住母親的大衣袖口。

直到過了一段日子後，美智子才明白母親這天的憤怒情緒，是來自於「忌妒」。

新家是一間兩房一廳的公寓，有六張榻榻米大的飯廳、同樣六張榻榻米大的母親兩人的臥室，以及四張半榻榻米大的美智子房間。

比起在松山的家，美智子的房間變大了，心情也因此變得開心一些，但那也只是最初的短暫時光。開始與一郎同住後，美智子很快便痛切感受到與在吉田町和松山生活時的自在度大不同。美智子的同居者根本不是母親和新父親，而是兩隻野獸，一隻公的和一隻母的。

沒錯，母親正是一隻母獸，而且是發情中的母獸。母親散發出截然不同的氛圍，不同於與父親在一起時，也不同於與中井生活時的母親。中井的年紀比母親大上將近一輪，對今年滿三十八歲的母親來說，與中井的生活確實少了刺激感。

比起身高不到一六〇公分、臉上掛著眼鏡，一看就顯得無趣乏味的中井，三十歲的一郎還很年輕，加上擁有靠打魚鍛鍊出來的壯碩體格，以及看上去應該有一八〇公分的身高，想必散發出讓女人動心的魅力。

然而，一郎的壯碩正是讓美智子感到棘手的地方。在外面看見時沒什麼感覺，但換成在狹窄家中時，一郎會帶給人強烈的壓迫感。即使只是一起吃個飯，也會讓美智子有種受到威迫的感覺。

在一郎面前，母親拚命地賣弄姿色。美智子不確定母親和一郎有沒有登記結婚，但母親是自己選擇要跟這個男人在一起。

既然如此，母親大可表現得更有自信一點。美智子心裡這麼想，但母親卻是竭盡所能地討好一郎，百般伺候，只要是一郎的要求，母親什麼都做。面對遲遲不去找工作賺錢的一郎，母親自己先去找了超市的工作，還做出了不起的發言說：「你慢慢找自己想做的工作就好。」真虧母親還是個以往從未在外面工作過的人。

母親的這般態度讓美智子看了覺得痛苦，遲遲無法適應。如果母親真的深愛一郎，一郎也回以愛意的話，美智子或許多少還能夠忍受，但美智子不確定母親是否真的深愛一郎。美智子只理解了一點，她終於明白母親為何能夠在吉田町時對父親表現出如冰山般的冷漠態度，以及在松山時對中井做出具攻擊性的言行舉止。

母親在面對這兩人時，背後分別有靠山。

就算被你拋棄，還有其他人會保護我——

母親肯定是如此深信不疑，才會表現出那些態度。以同樣的邏輯來思考，對現在的母親來說，只剩下一郎可以依靠，而美智子也不得不面對這般事實。

意思就是，從背部到手臂刺上一大片鮮豔刺青的年輕男人，是美智子母女倆的堡壘。母親在廚房忙著做飯時，一郎時而會無視於母親嬌滴滴的聲音，露出不懷好意的笑容看向美智子。

對此，美智子要自己佯裝沒發現到底，而母親肯定也知道一郎的舉動。在那當下，美智子不禁有種母女倆被一郎玩弄於股掌的感覺。

美智子覺得自己簡直就像住在沙子堆成的房子裡生活。

家中充斥著彷彿隨時會有什麼東西坍塌似的緊張感，使得美智子的內心沒有一天安穩過。

母親顯然已經失去了冷靜。為了不被一郎討厭，母親拚命地搖尾巴示好，那模樣讓美智子看得不忍心，但更教美智子難受的是，不分晝夜都會傳來如野獸般的喘息聲。

美智子已經不記得自己摀住耳朵，縮在被窩裡度過了多少夜晚。聽著母親發出已不像自己母親的淫蕩聲音，美智子感到身體就快被四分五裂般的痛苦，但美智子無處可逃。在新搬來的城市裡，美智子根本沒有半個熟人，轉學就讀的郡北小學也是個讓人窒息的地方。

美智子沒有要批評松山市和伊予市果然不同的意思。對於一個在六年級剛放完寒假的不尋常時期轉學進來的轉學生，有誰會想要親切攀談？更何況這個轉學生的父親還是個特別年輕，而且平日就成天泡在小鋼珠店，也毫不遮掩其上半身刺青的男人。

升上郡北國中後，很多其他小學的學生聚集到了學校。美智子積極改變心態卻只得到一場空虛，學生們之間似乎有著當地人特有的網絡，在開學典禮當天，美智子就已被視為須提高警戒的存在。

雖然男導師總會設法展現親切態度，但其眼神流露出與一郎相同的猥褻顏色。

母親早就以看待女人的目光來看待美智子，甚至毫不掩飾地流露出帶有敵對心的眼神。

美智子沒有任何可以敞開心房的對象。不，就某種角度來說，一郎比任何人都理解美智子的孤獨。不僅如此，一郎虎視眈眈地等待著可以找到縫隙闖入美智子內心的機會。

全日本因為即將展開東京奧運而陷入一片沸騰之中的十月某天，愛媛罕見地因為受到颱風影響而在前一天即公布停課。

美智子心想外出總比待在家裡好，所以沒有向母親報告一聲便假裝要去上學，準備找個地方打發時間。然而，美智子本打算前往圖書館，沒料到圖書館因猛烈的風雨也宣布休館，最後不得已只好在十點多時返家。

搞不好一郎去了小鋼珠店，要不然母親上班的超市也有可能宣布停班；美智子抱著祈禱的心情回到家中，卻得到與期待背道而馳的結果。一郎先是發愣地盯著一身溼漉漉的美智子看，但很快地就一副開心模樣瞇起了眼睛，那表情教美智子忘也忘不了。

不知道有什麼事情那麼好笑，一郎嘻嘻笑個不停，美智子沒有理會一郎，闖進了房間裡。美智子的房間沒有門鎖，雖然美智子多次提出懇求，母親也希望加上門鎖，但一郎以「家人之間不應該有祕密」為由，就是不肯點頭答應。美智子一直害怕這天的到來，母親一直對這天的到來充滿戒心，一郎則是一直期待這天的到來。

到了午餐時間，一郎端著炒麵闖進美智子的房間。

「幫妳準備好午餐了，吃吧！」

「不用。我不餓。」

「說什麼蠢話！發育期的孩子怎麼可以不吃東西。少囉嗦了，快吃！」

一郎的強勢口吻不讓人有發表意見的機會。美智子不得已只好離開椅子，坐到地板上。矮桌上的炒麵冒著熱騰騰的白煙。

美智子是真的不餓，但還是動作呆板地把加了一顆荷包蛋的炒麵送進嘴裡。美智子拚命地壓抑不讓自己嘔吐出來。「慢慢吃別急啊！」一郎一臉開心的表情說道。

雨水猛烈地拍打著房間的窗戶，強風撼動著整棟公寓。除此之外，耳裡只傳來日光燈忽明忽暗的閃爍聲響，以及一郎的喘息聲。

「這雨還真是越下越大。」

一郎緩緩站起身子，拉上了窗戶的擋雨板。如果美智子有心逃跑，這時應該逃跑得了。明明如此，美智子卻是連起身的動作也沒做。

美智子不是被吹進屋子裡的雨水澆熄了鬥志，也不是被詭異的氣壓害得動彈不得。她只是想到這是時間早晚的問題。從搬來這個家的時候……不，從在伊予市車站看見一郎身影的時候，美智子就已經知道這天早晚會到來。在美智子無力應付的無限時間之中，根本不可能一路逃到最後。

明明是隨便搭建的簡陋擋雨板，一拉上後，房間裡的空氣密度卻頓時提升。這時，轉過身來的一郎就像接收到暗號般，收起臉上的猥褻笑容。

一郎沉默不語地讓美智子坐上椅子。明明一點也不覺得美味，美智子卻就快脫口說出：

「我還沒吃完炒麵。」

美智子全身僵硬，害怕得不得了。一郎細心地替美智子脫下襪子後，保持跪坐在美智子面前的姿勢，撩起制服短裙開始愛撫雙腿。那動作一而再，再而三地反覆不止。

一郎的喘息聲越來越急促。他一邊把臉埋進大腿之間，一邊動作靈活地脫去襯衫。一郎的背部出現男人手持長刀的刺青圖樣。美智子想起一郎以前曾經自豪地說過：「很酷吧？我背上這是武藏坊弁慶（註5）。」

那天美智子毫無共鳴的歷史人物，此刻在她的面前少根筋地晃動著。美智子依舊難以排解內心的恐懼，但感到掃興的情緒漸漸湧上心頭。難道大人都為了這種事情那麼無法自拔嗎？母親那麼渴望這種行為嗎？光是這麼想，就讓人覺得愚蠢到了極點。

愛撫腿部的動作足足持續了三十分鐘以上。「小美美、小美美……」除了這麼呻吟之外，一郎沒有提出任何要求。雖然一根根地舔腳趾頭的行為讓人有種如胃酸逆流般的噁心感，但一郎沒有做出粗暴的舉動，美智子甚至覺得一郎顯得懦弱無力。

愛撫腿部的動作總算結束後，一郎讓美智子緩緩躺在棉被上。雖說一郎顯得懦弱無力，但美智子的不安情緒沒有因此消失。美智子緊閉雙眼，雙手緊緊抓住床單。不過，一郎沒一會兒工夫就高潮了，美智子幾乎沒有感覺到疼痛。

美智子感受到體液的熱度從腹部表面傳來，一郎謹慎地貼上自己的身體。一郎溫柔地親吻美智子的額頭，彷彿只要這麼一吻就能一筆勾銷一切似的模樣，跟著把臉埋進美智子還在發育中的胸部。堂堂一個大人自己在那裡慾火難消，然後自己迎向高潮。「對不起，真的對不起喔……」美智子甚至搞不懂一郎在道歉什麼。

不過，一郎紅通通的臉偶爾會映入美智子的眼簾，那張臉顯得極度邋遢，而且窩囊。美智子一邊感受一郎獨自汗流浹背的體溫，一邊事不關己地想著：「原來刺青的皮膚摸起來是這樣的觸感啊。」

在那之後，美智子與一郎定期保有肉體關係。平常的生活沒有什麼表面上的變化。一郎一直待在家裡不找工作，母親則是奉承討好一郎。晚上依舊會傳來如咆哮的聲音，美智子也跟平常一樣會讓自己縮在被窩裡。

一郎看向美智子的目光還是一樣地猥褻。不過，那眼神裡夾雜著過去沒有的「諂媚」。母親百般賣弄姿色的男人，對還是國中生的美智子展現媚態。察覺到這般局面後，美智子更是鐵了心。她說什麼也不願意讓朝向自己的箭頭轉向母親。

美智子對母親的不信任感，不知何時轉變成了憤怒。在這股憤怒達到最高點時，美智子允許了一郎的擁抱。

美智子知道打從第一次的那天之後，一郎一直渴望擁有她。哪怕只是短暫片刻，每次只要一有兩人獨處的機會，一郎一定會用撒嬌的聲音對美智子說話。

不過，一郎不會霸王硬上弓。就這點來說，一郎可說相當溫順。只要美智子表現出那麼一點點缺乏興致的模樣，一郎就會馬上乖乖放棄。當然了，美智子壓根兒就不曾感受過興致。美智子只要按季節轉換的頻率，陪一郎上床讓他透透氣，一郎就會像一隻溫馴的忠犬。美智子拒絕一郎的那天晚上，一定會傳來母親的嬌嗲聲音，這也讓美智子覺得可笑極了。

當然了，陪一郎上床只是一種痛苦。比起疼痛或孤獨感，美智子更加強烈感受到的是噁心感。辦事的過程中，美智子直直盯著天花板的斑點看時，耳裡一定會重新響起母親的聲音：「不

註5：武藏坊弁慶為日本平安時代末期的僧兵，也經常被視為大力士、豪傑的代名詞。

用想也知道以後肯定要吃苦。」

在如此痛苦的時間裡，美智子學會了一件事。那就是控制男人的技巧。有一次美智子回應一郎的期待，在辦事的途中喊了他爸爸。

「好痛。溫柔一點嘛，爸爸——」

那時浮現在一郎臉上的恍惚表情，可說是一大傑作。一切如美智子的盤算，在聽到一聲爸爸後，一郎根本還沒有插入就自己射精了。

一郎一如往常地把臉埋進美智子的胸口，也一如往常地說出道歉話語時，美智子總算明白了一郎是為了什麼在道歉。

一郎是為自己一個人高潮而道歉。

美智子按捺不住地噗哧笑了出來。一郎一臉不安的神情抬頭仰望美智子，殊不知自己的表情有多麼愚蠢、多麼丟臉。

床事根本不會伴隨愉悅。美智子立誓絕不會讓自己沉溺其中，不論是做愛，或是男人。

十四歲的夏天，美智子下定決心要自己來控制一切。

美智子在那之後遇到的男人們，沒有各個都像一郎那麼容易對付。當中也遇過有性虐待傾向的男人，也有不少男人愛吃醋、愛束縛對方。

不過，從與一郎的關係之中所學到的技巧，以及心中立下的誓言，毫無疑問地化為了支撐美智子生存下去的力量。

升上國三不久的四月，美智子第一次離家出走。美智子不知道事情的來龍去脈，總之母親在實在稱不上是鬧區、位在伊予市的酒館街開了一家小酒館。

當時美智子本來就與母親幾乎沒什麼交談，對於經營小酒館這件事，美智子也毫不在乎。問題出在以頂讓方式承接下來的這家小酒館的店名。不知道母親是刻意針對美智子，還是一郎出的餿主意，小酒館明明沒有做任何裝潢翻修，卻特地拆下寫著「綠洲」的招牌，換上寫著「MICHIKO（註6）」、極盡夢幻的粉紅色招牌。

美智子說什麼也無法原諒這個舉動。美智子平常在班上已受夠同學們的冷漠目光，這下子完全被看待成了怪物。

「喂！商店街的『MICHIKO』是妳家吧？如果去那裡光顧，妳會不會好好服侍我啊？」

在同伴的鼓吹下，頂著時下流行的裕次郎髮型的不良少年說道。少年的勇氣引來遠處揚起一片讚嘆聲，美智子在這之中以迅雷不及掩耳的速度，一腳踹飛眼前的書桌。書桌朝向少年的胯下直擊而去。

「妳給我站住！」美智子無視於少年的喊叫，直接衝出教室。美智子的舉動有一半……

註6：MICHIKO為美智子的日文發音。

不，完全是來自對於母親的怒氣。美智子拚命地反覆深呼吸。因為如果不這麼做，美智子深怕很快就會迷失自我。

從國三正值春天的這天開始，美智子已算不清自己離家出走過多少遍。美智子曾經下定決心不再回到這座城市，也試圖遠離愛媛。

很奇妙地，不論美智子流浪到什麼地方，總有男人主動接近她。美智子根本不在乎對方的樣貌，年齡也不是問題。只要不會比一郎更令人作噁，美智子都覺得無所謂，何況要找到像一郎那麼噁心的男人也沒那麼容易。

男人們掛著善人面具朝向美智子伸出手，美智子也大大方方地牽起他們的手。有些男人會請美智子飽餐一頓，有些男人會讓美智子寄住家中。也有男人會給美智子錢。不過，美智子不覺得自己是在接受男人們的施捨。美智子索性豁出去地告訴自己：「反倒是我在施捨恩惠給那些男人。」

從與男人們肌膚碰觸之中，美智子找到了一個公式。姿態越高或是越瞧不起美智子的男人，只要在辦事中展現強勢，大部分男人都會乖乖屈服。

在今治市關係變得親近的同世代朋友之中，有個名叫祐介的男人。有別於其他愛耍帥的不良少年，祐介的頭髮總是梳得整齊油亮，散發出深具教養的氛圍。

事實上，祐介也是所謂的「名門子弟」。祐介的祖父是造船公司的創辦人，而祐介就讀的學校是即使沒上高中的美智子也知道的名校。

有那麼一瞬間，美智子就快喜歡上祐介。美智子厭惡母親沉溺於男人的醜態，也抱著絕對不要被男人耍得團團轉的想法，明明如此，祐介卻一下子就闖進美智子的內心。美智子猜想可能是因為很久沒有認識年紀相仿的朋友，也可能是從祐介的身上感受到自己所缺乏的高雅氣質。

美智子對做愛這件事一向毫無感覺，但在極度噁心的最初那天之後，美智子第一次覺得有些緊張。

完事後，祐介叼著菸說出這般感想：

「真是佩服妳，做愛時竟然可以那麼無趣的樣子。我第一次遇到像妳這樣的女生。」

祐介的語氣中流露出炫耀自己過往經驗值的感覺，但美智子沒有因此覺得不開心。美智子甚至覺得自己的汙穢獲得些許淨化而感到安心。

美智子只是因為緊張而處於被動狀態，絕不是感到無趣。坦率傳達自己的心情後，美智子也向祐介透露一些些自己過往的性經驗。

祐介聆聽美智子描述時的模樣看起來真的很開心。尤其是描述到像一郎那樣會哭著道歉的男人們時，祐介更是愉快地拍著手。

「太誇張了，那簡直就跟《癡人之愛》一樣。」

「癡人之愛？」

「嗯，我說的是谷崎潤一郎寫的小說。如果妳有興趣，我下次帶來借妳看。到時候看妳要再來這邊也行，或是換我去松山也行。下次見面時我再帶給妳。」

說著，祐介再次撲向美智子。比起第一次，第二次明顯變得劇烈許多。祐介肯定是想要藉由粗魯對待讓年長男人們乖乖屈服的女人，來滿足其自尊心。

美智子一眼便識破祐介的想法，但就連這樣的舉動，也沒讓美智子心生厭煩。如果說鄙視美智子的男人們都會展現屈服的態度，祐介的粗魯舉動就代表著以對等的態度在看待美智子。美智子在對「下次」、「到時候」等發言抱著淡淡的期待之中，照自己所願地這麼做了解讀。

不論對於自身或對於祐介，美智子自認都在掌控之中。不過，還是遇到不少慘痛的經驗。

美智子十七歲時第一次墮胎。那時祐介幫忙準備好錢，也陪著美智子一起去了位在伊予市內的醫院。

第二次是在隔年。美智子多次拜託祐介做好避孕措施，祐介每次也都會點頭答應，但一旦碰觸到肌膚後，祐介就會失去判斷能力。祐介放大瞳孔的模樣簡直就像發狂的野獸，那眼神與美智子痛恨的母親眼神如出一轍。不知從何時開始，與祐介上床時，美智子變得習慣別過臉去。

美智子的心早已不在祐介身上，她心想分手已是時間早晚的問題。「如果下次再懷孕，我一定會負起責任。我們一起把孩子生下來，照顧他長大。」所以，當祐介在做愛當下做出這般發言時，美智子沒有感到內心變得充實，更何況美智子本來就不期望見到那樣的事態。

明明如此，美智子還是無法原諒祐介在她實際第二次懷孕時，別說是負起責任，甚至打算佯裝不知情而逃之夭夭的態度。

美智子趁著祐介去上學的平日白天時間，去到以往曾經到訪過幾次的祐介自家。美智子的手因憤怒而顫抖著，按下門鈴後，祐介的母親從門後現身。

祐介的母親一副看到髒東西似的模樣，全身上下地打量著美智子，那目光之直接，甚至讓人覺得痛快。美智子前一秒還顫抖個不停的身體，像被施了魔法般停止下來。美智子壓抑住湧上心頭的笑意，全盤托出祐介的愚蠢行徑。美智子一邊說話，一邊莫名冷靜地做起思考。她心想自己的敵人不只有男人，女人也是。

直到最後，祐介的母親連眉頭也沒有皺一下。祐介的母親保持沉默地聽完美智子的描述後，冷冷地嘆了口氣，並開口詢問：「所以呢？妳要多少錢？」美智子也神態自若地回答：「一萬圓。」

沉默了好一會兒後，祐介母親的臉上浮現笑容，但美智子不明白那笑容的含意。以當時的時代來說，大學畢業生的起薪約三萬多圓。在那之前，美智子從未親眼目睹過一萬圓紙鈔，而且她雖然提出了要求，但也不認為一萬圓有那麼容易就到手。

「這樣啊，好吧。」祐介的母親用著生硬的語調說道，跟著消失在屋子裡。過了幾分鐘後，祐介的母親拿著牛皮信封再次現身。

「拿了這些錢就不要再跟祐介有任何瓜葛。請說到做到。」

來到稍微遠離祐介家的位置後，美智子打開信封確認。信封裡居然放了三張一萬圓的鈔票。彷彿在那之前一直有人幫鈔票保溫似的，美智子感受到了鈔票的熱度。眼眶裡突然莫名地滲出淚水，美智子拚命忍住不讓淚水掉下來。

如果要問美智子在什麼瞬間做出獨自一人活下去的決心，答案肯定就是這一刻。既然決定不依賴男人生活，美智子能夠仰賴的就只有一樣東西。

只有金錢能夠為美智子帶來幸福。美智子深信這點，並試圖把所有做愛行為都換成金錢，也積極存錢。目標儲蓄金額是三十萬。到時候美智子將帶著那些錢離開伊予市。她還要遠離愛媛，去到東京生活。有了這樣的目標後，美智子對金錢變得更加執著。

美智子企圖將所有讓她覺得痛苦的事情，全部換成金錢。惡言惡語也好、暴力也好，哪怕是又要她墮胎也好，全都可以換成金錢。美智子根本不需要什麼愛情，她還發現因為不需要愛情，所以選擇已婚者為對象會比較方便。即便如此，有時還是會因為人情而就快受到束縛，這時美智子就會拚命回想與母親的過往。

美智子有自知之明，知道自己的行為不值得誇獎，但像發狂似地勤奮存錢的這兩年時間，美智子可說是活得最有幹勁。

二十歲時，美智子終於達成了目標儲蓄金額。

決定美智子人生的關鍵事件，也在那不久後發生。

一九七二年二月下旬，美智子離開在那之前投靠的松山男人住處，一時興起決定回到伊予市瞧瞧。

美智子沒有什麼想從老家帶走的東西，當然也不是因為擔心母親。如果硬要說原因，或許是抱著邪惡的心態，想要好好拜見一下今後再也不會見面的女人。美智子發現母親已經搬出以前住的公寓，移居到「MICHIKO」的二樓。

事隔一年再看到母親時，美智子驚訝得說不出話來。母親明明還只有四十六歲，卻像個老太婆一樣老態龍鍾。

讓美智子更訝異的是，母親竟然顫抖著聲音哭了起來。一路來美智子看過母親的各種表情，但不記得曾看過哭泣的臉。

「等一下，現在是怎樣？」

美智子慌張地先開了口，母親壓低頭抬高視線注視著美智子，接著無力地垂下頭說：

「以前真的很對不起妳。都是我的錯，妳多忍耐點啊，美智子。」

這天晚上，美智子有生以來第一次與母親兩人喝酒。母親毫無隱瞞地說出她的遭遇。包括一郎在半年前離開這個家、一郎離開時還偷走了儲蓄、酒館老早就經營不下去、身體狀況亮紅燈、只剩下美智子可以依靠……

美智子不覺得同情，反而被惹得越來越煩躁。尤其是最後那句話更是讓美智子覺得難以置信到不知道該怎麼發脾氣。

「等一下，妳在那邊自顧自地說個什麼勁？太蠢了吧？」

美智子口出惡言說道，同時感到有些悲傷。一個只能依賴男人過活的女人，最後卻是被男人狠狠拋棄。以女人現在這樣的姿色，恐怕沒那麼容易出現下一個願意讓她依賴的男人。真不知道這女人以後究竟打算怎麼活下去？

「妳在這裡等一下。」

美智子留下這句話後，鑽進最裡面的房間。美智子的舉動是出於憐憫，即便在從包包裡翻出小化妝包的當下，美智子也還不認為自己做了正確的判斷。美智子覺得自己根本就像個濫好人。

「這個……」

回到客廳後，美智子沒有把錢裝進信封，而是直接拿著三萬圓鈔票丟給母親。一路來，別說是為了他人，美智子甚至連為了自己都幾乎捨不得花錢。

美智子硬是在臉上堆起笑容說：

「用這些錢努力重新振作起來吧。總之，先去一趟美髮院什麼的。只要好好打理一下，妳還是很漂亮的。」

因為覺得是最後一次與母親有瓜葛，美智子才說得出這些話來。就算再怎麼痛恨母親，也無法否定兩人過去一起走過來的事實。母親按捺不住地無力痛哭，美智子扶著母親的背部心想：「如果能夠這樣為最後的時光畫下美麗的句點，花上三萬圓不算太貴。」好愚蠢的想法啊！

舉辦父親喪禮的那個晚上，微弱的聲響吵醒了美智子。明明如此，這天晚上美智子卻沒有察覺到枕頭邊的包包被人翻找的聲響。

美智子睡到下午才總算醒來，一時之間她還無法立刻反應過來，不知道自己身在何處。

等到美智子記起這裡是老家，昨晚還與母親暢快痛飲時，全身已經籠罩起不好的預感。

美智子急忙倒出包包裡的所有東西，不出所料地，裝了現金的化妝包早已不翼而飛。美智子想大喊卻喊不出聲音來，準備衝向玄關之前，美智子拿起廚房裡映入眼簾的水果刀。

美智子就這麼握著水果刀衝下樓來到一樓的店面，店內還感受得到不久前有人在這裡活動過。吧檯上的電視還亮著，咖啡杯裡也冒著白煙。暖爐裡也還點著火。

即便如此，店內還是冷得讓人直打哆嗦。白色氣息朝向四面八方散去。美智子像被吸引過去似地走向吧檯後，發現吧檯上留著字條。

字條上寫著可以證明至少在昨晚的那個時間點，母親的淚水不是虛假的內容。

『我不會再出現在妳的面前，請原諒我。請原諒我，越智正代。』

除了字條外，母親貼心地也放了鈔票。一張、兩張……美智子屏息數著鈔票。五萬圓。美智子不知道自己該對這個金額懷抱什麼感受。這應該算是分手費吧？當初祐介的母親給了美智子分手費，美智子也抱著同樣的想法給了母親三萬圓，現在多了兩萬圓的金額。美智子不知道該如何解讀這個事實。

過了一會兒後，美智子忽然覺得好笑。這時，美智子才總算察覺到手上握著水果刀，於是把水果刀放在吧檯上，自己在椅上子坐了下來。

剩下的咖啡還是熱的。如果現在立刻追出去，說不定還找得到母親，而美智子也有種感覺，覺得剛剛還坐在這裡的母親或許也希望她這麼做。然而，美智子的臀部就像生了根一樣，站也站不起來。

美智子發愣地注視著電視，畫面上映出白雪皚皚的山中建築物。似乎有一群與美智子年齡相仿的年輕人，守在那棟建築物裡不肯出來。

美智子不知道那群年輕人在煩惱什麼。

美智子心想：「他們的遭遇有可能比我苦嗎？」

我奉獻青春時光到最後，只換來區區五萬圓，以及與自己同名的酒館，那群人真的比我還不幸嗎——

過去某天曾讓美智子感受到熱度的鈔票，如今已經徹底變得冰冷。

在那之後的五年時間，美智子過著如行屍走肉般的生活。

當初「MICHIKO」的存在令美智子痛恨不已，五年來她卻幾乎每晚都站在「MICHIKO」的吧檯裡。好笑的是，試圖在一旁保護美智子的，竟然是過去一直以排外目光看待美智子的國中男同學們。

美智子之所以會起了生小孩的念頭，不用說也一定是一時的心血來潮。基本上，美智子根本連孩子的父親是誰也不知道。

美智子如往常般與一群小家子氣的男人保有小家子氣的關係、如往常般懷了孕，也打算如往常般接受墮胎。

事實上，在知道生理期晚來時，美智子立刻去了醫院。美智子告訴早已是熟面孔的年邁醫師打算墮胎時，醫師露出擔憂的表情。當初美智子之所以特地選擇這家醫院，就是因為不論美智子說什麼，醫師都不會有這樣的反應。

醫師每次只會像進行例行公事般完成工作，但不知為何，這天甚至說起教來。

「我說妳啊，妳自己應該也知道，如果老是這麼做，真的會弄壞身體的。到時候就算真的很想生小孩，也會無法生育。」

美智子不認為自己會因為醫師的膚淺話語而改變主意。她根本不想有小孩。美智子甚至在心中暗自咒罵醫師說：「你一個男人有什麼資格教訓我！」

美智子敲定好手術日期，在一過完年就接受手術。一九七七年一月十四日。這一天極度寒冷，連伊予市也難得下起雪來。

候診室平常總是熱熱鬧鬧的，可以看到很多小朋友，但今天不見其他任何身影。美智子猜想肯定是醫師特意做了安排，讓她不會遇到任何人。

美智子讓身體深深陷在沙發裡，心不在焉地轉頭看向窗外。一片枯萎的庭院裡，看見了高度及腰的粉紅色花叢。恰巧坐在窗邊是第一件幸運事。

第二件幸運事是，從看診室的窗戶也看見了相同的景色。

「身體狀況還好嗎？妳真的不後悔喔？」美智子沒有理會醫師的最後提醒，近乎無意識地詢問醫師說：

「那是什麼花？」

「嗯？」

「庭院裡的花。我以前好像在朋友家看過一樣的花。」

以前還住在吉田町時，美智子有個朋友叫花梨。比美智子年長三歲的花梨氣質脫俗，是個比任何人都體貼對待美智子的女生。美智子曾經在花梨的房間時，看見陽台上的盆栽開出可愛的花朵。

雖然大小和顏色都截然不同，但庭院裡雜亂生長的粉紅色花朵，和那天看到的花朵長得一模一樣。

醫師靜靜轉頭看向庭院。美智子抱著祈求的心情等待著答案。醫師緩緩將視線拉回美智子身上，一副不感興趣的模樣低喃說：

「喔，那是聖誕歐石楠，屬於歐石楠的一種，英文叫Erica（註7）。怎麼了嗎？」

這是第三件幸運事。

不，如果真要以「幸運」來形容這些事，或許有必要加上備註才行。

意思就是，假設美智子所生存的世界是個美好的地方，來到這個世上的女孩就會是個幸運的女孩。

如果要說美智子只是一時的心血來潮，確實也是。眼熟的花叢讓美智子不由得揪起胸口。

那天之後過了七個月，美智子比預產期提早了三週產下嬰兒。

當時正值盂蘭盆節期間（註8），但對孤家寡人的美智子來說，毫無關聯。一九七七年八月十五日，小女嬰的響亮哭聲響遍整棟醫院。

當天傍晚，美智子隔著玻璃窗與小女嬰相會。看著小女嬰天真無辜的臉龐，美智子臉上自然地浮現了笑容。美智子忽然有股衝動想說一聲「好久不見」，但忍了下來。一臉看似愉快的表情在睡覺的小女嬰，完全就是美智子在夢裡見到的女孩。

沒有人出面制止之下，美智子百看不厭地一直凝視著小女嬰的臉。不知不覺中，淚水從美智子的臉頰滑落。

「妳的名字是惠梨香……越智惠梨香。」

朝向玻璃窗另一端這麼呼喚後，美智子急忙拭去淚水，跟著緊緊咬住嘴唇。

以後我會和惠梨香兩人一起活下去，而不是和男人，也不是金錢。我一定會讓惠梨香過得幸福，惠梨香也會讓我過得幸福。

美智子一邊反覆擦拭不知為何一直滑落的淚水，一邊在心中這麼說。

註7：Erica的發音與惠梨香的日文發音相同。

註8：盂蘭盆節為日本的傳統節日。原起源於印度，與日本的文化結合後形成現今日本獨有的祭祖傳統節日，日期多集中於8月13～16日。

*

從我懂事開始，母親一直非常溫柔。

最早的記憶是，在夏日陽光照耀下，我躺著依偎在母親的手臂上。我大口吸著母親的柔和香氣，心裡想著還想繼續玩耍，最後卻睡著了。

一翔就像那天的我一樣躺在懷裡睡覺，我摸著一翔的髮絲，腦中忽然浮現疑問：「不知道這孩子會不會也聞到一樣的香氣？」

看著一翔無比幸福的睡臉，我也險些打起瞌睡來。好不容易挺起身子，回到客廳後，發現健次也坐在沙發上打盹。

「爸爸，你想睡覺就乖乖去床上睡覺喔。」

我出聲搭腔後，健次下意識地挺直背脊，還脫口說：「嗯？我沒有在睡覺啊？」

我忍不住噗哧笑了出來，健次直直盯著我的眼睛看了一會兒後，總算認知到自己在家中的事實。

「原來是媽媽啊。對了，今天謝謝妳陪著一起回去。」

「不會啊，我們好久沒回去橫濱了喔？」

「嗯，到了橫濱果然會覺得心情比較平靜。」

「是喔？」

「不知道那是什麼力量喔？我不是因為老家在那裡才覺得心情平靜，但就會覺得一年比一年更喜歡橫濱。」

這天是星期六，為了告知即將外派到新加坡工作的消息，我們一家人一起回去位在橫濱的健次老家。

我們利用共享汽車服務開車回橫濱，上了環八線直到接上第三京濱道路的一路上，大家都興高采烈地好不開心。一翔唱著剛學會的歌，健次邊開車，邊吹捧一翔。到途中我也一直跟著開懷大笑，但車子開到右手邊可看見大型足球場後，我的心情漸漸鬱悶起來。

公公婆婆沒有讓我覺得不好相處。公婆兩人都十分開朗，開朗到讓人想像不出過去曾經在外地城市遭受陰險的霸凌。

對於我的家庭狀況，公婆兩人也不會深入探究。事實上，當初因為我的家庭狀況而沒能夠舉辦婚禮，但兩人也沒有質問我原因。婆婆甚至笑著對我說：「婚禮算什麼，沒什麼好在意的。那種事情只會讓人傷荷包而已。」我知道健次肯定在我不在場時，替我說了情。

對於這樣的好公婆，我不可能有所怨言。如果這樣還不知足，那豈不是要遭天譴了？原因在我身上，只能怪我不擅長面對公婆兩人的開朗。

公婆兩人今天也熱情迎接了我們。兩人似乎真的很開心孫子的到訪，吃完午餐後，又翻出已經看過好幾遍的健次少年時期相片。

「拜託～這些相片已經看過幾百遍了！」

或許是出於作為孩子的體貼心吧，健次雖然嘴上這麼說，但還是伸手拿起相片。

健次和婆婆、一翔三人翻了好幾本相簿，就在準備拿起最後一本相簿時，一翔忽然提出意想不到的疑問：

「咦？怎麼都沒有媽媽小時候的相簿？我只看過爸爸的。」

我自己也知道表情變得僵硬。我根本沒有什麼小時候的相片，就連有沒有嬰兒時期的相片也不確定。

對了，我的小學畢業紀念冊放哪裡去了？就連這個疑問，我也沒有對象可問。

房間裡的氣溫頓時降溫了好幾度。

我微笑看向一翔，假裝沒有察覺到婆婆投來的視線。

1988年8月

村上和幸從字裡行間看出越智惠梨香的鬱悶，不由得嘆了口氣。

操場上傳來孩子們開心踢著足球的聲音。熱鬧的笑聲，更加突顯出教職員室冷冰冰的氣氛。

和幸專注地閱讀作文，專注到都忘了眨眼。擔任五年級學級主任的高橋察覺到和幸的異狀，開口詢問：

「村上老師，怎麼了嗎？難得聽到你嘆氣。」

「喔，沒事的。」和幸急忙在臉上堆起笑容，並拿起字典蓋住正在閱讀的作文。

高橋緩緩站起身子，拉了拉其註冊商標的袖套，特地走近和幸。

「應該有什麼事吧？村上老師平常總是很開朗，現在卻是一副心情低落的樣子，我怎麼能夠狠心不理會呢？」

「我怎麼會心情低落呢？沒那回事的。」

「村上老師應該還不太適應我們學校吧？有任何問題都可以來找我商量的。」

高橋站到和幸的身後時，一陣彷彿從衣櫃深處散發出來的味道撲鼻而來。和幸自身還是小學生時，也會在年邁老師的身上聞到相同味道。

高橋挪開和幸蓋上的字典，毫不客氣地探出頭看著作文。前一秒鐘還掛在高橋臉上的笑容漸漸消失。

「喔，越智的作文啊。那傢伙闖禍了嗎？」

不論是「那傢伙」的稱，或是「闖禍」這個字眼，都讓和幸感到在意。和幸輕輕搖了搖頭回答：

「真的沒事的。我只是覺得作文內容寫得像大人一樣成熟，所以有點驚訝而已。」

「成熟？」

「是的，還是主任您要讀讀看嗎？」

和幸以近乎硬塞的動作把惠梨香的作文遞給高橋。高橋敷衍地看過一遍作文，但想必根本沒有把內容讀進腦袋裡。高橋沒有針對作文內容發表任何意見，便一副像要推回髒東西似的模樣把稿紙放回書桌上。

「總之，請記得對越智要提高警覺。有什麼狀況時，一定要找訓導主任商量。訓導主任知道要怎麼應付那個家庭。」

高橋可能忘了自己不久前才說過「有任何問題都可以來找我商量」這句話吧。輕而易舉地把問題丟給不在場的訓導主任後，高橋走回自己的座位。

「總是很開朗啊……」

和幸無意識地自言自語後，把視線拉回作文上。今年四月，和幸從隔壁小鎮砥部町的小學轉任到伊予市郡北小學後，立刻被指派擔任五年三班的導師。

在那之後的一個月內，不知道有多少位老師同事向和幸說過同樣的話。

——你千萬要小心越智惠梨香。

每一位老師的話語間，都不例外地夾雜著同情的意味。口無遮攔的同年女老師表現得更是直接，甚至在歡迎會上對著和幸說：「好可憐喔～接了個苦差事。」

加上前一所小學的經驗，這次是和幸第三次擔任導師。一方面因為是在新學校展開新任務，和幸可說抱著相當緊張的心情迎接新學期的早晨。然後，邂逅了越智惠梨香。

惠梨香絕不是個搶眼的學生。嚴格說起來，惠梨香沒什麼存在感，她既不是班上的帶頭者，也不是會妨礙上課的那種學生。惠梨香每天乖乖來上學，最重要的是，她的表現根本不像會對老師或大人緊閉心房的樣子。和幸開玩笑時，惠梨香常常會露出笑容就是最好的證明。

不過，和幸還是遲遲無法卸下戒心。原因不在於同事們的警告，而是只有惠梨香一人身上裹著不同顏色的氛圍。如果要形容其他學生身上裹著紅色或黃色等鮮豔原色的氛圍，那麼惠梨香就會是獨自一人散發出淡淡的紫色光暈。

或許純粹是因為惠梨香的家庭環境，才會讓和幸有這樣的感受。和幸自己也搞不清楚直接原因到底是什麼，但就是會提醒自己盡量與惠梨香保持距離。

和幸如此謹慎，沒料到區區一篇赤裸裸的作文，硬是試圖撬開他理應緊緊閉起的心房。

『我希望快點長大，然後離開這座城市。我希望去到遙遠的陌生城市，和媽媽一起笑著生活。』

這次的作文題目是常見的「未來的夢想」。在多數孩子都寫出「職棒選手」、「老師」等具體職業之中，只有惠梨香寫著她的夢想是「離開這座城市」。

和幸忽然覺得眼睛乾澀，眨著眼睛抬起頭來。不知不覺中，夕陽已西沉，操場上也不再傳來聲響。

和幸重新讓視線落在稿紙上。

上一秒鐘和幸還感受得到惠梨香的氣息，但試圖描繪出她的身影時，卻不知為何就是無法立刻浮現腦海。

惠梨香所寫的「希望離開這座城市」的夢想，也是和幸自身長年持續懷抱的夢想。

和幸同樣來自伊予市，在隔壁小鎮的山崎小學念書長大。他有個俗稱會起酒瘋的父親。

和幸還是小學生時，父親還在伊予市的公所上班，周遭人們也肯定都認為父親是個正直的老實人。和幸的母親晚年時也說過，附近鄰居對父親皆稱讚有加。

父親確實是個做事非常認真的人。不過，就是酒品差。如果還要做什麼補充的話，也可以順便提一下父親的個性極度懦弱。

遇到父親晚歸的日子時，和幸總會感到厭惡。因為這種日子父親十之八九都是喝得酩酊大醉回來。平常時候，父親不常與家人交談，也不太會在家裡喝酒，但只要在外面喝了酒，就會變成不是平常的那個父親。

大半夜裡回到家後，父親會硬是吵醒和幸。

「喂！和幸！起床了，快給我起來！」

和幸已經不記得這樣被父親硬是叫起床發生過多少次。每次和幸揉著眼睛挺起身子時，總會看見父親一張紅通通的臉。有時父親還會就這樣帶著和幸，去到離家五分鐘路程的海岸邊。有別於大白天時的一片祥和，深夜裡的大海冰冷得像在抗拒任何人靠近，很難教人喜歡上它。

「聽好啊，和幸，你要當一個可以在遼闊世界奮戰的男人。」

吹著夜裡的海風時，父親每次都會這麼說。

「絕對不能變成像我這樣。你要早點離開這種狹窄的小鎮，到遼闊的世界過活。」

然後，父親會掏出藏在口袋裡的酒來喝，訴說起自己的故事。父親說自己因為身為長男而沒能上大學、因為身為長男而沒能離開這座城市、因為身為長男而沒能從事自己想做的工作、因為身為長男而只能負起照顧父母的責任。

訴說完一遍自己的人生後，父親一定會以這句話作為結語：

「我是長男，所以只能選擇跟你媽結婚。」

和幸不知道父親是抱著什麼樣的想法，對他這個獨生子說出這種話。和幸根本也不了解整個因果關係。真的都是因為父親「身為長男」，才會造成那些「沒能去做的事情」嗎？

小學五年級的盛夏夜裡，和幸照慣例被帶到深夜裡的海邊、被迫聆聽否定母親的話語時，內心萌生的已不是平常會有的寂寞或憂鬱情緒，而是憤怒。

父親不過是想把自己沒能達成的事、想把自己根本不曾設為目標去努力達成的事，單方面地要求和幸去達成。

察覺到父親如此自私、如此小家子氣的本性時，和幸覺得自己的人生擅自被人做了決定。明確來說，和幸決定選擇不會找藉口的生存方式。

父親說的話一點關係也沒有。不知從何時開始，和幸懷抱起希望早一日離開他出生長大之地的想法。

伊予市的人口僅僅四萬二千人，美景頂多只有風平浪靜的大海以及夕陽；這樣的一座城市宛如父親的象徵。

和幸從未想像過未來想做什麼或希望從事什麼行業。他相信只要離開伊予市，就能開拓光明的未來人生，且深信不疑。所以，只有對於讀書，和幸付出了比別人多一倍的努力。

升上國中那一年，田中角榮當上日本的首相，和幸暗地裡對這號人物心存敬意。尊敬的原因不在於田中角榮身為政治家的才華，也不是因為耳聞到其領袖特質而受感動。原因是田中角榮親身證明了只要肯努力，就能出人頭天。

雖然父親經常怨嘆社會體系的不平等，但和幸篤信至少只要用功讀書，就能得到國家人民皆平等擁有的逃脫手段。

因此，哪怕被人在背地裡揶揄成「書呆子」，和幸還是卯足勁地讀書。和幸的努力沒有白費，升高中時順利考上了松山市內的升學名校。

光是踏出伊予市一步，就讓和幸有種身體變得輕盈的感覺。光是生活圈轉移到搭電車三十分鐘遠的地方，就讓和幸感到無比自由。和幸更加堅信自己的信念沒有錯，再加上就讀的高中裡也有不少與和幸一樣對家人抱有不信任感的同學，因此得以度過一段有意義的時光。

同一時期，父親對酒精的依賴更是變本加厲，也因為喝酒所造成的失敗而早已辭去公所工作，轉行到松山的建築公司工作。差不多從這個時期開始，父親在家中也會痛快暢飲的頻率增加，對母親口出惡言或遷怒的場面，也變得不堪入目。

對父親的怒氣宛如岩漿般在和幸內心不停翻騰。和幸恨不得能夠早一刻高中畢業，並下定決心等高中畢業後，就去就讀東京的大學，然後直接在東京就業，再也不要回到愛媛。

和幸比國中時期更加勤奮讀書，儘管就讀高升學率的高中，也一直維持名列前茅的成績。和幸就這樣迎接了二年級的第三學期時，事件在二月的某個酷寒清晨發生了。

準備出門上學的前一刻，和幸接起了警察打來的電話。警方告知一輛停在奧道後山上的車子裡發現父親的遺體，並指出從父親體內驗出安眠藥以及大量酒精。

車子裡留有疑似遺書的紙條。父親一向寫得一手好字，但紙條上的字簡直就跟幼兒園生所寫的沒什麼兩樣。

整篇紙條內容幾乎看不懂寫了什麼，唯獨「對不起」三個字的力道寫得特別重。母親將這三個字解讀為留給家人的話語而當場哭倒在地，和幸卻是一滴眼淚也流不出來。

和幸試圖猜想，但猜想不出父親為何要選在這個時間點死去。不過，至少對和幸而言，這並非絕對不可能發生的事。

和幸心想這次的理由總不會再是「身為長男」，但父親肯定又替自己準備了什麼藉口而走上絕路。

母親顯得憔悴不已。那個人不是害得妳被綁得緊緊的嗎？有必要那麼傷心嗎？和幸內心充滿疑問，但終究不敢說出口。因為母親的失落模樣，足以讓和幸乖乖閉上嘴巴。

雖然關係有些扭曲，但或許父母這對夫婦之間確實存在過愛情吧。和幸曾經這麼做了解讀，但持續過著與母親的兩人生活後，和幸才體會到自己的解讀完全錯誤。

母親對父親只是一種依賴。母親自己一個人什麼也做不了決定，也不會主動採取行動。從這個角度來說，母親跟以前一樣什麼也沒改變。只是看待和幸的目光變了。

「小和，要怎麼申請遺屬保險給付啊？」

母親抓著還只是個高中生的和幸，一臉正經地提出這種問題。有一次，母親實在過於依賴而惹得和幸發火，忍不住大聲回嘴說：「妳自己的事情總該自己處理吧！不然以後要怎麼過日子！」

畢竟在不遠的將來，母親勢必要獨自一人生活下去。在這個時間點，與父親生前時一樣，和幸依舊抱著要去東京就讀大學的想法，也打算到時留下母親，自己離開伊予市。

漸漸地，母親開始會試圖阻止和幸這麼做。母親不會直接說出想法，而只會在臉上浮現帶有自嘲意味的笑容，哀嘆自己有多可憐。

「小和，你如果去了東京，媽媽真的就變成孤單一人了。」

「小和，你真的忍心看媽媽變成孤單一人嗎？」

「愛媛不是也有大學嗎？」

「小和，連你也要拋棄媽媽嗎？」

和幸心想母親應該很想在這句話前面加一句「除了爸爸之外」。最初，和幸只是感到厭煩，但厭煩的情緒漸漸轉為焦躁，最後終於壓抑不住怒氣，宛如被父親附身般朝向母親口出惡言。在那當下，和幸才赫然回過神來。

看見和幸暴露出內心情緒，母親不知為何一副覺得可靠的模樣凝視著和幸，還做出這般發言：

「小和，爸爸那時候為什麼不帶著媽媽一起走？他如果來找我商量，我會願意跟他走的。我為什麼一定要獨自一人活下去？如果我也死了，是不是會比較好過？」

到最後，和幸依舊不知道父親自殺的直接理由，但心裡想著以後只要有機會，就一定好好思考這個問題。在那同時，和幸內心某處也一直有種死心的感覺，覺得自己肯定永遠也找不到答案。

然而，聽到母親虛弱無力地這麼低喃時，和幸忽然有種謎底就快揭曉的感覺。和幸心想父親之所以自殺，或許有部分原因是想逃離母親也說不定。

母親做出再多暗示要追隨父親死去的發言，也絕對不會選擇自殺。就算哪天和幸離開母親遠去，母親也只會另外再找一個依賴對象。

所以，和幸不覺得是母親害的。不論是無視於升學指導老師的建議而只報考愛媛大學一事、不搬出去自己住而每天從家裡往返大學一事、不參加社團而卯起來當家教打工賺錢一事、把打工賺來的錢大多拿來貼補家用一事、因為感受到教書的喜悅而立志從事教師工作一事，這一切都是和幸自己所做的選擇。

所以，和幸不覺得後悔，也沒打算否定自己的選擇。即便如此，和幸還是能夠痛切地體會到惠梨香的心情。

惠梨香渴望逃離這個空氣感覺特別沉悶的城市，而毫無疑問地，和幸也贊同這個願望。

五月份的連休結束後不久，和幸察覺到惠梨香的異狀。上國語課時，和幸一如往常地說了玩笑話，但惠梨香並沒有一如往常地露出笑容。

或許是因為上課前才讀過作文，和幸感到一股不安情緒掠過胸口。惠梨香看似鬱悶地托著腮凝視窗外，那模樣顯得比平常更加成熟。

在那之後，和幸謹慎觀察了惠梨香好幾天。和幸並不想在鬧哄哄的教室裡只向惠梨香攀談，但終究面臨了不得不這麼做的局面。

和幸從四月下旬展開了家庭訪問，惠梨香家的訪問被排在最後一天的最後一個行程。一開始不是這樣的安排，和幸曾依照座號順序去過惠梨香家一次，但那天不論和幸按了多少次門鈴，也沒有人回應。後來和幸與惠梨香的母親通過電話，重新安排了訪問行程。

和幸已經走訪了三十五個家庭，身心俱疲。因為上一個家庭訪問提早了些時間結束，加上剛好距離海邊不遠，和幸繞到久違的岸邊想要轉換一下心情。岸邊上，一名少女獨自站著眺望遙遠海面上的小島。

惠梨香早一步察覺到了和幸的出現。

「啊！村上老師！」

帶有特色的高音，加上全班跑最快的敏捷動作。和幸下意識地想要抗拒，但在這種情況下，當然不可能逃跑。

「惠梨香，原是來妳啊。怎麼了啊？妳自己一個人來？」

「老師好。是的，我自己一個人來。」

「妳一個人在這種地方做什麼？」

「我一直在看大海。」

答非所問的回答讓和幸不禁露出苦笑。伊予市儘管是座瀰漫大海氣味的城市，對這裡的孩子們來說，大海卻不是那麼親近的存在。原因是學校禁止同學們一起到海邊玩。

惠梨香似乎很開心巧遇和幸。「不可以一個人來海邊吧！」哪怕和幸這麼提出警告，惠梨香還是笑嘻嘻地露出白牙。

惠梨香長得很高，而且太瘦了，她常穿的卡通圖案T恤的領口變得鬆垮。

惠梨香任憑留長的髮絲受損分岔，一口亂牙也讓人很難不去注意，但不會給人家教不好的印象。或許是她的肌膚白皙透亮到連血管也清晰可見，所以帶給人具清潔感的印象。更重要的一點是，很多缺乏父母管教的小孩都會隨時留意大人的視線，惠梨香卻沒有散發出那樣的氛圍。和幸不禁覺得比起自己小時候，惠梨香的成長過程似乎天真快樂得多。

難道惠梨香總是獨自一人在海邊嗎？腦海裡浮現這般疑問的那一刻，和幸感覺到內心深處不知被何物觸動了。

和幸忽然覺得對惠梨香抱有戒心顯得愚蠢，於是扶著惠梨香的背部說：「老師正準備去妳家做訪問呢。」

「我知道，媽媽有跟我說。」

「那這樣，可以帶老師去妳家嗎？老師有點迷路了。」

「可是，媽媽告訴我天暗之前不可以回家。」

「為什麼？因為老師要去妳家？」

「不是，因為有客人要來。」

惠梨香一副過意不去的模樣低喃道。光是看惠梨香的態度，和幸已明白事情沒那麼單純。

明明知道今天是家庭訪問日，卻還有客人來的事實也讓和幸感到心情鬱悶。

不管怎樣，太陽就快下山了。這種時刻不應該讓小孩獨自一人在外面玩耍。

「總之，老師先跟妳一起回去吧。到時候萬一媽媽要罵妳，老師會幫妳好好跟媽媽解釋的。」

和幸摸了摸惠梨香的頭試圖讓她安心，卻還是沒能夠拭去她眼裡的不安神色。

西斜的太陽照著兩人，重疊的兩道人影在沙灘上漸漸拉長。

對於惠梨香的母親——越智美智子，和幸過去不知道聽過多少關於她的謠言。一些針對惠梨香的毀謗話語，也幾乎都是來自於其母親的印象。

至少可以很肯定地說，年邁老師們之所以那麼負面看待惠梨香，就是因為她的母親是美智子。和幸從其他老師口中得知美智子以前也就讀郡北小學，並且畢業於大多郡北小學學生都會就讀的郡北國中。

和幸此刻的心情有一半是不安，另一半則是被低俗的好奇心占據。看著惠梨香越來越沉默，和幸自知內心反過來地越來越興奮。

商店街外圍有一家名叫「ＭＩＣＨＩＫＯ」的小酒館。和幸原本就知道「ＭＩＣＨＩＫＯ」的存在，小時候看到鮮豔的粉紅色招牌時，還會心跳加速。不過，當上老師後再回到久違的街上一看，和幸才發現粉紅色招牌早已褪色。

「ＭＩＣＨＩＫＯ」位在四層樓高的公寓一樓，惠梨香的住家就在同棟公寓的二樓。顯得冷清的日光燈忽明忽暗地閃爍著，爬上到處布滿蜘蛛絲的昏暗樓梯後，和幸調整好呼吸，謹慎地按下門鈴。

上次和幸到訪時什麼動靜也沒有，但這次感覺得到有人在房門的另一端。儘管如此，依舊沒有人出來應門。

惠梨香開口說：

「媽媽，老師來了喔！今天是家庭訪問日。」

屋內傳來不知什麼東西倒下來的聲響。過了一會兒後，房門打開來，但門後出現的不是和幸想像中的那種花枝招展的女人。可能是因為還沒到上班時間，除了引人目光的鮮紅色口紅之外，美智子的模樣看起來就像一般常見的母親。

不過，說話方式就與和幸想像中的沒什麼出入。

「老師，你來了啊！真是不好意思，上次好像沒有做好聯絡，才會讓你白跑一趟！」

美智子發出尖銳的笑聲，漾起滿面的笑容。和幸感受得到美智子的歡迎之意，但心中生起一股厭惡感。

原因是美智子瞥了惠梨香一眼時的目光十分冷漠。聽說美智子今年三十七歲，但乍看下與二十九歲的和幸差不多年紀。

屋內一片凌亂，和幸的視線忍不住地往屋內移。察覺到和幸的視線後，美智子的笑聲變得更加響亮了。

「哎呀，真是不好意思喔。如果更早一點知道老師要來，我一定會把房間整理乾淨一點的。我們家孩子每次都很晚才會告訴我。」

惠梨香縮著身子。在學校時，惠梨香是個會確實達成命令的學生。和幸不認為是惠梨香會忘記拿出通知單，更何況這次和幸實際與母親本人通過電話。

「不、不，請媽媽別放在心上。我在這裡訪問就好。訪問只要五分鐘左右就會結束的。」

和幸故作鎮靜地說道。美智子聽了後，動作誇大地搖頭說：

「那怎麼行！都已經麻煩老師特地來到這裡，怎麼可以讓老師站在玄關訪問！」

「不，真的在這裡就好。而且這也是學校的規定。」

「學校哪可能這樣規定！幾年前的那位老師就有進來屋子裡啊。那老師叫什麼來著？不是有一位老師每次手臂上都套著套子嗎？」不知為何，美智子用著有些瞧不起人的口吻舉出學級主任的特徵。

和幸頓時不知道該如何回答，美智子趁著這個空檔穿上拖鞋，走出門外。

「站在這裡說話也不是辦法，我們就先下樓去吧！」

「這恐怕不太好……」

「惠梨香，妳先去店裡把電燈和暖氣打開來。還有，熱水也先煮好來。等熱水煮開後，記得先泡好咖啡。」對著惠梨香下完命令的下一秒鐘，美智子貼近和幸，硬是挽起和幸的手臂。

「我說老師啊，到樓下去會比較好問話喔。」

和幸根本沒機會感到錯愕。這城市很小，沒有人知道什麼時候有哪個人正在看你。萬一被認識的人撞見此刻的畫面，和幸就是跳到黃河裡也洗不清。然而，和幸的思緒停擺，都忘了顧及這些事情。等到和幸察覺時，已經身在明明已是五月天，卻冷得發寒的酒館裡。

店內有六個吧檯座位，以及三個四人沙發座位。整體空間比和幸想像中的寬敞許多，而且畢竟是營業場所，所以比二樓住家來得整齊，但依舊給人低俗且雜亂的印象。

「惠梨香，熱水煮開了沒？那妳快泡咖啡吧！啊！還是老師比較想喝啤酒？」

惠梨香沒有回答，安靜地照著母親的命令認真動作。和幸輕易就能想像出惠梨香與母親兩人平常的互動模樣，不禁感到鬱悶。

美智子一副理所當然的模樣讓和幸坐上吧檯的座位後，走進吧檯內與和幸面對著面。「那個，媽媽——」和幸險些抱怨起美智子不該如此對待惠梨香，但勉強踩住了煞車。「絕對不要插手去管那個家庭的問題。」訓導主任的忠告閃過了和幸的腦海。

至於啤酒，和幸當然是予以婉拒。和幸也沒有喝半口冒著白煙的咖啡，用著比面對其他家庭時更加謹慎的態度傳達惠梨香的在校表現，也比面對其他母親時更加專注地試圖聽取惠梨香在家的表現。

然而，和幸與美智子的對話沒有交集。美智子一副對惠梨香在校的表現不感興趣的態度，也完全不知道惠梨香在家的狀況，那感覺簡直就像沒有與惠梨香同住一般。

暖氣開始發揮作用，等到和幸察覺時，背部已經滲出汗珠。反倒是身穿與口紅一樣顏色的洋裝，再披上針織外套的美智子，一臉輕鬆的表情。

對話告一段落時，美智子誇張地嘆了口氣。「可是啊，說到底，小孩不用理他也會自己長大不是嗎？我自己也是啊，我的母親什麼也沒有教過我，我以前也幾乎沒有去學校上課。儘管如此，我還是能夠像現在這樣勉強過日子。再說，比起我小時候，惠梨香現在過得奢侈多了。老師不用擔心也沒問題的。」

美智子的說法簡直是對現在的自己給予百分之百的肯定，和幸聽得心情越是沉悶。

把自己的人生硬塞給小孩絕不是正確做法。我就是這樣長大，所以現在算是幸福；這種想法是父母本人的主觀想法，不能因此就認為也可以讓小孩照著相同的方式長大。

和幸有滿肚子的話想說，卻什麼也沒說。美智子一副不給對方有機會反駁的態度，單方面地說個不停。況且就算和幸在這裡提出什麼勸告，美智子也不可能聽得進去。

到最後，和幸只報告了一些不痛不癢的事情，便準備起身離開。這時，粗魯推開店門的聲響傳來。

和幸正好坐在柱子的死角位置，所以看不到入口處的狀況。進到店裡來的人似乎也沒有發現和幸的身影。

「為什麼已經在營業了？妳不是要我去妳家？」

給人壓迫感的低沉聲音朝向美智子投去後，這回換成投向惠梨香：

「什麼？惠梨香，妳怎麼會在這裡？」

「那個，我……」

「不是跟妳說過多少遍不要到店裡來！」

男子毫不客氣地大步走進店內，朝向惠梨香的頭部猛力拍下。情急之下，和幸站起身子開口說：「你在做什麼——」

「你說啥？」身材高大的男子狠狠瞪著和幸看。男子身穿短袖T恤，其手臂上的刺青最先吸引了和幸的目光。男子名叫武智健介，是個大家謠傳中的流氓無賴。

和幸十分熟悉武智這號人物的存在。原因之一是，武智是與惠梨香同為五年級生的武智大悟的父親。另一個原因是有謠言傳出美智子是武智的外遇對象。有些人甚至還說武智有可能就是惠梨香的父親。

武智露出凶狠模樣走近和幸，和幸不由得擺出備戰姿勢。這時，背後傳來美智子感到無奈的聲音：

「拜託，你控制一下好不好？他是惠梨香的導師。」

「我才不管他是誰哩，是這傢伙先找碴的。」

「拜託你真的控制一下。不過是做家庭訪問，有什麼好吃醋的。」

「啥？混帳東西，誰跟妳吃醋了！少在那邊自以為是，蠢女人！」

武智轉向美智子宣洩怒氣。和幸的心臟劇烈跳動，視線緩緩移向入口處。

惠梨香嚇得杵在原地不動，一副像自己挨罵似的模樣低著頭。惠梨香緊緊握著拳頭，瀏海底下的一張臉像失去情感似的僵硬。

明明距離很遠，和幸卻無意識地朝向惠梨香伸出手。和幸恨不得立刻將惠梨香帶離現場。衝動情緒湧上和幸的心頭，和幸毫無緣由地想要帶著惠梨香離開這裡，並好好告訴惠梨香世界有多麼遼闊。

明明想這麼做，和幸卻連向惠梨香搭腔也做不到。原因不是腦海裡閃過訓導主任的話語，也不是對互相謾罵的美智子和武智心生畏懼。

原因是和幸覺得自己極度齷齪，沒想到自己看著惠梨香在俗氣的燈光下呆立不動，竟然會覺得那模樣顯得特別嬌豔。

「典型的Neglect（註9）。」

大學時期的朋友上原浩介，說了一個和幸不曾聽過的字眼。看見和幸歪著頭，上原揚起嘴角露出微笑後，特地以道地的英文發音又說了一遍「Neglect」。

上原與和幸同樣畢業於愛媛大學的教育學系。一、二年級時，上原也立志成為教師，談論

註9：Neglect的中文意思是忽視、疏忽。在此指針對幼兒、兒童、高齡者等對象，採取放任或疏忽於保護、照料、養育、看護的行為。

起教育時表現得遠比和幸熱血，但升上三年級時去了美國學習一年教育回來後，改變了未來目標。上原憤慨地揚言要成為新聞記者，從根本去改變日本的教育制度。

雖然上原後來沒能夠得到設為目標的全國性報社青睞，但順利在愛媛的當地報社就業。在那之後過了六年時間，和幸從其他同學口中聽說上原現在身為社會部門的王牌記者表現活躍，但和幸明顯看得出上原本人內心有所不滿。和幸猜想不論是上原留學一年而被美國化的人性，或是會若無其事做出「我想寫意義更重大的報導」這種發言的不討喜態度，肯定都會惹得上司不悅。

有別於和幸住的六張榻榻米大的便宜套房公寓，上原住的高級公寓除了客廳之外，還有兩間房間，舒適度自然不同。

上原拿起罐裝啤酒直接喝起來，然後一根接著一根抽著菸，獨自沉迷於電玩遊戲之中。

「所以呢，你說的Neglect到底是什麼意思？」

和幸一向菸酒不碰，也不愛玩遊戲，忍不住煩躁起來。上原一副沒什麼大不了的模樣聳了聳肩。

「就是父母不會關懷小孩，或不給食物吃的虐待行為。」

「虐待……沒那麼誇張吧。」

「在美國，Neglect早在一八〇〇年代就已經被視為社會問題。如同直接性的暴力行為或性暴力行為，放棄育兒也被歸類為虐待行為之一。總歸一句話，我們這個國家就是太落後了。把孩童問題全部丟給家庭或學校，這根本就是政府的行政怠慢。政府和自治團體應該要更積極介入家庭才對。」

上原總算放下遊戲機的搖桿，重新點了一根菸。上原的老家在神奈川縣，他的一口標準腔顯得比平常更惹人厭。和幸想聽的不是這種高高在上、向人施壓的話語，而是想聽身為導師該如何與惠梨香接觸這種符合自己身分地位的話語。

前陣子到越智家進行家庭訪問時，和幸陷入不希望被任何人撞見的場面，無奈卻被就某個角度來說，最不希望被撞見的對象給撞見了。

『喂，和幸，你還真有勇氣去那裡啊？挺特別的嗜好嘛，竟然會找小酒館的媽媽桑當對象。我還以為你一定是處男呢！』

上原當天晚上打來電話這麼說，但和幸懶得為自己辯解什麼。不過，家庭訪問時的鬱悶情緒再次湧上心頭，和幸不禁陷入欲言又止的狀態。『如果不希望我把這件事情傳出去，就來我這兒喝酒，你很久沒過來了。』上原似乎感受到了和幸的心情，以不讓人拒絕的強勢口吻這麼說，硬是把和幸叫到他位於松山市內的住處，逼著和幸說出惠梨香的事。

和幸其實也想找個人談談這件事。和幸不可能向同事談起這件事，其他朋友也不可靠。雖然上原說話時動不動就愛牽扯上國家政治，但正因為如此，所以不會輕忽問題，可說是最適當的商量對象。

上原站在冰箱前面，詢問和幸說：「你真的不喝嗎？」以前在大學時期，和幸偶爾會和上原一起喝酒，但那也只限於一、二年級的時候。除了上原之外，和幸不記得曾經和別人一起喝過酒，從事教師工作後，和幸更是滴酒不沾。

「嗯，我喝可樂就好。」

「你真了不起。我要是少了酒精，就會撐不下去。」

「這哪有什麼了不起的。」

「主要還是因為你爸？」

上原是唯一知道和幸內心對父親有所糾結的人。照上原所說，和幸是在大學時期喝醉酒時，滔滔不絕地說了一堆沒必要說出來的話。和幸對這件事一點印象也沒有，而這也是他厭惡喝酒的主因之一。

「嗯，多少跟他有些關係吧。」

「不過，又不是你喝酒搞砸事情，沒必要對自己那麼嚴苛吧？」

「可是，我的身體自己會抗拒酒精。現在我光是聞到酒臭味，就會想起寫在遺書上面的那些字。」

「這有嚴重。」

「上原，可不可以問你一個怪問題？」

「什麼？」

「你覺得一個人的人格出生時就已經注定好的嗎？還是成長環境比較重要？」

上原肯定想都沒想過和幸會提出這種問題。上原拿著香菸的手停在半空中，眼睛眨也不眨地盯著和幸的眼珠子看。

和幸也不服輸地沒有別開視線。屋內頓時瀰漫起緊張氣氛，這證明了上原確實理解和幸如此發問的意圖。

上原捻熄菸頭，點了幾次頭。上原本人或許沒有自覺，但每次準備說出重要話語時，他總會有這樣的舉動。

「我知道你在想什麼。意思就是你不希望自己會在意遺傳到你爸的基因，對吧？讓我想想啊，成長環境當然很重要，而且除了父母以外，人格也會受到其他所有跟自己有關的人的影響。就這個角度來說，我支持後者的說法。環境就不用說了，我認為人格是要靠自身的力量去爭取的東西。如果認為世上的凶殘罪犯都是出生時就注定要走上歧途，那未免也太絕望了。」

和幸之所以能夠與上原保有十年以上的交情，最大的原因就在這裡。和幸不需要說出所有話語，上原也總能夠確實理解和幸內心的真實想法，並且每次提供和幸渴望得到的答案。和幸感到胸口一陣灼熱。這麼說或許顯得誇大，但和幸有種自己的人生受到肯定的感覺。不，上原的答案不限於和幸本身。相信惠梨香也能夠逃離母親的影響，去爭取屬於自己的人生。

上原輕輕笑了出來。

「你為什麼那麼在意那個女孩？」

「咦？」

「你之前的學校也有家庭環境不好的孩子吧？現在的班級應該也有吧？為什麼你會把那個叫惠梨香的孩子視為特別的存在？」

「我沒有那樣的意思。不過，也是啦，她確實會讓我覺得在意。」

「為什麼？」

「就是呢，我剛剛也說過了——」和幸比方才更詳細說明了關於惠梨香的事。

和幸知道自己的說話速度變快。這是和幸的壞毛病，每次有什麼虧心事或想隱瞞什麼時，說話速度就會變快。

上原想必也知道這點。儘管時而會一副受不了的模樣嘆氣，或感到訝異地皺起眉頭，上原還是一直安靜地聆聽和幸說話。

提到惠梨香的作文時，上原表現得最感興趣。

「想離開這個城市啊。我好像可以體會那種心情。畢竟伊予市的空氣會給人一種獨特的沉悶感。」

上原自言自語地說道，跟著不知道在筆記本上寫著什麼。和幸心想自己可能說太多了。和幸忽然有種被拉回現實的感覺，而改變話題說：

「那東西真的那麼好玩嗎？」

「嗯？」

「電動遊戲機。」

「喔，我是在玩勇者鬥惡龍。很好玩啊。設計完美。我們就只有這方面比美國優秀許多。不是啊，你用電動遊戲機這個詞很有老師的感覺，超棒的。」上原露出揶揄的笑容說道，跟著放下手中的筆，改以拿起遊戲機的搖桿。

和幸當然聽過「勇者鬥惡龍Ⅲ」。那是三個月前上市後掀起社會現象的遊戲軟體名稱。和幸在以前的小學任職時，也有學生翹課跑去買「勇者鬥惡龍Ⅲ」，也聽說過到現在仍然經常缺貨。

和幸相信對孩子們來說，「勇者鬥惡龍Ⅲ」無疑是個寶，但無法理解一個年紀不小的大人，怎麼會如此沉迷於遊戲之中？

想著想著，和幸的思緒再次轉移到惠梨香的身上，暗自心想：「不知道惠梨香會不會也愛玩遊戲？」

向上原吐露一切後，和幸覺得心情變得輕鬆。然而，隨著心情變得輕鬆，和幸的心態也產生扭曲。

六月來到了中旬，伊予市也連日雨下個不停。或許是受到上原那句「伊予市的空氣會給人一種獨特的沉悶感」的影響，和幸不禁覺得今年的空氣比往年同時期來得更加混濁。

家庭訪問的隔天，惠梨香趁著教室裡只剩下和幸一人的短暫片刻，來到和幸身旁。「昨天真的很抱歉。」一看著惠梨香代替家長低頭致歉的模樣，和幸彷彿看見了自己過去的影子，不由得心生憐憫。

從那天起，和幸開始會趁著其他學生沒看見的時候，主動向惠梨香攀談，也默認了惠梨香偷偷把信件放進他的鞋櫃裡的舉動。

兩人的互動內容都是一些瑣碎小事，幾乎沒有關於家庭的話題。惠梨香會分享喜歡吃什麼、喜歡什麼科目或喜歡什麼音樂這一類的話題，和幸則是推薦好書給惠梨香閱讀。

「我從來沒有把一本書讀完過。」惠梨香無力地笑著這麼說。即便如此，和幸還是鼓舞惠梨香說：「妳一定能夠好好閱讀完一本書的。」和幸心想倘若惠梨香真的有個放棄育兒的母親，那麼他就應該積極關心惠梨香、主動向惠梨香攀談，並且持續抱以冀望。

話雖如此，但光靠校內的互動終究有限。惠梨香也會在信上寫到「我希望能夠跟村上老師聊更多事」，和幸也希望自己能夠回應惠梨香的期待，但只要動作稍微明顯一些，就會受到其他老師的譴責，學生們也會抱怨和幸「偏袒」惠梨香。

在受到焦躁情緒干擾之中，和幸與惠梨香兩人持續保持互動了好一段時間。不過，有一天，和幸發現有漏洞可鑽。或許這麼說並不恰當，但很幸運地，惠梨香幾乎每天晚上都是獨自一人在家。

某天，和幸趁著學生們都去了音樂教室的空檔，第一次偷偷把信件塞進惠梨香的書包。

惠梨香告訴過和幸有個長得很像和幸的演員在某部連續劇裡扮演教師的角色，和幸在信上寫了該連續劇的觀後感想以及新推薦的書名，也回答了惠梨香在上一封信裡問及的「老師平常都吃什麼」的問題，並提到自己與惠梨香同樣都是獨生子。信件的最後，和幸寫上自家的電話號碼，同時告訴惠梨香可以把電話號碼當成護身符。

把信件塞進書包時，和幸在心中默念一句：「我必須保護惠梨香才行。」和幸之所以會這麼默念，是來自內疚的心態，如上原所說，和幸確實把惠梨香視為了特別的存在。

從和幸把信件塞進書包的那天算起，正好過了一個星期的六月最後一天，惠梨香打了電話來。

電話裡，惠梨香為自己遲遲沒能打電話一事向和幸致歉，和幸也表達了歉意，表示自己不該多管閒事。

惠梨香用著高八度的語調，否定了和幸的說法。

『老師才不是多管閒事。老師給了我很大的力量。因為有老師在，我才有辦法忍耐。』

這天，和幸第一次把世界有多麼遼闊的事實傳達給惠梨香知道。和幸告訴惠梨香這世界並非只有她和母親，也告訴惠梨香不是只有一樓的酒館和二樓的住處才是她的歸屬。

「妳現在每天會到學校上課，應該也會覺得自己看到的世界跟以前變得有些不同吧？以後妳要靠自己的力量，一點一點地拓寬世界。現在妳只需要設法讓自己逃過那些痛苦事情。只要一直逃下去，總有一天一定會找到屬於妳的地方。」

『好。』

「聽好啊，惠梨香。妳現在年紀還小，或許會覺得難以理解，但老師希望妳牢牢記住這些話。妳現在的人生目標只要想著逃避就好。不要去看那些所有讓妳覺得痛苦的事物。」

『好。』

「除此之外，讓自己有一樣能夠打從心裡信任的東西。書也好，音樂也好，喜歡的明星也好，哪怕是電動遊戲也沒關係。試著讓自己擁有一樣只要有它的存在，就會覺得安心的東西。知道嗎？惠梨香。」和幸發問的同時，內心期待著一個答案。

說到一半時，和幸開始有種錯覺，覺得像在對過去的自己說話。和幸所說的都是自己以往渴望聽到的話語。

惠梨香原本一直只回答「好」，這時的氣息明顯出現起伏。和幸不由得加重力道握住話筒。

經過讓人覺得特別漫長的幾秒鐘沉默後，惠梨香開口說：

『我一直很想有個妹妹，這樣我就能夠保護她。小孩子喜歡什麼我都知道，所以如果有妹妹，我就什麼都可以給她。我可以代替媽媽好好照顧妹妹。』

惠梨香沒有給和幸插嘴的機會。

『現在老師是我唯一能夠信任的人。』

「咦……？」

『現在是我人生中最快樂的時候。』

和幸不太記得自己這時怎麼回應了惠梨香。他只記得做了深呼吸的同時，感覺到一股暖流流過心窩。

在這般祕密交流之中，惠梨香開始會一點一點地談起自己的生活。如和幸的猜測，惠梨香果然從懂事開始，就不曾受到母親的照料。房間一片凌亂時，惠梨香只能自己收拾，肚子餓就自己找食物，不管找到什麼都往嘴裡塞。惠梨香還曾經因為美智子在寒冬裡喝醉酒直接睡在馬路邊，而跑去警察局求救，當時她才四歲而已。

『很多種男人來過我們家。』

明明不是自己的問題，惠梨香說出這句話時卻顯得相當難以啟口。那些男人有沒有對妳動手動腳過？好幾次，和幸就快脫口這麼詢問。不過，這不是和幸能夠干涉的問題，而每次來到重點處時，惠梨香也總會帶過話題。

不過，很顯然地，惠梨香至少一定目睹過母親的情愛場面。這部分想必也是使惠梨香顯得特別成熟的原因。倘若有人詢問對越智惠梨香這個女孩的印象為何，和幸肯定會回答對方：「她是個不得不長大的女孩。」

惠梨香原本每隔幾天打一次電話，後來漸漸變成二天打一次。來到暑假近在眼前時，除了「ＭＩＣＨＩＫＯ」公休的週日之外，惠梨香幾乎每晚都會打電話給和幸。

每次的時間都是晚上九點鐘左右。和幸也養成習慣在那之前吃完晚餐也洗好澡，託惠梨香的福，和幸的生活變得相當規律。

等到察覺時，和幸已在不知不覺中變得每天期待電話響起。每次如果超過晚上九點鐘電話還是沒有響起，和幸就會不安起來。有幾次和幸不由得想要主動打電話過去，但顧慮到惠梨香的母親可能在家，最後只好打消念頭。

在學校時，和幸與惠梨香彼此表現出比以往更加生疏的態度。就連這點也讓和幸覺得彷彿擁有只屬於兩人的祕密，而產生一種近似優越感的感覺。

和幸心中沒有一絲罪惡感且信念堅定，哪怕某天遭到其他教師的譴責，和幸也敢大聲說自己才是以聖職者的身分善盡職責的人。和幸甚至抱著憤慨的想法，心想：「看見學生陷入窘境卻不肯伸出援手，哪裡夠資格稱為教師！」

當然了，和幸沒有因此而特別偏袒惠梨香。和幸在通知單上給了適當的評分，對於該叮嚀之處，也做了叮嚀。

在第一學期的導師評語欄裡，和幸寫了下列評語：

『越智同學若能習得良好的學習方式，勢必會有更優秀的成績。期待越智同學第二學期後的表現，也期待一起度過往後的校園生活。』

或許是感受到了和幸的這般期許，惠梨香的發言一點一點地改變。

『我希望能有更好的成績，讓自己得到老師的誇獎。請老師告訴我該從什麼地方做起？』

可以的話，和幸恨不得立刻讓惠梨香來到他的住處，像家教一樣指導惠梨香。不，和幸更想讓惠梨香知道學習的真正意義在哪裡。學習不是為了得到和幸的誇獎，而是能夠讓惠梨香達成「離開這座城市」這個夢想的唯一手段。

儘管如此，和幸還是沒有採取任何行動，就這麼迎接了八月的到來。某天晚上，電話鈴聲比平常早了三十分鐘響起。

和幸不禁感到可疑，接起電話後，異常的緊張感從話筒另一端傳達過來。如果是在平常，惠梨香開口一定會先喊一聲「老師？」但這天晚上，惠梨香一開口就說：『我該怎麼辦才好……』

滲出的汗水使得和幸的掌心變得一片溼漉漉。會不會是被美智子發現了兩人的互動？還是被其他學生發現？和幸腦中閃過這些念頭的當下，等於在質疑自己做了虧心事。

「發生什麼事了？惠梨香，妳冷靜下來好好說。」

和幸為了讓惠梨香平靜心情而這麼說，但也等於是在說給自己聽。和幸可以輕易想像出惠梨香此刻正在話筒的另一端拚命地點頭。

深呼吸的聲音從話筒裡傳來後，惠梨香說出和幸怎麼也想像不到的話語：

『今天，有個新聞記者來我們家。』

「妳說什麼？」

『那個人說他聽說了被虐待的事。那時候媽媽已經去工作，家裡只有我一個人……我不知道該怎麼辦，打電話給老師也沒人接……』

和幸的心臟猛地用力跳動一下。從心臟湧出的血液，以猛烈的速度流竄全身。

「後來呢？那個記者有對妳做什麼嗎？」

和幸抱著像在懇求什麼似的心情問道。惠梨香的哭聲讓他陷入更強烈的不安。

『我也搞不清楚那個記者想做什麼。不知道為什麼，那個記者連我寫的作文內容都知道，還問了我一大堆事情。』

「他問妳什麼？」

『他問我為什麼想離開這個城市？還問我對媽媽有什麼想法？還有，他用很肯定的口氣對我說：「妳媽媽會逼妳做一些討人厭的事情吧！」』

當初是和幸告訴上原作文的內容。和幸忽然忘了這個事實，任憑憤怒的情緒貫穿全身。

惠梨香結結巴巴地說明了今天發生過的事。惠梨香說她害怕得什麼也沒有回答，就把門關上。後來，記者直接下樓去到一樓店裡，母親生氣得趕走記者，還朝向記者丟了好幾支空瓶子。惠梨香還提到附近鄰居覺得事情非同小可，所以報了警……惠梨香後面說了什麼，幾乎沒有傳進和幸的耳裡。和幸甚至記不得自己最後告訴了惠梨香什麼，就這麼掛斷電話。這時，像是算準時間似的，電話鈴聲響起。

和幸慎重地調整了呼吸，才接起電話。因為如果不這麼做，和幸怕自己會立刻朝向對方破口大罵。

『唷，辛苦啦，和幸？』

上原的聲音散發出目中無人的態度，刺激著和幸的神經。

「你幹了什麼好事？」

『幹嘛啦？好端端地突然態度這麼差？』

「你給我老實說出來！你對惠梨香幹了什麼好事？」

沉默氣氛在兩人之間劃出一條明確的界線。上原似乎是從公共電話打電話來，車子來往的聲音透過話筒傳了過來。

上原輕輕嘆了口氣。

『我現在過去找你方便嗎？』

「啊？要做什麼？」

『做什麼？當然是去跟你說明啊。我現在人還在伊予市，你家在附近不是嗎？』

「我家不行。」

『為什麼？你從來沒有邀請我去你家過。難得有這個好機會，我過去找你。』

「就跟你說我家不行！」

和幸不由得吼叫出來。下一秒鐘，冷漠的氣氛從話筒另一端傳達過來。和幸眼前浮現了上原一副瞧不起人的表情。

『你現在是怎樣？我看你是真的不太對勁。算了，無所謂，現在跟你說好了。我打算針對愛媛縣的虐童問題做一個專題報導。』

「啥？」

『上次見面之後，我調查了越智家很多事情，那個家的媽媽不是個普通的狠角色。事態的嚴重性可能不是一句放棄育兒就可以解決。當然了，我不是只針對越智家，我也會針對縣內其他幾個案例——』

和幸大受衝擊，就像頭部被鈍器狠狠砸中一樣。

「等一下，說什麼虐童……算我求你好了，上原，拜託你不要讓那孩子受更多傷害了。」

『這部分不用擔心的。我當然會謹慎寫報導內容，不會讓被虐待的兒童身分曝光。我跟你是抱著一樣的心情。』

「一樣的心情？」

『你想救那孩子，不是嗎？我懂的。那個叫惠梨香的女孩雖然不算是個大美女，但有種能夠蠱惑男人的奇妙吸引力。我當然不會說那是因為繼承了她母親的基因，但不管真正原因是什麼，我都能夠體會你會變得一頭熱的心情。』

和幸花了好幾秒鐘消化上原的發言。好不容易理解上原的意思後，和幸不由得全身豎起寒毛。

「你是真的想惹火我是嗎？」

『你早就已經在發火了。』

「你別太過份啊——」和幸大吼到一半停頓下來，沒能夠繼續扯開嗓門。原因是上原忽然態度一變，像在觀察四周狀況似地壓低聲音繼續說：

『不過，你要小心點。那女孩的媽媽已經有所察覺。她說你是「變態老師」。不僅如此，她還發神經地喊著「絕對不會把惠梨香交給任何人」。我不覺得你的行為是錯的。在美國，我也看到很多老師積極介入家庭問題。不過，正因為是正確的行為，才更應該謹慎行事。』

和幸把話筒貼在耳朵上，就這麼呆立不動。拉開窗簾的玻璃窗上，映出和幸的身影。和幸看著自己的身影，想起從小就經常被周遭人們說「長得很像爸爸」。

玻璃窗上的身影背後映出覆蓋整面牆的書架。上面排滿和幸一路來珍藏的書籍和錄影帶。猛然察覺到這個事實時，和幸才總算回過神來，急忙謹慎地拉上窗簾。

隔天後，和幸沒有勇氣接起打到自家來的電話。和幸當然知道那是惠梨香打來的電話，但美智子在某處竊聽電話的可能性變得帶有真實感，也帶來了恐懼。

八月十五日是惠梨香的生日。到了惠梨香滿十一歲的這天，好一陣子不再傳來的電話鈴聲，在不到下午五點的時刻忽然響起。

和幸下定決心地接起了電話。『太好了，電話總算接通了。』惠梨香自言自語似地低喃一句後，泣不成聲。

和幸沒能夠立刻開口回應。「惠梨香，生日快樂。」隔了一會兒後，和幸好不容易道出祝賀話語，跟著詢問：「媽媽今天在家嗎？」

原來美智子幾天前就一直沒有開店做生意。沒有開店不是因為正值盂蘭盆節假期，而是美智子與最近新交往的男朋友出門去旅行。

『媽媽已經好幾年沒有幫我慶生了。我猜媽媽根本不記得我的生日。』

美智子甚至忘了留餐費給惠梨香。不知道抱著什麼心態，美智子出遊前還在電話中對惠梨香說：「妳去找村上老師幫忙。」

對於這個事實，和幸沒有心生憤怒。和幸只是有種心灰意冷的感覺。這樣的女人根本沒有資格說出「絕對不會把惠梨香交給任何人」這種話。

「老師現在就去做一下準備，差不多兩個小時後去接妳。妳等得了嗎？」

不管怎麼樣，至少必須先讓惠梨香填飽肚子才行。聽了惠梨香鬆了口氣的回答後，和幸做起出門的準備。

準備踏出家門的那一刻，和幸不知怎地陷入一種有人在背後拉住他的錯覺，不由得站在玄關處轉過身看。和幸也想不透自己到底在意什麼？

望著屋內好一會兒後，和幸拿出一塊布遮住了書架。

從和幸的住處走回老家大約二十分鐘的路程。和幸考慮過幾次要與母親同住，母親也期望與和幸同住，但出了社會後，和幸不曾與母親同住過。

明明上週才見過面，看見和幸出現時，母親還是一副開心不已的模樣。

「太好了，我還以為你今年的盂蘭盆節不會回來。」

母親這麼低喃後，表情忽然黯淡下來。

「小和，你等一下要出門啊？」

「為什麼這麼問？」

「我看你穿得特別體面。」

「喔，我哪有穿得特別體面？不過，我要出門一下，晚一點就回來。」

「晚餐呢？」

「不用幫我準備晚餐。明天晚上我們再一起吃晚餐。」

「好啊。先不說這些，小和，我怎麼覺得你又更像爸爸了？」母親毫無預警地改變了話題。

「有嗎？」和幸試圖帶過話題，但母親沒有看出和幸的心情，露出彷彿看見詭異存在似的眼神注視著和幸說：

「你這樣打扮得整整齊齊的，簡直就跟爸爸像一個模子印出來的一樣。太神奇了，血緣關係真的是騙不了人。」

「哪有，沒那回事的。我覺得自己長得比較像媽媽。」

「少來！」

「真的啦。我要出門了。車子我開走喔！」和幸露出含糊的笑容說道，同時也察覺到自己內心的動搖。

和幸無意間打開了冰箱，發現最裡面冰著罐裝啤酒。一時之間，和幸還以為是父親留下來的啤酒，但立刻察覺到那是不可能的事。冰箱裡的啤酒是去年才上市的Super Dry朝日啤酒，和幸猜想難道是母親買來喝的嗎？只是，他從未見過母親喝酒。

和幸的喉嚨發出咕嚕一聲。可能是八月的熱氣籠罩全身，也可能是聽了母親多餘的意見，等到察覺時，和幸已經拿起啤酒打開瓶蓋，一鼓作氣地讓沁心涼的啤酒流入體內。

「小和，你在做什麼啦？你等一下不是要開車嗎？喝啤酒不太好吧？」母親顯得事不關己的聲音傳了過來。

時鐘的時針正好指向了七點。

「沒事的，才一罐而已。」和幸在臉上浮現平常會有的笑容回答母親後，偷偷又拿了一罐啤酒放進包包，像逃跑似地離開了老家。

在小酒館前面停下車子後，惠梨香立刻走出屋外。如同和幸無意間挑了有別於平常的服裝來穿，惠梨香也穿了不曾在學校看過的黑色長洋裝。

黑色洋裝穿在惠梨香的身上十分好看。和幸抱著這般坦率的想法，但面對自己的學生，卻不知道該如何誇獎才好。

「好久不見。」

惠梨香沒有說話，只是點了點頭。從第一學期的結業式後，和幸與惠梨香沒有見過面。兩人已經兩週沒有好好交談過。

惠梨香看起來很緊張，而和幸也是。和幸不禁後悔地心想應該先開著汽車音響，但事到如今，也找不到適當的時間點播放音樂。

「妳肚子應該很餓了吧？」

「嗯。」

「但是，也不方便進到餐館吃飯。吃便當好嗎？」

確認惠梨香點頭同意後，和幸把車子開到一家位在56號國道旁、名叫「Night Shop」的便利商店。

「妳在車上等一下，記得鎖門喔！」留下叮嚀話語後，和幸走進便利商店裡，連自己那一份共買了兩個便當。

回到車上後，和幸發現惠梨香依舊緊張得僵著身子。畢竟是大人，和幸的緊張情緒早已緩和，「妳會怕嗎？如果會怕，今天就帶著便當回家去吧！我送妳回去。」和幸開口說道。惠梨香猛力地搖著頭，感覺就快聽見骨頭發出喀喀聲響。

剛滿十一歲的少女髮絲香氣，在空間狹窄的輕型車內飄盪。和幸輕輕嘆了口氣，很自然地轉開了收音機。倘若收音機裡剛好播放著孩子們之間流行的偶像團體光ＧＥＮＪＩ的歌曲，那還好一些，哪知道傳來了一年前發行的鄧麗君唱的〈離別的預感〉。

儘管覺得這首歌不適合與小學生一起聽，和幸還是忍不住跟著哼了起來。惠梨香見狀，鬆了口氣地露出微笑。

即便氣氛緩和下來，兩人之間還是沒有交談。和幸想不出有什麼不會引人側目、停下車子也不會讓人起疑的地方，不得已只好開著車往海邊去。

「好了，快趁熱吃吧！我把車子熄火了喔，會熱再跟我說。」

在岸邊停下車子後，和幸低調地關掉汽車引擎。雖然關掉了引擎，但打開車窗後，涼爽的海風吹拂過來。

惠梨香打開便當後，炸物的香氣隨之湧上。惠梨香應該是真的餓壞了，她連說一聲「我要開動了」都沒有，便大口大口地吃著炸雞塊。那模樣若形容是「心無旁鶩」或許好聽一些，但事實上，惠梨香簡直就像一隻撲向屍骸啃食的猛獸。

顯露凹凸身形的緊身洋裝，加上柔軟蓬鬆的髮絲；如果只擷取這部分來看，惠梨香完全就像一個大人，但不論是如正手抓住刀子般的拿筷子姿勢，或是邊吃邊掉食物的吃相，以及完全不在乎這些事情的態度，都還是個小孩子會有的表現，可說一點戒心也沒有。

沒錯，惠梨香的本質就是毫無戒心。說來也沒什麼不對，畢竟惠梨香才十一歲而已。明明如此，惠梨香卻會表現出讓人遺忘她才只有十一歲的姿態，以及不經意地展現包容度。這些正是形成惠梨香性質的要因，也是和幸最初會心存戒心的最大原因。

和幸感覺到身為男人的本能在內心根部蠢蠢欲動。做出「繼續待在密室不太妙」的判斷後，和幸什麼也沒說地走出車外。

惠梨香也在後頭跟了上來。和幸拚命地讓自己轉換意識。

「其實老師以前也想離開這裡。」

「咦？」

「跟妳一樣也是在小學的時候。那時候老師覺得活在世上讓人喘不過氣來，明明有那麼多方法可以離開這裡，我卻有種一直被某種東西綑綁住的感覺。就像掉進了折磨人的泥沼裡一樣，老師總是一個人死命地掙扎。妳應該能夠體會老師的感受吧？」

遙遠海面上可看見無數漁船。松山機場的霓虹燈光，在右手邊的陸路上搖晃閃爍。上空的飛機閃爍著燈光，不知準備飛向何方？南北向通行的56號國道劃出一條線把伊予市一分為二，另外還有ＪＲ國鐵以及伊予鐵道兩條電車路線。

眼前的景色與以前一模一樣。一如往常的風、聲音、氣味。有很多方法可以離開這裡，和幸一直相信只要有心，隨時都能逃離。然而，在即將迎接三十歲的現在，和幸卻還是一直站在這裡。與小學五年級那年的夏夜一樣，和幸依舊站在這裡，

和幸對著與當時的他擁有相同夢想，也與當時的他相同年紀的少女，不斷訴說離開城市的話題。和幸也向少女說明了學習的意義。在少女的眼裡，這座城市是什麼樣貌？和幸說的話是否傳達到了少女的內心？

和幸祈禱著少女能夠感受到他的想法。然而，聽完和幸所說的一切後，惠梨香說出的話語

完全不是和幸期望聽到的答案。惠梨香的答案甚至可說與和幸的想法背道而馳，充斥著絕望。

「可是，媽媽說女生根本不用讀書。媽媽說女生要找到一個好男人，讓對方一直愛自己才會幸福。」

惠梨香越說越小聲。和幸不由得發出嘆息聲。和幸深刻感受到不只有惠梨香本人，也不只有其母親美惠子，在未來以及未來的未來，女人們的漫長故事將連綿不絕地延續下去。

「妳認同妳媽媽的生存方式？」

惠梨香沉默不語。和幸的心跳漸漸加速。

「妳自己動腦思考一下！妳信任什麼？」

「可是，媽媽永遠是我的媽媽——」

「妳說的媽媽可以讓妳得到幸福嗎？妳希望自己像媽媽那樣過活嗎？惠梨香，妳以前不是跟老師說過嗎？妳說過小孩子喜歡什麼妳都知道。妳會這麼說不就表示妳媽媽沒有給妳這些東西嗎？既然這樣，妳就應該否定那樣的媽媽。如果不這麼做……如果不這麼做，妳永遠也離不開這裡。」這麼下了斷言後，和幸忽然覺得一股鐵鏽味撲上鼻頭。

鮮血的氣味。

沉睡在古老記憶深處的味道。

十五歲時，和幸第一次聞到這股氣味。

和幸將視線緩緩移向發出氣味的源頭。視線前方，惠梨香露出膽怯的眼神抬頭看著和幸。

和幸噗哧笑了出來。

現在當然不是該笑的時刻。

惠梨香更顯不安地扭曲著表情。

和幸知道是自己不對勁。他不想讓惠梨香看見表情，拚命地用肩膀蓋住嘴邊，但不知為何，笑意就是控制不住地一直湧上心頭。

和幸打從心底厭惡自己，他根本沒有資格對惠梨香說這些話。和幸沒能徹底否定自己的父親，最後沒有逃離而選擇在這座城市生活下去，這樣的一個人能夠傳達什麼？我根本無法給惠梨香任何指導！和幸索性豁出去地這麼告訴自己，好讓內心變得輕鬆。

那已經是十五年前的事情了。和幸的父親在松山市向離家出走的女國中生搭訕，試圖花錢與對方進行性交易。因為是喝醉酒而做出的行為，所以對方家長寬容地沒有報警處理，但謠言一下子便傳開來。最後，父親就像被追著打一樣辭去了公所的工作。

得知這個事實時，母親當場哭倒在地，但和幸沒有受到打擊。和幸反而抱著得到原諒的心情。在理智面，和幸知道自己必須否定父親，但內心總會無法控制地想要原諒父親。和幸有種總算發現自我真實樣貌的感覺。

從國一迎接初精後，和幸每天都像活在惡夢之中，獨自掙扎著。「難道我是怪物嗎？」和幸不知道這麼自問了多少遍。國三的夏天，和幸在街上向陌生女小學生搭訕，第一次觸摸到小女生的神聖身軀時，一股無法自拔的罪惡感襲來的同時，也帶來了莫名的孤獨感。

在少女們的面前，和幸總是垂著頭哭泣。和幸懦弱無力地流下眼淚時，每次一定會反覆說出相同話語。

少女們大多會露出感到噁心的表情，但只要和幸一直哭、一直哭，並且不厭其煩地反覆說著同一句話，少女們一定會原諒他。少女們會將和幸抱入她們小小的懷裡，輕撫和幸的頭。

和幸無法否定父親。別說是否定，和幸甚至覺得只有自己能夠理解父親。雖然遺書無法判讀內容，但其實和幸想像得出父親自殺的原因。至少和幸知道父親的那句「對不起」是寫給了誰。那句話正是和幸自身對少女們說的話。

當時和幸負責整理了父親的書房，而沒有給母親參與的機會。在櫃子最裡面找到大量錄影帶時，和幸難以克制湧上心頭的笑意。在那一刻，離開這座城市的意義、意願全消失了。

幾十年來，和幸的父親肯定也一直生活在惡夢之中。和幸明白了自己不是孤獨一人，也得到確信，知道自己打從何處來。

和幸漸漸不再感到孤獨，但換來了強烈的死心感。和幸發現自己根本無處可逃。

「抱歉，惠梨香。還有，生日快樂——」

等到察覺時，和幸才發現自己流著眼淚。惠梨香一副訝異的模樣歪著頭，和幸輕扶惠梨香的背，試圖在臉上堆起平時的笑容，但沒能成功。

不出所料地，惠梨香雖然抖了一下肩膀，全身變得僵硬，但沒有撥開和幸的手。

和幸早有所預料。

和幸知道少女們不會拒絕他。

因為母性不是當了母親後才會有的本性。

名為女人的生物從出生時即擁有母性。十歲也好，二十歲、三十歲、四十歲也好，所有女人都會原諒男人。她們每個人都會原諒我——

話說回來，最初都是這些女生先引誘我的。惠梨香也是。難得我在成為教師後，已經學會如何與性衝動和平相處，惠梨香卻毫不掩飾地對我敞開心房、天真無邪地對著我笑，硬是化解了我的戒心。當初是惠梨香擅自闖進我的領域。

沒有人可以譴責我。我沒有做出逼迫的行為。包括惠梨香在內，所有少女們都對著我吶喊，求我伸出援手。如同少女們在我心中無疑就像神的存在一樣，在少女們的心中，我的存在肯定也像神一樣。

我什麼錯也沒有。我沒有錯。因為我……

「因為我——！」忍不住脫口喊出內心的吶喊聲音時，和幸才總算察覺到自己的呼吸變得急促。和幸全身冒汗，喉嚨乾得不得了。

和幸慶幸著因為看見最後一班飛機從機場起飛，才讓他忽然回過神來。

小時候，和幸一直期望自己能夠搭上眼前的飛機離開這座城市。每一天，和幸總會在這裡獨自仰望飛機。

「老師……？」

和幸讓視線緩緩往下移，雙眼發出妖豔目光的少女壓低頭抬高視線看著和幸。

不，應該是陷入不安情緒的學生才對。

和幸嚥下一口口水這麼告訴自己。一九八八年八月。比起往年，今年的夏天格外炎熱。這般炙熱氣候足以讓人變得不對勁，肯定不只有和幸而已。

說穿了，和幸終究是那個男人的兒子。藏在口袋裡的啤酒早已變得溫熱。

和幸掏出啤酒，一鼓作氣地喝下肚。

「總之，先回我家吧。」

和幸握住惠梨香的冰冷小手。

雖然已經走到這個地步，但現在回頭應該還來得及吧……和幸在心中如此自問。

*

「媽媽的故鄉在一個叫愛媛的地方，對不對？」

盛夏陽光灑落全身之下，一翔這麼問道。一翔一身白色無袖背心搭配短版短褲的打扮，拿起水壺直接喝起水來，那模樣像極了舊時代裡的小孩。

「嗯，對啊。」樹蔭下的我緩緩從正在閱讀的書本上挪開視線。眼前的景色從上一秒鐘還沉浸其中的故事世界，切換為一片深綠。

幼兒園開始放暑假後，我每天帶著一翔外出玩耍。昨天陪著一翔到市立游泳池，前天還搭了電車去到鐵道博物館。

畢竟預產期就在月底，連日出遠門實在讓人覺得身體不堪負荷，所以我下定決心今天一定要待在家裡吹冷氣睡覺偷閒。儘管如此，最後還是屈服於體力旺盛的一翔的強烈要求。

來到從自家徒步約十五分鐘的井之頭公園後，看見不少同樣帶著小孩來玩耍的母子身影。母親們的臉上大多浮現溫柔的表情。在這個大熱天底下，她們肯定也都覺得來到公園讓人鬱悶。不過，公園裡處處綠樹成蔭，不時吹來宜人的涼風。

「怎麼突然這麼問呢？」

我緩緩闔上書本，朝向一翔露出微笑。眼前的五歲男孩曾氣勢洶洶地說著要獨占媽媽到這個月底，但此刻不知為何表情嚴肅地歪著頭，在我旁邊縮起身子坐上長椅。

「上次去橫濱奶奶家的時候，奶奶告訴我的。我跟奶奶說幼兒園的同學們夏天都可以回故鄉，可是我都沒有，結果奶奶就跟我說媽媽的故鄉是一個叫愛媛的地方。」

「喔，原來是這樣子啊。」

「為什麼我們不去愛媛呢？」

我沒有感到內心動搖，也明白婆婆沒有任何意圖。我只是覺得對一翔感到有些過意不去，沒能讓他擁有可以輕易回去的故鄉。

「就算去愛媛，媽媽也沒有可以見面的人。」

「兄弟姊妹呢？」

「媽媽是獨生女。」

「那媽媽的爸爸呢？」

「媽媽出生時就不在了。」

「是喔。那媽媽的媽媽呢？我的外婆。」

「你說外婆啊，一翔的外婆——」說到一半時，我不禁說不出話來。

蟬鳴聲逐漸拉遠。瞬間，我的記憶連結到了全身被異常潮溼的空氣裹住的那年夏天。

我早就料到一翔總有一天會提出這個疑問，也準備好了答案。明明如此，卻還是無法順利回答。

「一翔的外婆已經死掉了。在媽媽還是國中生的時候。所以，外婆已經不在這個世上。」

蟬鳴聲緩緩拉近回來。一翔的眉毛皺成了八字眉。一翔是個好奇心旺盛的孩子，他肯定會像連環炮一樣追問個不停，像是外婆為什麼會死掉？後來媽媽一個人怎麼生活？我進入備戰狀態等著連環炮攻擊，沒想到一翔的興致轉移到了其他地方。

一翔將沾滿泥巴的手，輕輕放在我的手背上，做出我意想不到的發言：

「那這樣我們去找媽媽的朋友吧！」

「嗯？」

「媽媽應該有朋友住在愛媛吧？我們去找他們就好了啊！」

一翔一副有了了不起的大發現的模樣，雙眼發亮地注視著我，我不由得露出苦笑。

「對喔，可以去找朋友就好。原來如此，一翔，你真聰明。」我摸了摸一翔的頭，再次扯謊說道。

故鄉根本沒有我的朋友。小學時同學們只會站在遠處看我，就算偶爾有同學願意跟我玩，也能從氣氛之中感受到那些同學的母親們不覺得開心。

學校老師也會試圖向我表達關懷，但沒有讓我感到值得信任的程度。

「一翔，你現在幸不幸福？」

我不經意地問道。一翔鼓起腮幫子說：

「妳幹嘛轉移話題啦！我們現在在討論愛媛的事情，不是嗎？」

「媽媽才想問你幹嘛那麼在意愛媛的事情呢？」

「沒有啦，就是啊，香織老師說她暑假要去愛媛旅行。」說著，一翔彷彿在說「我就是在等妳問我」似的模樣，揉了揉鼻頭。

「什麼？」

「我聽了超開心的，就忍不住跟香織老師說下次再告訴她愛媛是個什麼樣的地方。所以呢，我需要媽媽幫忙。」

原來是這麼回事啊。香織老師是一翔的幼兒園老師，也是一翔的初戀情人。聽到初戀情人要去自己母親的故鄉旅行，似乎讓一翔自我膨脹了起來。

「這什麼理由啊，媽媽都快傻眼了。」

我笑著回應一翔，然後說明了關於愛媛的事情。我的說明與自己過去一路看來的城市景色截然不同。我說明的淨是一些旅遊指南裡會出現的內容，像是山上有古城、有美味的糯米糰子串、有文學氣息、有日本最古老的溫泉等等。

一翔開心地聽著我的說明。「真的喔～好棒喔。媽媽，我們也趁著暑假去愛媛玩嘛！」一翔用著哀求似的口吻說完後，在臉上浮現打從心底感到滿足的表情跑回遊樂設施去。

目送一翔的背影離去後，我重新翻開書本。然而，我已無法再次投入故事之中。

我感覺到胸口深處出現細微的起伏。思緒在記憶裡奔馳，過去我親眼一路看來的愛媛有著什麼樣的真實模樣？至少可以很肯定地說，我看的不會是松山，而是伊予市的景色。

熱鬧祭典的「夜市」光景最先閃過了腦海。從港口升上天際的煙火既美麗又壯觀。然而，就連這般理應讓人感到開心興奮的記憶，也早已披上一層黑紗。

對我而言，伊予市的象徵還是那片海。來到東京與健次結識後，健次第一次帶我去到湘南的海邊時，讓我最吃驚的不是外海特有的高浪，而是無限延伸的遼闊海洋。

當時我才知道原來故鄉的海洋十分狹小。呈現灣狀的地形就不用說了，近海島嶼的存在也讓故鄉的海洋更顯狹小。

在家裡找不到屬於自己的地方，去到街上也覺得快要窒息時，我經常一個人去到海邊。到了海邊我會試著大口吸入空氣，但怎麼也揮不去「被禁錮住」的感覺。

故鄉那片海洋帶給我的，總是不見盡頭的絕望感。那裡是象徵之地，象徵著軟弱無力的我逃不出伊予市。每次看見飛機從右手邊的機場高高飛去，我不知道有多麼地嚮往。

蟬鳴聲越發激烈，但四周開始散發出淡淡的黃昏氛圍。

我緩緩挺起腰桿，伸了一下懶腰。真的好久沒有這樣讓思緒奔馳於故鄉了，雖然對一翔感到過意不去，但我一輩子再也不會踏進那座城市。

最後這麼終結思緒後，我準備朝向一直玩不膩地盪著鞦韆的一翔走去。

然而，我的雙腳像被釘在地面上動彈不得。

我感覺到背後投來如箭般犀利的目光。

本能強烈地告訴我不能回頭看。我立刻察覺到背後的目光，與年幼時如家常便飯般經常被迫承受的人們目光，有著相同的性質。

或許是事隔多年恰巧想起故鄉的緣故吧，我不禁覺得背後的目光簡直像是有著什麼吸引我的力量，一點一點地朝向我施壓。

「媽媽，妳怎麼了？」

一翔察覺到我的異狀，跑到身邊來，但我連露出微笑都有困難。

我蹲下來用力抱緊一翔，然後戰戰兢兢地回過頭看。幸福洋溢的公園裡，站著一名獨自散發不同氛圍的男子。

因為隱約預料到男子的出現，所以我沒有受到太大的衝擊，但還是克制不了一股不祥的預感在心中不斷膨脹。

男子一副像在懺悔的模樣朝向這方低下頭。我沒有從對方身上別開視線。男子抬起頭後，雙方的視線交會在一起。我已經忘了多少年沒見到這個人了。

男子是上原浩介。上原過去曾在愛媛當地的報社當過記者，但此刻的樣貌已完全呈現出老態。

「我絕對不會再出現在妳的面前。」最後一次見面時，上原曾對我這麼說。

我全身上下的毛孔湧出汗珠。

或許是察覺到了我的憤怒情緒，上原沒有往這方靠近，只是站在相同位置再次低下頭。

1992年8月

聽著愛聽的深夜廣播節目時，有那麼短短一刻不小心打了盹。

白石康一郎就快趴上書桌的那一刻，母親無縫接軌似地打開房門，連敲個門也沒有。

「小康，你有沒有認真在讀書？」

大家開始放黃金週假期後，康一郎天天到補習班報到。今天康一郎也從早上九點一直待在松山市內的補習班到晚上八點，回家後洗了澡，又繼續坐在書桌前讀書。康一郎忍不住心想，母親有必要還這麼問嗎？

時鐘的指針早已跨過凌晨十二時，明天也是一早又要上補習班。

「當然有認真在讀書。」

康一郎挺起身子，頭也沒回地答道。背後傳來了嘆息聲。

「真的嗎？你一邊聽廣播讀書，專注得了嗎？」

「聽廣播不會受影響的。廣播跟電視又不一樣。」

「要是換成我，我絕對沒辦法專注。肯定會分心的。」

「不是啊，媽媽，我已經——」

對一個已經回答過好幾遍的問題，母親到現在還在質疑，康一郎不禁感到厭煩地回過頭看。

母親保持站在門口不動，一副神經質的模樣扶著細框眼鏡。通常康一郎只要狠狠瞪一眼，母親大多會閉上嘴巴，但這天晚上不知怎麼搞地，母親就是不肯罷休地頻頻挖苦。

「小康，算媽媽拜託你，拜託你這次真的要好好努力。」

「這次是什麼意思？」

「這還用說嗎？」

「我不懂意思？是怎樣？」

「爸爸也為了你很努力在工作啊。」

「就跟妳說我不懂意思啊。妳從剛剛就一直在講什麼東西啊？」

康一郎勉強在臉上堆起笑容，但止不住顫抖的聲音。康一郎猜想可能是因為模擬考沒能考出好成績，不然就是因為廣島東洋鯉魚隊輸了球，再不然也可能是因為這天晚上就像進入梅雨季般悶熱，自己才會如此煩躁。

母親也不像平常時候的母親。母親沒有因為康一郎的怒氣而顯得膽怯，或皺起眉頭露出悲傷的表情。康一郎才看見母親終於忍不住踏進房間來，下一秒鐘母親便猛力拍打，硬是關掉收音機的電源。

「還用問嗎？當然就是要你好好讀書的意思！你現在是應考生耶！小康，媽媽拜託你，不要讓我跟爸爸再受到你國中考試時那樣的恥辱了，好嗎？拜託你這次真的要認真讀書，然後金榜題名！」

康一郎頓時迷失了自我。等到察覺時，康一郎已經拉高嗓子不知道吼著什麼，跟著用身體撞開母親，衝出了房間。

夜裡的住宅區一片靜謐，康一郎只聽到自己的喘息聲以及腳步聲。在幾乎不見路燈的黑暗中，康一郎連自己正走向何方也不知道。就這麼在腦袋一片混亂之中持續走了十分鐘左右，康一郎忽然覺得喘不過氣才總算停下腳步時，發現自己來到了商店街的外圍。

小酒館「MICHIKO」的粉紅色招牌發出顯得妖媚的光芒。五年前從東京搬來伊予市時，開車經過了「MICHIKO」前面，當時康一郎的母親用著極其不悅的口吻說：

「這家店還沒倒啊。」

如此帶有惡意的話語一點也不像母親平時的作風，當時還是小學四年級生的康一郎驚訝得做不出任何回應。

母親立刻一副尷尬的模樣聳了聳肩說：

「對不起喔，嚇到你了。這個叫美智子的人，其實是媽媽國中時的同學。」

「是喔。」

「她是個無藥可救的壞學生，在學校也是出了名的問題學生。小康，你絕對不能靠近這家店喔！」

「靠近這家店？我怎麼可能——」

「答應媽媽，好嗎？就算有朋友約你一起來，也絕對要拒絕。還有，答應媽媽不要到這附近地區來玩。」

「好啦……」在媽媽的強烈氣勢施壓下，康一郎點頭答應的同時，也在無意間把「MICHIKO」的招牌烙印在眼底。

雖不是為了老實遵從母親的命令，但康一郎從小學畢業後升上當地的郡北國中，一路讀到三年級，都刻意不讓自己靠近夜晚的商店街。事隔多年再看見亮著燈的「MICHIKO」招牌，似乎變得黯淡了些，但依舊散發出妖媚的氛圍。不，應該說淫蕩的感覺比以前強烈得多。當然了，一方面也是因為康一郎自身已經迎接初精，才會有這般感受。

康一郎發愣地站在「MICHIKO」店前不動時，老舊的店門發出嘎吱聲響打了開來。看見從店裡走出來的竟是自己的同學，康一郎不由得倒抽了一口氣。

漂染而受損的髮絲、細長的鳳眼以及總是帶著不滿情緒的眼神、纖瘦卻顯得有女人味的身形……康一郎的同班同學越智惠梨香，突然從小酒館的門口現身。

康一郎知道這裡是越智惠梨香的家。小學時，同學們之間都十分熟悉這個事實。

雙手拎著垃圾袋的惠梨香表現得就像在學校時一樣，臉上掛著感到無聊透頂的表情，彷彿根本不把四周景色看在眼裡似地垂著眼簾。

康一郎立刻禱告起希望自己不會被發現。不知道是不是康一郎的心聲不小心漏了出去，惠梨香在店面前方放下垃圾袋後，原本已轉過身現出纖細的背部，卻忽然像被什麼力量吸引似地又轉過身來。

「啊……」惠梨香發出少根筋的聲音。康一郎慌張得只知道一張一合地動著嘴巴。

「那、那個，我、我——」康一郎話沒說完就拔腿逃跑，並感覺到身後一直有視線盯著他，難為情到恨不得能夠找個地洞鑽。

直到小學四年級的暑假，康一郎都住在東京。從懂事開始，康一郎就一直比周遭的人高出一顆頭，體格也魁梧許多。「小康，你跟大家玩耍時不可以太認真用力喔！這樣會不小心害人家受傷。」不論是母親或幼兒園的老師，都曾經這麼叮嚀過康一郎。當時還年幼的康一郎耿直地接受了這些叮嚀話語。

與朋友相處時，即使不覺得開心，康一郎也會一直笑咪咪的。還有，為了強調自己與大家對等，一起玩耍時康一郎總會提醒自己注意拿捏力道。

當時周遭人們給予康一郎的評語是，「他應該是那種常常會看到的大塊頭孩子，個性溫和又孔武有力」。升上小學後，康一郎的體格越來越高大強壯。尤其是體重更是一路直線攀升，身材不算特別高大的康一郎父母總為此感到納悶不已。

漸漸地，康一郎在學校裡因為體型而被取笑的狀況變多了。雖然覺得心裡很受傷，康一郎還是保持著笑容。除了這麼做，康一郎不知道還有什麼方法可以撐過窘境，他也知道一旦表現出內心受傷的態度，只會招來更多欺負行為。

一方面因為有部分熱心的女同學出面袒護，所以到了一年級接近尾聲時，康一郎被取笑的狀況漸漸變少了。

康一郎幾乎不再聽到有人會用「胖子」這個綽號來喊他，班上大部分的同學都會喊他「小康」。在這之中，只有一個男同學還會持續捉弄康一郎。

「喂！胖子！」在春假即將到來的某天，那個名叫鈴木的男同學一如往常地喊住康一郎。

如果只是如此，康一郎應該不會覺得怎樣。事實上，康一郎的臉上也已經浮現彷彿在說「嗯？怎麼了？」似的慣有笑容。

康一郎倒楣就倒楣在這時班上的女神就在鈴木的附近。「鈴木同學，別這樣好不好？」「快向小康道歉！」其他女同學都一改眼神，異口同聲地替康一郎抱不平。在這之中，不知道覺得什麼好笑，女神一副按捺不住的模樣噗哧笑了出來。

女神名叫山田繪里香。她拚命地想要忍住笑意，但就是忍不下來。其他女同學都露出難以置信的表情，鈴木則是雙頰泛紅，顯得有些驕傲的模樣。

一切的開端就這麼形成了。小小世界裡的平民得到了女王陛下的歡心，而好巧不巧地，這名平民正好是百姓裡的帶頭人物。

鈴木為了更加討取歡心而展現積極態度，其他男同學也跟隨著鈴木行動，讓康一郎再次成為被攻擊的目標，嘲笑也在轉眼間化為霸凌。

山田繪里香很快地就對康一郎不再感興趣。想必她連作夢都不會想到這場霸凌其實是因為自己而起。山田繪里香總是在遠處用著冷漠的目光，望著康一郎被霸凌的場面。

到了三年級接近尾聲時，同學們的霸凌真正開始變得惡劣。明明鈴木和山田繪里香都不在同一班，班上的同學卻會對康一郎毫不留情地拳打腳踢，永無止盡地展開霸凌。升上四年級，眼見就快放暑假時，事件發生了。

午休時間，班上專門帶頭的男同學把康一郎叫到了實驗教室。康一郎到場一看，發現有六名男女在等著他。當中也看見了隔壁班的鈴木和山田繪里香的身影。

所有人的目光集中到康一郎的身上時，把康一郎叫來這裡的同班同學開口詢問：「欸，聽說胖子就算被刀子刺傷，也不會死是真的假的？」

康一郎不明白對方在問什麼，只能保持微笑地歪著頭。同班同學一副難以置信的表情盯著康一郎看，跟著不知道遞了什麼給鈴木。

「算了，管它是真是假。先刺給我們看看吧！」

這時，康一郎才總算察覺到異狀。鈴木的臉色一片鐵青，連嘴唇顏色也發紫，簡直就像被霸凌者不是康一郎，而是鈴木。

鈴木接過手的是一把雕刻刀。不尋常的氣氛使得康一郎完全怔住，沒有多餘心思去在意雕刻刀的存在。

鈴木拿著雕刻刀一副像在懇求什麼的模樣看向山田繪里香。山田繪里香什麼話也沒說，只是用著康一郎不擅長應付的冷漠眼神看著鈴木。

沒多久，鈴木低聲啜泣起來。鈴木的哭聲顯得相當無助，無助到讓康一郎甚至一時忘了自己的處境，同情起鈴木。

過了一會兒後，鈴木一副下定決心的模樣點一下頭，往前踏出一步。鈴木握住雕刻刀的雙手誇張地顫抖著。即便到了這時，康一郎還是沒能確實掌握到眼前發生什麼事態。

「抱歉……真的很抱歉……」

鈴木朝向這方倒過來的下一刻，康一郎感覺到右下腹部一陣刺痛。「咦？怎麼回事？鈴木同學，你怎麼了？」康一郎保持著臉上的笑容，伸手觸摸疼痛的部位。

康一郎的掌心沾上了鮮血。鈴木越哭越激動。康一郎第一次體驗到所謂臉上失去血色是怎麼回事。總算認知到自己被刺傷後，康一郎臉上的笑容像融化似地消失不見，雙腿頓時發軟無力。

康一郎與鈴木一起倒在地上。所有人如雷般的笑聲撼動著鼓膜。康一郎毫無頭緒，不知道大家到底在笑什麼？

不過，康一郎雙腳發軟倒下的那一刻，視野裡捕捉到山田繪里香的身影，同時發現只有她一人沒有露出笑容。對於山田繪里香為何沒有跟著一起笑，康一郎一樣摸不著頭緒。

傷口本身其實不到一公分的深度。事實上，當天很快就止了血，所以沒有鬧大事情，康一郎也只是拿了實驗教室裡的女同學遞給他的ＯＫ繃貼住傷口而已。

不過，康一郎心靈上的傷口並沒有癒合。很奇妙地，每次感到心痛時，康一郎就會覺得下腹部變得沉重且陣陣刺痛。

直到盂蘭盆節假期結束、開始瀰漫新學期的氣氛時，康一郎才總算把被霸凌一事告訴母親。

雖然不過是小小一道傷口而已，但母親看見腹部的傷痕時，整個人嚇壞了。母親緊閉雙唇，然後流著眼淚不厭其煩地反覆摸著康一郎的頭說：「媽媽很欣慰你能勇敢說出來。」

在那之後，母親跟誰談論過什麼、實際採取了什麼行動，康一郎一概不知。向母親告白後沒多久，康一郎近乎第一次與父親單獨兩人外出吃飯時，父親向康一郎致歉說：「對不起，爸爸應該要察覺到異狀的。」

「畢竟爸爸不能辭掉工作。」「只要一放假爸爸就會去找你們。」致歉後，父親單方面地做出這些發言，最後一副早就做好決定的態度告知康一郎說：「過幾年後一定要再回來，到時候我們再一家人一起開心生活。」

事情進展得很快。在「暫時只針對小學這段時間換個環境」的約定下，康一郎跟著母親在位於愛媛伊予市的母親老家附近租了公寓。

就這樣，康一郎轉學到伊予市立郡北小學，與越智惠梨香成了同班同學。站在講台上接受導師的介紹、被同學們帶刺的好奇目光盯著看時，康一郎立刻察覺到只有一人的目光散發出不同氛圍。

只有惠梨香一人靜靜地觀察著康一郎。在比起東京的小學同學顯得稚嫩許多的同班同學當中，只有惠梨香一人像在打量似地看著轉學生康一郎。

惠梨香像在試探人似的眼神，康一郎並不覺得陌生。雖然國字不同，但得知惠梨香有著與山田繪里香發音相同（註10）名字時，康一郎難以壓抑心中的厭惡感。聽到惠梨香是母親叮嚀過的「MICHIKO」家的小孩後，康一郎更是下定決心絕對不讓自己接近惠梨香。

惠梨香在這時還不是個問題學生，每天也會乖乖來上學。不過，康一郎知道惠梨香總有一天絕對會變得不尋常。只要回想一下「MICHIKO」那家店的氛圍，想也知道惠梨香很難擁有正常的生活。

康一郎的預感準確。在康一郎轉學過來正好滿一年、五年級放完暑假時，出現了最初的異狀。從九月一日的開學典禮那天開始，惠梨香一次也沒有來上學過。

隔了一段時間後，開始有謠言指出原因在於擔任導師的村上和幸老師，也就是「老師與惠梨香有男女親密關係」。

不知哪個同學帶頭提出這個話題後，大家開始擅自發言。像是曾看過老師和惠梨香兩人一起出現在海邊、上課時兩人經常互相凝視、聽說會利用鞋櫃做書信往來、老師經常光顧「MICHIKO」、爸媽看過老師進出「MICHIKO」之類的發言。這些內容不斷被加油添醋，變得難以判斷什麼內容才是事實。對於這些流言蜚語，康一郎絕對不會在旁助勢。康一郎沒有可以提供給人參考的資訊，也本來就對這類事情不感興趣，更何況康一郎根本也搞不懂何謂「男女親密關係」。最重要的是，因為有了東京時期的經驗，使得康一郎聽到有人在背地裡說壞話時，也會感到不舒服。

因為擁有來自東京的轉學生身分，同學們都覺得康一郎優人一等，康一郎每天也得以十分放鬆地度過在郡北小學的生活。

康一郎畢竟不樂見原本安穩的日常生活參雜動盪氣氛，所以一直抱著事不關己的態度想著希望這波騷動快快平息。

康一郎的心願似乎傳達到了老天爺的耳裡，一個月過去後，不再有人提起惠梨香的話題。整個年級呈現出彷彿不曾有過惠梨香這個同學似的氛圍，但到了四周開始染上秋天色彩的十一月中旬，惠梨香突然來到學校上學。

說到當時學校整體散發出來的緊繃冷漠氣氛，康一郎至今難忘。惠梨香把頭髮漂染成透亮的髮色，更是讓大家驚訝到眼珠子都快掉了出來。

惠梨香平常已是大家口中的話題人物，現在又大改形象，其帶來的震撼力自不在話下。那些以前會與惠梨香正常相處的同學們，也瞬間轉為戰戰兢兢的態度。同學們也經常會說惠梨香的壞話。然而，這些舉動的性質有別於忽視或霸凌。感覺上，反而比較像是惠梨香為了不讓大家靠

註10：惠梨香與繪里香的日文發音同為Erica。

近，而表現出偽惡的舉止。

從朋友口中得知惠梨香是美智子的女兒時，康一郎的母親也是露出犀利目光說：「絕對不能跟那種女生玩在一起！」

雖然覺得母親一臉凶狠的表情過於誇張，但康一郎只搖搖頭回答：「不可能啦，我根本沒跟她講過話。」不過，惠梨香與村上老師的關係倒是讓康一郎頗為在意。

五年級放完寒假後，宛如與惠梨香交棒似的，換成村上老師沒有來學校。雖然對外說法是身體不適，但沒有一個學生相信這個說法。

惠梨香在學校越來越孤立，但看在康一郎的眼裡，總覺得那是惠梨香自身渴望的結果。

結果，小學期間康一郎沒有與惠梨香說過話，就讀國中後也是一樣。升上三年級時，康一郎自小四後第一次又與惠梨香同班，但兩人生活的世界大不同，康一郎甚至不需要因為惠梨香的存在而保持警戒。

為了從國中考試的失敗中扳回一城，康一郎投入所有心力於讀書。另一方的惠梨香染了一頭更加顯眼的金髮，只有心血來潮時才會來學校上學。康一郎偶爾會看見惠梨香讓看似高中生的男子騎摩托車載來學校，在教室時，惠梨香也只會與同樣染著一頭金髮的同學說話。

康一郎不確定惠梨香是否認得他是同班同學。說得更直接一點，康一郎甚至不認為惠梨香知道他這個人的存在。

所以，康一郎很意外連假期間在「MICHIKO」店前撞見時，惠梨香會表現出驚訝的態度，惠梨香在連假結束不久後便主動向康一郎攀談時，康一郎也不知道該如何應對才好。

「啊！小混混！早啊！」

康一郎上完第二堂的體育課，準備從操場回教室時，惠梨香正好在這時間來上學。惠梨香在走廊上朝向康一郎揮手說道。

「咦？我、我……？」事發突然，康一郎難掩內心的動搖。在惠梨香身旁的三年級混混老大武智大悟，一副不服氣的模樣歪著頭。

「幹嘛，惠梨香，你跟這個胖子很要好啊？」

「沒有很要好啊。欸，你叫什麼名字啊？」

「沒有，那個……我、我姓白石……」

「拜託，你是在搞笑啊？我當然知道你姓白石。名字呢？」

「喔，就是……康、康一郎。」

「康一郎？那從今天開始，我就叫你小康喔。欸，小康，你上次到那裡做什麼？」

武智狠狠瞪著康一郎。從操場與康一郎一起走回教室的同學們早已不見蹤影。

康一郎的心臟撲通撲通跳個不停，全身冒汗，完全無法理解自己身處什麼狀況。

「那、那、那天晚上我離家出走。因為和我媽吵架。」脫口說出的下一秒鐘，康一郎為自己坦率說出事實感到後悔。

不出所料地，惠梨香捧腹大笑起來。

「什麼東西啊！小康，你真的很愛搞笑耶！還有你的東京腔超酷的！」

武智一副忍無可忍的模樣，不悅地扭曲著表情。這時，學級主任正好路過，要求惠梨香和武智到教職員室報到。

離開之際，武智一把抓住康一郎的肩膀。被這麼一抓肩膀，康一郎才發現武智的塊頭比他小上許多。

「喂！胖子！今天放學後我在新川的公園等你。」

「新川……」

「少囉嗦，乖乖過來就是了！絕對要來啊！」武智在最後壓低聲音這麼叮嚀後，隨即轉身離去。

惠梨香也腳步輕盈地跟在武智後頭走去。不論好壞，兩人看起來都十分相配。康一郎曾聽說武智和惠梨香在交往，也聽過兩人其實是兄妹的謠言。

在走廊上準備彎過轉角時，惠梨香擺出雙手合掌的姿勢，以嘴形向康一郎說了一句：「抱歉。」不知道為什麼，康一郎這時忽然在意起原本毫不在乎的謠言。

這天，康一郎第一次翹課沒去補習班。

「媽媽，妳今天不用來接我。」

康一郎平時會搭電車前往位在松山市內的補習班，回程則是請母親來接。

「真的嗎？為什麼？」母親感到納悶地歪著頭，康一郎看見她臉上的眼鏡框用膠帶固定住。前幾天康一郎撞飛母親時，似乎也不小心撞斷了眼鏡框。

「我朋友好像有事情要找我商量。」

「朋友？女生嗎？」

「當然不是啊。」

「真的嗎？」

「就跟妳說不是了。」

「既然你說不是那就好。不過，千萬不要喔。你如果想談戀愛，可以等升上高中後再談。現在拜託你專心做好該做的事。」

康一郎的腦海裡閃過惠梨香的臉。明明沒有做什麼壞事，康一郎卻有種背叛了母親的感覺。

「對不起喔，媽媽。」

康一郎不由得脫口說出心聲。這下子使得母親更覺得可疑，而皺起眉頭詢問：

「什麼對不起？」

「沒有啦，就上次……不小心弄斷了眼鏡。」

「喔，那只是小事。」母親一副鬆了口氣的模樣低喃道，跟著輕輕搖了搖頭說：

「沒事，媽媽才應該跟你道歉。媽媽上次不知道怎樣太心浮氣躁了。我明明比誰都知道你很用功在讀書。」

看見母親如此坦率地道歉，康一郎的罪惡感更重了。康一郎本來就沒有想偷懶不去補習班的意思，不僅如此，想也知道如果去了公園，肯定會吃苦頭。儘管如此，康一郎還是無法置之不理。

因為擔心母親起疑，康一郎沒有騎腳踏車。徒步到武智指定的新川公園，必須走上二十分鐘左右。康一郎額頭冒汗地快步前進，但還是比指定時間晚了一些才抵達公園。

公園的入口處停了好幾輛摩托車和車子，約有八個人在公園裡。當中有一身便服、看似高中生的男生，也有身穿其他學校制服的女生。

武智似乎忘了自己把康一郎叫來公園一事。「啊？你怎麼會……」說到一半時，武智才總算想起白天發生的事。

「你乖乖來了啊。是說，也來得太晚了吧！」

惠梨香訝異得半張開著嘴巴。「誰啊？」他校女生這麼詢問後，惠梨香發出咯咯笑聲回答：「他是我們學校的康一郎同學。我們今天變成好朋友的。不是啊，你真的來了耶！」

尷尬的氣氛頓時瀰漫四周，惠梨香肯定也察覺到了這點。儘管如此，惠梨香卻沒有表現出在意的樣子。

「欸，小康，剛剛的話題後來怎樣了？」

「咦?什麼話題?」

「就是,你不是說你離家出走嗎?你媽該不會很兇吧?」

「喂!惠梨香,別理那個胖子了!難得秋山學長都來了。」武智一副難以置信的模樣開口說道。

惠梨香還是一樣的態度,裝作什麼也沒聽見。惠梨香沒有理會武智,也沒有理會名為秋山的學長。

「小康,你怎麼了?」

惠梨香一臉搞不懂康一郎怎麼會愣住的表情問道。康一郎被夾在莫名其妙的好感與強烈的反感之間,什麼話也說不出來。惠梨香探出頭盯著康一郎的眼睛看了好一會兒,最後終於死心地嘆了口氣說:

「算了,我們隨便去晃晃吧!」

「咦?隨便去晃晃……」

「大悟,摩托車借我一下。」

「啥?妳在開什麼玩笑!」

「晚點我會騎去你家好好還給你的!走囉!小康,快點啊!」惠梨香硬是拉起康一郎的手臂。

「不,等一下。」康一郎的聲音傳達不到惠梨香的耳裡。惠梨香的臉上浮現在學校不曾看過的開心笑容，輕快地跨上摩托車啟動引擎。

惠梨香讓康一郎戴上安全帽，自己則是無安全帽駕駛。「那準備出發囉！很危險的，你好好抓住我。」說著，惠梨香抓起康一郎的手臂抱住她的腰，猛加速地騎了出去。因為過於猛力加速，後輪險些在砂石上空轉。「小康，你太重了啦！」惠梨香大聲笑著說道。

摩托車繞過幾條小巷子後，來到沿岸道路。「嗯～好舒服喔！」惠梨香讓身體倒向康一郎說道，但康一郎根本無暇欣賞景色。

康一郎眼前不停閃過母親的臉。絕對不能讓人看見此刻的場面。康一郎竟然和一個在昨天之前從未交談過的不良少女一起騎著摩托車。這個不良少女還是康一郎自身從好幾年前便一直保持戒心，母親也哀求康一郎「絕對不要與對方往來」的對象。康一郎不由得自問：「我到底在做什麼？還翹課沒去補習班。」

惠梨香把康一郎帶到騎車約十分鐘距離、名為「五色濱」的海水浴場。伊予市有好幾處海水浴場，五色濱是其中之一。以前父親每次來到愛媛時，康一郎一家人也會到這裡來游泳。當然了，那是指夏天的時候。非夏季的海水浴場上，頂多只看得到帶著小狗散步的人影。

「小康，兜風真開心，對不對？」在老舊的燈塔旁停下摩托車後，惠梨香一邊把頭髮往後撩，一邊問道。

無論是稱呼方式，或是顯得親近的態度，都讓康一郎摸不著惠梨香究竟有何用意，不禁感到有些煩躁。

「摩托車。武智同學剛剛很生氣。」

「沒關係啦，反正這摩托車八成是他不知道去哪裡偷來的。」

「可是，武智同學他——」

「他可不是我男朋友喔！」惠梨香搶在康一郎發問之前撂下這句話。康一郎一時不知道該怎麼接話，惠梨香一副識破康一郎想法的模樣，輕哼一聲說：

「順便跟你說好了，我們也不是什麼兄妹關係。你聽過這個傳言吧？」

「我才沒有……」

「我跟他只是遭遇有些相似而已。雖然那傢伙在大家面前很愛逞強，但其實很懦弱的。那傢伙小時候老愛在我面前哭，所以我才陪著他的。哪知道最近那傢伙不知道會錯什麼意，越來越得寸進尺，搞得我有點火大。不用理他沒關係的。再說，如果真的要打架，你也會打贏他的。」

「我怎麼可能打贏他。」

「肯定會打贏的啊。你身材這麼壯。」

惠梨香拍了拍康一郎的胸口後，面帶笑容地率先踏出步伐。黃昏時分近在眼前，瀨戶內海被紅通通的夕陽染上了顏色。從東京搬來後，康一郎因為這座城市的各種景色而獲得拯救，當中最能夠讓康一郎感到內心平靜的，莫過於眼前的這片景色。如湖泊般風平浪靜的大海、彷彿浮在海面上似的多數島嶼、在高空中傲氣飛舞的老鷹、燒得火紅的太陽……

有一次，康一郎忽然覺得這樣的景色令人懷念。對於自己會有這般感受，康一郎感到十分意外。明明住在東京時不曾看過這般光景，卻會感到懷念，這股情感究竟打哪兒來？康一郎如此自問後，猜想可能是自己的基因裡被植入了什麼，才會感到懷念。

從好幾千年、好幾萬年前到現在，只要來到這地方，肯定就能眺望到這片景色。日本各地或許都有像這樣的地方，但這片染上夕陽色彩的瀨戶內海景色，總會讓康一郎覺得是這個國家的原始景觀。

「瀨戶內海～夕陽西下了～夕陽海浪～微波蕩漾～」

惠梨香看似愉快地哼著歌，在碎石滾落一地的海灘上有技巧地一步步走去。那模樣看起來像懂得很多康一郎不懂的事的成熟大人，也像天真無邪的小孩。

康一郎輕輕嘆了口氣。可能是漸漸進入會讓人心情平靜的黃昏時刻，康一郎的緊張情緒稍稍緩解下來。

惠梨香保持著臉上的柔和微笑，做出不可思議的發言：

「其實我最討厭了。這個時段的這片海洋。還有，剛剛那首歌也是。」

「抱歉，什麼意思？」

「我的意思是我很討厭這片海洋、討厭這裡的夕陽、討厭這裡的海灘。我也最討厭大悟他們。總之，我討厭這個城市裡的所有東西。我想要早點逃離這裡，去過自己喜歡的生活，但每次像這樣看著黃昏裡的海洋，就會覺得絕對不可能實現這個願望。我覺得內心的憧憬會跟著太陽一起被大海吞沒，所以看到就覺得討厭。」

惠梨香滔滔不絕地說了這麼多，但沒有觸動到康一郎的心。康一郎覺得像被迫在沒有旋律之下，聽了一段流行歌的無聊歌詞。

尷尬的沉默氣氛籠罩兩人。

「離開這個城市後，越智同學想去哪裡？」

康一郎拚命擠出了話語。「應該還是東京吧。」惠梨香這麼回答後，突然改變話題說：

「我到現在還記得你轉學過來的那一天。小學那天你不是跟大家打招呼嗎？那是我第一次現場聽到標準腔，就覺得真正的東京人果然很不一樣。我從那天就一直很希望有機會找你說話。」

惠梨香說著說著，自己笑了起來，然後補上一句：「結果我花了五年時間才做到這件事。」康一郎找不到話語回應，而惠梨香也沒有要求康一郎回答。

「不過，其實也不一定要是東京。只要能先離開這個城市就夠了。為了實現這個目標，我在想必須好好讀書才行。」

「讀書？」

「嗯，有個人告訴我讀書是改變現狀的唯一手段。雖然想到那個人我就火大，也覺得無法原諒，但不知道怎樣，心裡就是一直記得這句話。」

康一郎的腦海裡閃過村上老師的臉。當然了，康一郎不可能有勇氣開口詢問那個人是誰，所以輕輕點頭說：

「我也認同。」

「認同什麼？」

「我也認同讀書是一種手段。其實我也必須離開這裡。所以，嗯，我現在卯足勁地在讀書。」

康一郎沒有太多的念頭，只是一心想著不希望再陷入沉默氣氛。於是，康一郎向惠梨香表白了過去從未向任何人說過的事情。

包括住在東京時被霸凌的事、逃到伊予市後的生活點滴、為了重新一家團圓地生活而報考東京的私中卻落榜的事、到現在還會被母親譴責落榜的事、高中必須再接受一次挑戰的事。

「我懂。」「我懂。」「我懂。」「我懂。」惠梨香像唱片跳針似地反覆附和。這句「我懂」的附和話語讓康一郎感到莫名地刺耳，越聽越沒勁兒。

康一郎說出一切後，惠梨香給了一句：「我懂。不過，小康你一定沒問題的。絕對會很順利的。」

就連這句話也讓康一郎覺得空虛到了極點，不禁有種奇妙的寂寞感。康一郎覺得自己的話語根本完全沒有傳達到惠梨香的心裡，這才回過神來地心想：「我怎麼會向惠梨香坦承這些事情？」

「小康，你真了不起，知道要用功讀書。」

「我沒有什麼了不起。」

「欸，你也教我讀書吧！」

「我哪有那麼厲害。」

「你有。」

「可是……越智同學可以也去補習班上課啊。」

「你可不可以不再叫我越智同學了？叫我惠梨香就好。」惠梨香一副感到無趣的模樣說道。

「我們家哪有錢讓我上補習班。」

「可是……那、那這樣好了，我給妳參考書，妳可以自己讀。」

「不可能。在那個家讀不了書。」

「為什麼？」

「太吵了。」

「可是，這樣一直找藉口也……」康一郎說到一半時，想起曾聽說惠梨香的繼父會對她施予暴力的謠言。

惠梨香原本一直釋出善意的眼裡，忽然燃起怒火。

「你說找藉口是什麼意思？」

「沒有，我不是這個意思。不應該說是找藉口，可是越智同學——」

「越智同學。」

「不是，就是，那個……惠、惠梨香，妳必須讀書才能實現夢想。」

「所以我叫你教我啊。」

「可是我——」

「既然你這麼說，就負起責任教我讀書，協助我離開這個城市嘛。」

康一郎忍不住猜想這可能就是惠梨香主動向他攀談的真正目的。惠梨香像在逃避似地立刻轉頭看向大海，康一郎看著惠梨香的側臉，但沒能看出她的內心想法。

康一郎沒能多說什麼，也找不到拒絕的話語。即便如此，康一郎還是抱著祈求能順利拒絕的心情，注視著惠梨香的側臉好一會兒時間。不過，當康一郎緩緩把視線移向大海時，內心已放棄了掙扎。

此刻，太陽就快被夜色吞沒，西邊天際也開始掛起閃爍白光的星辰。康一郎頓時體會到了些許惠梨香想表達的感受。面對眼前這片靜謐的景色，會讓人覺得自己的存在、憧憬、話語都顯得無力。康一郎方才感受到的孤獨情緒，在此刻重新湧上心頭。

坐上摩托車踏上回程的路上，康一郎與惠梨香兩人幾乎沒什麼交談。不過，惠梨香說明了自己的名字由來是源自於相同發音的花朵，並笑著硬是要求康一郎絕對要以名字來稱呼她。

去程時康一郎明明毫無感覺，回程的路上卻不斷飄來惠梨香的髮香。康一郎有生以來第一次聞到真實的女性氣味，整路上心情始終無法平靜下來。

康一郎請惠梨香讓他在車站附近的小巷子裡下車後，沒有立刻回家。為了消磨時間，康一郎繞到了書店。

康一郎拿起不經意映入眼簾的植物圖鑑，同樣不經意地尋找了花名「Erica」。「孤獨」、「寂寞」；康一郎的目光率先捕捉到這兩個排列在一起的花語。

康一郎不禁感到心情鬱悶，覺得被捲入了自己無力應付的麻煩事。

看著「Erica」的花語，康一郎莫名地感到認同。

在那隔天後，惠梨香開始每天都來上學。惠梨香比任何人都更早來到學校，還會提交康一郎前一天出給她的習題。

對於兩人的關係，班上同學們的臉上都浮現驚愕的表情。之前與康一郎交情好的同學們不再接近他，也沒有任何同學來詢問究竟是怎麼回事。

一開始康一郎一直想找機會向大家解釋，但時間久了，也就覺得無所謂了。康一郎心想反正與大家也只剩下半年的相處時光。之前報考私中時，落榜就等於必須就讀自家附近的公立國中，但這次不同。這次已經決定好要回到東京就讀高中。沒錯，康一郎要讓自己在小四時遭遇倒楣事，後來又沒能在升國中的時間點拉回軌道上的人生，重新回到正常軌道上。

每次午休時間一到，惠梨香就會跑來康一郎的座位，有時則會帶著康一郎去找她的同伴。也就是惠梨香在海邊說「最討厭」的那群朋友。宛如在證明自己沒說謊似的，惠梨香總是一副不起勁的模樣。惠梨香只有在康一郎做出什麼發言時，才會拍手說：「超搞笑的。」

看見惠梨香這樣的態度，朋友們也漸漸接納了康一郎。唯獨武智一人，始終保持不認同康一郎的態度。每次看到康一郎與同伴們開心相處的畫面，武智就會擺臭臉。武智會試圖引起惠梨香的注意，但康一郎從旁看來，也明顯看得出武智總是白忙一場。

武智的狼狽模樣，實在讓人看了心有不忍。就算武智再怎麼裝成熟地染了一頭金髮，只要細看他的臉，還是會發現仍帶著稚氣。就算武智再怎麼擺出囂張的態度，身高也頂多只有一六〇公分左右。

康一郎升上國中後，體格越來越高大。照目前的狀況看來，康一郎今年內應該會長高到一八〇公分，體重也輕輕鬆鬆超過了九〇公斤。近來就算武智露出凶狠模樣，康一郎也幾乎不再感到害怕。

「喂！胖子！我勸你最好不要得意忘形！」

武智曾經在放學時間，刻意跑到校門口對康一郎撂狠話。康一郎不加以理會，並打算從武智的面前走過時，武智刻意擋住了康一郎的去路。

「抱歉，你可不可以讓開一下？還有，我也希望你不要再叫我『胖子』。」

康一郎硬是擺出低頭俯視武智的姿勢說道。武智露出壞心眼的微笑說：

「我看你真的是太得意忘形了。你根本不知道那傢伙的真面目。」

「什麼真面目？」

「像你這種角色，那傢伙很快就會懶得跟你玩的。那傢伙從以前就是這樣的個性，動不動就愛把被拋棄的小貓撿回家，然後只有一開始很疼愛小貓。之後等到發現時，小貓已經翹辮子了。最後她就會哭著跑來找我，要我幫忙想辦法。」

武智一副驕傲得意的模樣，但康一郎根本無動於衷。康一郎沒打算理會武智而準備離去時，武智不死心地又丟來一句：

「你真的會被那傢伙輕易拋棄的！一旦發現你不再有利用價值，她就會像丟垃圾一樣說丟就丟！」

康一郎心想武智真的是嚴重會錯意，他根本沒搞清楚康一郎才是撿小貓的一方。被餵食飼料者是惠梨香，而飼料就是「讀書」。

康一郎與惠梨香的讀書時間漸漸變得系統化。基本上，康一郎早上會檢查惠梨香有沒有寫對習題，自身也藉此得到複習效果。

除此之外，康一郎每週固定會教惠梨香讀書三天。康一郎沒有補習的週二和週四放學後會在學校的圖書館讀書，以及週六或週日其中一天最少會安排三小時的讀書時間。

讀書地點大多會選在國道旁的包廂式ＫＴＶ。照理說，若能在其中一方的住家讀書最為理想，但如果去康一郎家，恐怕難以得到康一郎母親的同意，而如果選擇惠梨香家更是不切實際。有段時間兩人也試過特地去到松山找速食店讀書，但在速食店意外容易遇到熟人，最後選擇以包廂式ＫＴＶ為落腳處。

每次都是康一郎負擔KTV的費用。明明自己是教書的一方卻必須出錢，康一郎實在覺得難以釋懷，但面對惠梨香一副男方理所當然要付錢的態度，康一郎終究沒能吭聲。

惠梨香似乎真的很期待這些利用假日的時光，進到包廂後總會耍賴好一會兒，一下子說「人家今天不想讀書」，不然就是說「我們今天就出去玩好了」。不過，等到真的開始讀書後，惠梨香就會展現了不起的專注力。惠梨香不僅曾經持續讀上四、五個小時，也越來越能抓住重點提問。

很奇妙地，開始教惠梨香讀書後，康一郎的成績也越來越好。一切運作得相當順利。康一郎不知道過去一直聽到的謠言是真或假，但至少他親眼所見的越智惠梨香並不像大家口中的壞女孩。

完成讀書進度後，兩人有時也會在KTV唱唱歌。有一次，惠梨香幫康一郎剪了頭髮。

「每次都讓你出錢出力，所以至少要幫你省一下剪頭髮的錢。」

惠梨香難得面帶正經的表情，手上拿著從家裡帶來的剪刀不停動著。雖然惠梨香說她經常幫朋友剪頭髮，但康一郎滿心不安，不知道自己在沒有鏡子的KTV包廂裡會被剪成什麼可怕髮型。

康一郎必須坦承整個剪髮過程中，他的心思一直放在該如何找藉口向母親說明上面。「剪好了。你去好好把頭髮撥一撥，不然會刺刺的。」所以，被惠梨香趕到廁所去，看到鏡子裡的自己時，康一郎頓時說不出話來。惠梨香剪出來的髮型，簡直就像專業美髮師剪出來的一樣整齊好看。

康一郎就這麼抱著訝異的心情回到包廂時，看見惠梨香用報紙包起被剪下的髮絲，顯得有些難為情的樣子。

惠梨香就這麼保持沉默地自己掏出一百圓投入機器裡，跟著拿起麥克風。喇叭裡傳來了小泉今日子唱的〈幸好遇見你〉。

除了剪頭髮，惠梨香也很會唱歌。看著惠梨香唱歌時的模樣，康一郎不由得感動起來。「怎麼了？別愛上我喔！」若不是惠梨香連轉頭看康一郎一眼也沒有，便趁著間奏時間這麼開玩笑說道，康一郎搞不好真的會感動到哭出來。

打從來到愛媛……打從懂事後，我有過如此充實的每一天嗎？康一郎忍不住如此自問。康一郎與惠梨香兩人走過截然不同的十五年人生，卻偶然共享十分相似的目的。惠梨香想要離開這座城市。康一郎必須離開這座城市。現在，兩人都在用功讀書。不知不覺中，康一郎也變得期待與惠梨香的「幽會」。

現在，康一郎也已習慣直呼惠梨香的名字。

「惠梨香，妳如果不嫌棄，這個可以給妳用。」

唱歌唱了一陣後，康一郎從包包裡拿出耳機說道。之前惠梨香說在家裡沒辦法專心讀書時，康一郎曾經把舊的收錄音機送給她。儘管有了收錄音機，惠梨香還是會因為樓下店內的噪音或只要母親喝醉酒回來，就不能繼續讀書。康一郎看了不忍心，哪怕原本的耳機根本還能用，還是掏出少得可憐的零用錢買了新耳機。

之前送收錄音機給惠梨香時，惠梨香欣喜若狂地撲上前抱住康一郎。康一郎當然沒有暗自期待惠梨香會做出一樣的反應，但不知道為什麼，惠梨香這次顯得表情黯淡。

「你為什麼要對我這麼好？」

沉默好一會兒後，惠梨香開口問道，但康一郎被問得一頭霧水。康一郎納悶地歪著頭，惠梨香壓低頭抬高視線注視著他，又提出一個讓人想也想不到的問題：

「小康，你是不是希望得到我的什麼回報？」

「回報是什麼意思？」

「我在想你會不會是希望我為你做些什麼？」

惠梨香的眼神認真，不像平常愛開玩笑的感覺。正因為如此，使得她顯得莫名地軟弱，也隱約散發出妖媚的氛圍，康一郎不禁有些慌張失措。

「我哪有希望妳做什麼。」

「真的嗎？如果有的話，要告訴我喔。雖然我不確定做不做得到。」

「放心，真的沒有啦。啊！不過有一件事——」

惠梨香直直盯著康一郎的眼睛看，一副試圖看清事態的模樣。這是惠梨香第一次正面對著康一郎露出懷疑的眼神。

康一郎不由得笑了出來。

「妳以後如果可以再幫我剪頭髮，我會很開心。」
「咦？」
「回報。我很喜歡這個髮型。妳的手很巧呢，我被嚇到了。」
即便如此，惠梨香還是一直盯著康一郎看，但最後一副感到安心的模樣露出微笑說：
「也對，小康跟其他人不一樣。謝謝你總是對我這麼好。我真的很感謝。」
與惠梨香的兩人獨處時光出乎預料地安穩祥和，康一郎不禁覺得這樣的時光會持續到永遠，甚至有種神聖的感覺。
進入七月後，康一郎開始感受到將在愛媛迎接最後一個夏天。在這之中的某個星期六，兩人依舊如往常般一起讀著書。如果要說這天跟平常有什麼不同，頂多就是讀完書後沒有立刻唱歌。
「呼～拚了這麼久，真的是累了。」
惠梨香大大伸著懶腰說道。惠梨香最近的勤奮表現，確實頗讓人為吃驚。雖然惠梨香的努力還沒有反映到成績上，但只要持續努力下去，總有一天肯定會大大進步。
「欸，小康，放暑假後我們要不要兩個人出去玩一下？」
惠梨香像在撒嬌似地問道。
「出去玩？去哪裡玩？」

「嗯～去旅行之類的。」

「要過夜的那種？那恐怕很難耶。」

「沒關係啊，當天來回也可以。小康，你不喜歡祭典，對吧？那這樣呢？我們八月去太陽公園看煙火！人家好想穿夏季和服喔～」

康一郎不由自主地輕聲嘆息。事實上，康一郎並沒有不喜歡祭典。在伊予市，六月的第一、二、三週會在商店街舉辦「週六夜市」，到了接近七月尾聲時，也會舉辦當地人稱為「住吉祭典」的大型祭典。

康一郎小學時就經常和母親去參加祭典，他也相信只要去參加祭典，應該可以玩得很開心。康一郎也曾經幻想過與惠梨香一起參加祭典，但不管怎麼樣，康一郎都不能與惠梨香單獨兩人去參加。畢竟如果那麼做，絕對會被人撞見，而伊予市這麼小，傳言到時肯定也會傳進母親的耳裡。

在康一郎心中，到現在仍存在著兩個惠梨香。一個是自己親眼實際看到的惠梨香，另一個是謠言裡的惠梨香。

康一郎知道應該相信自己所看到的惠梨香，但內心某處至今仍會因為與惠梨香單獨兩人而感到愧疚。

當然了，康一郎不可能把這般心情告訴惠梨香本人，最後只能一直以「不喜歡擁擠人潮」為由，拒絕出外遊樂。

「我跟妳說過了，我怕去人多的地方。妳想看煙火，可以找其他朋友一起去啊。」儘管康一郎狠心回絕，惠梨香還是不肯罷休。

「你放心！我知道一個好地方！有個地方沒有人，還可以清楚看見煙火。」

「可是……」

「拜託啦！人家想跟小康留下夏天的美好回憶！」

康一郎找不到其他拒絕的話語。

「好吧，如果只是去那樣的地方。」

「耶！今天就讓我來請客吧！我們來唱個盡興，也大吃一頓吧！」惠梨香用她的纖細手臂摟住康一郎說道。

惠梨香似乎真的很開心可以去看煙火，她一首接著一首唱個不停，唱到一半時居然還喝起啤酒。

「就算再怎麼開心，喝啤酒還是不太好吧？」即便康一郎這麼叮嚀，惠梨香也根本聽不進去，聽不進去就算了，惠梨香還硬是要求康一郎也一起喝啤酒。雖說康一郎早已習慣惠梨香的強勢態度，但難免還是會心生厭煩。

康一郎不得已沾了一口不曾喝過的啤酒，結果發現啤酒難喝到了極點。惠梨香越喝越得寸進尺，紅著臉頰表現出康一郎第一次見識到的惡劣態度。惠梨香在沙發上屈膝抱住雙腳，手拿麥克風獨自唱個不停。「喂！康一郎！你有沒有在喝！」雖然惠梨香用著開玩笑的口吻在說話，但用字遣詞也糟透了。

因為補習班在星期六只開放自習室到晚上八點，所以康一郎一直都是在那時間之前回家。可是，惠梨香固執地拒絕回家。惠梨香繼續大口喝下啤酒，還胡言亂語地說：「我不要！我再也不要回去那個家！我今天就要離開這裡！」說到最後，惠梨香哭著趴倒在康一郎身上。

康一郎不覺得同情惠梨香，也沒有變得情緒高昂。他反而有種被獨留在原地的感覺，胸口湧上許久不曾感受到的孤獨感。

最後，拖拖拉拉到接近晚上十點鐘才踏出KTV。惠梨香喝了多達五杯啤酒，說話內容直到最後也淨是支離破碎的內容，而且到了要結帳時，也沒有要付錢的意思。店員投來可疑的目光，康一郎總不能在店員面前與惠梨香吵架，不得已只好自掏腰包付錢。

「小康，對不起喔，給你添麻煩了……你把我丟在這裡就好。」

惠梨香像在說夢話似地反覆這麼說。康一郎當然不可能丟下惠梨香不管，只能背著惠梨香走路。卡車以飛快的速度在國道上奔馳而過。每次看見遠光燈照來，康一郎就會有種想哭的感覺。

平常如果時間太晚，康一郎都會送惠梨香回家，但因為擔心被人看見，所以只會送到小巷子裡，讓惠梨香再走幾分鐘就可以回到家。

但是，今天不能不送惠梨香到家門口。康一郎實在被惠梨香說的話煩得受不了，因此都快忘了母親的存在。

商店街大部分的店家都已熄燈之中，只有「MICHIKO」的霓虹燈發出刺眼的光芒。很奇妙地，隨著「MICHIKO」傳出來的KTV歌聲越來越大聲，惠梨香漸漸變得冷靜。

「抱歉，小康，真的送到這裡就好了。放我下來。」

惠梨香急忙從康一郎背上跳下來，用雙手拍打自己的臉頰。儘管心煩氣躁，康一郎還是伸出手扶住惠梨香的背。

「別鬧了！就快到了，不是嗎？快點走回去吧。」康一郎加強語氣這麼說時，上一秒鐘還顯得悶悶的朦朧歌聲，像忽然獲得解放似地清晰傳進耳裡。

一名身穿紫色連身長裙的女子，挽著與康一郎祖父差不多年紀的男人手臂走出「MICHIKO」。

康一郎沒能夠立刻認知到女子就是惠梨香的母親。因為如果依「母親的同屆同學」這個資訊來判斷，女子看起來年輕太多了，不然也可能是因為女子散發出比康一郎想像中更加強烈的「女人味」。

女子讓男人坐上停在店門口的計程車，目送計程車彎過轉角後，緩緩轉過身來。

「惠梨香，妳幹嘛了？妳剛回來啊？」

惠梨香抓著康一郎的襯衫衣角，手部微微顫抖著。美智子瞥了惠梨香一眼後，摸著披在肩上的披肩詢問康一郎說：「所以呢？你是哪位？」

「不用回答。」惠梨香輕聲說道。康一郎當然不可能如此失禮，於是挺直身子說：

「我叫白石康一郎。我和越智同學是郡北中學的同班同學。」

美智子壓低視線重新看向惠梨香抓住康一郎衣角的手，跟著噗哧笑了出來。明明距離美智子好幾公尺遠，康一郎卻覺得聞到了一股酒臭味。

「誰問你這些了？我是在問你是惠梨香的什麼人？」說著，美智子慢慢走近康一郎。

「那、那個，我是郡北中學——」

「你是她的男人啊？」

「咦？」

「你是惠梨香新交的男人啊？」

「媽媽，妳不要再問了！」惠梨香鬆手放開衣角說道。美智子再次發出噗哧笑聲。

「我當然要問囉，這是身為監護人應有的權利啊。」

「不要再說了，我們不是那種關係。」

「哈哈！說的也是，這種胖子絕對不是妳喜歡的類型。妳其實挺重視外貌的。畢竟妳比較喜歡村上老師那種類型。」

「就叫妳不要再說了！死老太婆！」

惠梨香突然激動了起來。「就跟妳說我是妳的監護人，所以當然要問啊。」美智子用鼻子哼聲冷笑，輕鬆帶過惠梨香的話語。

美智子重新看向康一郎。領口大大敞開的洋裝、燙得細捲的長髮、濃豔的眼影、比惠梨香更加白皙的肌膚、強烈的女人香氣。康一郎不明白自己怎麼會被捲入這種在社會底層生活的母女紛爭之中。

「那個，我、我先告辭了。」

「小康……」惠梨香無力地說道，康一郎不加理會地轉過身子時，美智子的聲音從後方追來：

「喂，惠梨香，妳好好記住一點。千萬不要有只有這個男人不會背叛我的想法。絕對不能相信男人。」

「妳煩不煩啊！快給我閉嘴，老太婆！」

「喂！小胖子！如果萬一你以後還是跟惠梨香在一起，記得也要好好照顧我啊！我可沒那麼好應付喔！我絕對不會讓你逃跑的！」

康一郎勉強壓抑著不讓身體顫抖，在晚上十一點前回到家後，看見母親一臉宛如把世上所有絕望都攬在自己身上的表情等著他回家。

「小康，你在哪裡待到這麼晚才回來？」

昏暗的餐桌上，擺著蓋上保鮮膜的一盤盤菜餚。在回到家的前一刻，康一郎還抱著自己理所當然要挨罵的想法，但聽到母親的尖銳聲音後，內心變得異常暴躁。

「對不起，我很累，先去睡了。」

康一郎暗自在心中說：「拜託別再管我了，這也算是為妳好。」康一郎之所以會這麼想，無疑是預見接下來可能發生的事。也因為這樣，康一郎立刻準備走進自己的房間。

母親絲毫沒有領悟到康一郎的用心良苦。

「站住！你沒有跟人家喝什麼酒吧？」

「我怎麼可能喝酒。」

「別說那麼多，轉過來給我看！小康，你以為自己隱瞞得很好嗎？媽媽什麼都知道的。」

「啊？知道什麼？」

康一郎的理智告訴他不該問，卻還是停下了腳步。看見康一郎轉過身時的表情，母親明明無疑感到畏懼，卻還是露出悲傷的眼神說：

「你跟越智家的女兒玩在一起，對不對？」

「沒有玩在一起。」

「少騙人了！你不要把媽媽當傻瓜好嗎？我已經確認過了，你今天根本沒去補習班！你到底是怎麼了？算媽媽拜託你，拜託你不要被她們那種女人耍得團團轉。她們那種人會害得周遭的人遍體鱗傷。一路來，媽媽看過太多人被她們害慘了。現在是你最重要的時期，拜託你振作一點！」

康一郎沒有做出任何回應。他發現自己意外地還保持著冷靜。即使聽到惠梨香被批評，康一郎也覺得事不關己，能夠很自然地讓話語左耳進、右耳出。

即便如此，康一郎還是說不出話來。康一郎帶著「我知道了」的意味點點頭，準備回到房間去。

「你這樣又會失敗的。」母親的聲音在客廳裡迴盪。

「什麼？」

康一郎再次停下腳步問道。母親瞪著康一郎看，表現出已經做好某種心理準備的態度。母親的呼吸急促，眼睛布滿了血絲。

康一郎不記得看過母親這樣的表情多少遍了。

「你再這樣下去，又會考不上學校的。你可以在東京想怎麼玩就怎麼玩。東京很多東西可以讓你玩得更開心。所以，小康……媽媽拜託你不要因為她們那種女人斷送了自己的美好人生！」

康一郎聽見體內傳來像什麼東西爆裂開來似的劈哩啪啦聲。這不是一種比喻說法。康一郎在參加私中考試不久前的小六那年冬天，第一次認知到體內會發出這種聲音。

從那天起，康一郎時而會無法壓抑內心的暴力衝動。引發衝動的原因總是母親不經心的一句話。當母親對康一郎的未來感到不安而說出煽動話語時，康一郎的體內就會發出像碳酸氣泡爆裂開來的聲音。

康一郎沒有大吼大叫、沒有開口說話，也沒有流眼淚。此刻的康一郎比拿東西丟人，或直接用身體撞人時來得冷靜許多，但比平常更加執著地毆打母親。

母親用手臂拚命地護著臉部。「拜託你，拜託你不要再打了——」母親強調著自己才是受害者的哭聲，讓康一郎聽了更是心情動盪起伏。

康一郎跨坐在倒臥在地的母親身上，一次又一次地揮下拳頭。在體型比自己大上兩倍的兒子施加暴力下，母親沒多久便全身癱軟無力。

認知到這個事實後，康一郎停止了毆打動作，但依舊無法平息想要破壞東西的衝動。康一郎衝回自己的房間，從房內鎖上房門後，鑽進被窩裡縮成一團。康一郎焦躁地脫去纏在腳上的褲子和內褲，緊緊閉上眼睛，不斷地搓揉生殖器。

即便多次達到高潮，康一郎的慾望依舊無法得到滿足。康一郎根本也不確定自己是不是因為慾火難消才自慰。

康一郎的眼瞼內側映出一對母女的身影。美智子穿著廉價的紫色長禮服，惠梨香則是穿著不曾看過的鮮粉紅色夏季和服，兩人都露出「那個目光」看著康一郎。

那個與山田繪里香相同的藐視目光。母女倆用著彷彿能夠識破康一郎真面目的目光，瞧不起地看著康一郎。

康一郎只是想要揮開那煩人的目光而已。

母女倆的殘影彷彿就快烙印在康一郎的胸口上，康一郎一心為了消除殘影，一再地搓揉自己的下腹部。

隔天早上，康一郎向躺在床上的母親賠罪。儘管臉上多處形成瘀青，並且受到將近四十度的高燒折磨，母親還是笑著原諒了康一郎。

「媽媽才應該向你道歉，是媽媽說話太重了。小康，再撐一下就過了，一起努力吧。」

母親的話語這回真的讓康一郎感觸良多。為了康一郎，母親不惜選擇與父親分隔兩地，回到故鄉生活。母親反覆強調不要上醫院治療，然後不斷撫摸康一郎的頭直到滿意為止。

一方面因為正值期末考，所以康一郎不能請假不去上學。雖然尷尬，但康一郎也與惠梨香照過面。

午休時間康一郎被叫到了圖書館。「昨天真的對不起喔，我媽媽也在反省自己喝醉酒亂說話，還叫我跟你說聲抱歉。」惠梨香扯了再明顯不過的謊言。

康一郎難以原諒事態演變到這般地步，惠梨香還試圖袒護那女人，也不想想自己害得康一郎母子因此深受折磨。「是喔，我完全沒事，不用掛在心上。」康一郎也若無其事地扯了謊，並認真考慮要與惠梨香保持距離。

時間配合得很好，學校剛好也要開始放暑假。結業典禮結束後，惠梨香詢問康一郎打算如何安排暑假。康一郎回答：「我要參加補習班的衝刺班，短時間恐怕沒時間碰面。」

惠梨香一臉訝異的表情。

「好吧，那也沒辦法。不過，你可以去看煙火吧？」

「這我也不確定。」

「我們約定好的啊，說要兩人一起留下夏天的美好回憶。」

雖然康一郎這天沒能夠立刻回答，但他打算硬是找藉口也要拒絕去看煙火。然而，不知為何，康一郎越是試圖保持距離，惠梨香就越是試圖接近康一郎。

有一次，惠梨香算準補習班下課的時間，在車站等著康一郎。「小康，你最近會不會太冷漠了？」聽到惠梨香這麼發問，康一郎也只能回答：「沒那回事啊。」不過，康一郎期盼著惠梨香能夠察覺到他的真實心情。

然而，惠梨香把康一郎的話當真了。

「真的？那就好。你如果有看不慣我什麼地方，一定要跟我說喔！我會改的。」

康一郎明明露骨地表現出冷漠的態度，惠梨香卻遲遲沒有察覺，這讓康一郎甚至覺得有些毛骨悚然。

因為真的懶得與惠梨香照到面，康一郎重新拜託母親到補習班來接他下課。結果，惠梨香終於忍不住打電話到康一郎的家裡來。

說到母親接到惠梨香的電話時的表情，康一郎恐怕有好一段時間都忘不了。「別擔心，沒事的。」康一郎輕聲這麼告訴母親後，拿著電話子機回到房間並鎖上房門時，心中已經定下決心。

『小康？對不起喔，擅自打電話給你。我是想問你明天的事……』

康一郎一邊聽著惠梨香的柔弱聲音，一邊看向月曆。八月九日——康一郎並沒有忘記日期。明天就是約好要去看煙火的日子。

「放心，我沒忘記。我要去哪裡會合？」康一郎問道，視線持續落在月曆上。下週十五日就是惠梨香的生日，但康一郎應該不會遇到替惠梨香慶生的機會。明天將會是兩人最後一次見面，康一郎已經不想繼續被惠梨香玩弄下去。

母親說的那句「斷送自己的美好人生」，深深植入康一郎的大腦裡。

我們生活在完全不同的世界——

康一郎心裡明白哪怕會使惠梨香感到受傷，也必須這麼告訴惠梨香。

「今天不用來接我。我也會晚一點才回家。」

惠梨香打來電話的隔天，康一郎在早餐時間這麼告訴母親後，母親露出一如往常的不安眼神凝視著康一郎。

康一郎直視母親說：

「放心，這會是最後一次，不會再有了。我會好好讀書。絕對不會發生讓媽媽擔心的事。」

康一郎搭上電車抵達補習班後，情緒一直很激昂。補習時間一轉眼就過去了。即使回顧一連串的種種，康一郎也不覺得自己有任何過失，明明如此，為何會是康一郎感受到壓力？如此不合理的現狀讓康一郎感到忿忿不平。

惠梨香指定的會合地點不是平常會利用的伊予鐵道，而是JR予讚線的北伊予車站的剪票口。

康一郎比約定時間早到了三十分鐘，惠梨香卻已經在剪票口等著他。

「太好了。小康，我還在擔心你不會來。」

惠梨香瞇起眼睛，看似開心地綻放笑容。康一郎也不禁鬆了口氣，前一刻還感到焦躁不已的情緒頓時消散不見。

惠梨香身穿比想像中更淺色的粉紅色夏季和服，搭配上紅色的腰帶。不知道是不是特地搭配穿著，惠梨香綁得整整齊齊的頭髮上，插著與腰帶相同顏色的髮簪。

康一郎不由得看得入迷，惠梨香察覺到康一郎的視線，輕輕頂了一下康一郎的側腰。

「嗯？很可愛嗎？小康，我可愛嗎？」

康一郎和學校出了名的不良女學生一起來看煙火，這個女學生穿著可愛的夏季和服要求康一郎表達感想；這是幾個月前康一郎根本想像不到的事態，如今卻真實在眼前上演。儘管有種「事到如今」的感覺，康一郎還是痛切感受到這個事實，忍不住笑了出來。

康一郎自己也知道心情變得愉快。他心想既然是最後一次，至少希望可以留下開心的夏日回憶。「我們要去哪裡看煙火啊？快走吧！」惠梨香一臉納悶的表情歪著頭，康一郎朝向她展露笑容。

兩人坐上惠梨香騎來的摩托車，爬上坡度平緩的山丘。「吼！小康，你太重了啦！根本爬不動！」惠梨香情緒高亢地握著摩托車的手把。這次兩人都沒有戴上安全帽。雖然夏季和服加上摩托車的組合實在顯得不協調，但康一郎覺得這般不協調的感覺正是惠梨香的本質。

摩托車抵達了位在高台的空地。站在空地上，可看見伊予醫院就近在一旁，腳下可眺望高速公路和重信川，松山的街景在另一端一覽無遺。

雖然西邊天際還一片明亮，但街上已一盞一盞地亮起燈光。或許是溼度較高，使得燈光看起來有些朦朧。

「好壯觀。沒想到有這樣的地方。」

康一郎坦率地發出感嘆聲。惠梨香一邊整理頭髮，一邊露出微笑說：

「去年我們大家發現這裡的。這裡很棒吧！」

惠梨香在別無他意之下說出「大家」兩字，讓康一郎感到在意。在不到三十分鐘就要展開煙火秀時，山丘下傳來耳熟的劇烈引擎聲。一輛老舊汽車駛入空地，汽車的遠燈照亮了康一郎與惠梨香兩人。

秋山率先從駕駛座走下車來。秋山是郡北中學大兩屆的學長，據說目前就讀附近的農業高中。康一郎第一次見到秋山時，武智一副自豪的模樣稱呼「秋山哥」的這位學長，露出壞心眼的表情注視著惠梨香，刻意用著這方也聽得見的大聲量朝向車內呼喊：

「喂！武智！事情不妙！你的女人大大方方地在劈腿呢！」

三名男女帶著嘲笑的笑容，先走下了車。三人全是康一郎曾碰過面的高中生。

武智最後一個從後座走下車，獨自一人面帶鬧彆扭的表情。「她才不是我的女人！」武智的這句發言逗得學長姊們笑得更開心。所有人當中，只有武智一人捧著大包小包的東西。

惠梨香一副感到厭煩的模樣嘆了口氣。秋山沒有漏看惠梨香的反應。

「怎樣？惠梨香，妳嫌我們來當電燈泡啊？」

「沒有。」

「難得有這機會，就一起喝吧！」

「不用。我們要回去了。」

「啊？誰說你們可以回去了？妳最近會不會真的太囂張了？」

秋山的臉上雖然掛著笑容，但就是遲鈍的康一郎也聽得出秋山的語調變得不同。惠梨香抓住康一郎的襯衫衣角，秋山的女朋友京子目光敏銳地發現了惠梨香的舉動。

「拜託～真的假的？惠梨香，妳真的喜歡上那個胖子了啊？」

笑聲停了下來，不安穩的氣氛瞬間籠罩四周。所有人的目光集中到了惠梨香身上。康一郎不想讓惠梨香回答什麼，也不願意聽到她的回答。

「那個，我們也一起喝。就快放煙火了，我們快點做準備吧！」

秋山一群人買了大量的酒精飲料。不僅如此，他們似乎已經在其他地方喝了酒才過來這裡。瓶瓶罐罐的酒精飲料排上野餐墊後，一場酒宴轉眼間展開。「喂！胖子！給我喝！」康一郎乖乖聽秋山的話，也喝起了酒。

不管怎麼喝，康一郎還是不覺得啤酒好喝，但發現自己似乎不是酒量差的人。康一郎每喝光一罐啤酒，就會引來學長姊們的一陣驚呼聲。康一郎沒有喝醉酒的感覺，也不會覺得噁心想吐。

就這樣喝著喝著，第一發煙火升上天際。學長姊們的目光總算從康一郎身上轉向煙火。只有惠梨香一人沒有喝酒，不論秋山再怎麼發出命令，惠梨香照樣一副感到無趣的模樣喝著水。武智則是相反，明明沒有被要求喝酒，卻為了與康一郎較勁，一罐接著一罐猛灌啤酒。

秋山和京子毫不在意他人目光地親熱起來。染了一頭金髮、與兩人是同學的男子山根在一旁挖苦。惠梨香依舊一副感到無趣的模樣抬頭望著煙火，每次一有煙火升起，惠梨香的側臉就會被染上繽紛的色彩。武智不時偷偷注視著惠梨香的側臉。

所有人的關係一目了然。康一郎自認只有自己一人是以非相關人士的身分參與此場合，但有人不允許康一郎的參與。

起端是秋山的一句話。

「喂！大悟！你幹嘛？從剛剛就一直在鬧什麼脾氣？別臭臉了，酒都變難喝了。」

「我哪有在鬧什麼脾氣。」

「那這樣，你說些什麼好玩的事來聽聽吧！誰叫你破壞了氣氛，現在要罰你逗大家笑。」

學長突然丟來了個棘手難題，武智想必十分困惑吧；康一郎這麼心想，沒想到武智的臉上不知怎地浮現竊笑，一副彷彿在說「我等待這一刻很久了」的模樣。

「我是無所謂啦。只不過，氣氛可能會變得更差喔？」

「為什麼？」

「因為那個胖子應該會生氣。」

武智這麼說時，煙火秀正準備迎向高潮，一發接著一發升上天際。彷彿五臟六腑也要跟著往上升起的爆裂聲撼動鼓膜，四周宛如白日般被照得一片明亮。

一雙雙發愣的眼睛集中到康一郎的身上。康一郎自認不管被如何評論都不會生氣，也覺得武智完全誤解狀況。武智根本不懂就算他在這裡再如何惡意批評康一郎，也無法贏得惠梨香的芳心。一個人越是試圖引起對方的注意，對方的心就會越冷漠。

康一郎覺得像在觀看一群與自己住在不同世界的人，上演著一場鬧劇。康一郎一副我無所謂的態度點點頭後，秋山催促武智說：「你想說什麼？」

武智抿著嘴發出笑聲後，說出康一郎想也沒想過的話語：

「大家應該知道我老爸跟惠梨香她老媽是國中同學吧？」

「啊？這誰不知道啊，現在什麼時候了，你還在提這件事。」秋山代表大家做出回應。

武智用鼻子哼了一聲。

「聽說這胖子的媽媽也跟他們是同學。」

「這又沒有好稀奇的。」

「聽說這胖子的媽媽以前被我爸迷得神魂顛倒，在班上的男同學之間是個出了名的煩人精。可是，很遺憾地，我爸把什麼都給了美智子阿姨。所以——」

「喂！不要再說了，你這混——」惠梨香沉默了好久終於開口說話。康一郎瞬間伸出手，制止了惠梨香的發言。不知道為什麼，康一郎就快忍不住笑意。

「嗯。然後呢？」

康一郎壓抑住心急，催促武智說下去。武智瞪大著眼睛，並以相當傳統的方式，吐出舌頭再豎起中指來挑釁康一郎。

「聽說我老爸他們輪流上了你老媽呢！你回去再問你媽看看吧。你可以問她什麼時候失去了處女身？不過，我怕你媽可能會哭出來。」

武智終於忍不住捧腹大笑起來，康一郎也跟著大笑起來。眼前排著一張張呆住的臉，而且每張臉看起來都一副愚蠢模樣。康一郎覺得現在這個場地顯得不真實，彷彿有種身處在夢境裡的感覺。

武智所說的內容八成是假的，要不然就是武智的父親在扯謊。如果真的有過那麼痛苦的往事，就算是為了寶貝兒子，母親也不可能回到這個城市來。

康一郎這麼猜想著，另一方面也想到母親有過悲傷回憶想必是事實。還有，母親被武智父親迷得神魂顛倒，以及對方迷戀惠梨香母親的說法肯定也是事實。

康一郎不禁覺得母親好不悽慘而心生憐憫。明明如此，笑意卻如泉水般不斷湧上心頭。康一郎心想：「喔，我知道了……我喝醉了……原來喝醉酒是這樣的感覺啊……」

察覺到自己喝醉酒後，康一郎覺得像拿到了免死金牌，身體各處隨之發出劈哩啪啦聲。

「我不想再繼續聽這些蠢話了。小康，我們走吧！」

說著，惠梨香拉著康一郎站起身子。康一郎猛力甩開惠梨香的手，惠梨香隨之屁股重重著地。

武智一臉自己成功撂下狠話的表情，康一郎緩緩站起身子朝向他走近。「喂！胖子！你別亂來！」秋山的聲音在四周空虛飄盪。康一郎許久不曾對「胖子」這個字眼感到如此強烈鮮明的憤怒，等到察覺時，康一郎的膝蓋已經重重往坐在地上的武智鼻子踢去。

武智被踢飛到了幾公尺遠的位置。康一郎猛地衝上前，跨坐在武智的身上。儘管看見武智才挨了一擊就翻起白眼癱軟在地，康一郎還是毫不留情地揮出拳頭。

每次拳頭著實落在臉部時，康一郎就會感動到渾身發抖。康一郎知道自己臉上肯定帶著笑容，誰叫他是正義的一方呢！康一郎愉快極了，也慶幸著四周正好放著煙火。這樣就不會被人聽見他體內細胞的爆裂聲。

每個人都聚集過來，試圖從武智身上拉開康一郎。不過，不論多少人齊力拉扯，康一郎依舊不動如山。基本上，康一郎也不覺得有任何人夠資格阻止他。這是康一郎用來保護自己的力量。康一郎若不使出拳頭，總有一天肯定會被殺害。誰敢保證雕刻刀下次不會刺向康一郎的心臟？任何人都沒有權利阻止為了自衛的暴力。

惠梨香阻止了康一郎的衝動。康一郎卯足全力地揮下拳頭，但不知為何打在惠梨香的背部。

惠梨香發出一聲彷彿鼓膜就快被撕裂般的尖銳叫聲後，癱倒在武智的身上，但立刻挺起身子，雙手貼著康一郎的雙頰說：

「不要！小康！拜託你快住手！這傢伙會被你打死的！」

「不，我不會停手。」

「不要再打了！快醒醒吧！小康，拜託你快醒一醒！」

不知為何，惠梨香流著眼淚。康一郎心想：「這女人在哭什麼啊？話說回來，還不是因為妳，我才會被捲入這種麻煩事！想哭的人應該是我吧！」

反正已經挨過一拳，再多挨個兩、三拳也沒什麼差別；康一郎如此深信不疑，並準備朝向惠梨香再次揮下拳頭時，這天最大規模的煙火將夜空點綴得繽紛燦爛。

那一刻，空地的地面上映出兩道人影。康一郎看見怪獸般的壯男，正準備撲上前襲擊如孩子般嬌小的女生。武智在惠梨香的背後口吐白沫，身體像故障了似地不停抽搐。

察覺到惠梨香試圖以肉身保護武智的事實後，康一郎頓時雙腿發軟，全身漸漸失去力量。

隨著煙火秀落幕，康一郎的全能感也被帶走了。

康一郎無力地癱坐在地。

他很想大聲吼叫，但已經沒有多餘的力氣。

等到康一郎察覺時，他已經坐在摩托車上抱住惠梨香的腰，把臉埋在骨頭隆起的背上哭泣。

康一郎再次恢復意識時，已經身處在陌生的房間。如香草般的香甜氣味之中，夾雜著酒臭味。房間裡的毛玻璃沒有掛上窗簾，屋外的霓虹燈映入眼簾。不知何處傳來了卡拉ＯＫ聲，輕佻的歌聲讓康一郎越聽越害怕。

康一郎整顆頭又重又痛。武智的規律性抽搐身影，鮮明地殘留在康一郎的腦海裡。康一郎坐著抱住雙膝，把臉埋進大腿間試圖揮去武智的身影，但沒能成功。腦海裡每浮現武智的身影一次，胃酸就會從康一郎的胃部湧上來。

「小康，你沒事吧？喏，這個給你喝。」

惠梨香不知從哪裡拿來冰水後，在康一郎身邊坐了下來。這間房間甚至沒有安裝冷氣，康一郎也大汗淋漓，但身體卻一直不停震動著。康一郎這才發現原來自己坐在床上。接過寶特瓶一口氣喝光冰水後，康一郎讓自己躺進惠梨香的懷裡。

惠梨香緊緊摟住康一郎的頭，一句話也沒說。惠梨香溫柔地撫摸康一郎的髮絲，使得康一郎的淚水再次奪眶而出。

「剛剛真的很抱歉……我打到了妳的背，對不起……」

康一郎的不安情緒化為聲音脫口而出。

「沒關係。小康，真的沒關係。沒關係的。」

惠梨香像在勸導似地反覆說道。惠梨香的髮型變得散亂，垂下的髮尾搔著康一郎的鼻子。

隨著柔和的香氣陣陣傳來，康一郎逞強緊繃的內心也漸漸緩解下來。

然而，惠梨香接著說出的話語，卻不是康一郎渴望聽到的話語。

「等你心情平復一些後，我們再一起去警察局。別擔心，我也會陪著你一起去。錯不在你，一定不會有事的。」

這一刻，康一郎的腦海裡閃過母親的面容。他有種猛然覺醒的感覺，急忙挪開與惠梨香依偎在一起的身軀。

「本來就是那傢伙自己先來找碴的……」、「又沒怎樣，是那傢伙自己打不贏你……」惠梨香沒有察覺到康一郎的異狀，自顧自地持續說著缺乏緊張感的話。

康一郎總算明白了每次與惠梨香在一起時，總會讓他心生孤獨感的真正原因出在哪裡。惠梨香只會說自己想說的話。說到底，惠梨香根本不在乎康一郎說了什麼。康一郎想起武智以前說過的話。武智說過惠梨香只會為了圖方便而利用他人，等到不需要時就會拋棄對方。

如碳酸氣泡爆裂開來的熟悉聲音再次響起。「啊……」康一郎輕叫一聲，跟著抱住頭拚命地想要壓抑住情緒，無奈爆裂聲卻是越逼越近。

我現在想聽的不是這些話！妳完全不知道我想要的是什麼！我的生殖器一直膨脹著。從來到這個房間之前、從瘋狂毆打武智那時，我就一直處於興奮狀態。

為什麼這女人就是察覺不到這點？我需要有人立刻幫我安撫興奮的情緒。妳不就是因為這樣，才把我帶到這個房間來的嗎？我要妳現在就幫我安撫激昂的情緒！

康一郎一邊像在呻吟似地喘氣，一邊再次趴倒在惠梨香身上。惠梨香也毫無抗拒地接受了康一郎的舉動。

康一郎讓惠梨香像剛才一樣輕撫他的髮絲好一會兒，整個人陷入隨時可能失控的狀態。康一郎就快失控，惠梨香卻一邊撫摸髮絲，一邊悠哉地聊起未來的話題。「以後我要離開這裡到其他地方生活。我未來的家既溫暖又寬敞，附近還有很大的公園，然後我會被一群孩子圍著一起生活。」惠梨香一副無憂無慮的模樣，訴說著愚蠢至極的白日夢。

康一郎終於忍無可忍。康一郎把臉貼在惠梨香隆起的胸部上，慾火隨之高漲到了極限。

康一郎壓抑不住興奮地抬起頭。屋外的低俗霓虹燈光，照亮著惠梨香。燈光下的惠梨香的身影顯得莫名猥褻，康一郎準備就這麼與惠梨香親嘴。

雖然根本不知道該怎麼親嘴，但康一郎告訴自己反正惠梨香很習慣做這些事，交給她來引導就好了。「小康，真的沒關係。」康一郎的腦海裡，反覆響起惠梨香剛剛說的這句話。

明明已經說過沒關係，惠梨香不知為何卻保持著微笑別過臉去。

「不行，小康，這樣是不對的。」

康一郎頓時就快恢復了冷靜。然而，惠梨香接著說出的話語，狠狠刺中康一郎的內心深處。

「我不是抱著那種想法在跟你交往。我沒辦法跟你接吻。」

開什麼玩笑……不成聲音的聲音瞬間從康一郎的嘴裡溜了出來。惠梨香皺著眉，一臉訝異的表情。康一郎再也壓抑不了暴動的情緒。

「開什麼玩笑！我可是特地花時間教妳這種人讀書耶！才這麼點小要求，妳就乖乖接受吧！」

「啥？等一下，你要做什——」

「應該說，我可是很有肚量地跟妳這種人在一起。也不想想我還被大家反對……妳應該要對我心存感激的！」

母親的面容不停從眼前閃過，康一郎拚命地想要甩開卻怎麼也甩不開。康一郎使出蠻力扯開夏季和服，再一把扣住惠梨香的雙手手腕，將她壓制在床上。

惠梨香從正下方瞪著康一郎看。她緊緊咬住嘴唇，既沒有表現出膽怯害怕，也沒有內心受傷的感覺。

「竟敢拿自己是女人當武器……」康一郎不自覺地脫口說道。

「我沒有那麼做。」

「別裝了！妳跟誰都可以上床，不是嗎！大家都知道妳跟村上老師也有一腿！」

「我沒有！絕對沒有那回事！」

惠梨香不由得大吼出來。惠梨香的雙眼也變得溼潤，但沒有像康一郎一樣讓眼淚流下來。

「少騙人了。」

「我沒有騙人。」

「不要小看我！」

「我怎麼可能小看你！我……我一直信任你勝過任何人！」

「信任……？」

「是啊！我一直很信任你！我從小就被教育絕對不能相信男人，但第一次跟你說話時，我就有種只有你跟其他男人不同的感覺。事實上，你也一直很貼心，我也一直很信任你。」

「吵死了！吵死了、吵死了！我不是你的工具！為什麼我一定要被妳利用！」

「你在說什麼利用！」

「我的人生絕對不會被妳搞得一塌糊塗！我怎麼可能因為妳這種女人而斷送自己的美好人生！」

康一郎把裸露出來的內衣也扯開來，並感覺到自己的呼吸變得急促。康一郎粗魯地也脫去自己的衣服後，再次抓起纖細的手腕。

惠梨香無力地注視著康一郎，並用著像在懇求的聲音這麼說：

「我一直抱著不想變成跟那個女人一樣的想法一路走過來。拜託你不要像否定她那樣來否定我好嗎？小康，拜託你——」

康一郎聽不懂惠梨香在說什麼。康一郎不知道「否定」的意思，也不知道「那個女人」指的是誰，但他根本不在乎這些事情。現在他一心想著只要能夠平息興奮情緒就好。

康一郎在不知道該怎麼做才正確之下，把自己的生殖器貼近惠梨香的下腹部。短短一瞬間，惠梨香露出痛苦的表情，最後總算從康一郎身上挪開視線。

「結果你這傢伙也跟其他男人一樣。」

這是康一郎第一次被惠梨香稱為「這傢伙」。這般彷彿拒人於千里之外的話語足以讓康一郎心生畏縮，但康一郎沒有。原因是惠梨香再次仰望康一郎時，露出了「那個目光」。

也就是康一郎從小就最痛恨、像在藐視這方的那種目光。康一郎拚命地抗拒自己從小學就害怕不已的冷漠目光。

「不要用那種眼神看我！」

惠梨香的臉上掛著笑容。

「結果真的給那個女人說對了。男人都是一個德性。」

康一郎頓時覺得一切讓人煩透了。他一心想要破壞掉一切，硬是做出刺入的動作。康一郎轉眼間就到了高潮，然後就這麼趴在惠梨香的身上。

體內發出的聲音瞬間散去，取而代之地，傳來了屋外的吵雜聲響。康一郎緩緩挺起身子，再次俯視惠梨香。頭髮凌亂的惠梨香緊閉眼睛、咬著嘴唇，肩膀上下起伏地做著規律性的呼吸。

康一郎忽然發覺下腹部有異狀，於是伸手觸摸仍保持插入狀態的部位，結果手上沾到了不帶黏性的液體。

一開始康一郎以為那是自己的體液，但發愣地凝視掌心後，發現掌心上不知怎地沾了紅色液體。康一郎下意識地嗅了嗅味道後，明顯的鐵鏽臭味撲鼻而來。

惠梨香緩緩張開眼睛，再次瞪著康一郎看。看著惠梨香拚命忍著淚水的表情，康一郎事到如今才全身顫抖起來。

「這是假的吧……？我、我……我聽很多人說過的啊？」

不知道是因為看見了鮮血，還是因為心痛，康一郎曾被雕刻刀刺中的側腹部忽然痛了起來。

「這、這不可能是妳的第一次吧……？」

惠梨香沒有回答康一郎。惠梨香用著冷漠的眼神凝視康一郎好一會兒後，才終於輕輕嘆了口氣，並轉身以骨頭隆起的背部對著康一郎。

惠梨香的背部正中央，出現一大塊瘀青。那是在空地時被康一郎打傷的瘀青。

彷彿在抗拒寂靜氣氛似的，悠哉的歌聲從樓下傳了過來。

那是女人的歌聲。

不知道會是誰在唱歌？

以前惠梨香唱過的那首讓康一郎感動不已的〈幸好遇見你〉，響遍狹窄的房間。

*

傍晚時分，在四處傳來蟬鳴聲的井之頭公園裡，看見了許久不見的面孔。

過去在愛媛當地報社當記者的上原浩介，站在遠處守護著我們母子倆。

我一度打算忽視他的存在直接回家，但在最後的最後改變了念頭。原因是上原的表情流露出過去那段時光不曾見過的緊急神色。我一眼就看出肯定是母親出了什麼狀況。

我緊緊牽著一翔的手，下定決心地主動走近上原。

「好久不見。上原先生，你一點都沒變呢。」

儘管做了心理準備，開口說話時的音調還是無法控制地往上揚。頭上冒出些微白髮的上原，一臉為難地微笑說：

「別開我玩笑了，我老了很多吧？」

「完全不會，你跟那時候看起來差不多年輕。」

我不由得這麼脫口而出。以前還住在伊予市時，上原曾經採訪過母親。那時，我第一次目睹到大人覺得可疑時的目光。面對上原與當時一樣的犀利目光，我不禁有種懷念的感覺，內心也同時萌生不安的情緒。

「等一下可以占用妳一點時間嗎？」上原問道。這時間差不多該準備晚餐，就算不需要準備晚餐，我也不願意一翔在場。

上原的臉上浮現過意不去的表情。「其實——」上原不知打算說些什麼，但瞥了一翔一眼後，死心地聳了聳肩說：

「沒事，今天還是算了。下週方便騰出一些時間給我嗎？我有事情一定要跟妳說。」

我給了上原與當時不同的新手機號碼，並約定好過幾天再好好碰面。

只要回想起白天發生的這件事，我就會覺得口渴。我正準備喝一口愛喝的氣泡水時，健次從隔壁臥室走回來。

「呼～總算睡著了。那小子最近都很難入睡，一直吵著說：『爸爸，你帶我們去愛媛玩好不好？』他是怎麼搞的？」

看見健次累得替自己按摩肩膀的模樣，我忍不住笑了出來。「辛苦了，謝謝喔！」我先是這麼慰勞健次一句，然後說明了一翔喜歡幼兒園老師的事情。

「就因為老師要去愛媛？這什麼理由啊！」

「畢竟對一翔來說，這算是初戀嘛。他想要展現自己好的一面。」

「確實能夠理解他的這種心態。說起來，我的初戀對象好像也是幼兒園的老師。」

「真的啊？」

「嗯，幼兒園畢業典禮那天，我難過到哇哇大哭。我還記得那時一直吵著要老師跟我一起去上小學。」

健次從冰箱拿了啤酒來，然後低喃一句：「但一翔那小子也太煩人了吧！完全被愛媛附身了的感覺。」

雖然一翔才五歲大，但已經知道「言靈」這個字眼。「言靈」其實是住在橫濱的公公的口頭禪。當初是公公告訴了一翔這個字眼的含義，但一翔似乎錯誤解讀成「只要持續提出任性要求，總有一天一定會實現」的意思。

「我今天也嚴重受害。」

「被一翔？」

「嗯。」

「愛媛病？」

「是啊，他那症狀確實是愛媛病。」

健次看似愉快地晃著身體，然後喝了口啤酒。如果是在平常，健次總是一忽兒就打起瞌睡，但今天似乎挺有精神的。

「欸，媽媽的初戀情人是誰？」

「啊？幹嘛突然問這個？」

「我跟一翔都老實說了初戀情人是幼兒園老師，現在輪到媽媽說啊！」

「你們兩個都是自己要說的吧。」

「別這樣嘛，是誰啊？告訴我嘛～」健次鬧著玩地發出肉麻的聲音時，有那麼一剎那，淡淡的回憶就快湧上我的心頭。

那時我還是個國中生。我還記得第一次有了稱不上是百分之百情人的對象時，不知道被大家調侃了多久。

「爸爸，等過去新加坡後，我們要不要重新以名字來互喊對方？」

我本以為健次會因為被岔開話題而生氣，卻看見他瞪大著眼睛。我原本就不喜歡夫妻之間以「媽媽」和「爸爸」來互稱對方。還是單身時我和健次兩人討論過這個話題，也決定好結婚後也絕對要以名字來互相稱呼。

當然了，我沒有要責怪健次的意思。一翔出生後，是我自己先開始叫健次「爸爸」。我一直想著應該要改變這狀況，但事到如今，總覺得沒事突然要恢復成像以前那樣喊對方名字也挺難為情的。

健次依舊一臉訝異的表情。我實在不明白自己的丈夫在納悶著什麼。健次動作緩慢地歪起頭，丟出簡短一句：

「妳願意跟我一起去？」

「咦？什麼？」

「去新加坡啊。」

「那還用說嗎？我連想都不用想。你這個人總是一副很懂得為家人著想的樣子，但其實意外會一個人就擅自做決定。」

「這樣說太不公平了吧？我就是不想一個人擅自做決定，才覺得應該由妳來判斷。一想到每個人都有自己的人生——」

「就是因為想到每個人都有自己的人生，所以根本不需要遲疑啊。」

我保持著臉上的笑容，打斷健次的話語說道。我不想再有一家人支離破碎的感覺；我差點這麼脫口而出，最後硬是吞了回去。

我輕輕歪著頭說：

「我一直很想到國外生活看看。」

「真的嗎？我第一次聽妳這麼說。」

「其實我本來是希望可以靠自己的力量到國外做美髮工作。不過，我真的很開心。託爸爸的福，讓我可以實現夢想。」

「爸爸？」

「對喔，我更正，託健次的福。」

健次一副愛惡作劇的模樣露出微笑。

「哪裡、哪裡，是託大家的福。謝謝妳一路來的扶持，媽媽。」

「啊！好賊喔！」

「哈哈哈！這種事情男生比較容易害羞嘛。不過，妳放心，等過去新加坡後，我一定會叫妳的名字。我保證。」

健次像小孩子一樣頂出小指頭。我也頂出小指頭勾住健次的小指頭，並發自內心地感受著這份幸福。

然而，健次不經意說出的一句話，輕易地澆熄了我的幸福情緒。

「不過啊，如果妳也要一起去，這次真的要跟岳母報告一下比較好吧？」

客廳瞬間籠罩起緊張氣氛。「幹嘛突然說這個，不要鬧我啦！」我試著以開玩笑的口吻說道，但清楚知道自己的表情變得僵硬。

健次的表情忽然變得嚴肅。他沉默不語地凝視著我，那模樣像在表態說：「我不會讓這件事在玩笑話之中帶過。」

「我不是說過了嗎？我跟家人已經斷絕關係。」

不論是結婚前或結婚後，我已經與健次討論過無數次這個話題。我沒有告訴母親任何消息。我已經結了婚、生了小孩、我現在住在哪裡、我現在過得很幸福、甚至我到底還有沒有活著……對於這些事情，那個人想必什麼也不知道。

健次輕輕嘆了口氣。

「這我當然知道。我不知道妳們母女之間以前發生過什麼，但這樣真的很不像妳的作風。妳是個那麼重視家人的人，怎麼會那麼不願意面對老家？我不會再拜託妳讓我跟妳的家人見面。可是，我覺得妳本人應該去見見家人的。一旦過去新加坡，我猜五年內可能都回不來。不管原因為何，都應該好好去做個了斷，不是嗎？」

為什麼有那麼多事都指向同一個方向呢？肚子裡的女兒即將在八月這個特別時期出生、一翔突然說想去愛媛、上原沒有事先聯絡就現身，現在連健次也試圖讓我回想起母親。

我輕輕搖著頭。我絕對不可能回去愛媛。事實上，聽著健次說的話時，我心裡想的也是極度甜美的光景——竟然可以離開這個國家長達五年之久！

對於健次，我確實感到過意不去。即便如此，我到現在還是有著「想要逃離那個城市越遠越好」的念頭。

我下意識地來回摸著肚子。

到時見到上原時，不知道他會跟我說什麼？

從悶熱的那年夏天到現在，不知道已經過了幾年？

我任憑健次的話語從耳邊流過，發愣地在腦海裡屈指數著。

2000年8月

「博司，最近過得如何啊？有沒有比較適應愛媛的生活了？」

像喝了烈酒而變得沙啞般的聲音傳來後，七森博司坐正身子說：

「抱歉，醫師，您剛剛說了什麼？」

「我是在問你久違的松山生活過得如何？」

「喔，還可以，畢竟已經回來快一年了。」

「已經那麼久了啊？那我們還真是好久不見了呢。」

「就是啊，您一直拒絕我的邀約，我都快心碎了。」

西山幸太郎在吧檯座位上手肘倚著桌面，一副慈祥老爺爺的模樣笑著。

「如果是年輕朋友的邀約，我通常都會答應的。不過，如果是醫生或醫療器材商的業務員來約我，以後我照樣會拒絕。」

西山與十年前離世的博司父親是高中時期的朋友，目前在道後溫泉附近從事內科醫師的工作。西山從博司年幼時，即經常到訪博司住家，而且非常疼愛博司以及大博司兩歲的姊姊，也不知道給過博司他們多少壓歲錢。

博司十八歲時因為升上大學而搬到東京生活，三十一歲時因為人生失意而回到故鄉松山。那時也是西山介紹了醫療器材盤商的工作給博司。

在那之後的這一年來，博司一直想找機會向西山致謝。到公司正式報到之前，博司曾與西山見面做了報告，沒想到西山後來便一直拒絕博司的邀約。

「我不會向西山醫師推銷產品的。」

「你嘴巴這麼說，對我卻表現得畢恭畢敬，還叫我『醫師』。」

「我從小學時就一直這樣稱呼您啊。」

「有嗎？不過，真開心你已經到了這個年紀，可以像現在這樣跟你兩個人一起喝酒。你時間允許的話，要不要再去一家？」

「好的，我非常樂意。」

西山向熟識的日本料理店老闆賒帳後走出店外，穿過人聲雜沓、酒館櫛比鱗次的八坂通，往二番町的方向走了出去。來到老字號拉麵店所在的住商辦公大樓，搭上電梯到二樓後，西山一副熟門熟路的模樣推開名為「都」的酒吧店門。

酒吧「都」散發出懷舊的氛圍，像極了出現在老電影裡的銀座酒家。店內的空間約十坪大小，也有陪酒小姐在場。

西山與媽媽桑看似親密地互打招呼後，介紹了博司給媽媽桑認識。博司遞出印有「愛媛藥品」商標的名片，向媽媽桑低頭行了一個禮。

個子嬌小的媽媽桑，露出開朗的表情說：

「哇啊，看見年輕客人真是開心！這位客人二十幾歲嗎？」

「不，我已經三十二歲了。」

「真是太巧了，跟我同年呢！我是這家酒吧的老闆娘都廣子，要玩得盡興喔～」

實際上，媽媽桑應該有六十五歲了吧，其散發出來的獨特氛圍帶給人好感。「媽媽桑在這街上很有名的。平常這裡總是擠滿了客人，今天倒是挺空的。算你幸運囉！」西山自言自語似地低喃道。

店內除了約十張座椅的L字型吧檯之外，還有兩間包廂。可能是時間晚了，店裡只看見一位年長的男客人坐在吧檯上，博司兩人被帶到了包廂座位。隔沒多久，兩名陪酒小姐拿著擦手巾來到包廂。

兩名陪酒小姐夾著西山而坐，都媽媽桑則是在博司身旁坐了下來。西山和媽媽桑互相報告著彼此的近況，中途忽然想到什麼時就會把話題丟給博司，這樣的交談模式持續了好一會兒。

「妳別看博司這樣，他可是福音學園畢業的呢！」西山一副自豪的模樣說出博司的母校。

「真的假的？福音畢業的啊？好厲害喔～」看見都媽媽桑瞪大著眼睛，西山更顯驕傲地抬起胸膛說：

「博司以前在東京時，還是電機大廠的職員呢！」

「真的假的？真是了不起呢。為什麼會回來我們這種鄉下地方呢？」

「這個嘛，因為太思念愛媛了。」回答後，博司喝起冰涼的啤酒，不經意地別開視線。

這時，恰巧與在吧檯招呼客人的陪酒小姐對上了視線。對方一副不由自主的模樣點了一下頭，博司也隨之點頭致意。

女子的肌膚白皙，眼角微微上揚的細長眼睛顯得搶眼，其散發出來的慵懶氛圍，以及隔著連身長裙也看得出來的纖細身形吸引了博司的目光。

在那之後隔了十分鐘左右，媽媽桑離開座位，換了女子坐到博司身旁。

「您好，我是惠梨香。」

女子的花名與其隱約散發出來的陰沉氛圍顯得不搭調。在身旁坐下來後，博司也注意到了女子的受損髮絲。不過，女子看起來相當稚嫩。博司猜想女子頂多二十歲左右，應該比左右夾著西山的兩名同為二十七歲的女子來得年輕。

「妳好。」

博司莫名地感到緊張，於是沒有先取得西山的同意，便叼起菸來。自稱惠梨香的女子立刻為博司點火。

「您是東京人嗎？」

「不是，我的老家在這邊。」

「老家？」

「我之前一直在東京工作，去年才回來松山。」

惠梨香一副不感興趣的模樣只低喃了一句：「喔，原來是這樣啊。」西山三人的氣氛炒得火熱，與博司這方聊不起勁的氣氛形成了對比。

博司再喝了一口日本燒酒。這時，博司感覺到一陣香甜的氣味掠過鼻尖。那是香草氣味，與復古酒吧的氛圍顯得不搭調。香草氣味似乎是從惠梨香身上飄了過來。

那是博司記憶中的氣味。明明長相和服裝都截然不同，博司的腦海裡卻只因為聞到了氣味而閃過某個女人的身影。

惠梨香壓低頭抬高視線，注視著博司說：

「怎麼了嗎？」

「喔，沒事。」

「您為什麼會決定回來？」

「嗯？」

「我在想不知道您為什麼會從東京回來這裡？如果換成是我，我一定會一直留在東京。」

不只有西山，也不只有都媽媽桑，博司回到愛媛後，不知被人詢問過多少遍回到故鄉的原因。博司緩緩把酒杯放回桌上。

這次要胡扯什麼好呢？博司陷入思考時，不經意地瞥了惠梨香一眼。

就是在老朋友面前，博司也是笑著回答是因為太思念故鄉，但博司不得不老實說，東京的生活讓他深受挫折。

當初博司簡直是在完全拋棄原有生活之下回到愛媛，愛媛的生活使得他的心靈變得輕盈。故鄉的朋友們生活在與小學當時沒什麼兩樣的狹小社交圈之中，大家已年過三十還染著一頭金髮，而這些朋友無不熱情歡迎博司的歸來。

「小博是我們大家的驕傲。現在又可以這樣跟你一起鬼混，真是太開心了。」

博司的小學同學俊明也發出炯炯目光，表達了歡迎之意。同學當中只有博司一人升上當時還十分罕見的私中，然後直升高中，念大學時就去了東京，最後在東京工作將近十年。儘管博司在東京的日子過得諸事不順，但看在同學們的眼中，似乎還是顯得耀眼。

與西山碰面過了幾天後，博司也與俊明兩人單獨碰面喝酒。酒桌上，俊明做出這般發言：

「小康，你實在太酷了。可以做自己喜歡的工作、領高薪、過自己想過的生活。每次你來我家玩的時候，我老婆都會唉聲嘆氣地說自己太早結婚了。」

說著，俊明露出了笑容。包含俊明在內，小學時期的同學們大多已經成家立業。尤其是俊明，俊明身為維修技師在其父親經營的汽車工廠工作，同時養育四名子女。每次多人聚餐喝酒時，俊明鮮少會露面。有一次，某個朋友用著瞧不起人的口氣告訴博司說：「我猜俊明他是沒錢到外面喝酒。」

「哪有，我覺得你才了不起，能夠擁有那麼開朗的家庭。」

兩人來到俊明經常光顧的平價居酒屋，博司一邊吃炸雞塊，一邊說道。

「你別鬧我了。」

「我說真的啦。而且，我過得也沒有你說的那麼好。親戚都會冷眼看我這個年過三十歲卻連個女朋友也沒有的傢伙，所以我真的覺得你很了不起。」

「聽你這麼說，我是很開心啦，但我真的會覺得你看起來很耀眼。看著你，我就會想到搞不好我也可以擁有不一樣的人生，然後懷疑起自己的人生是不是走錯路。」

小學時，俊明是大家公認的校園英雄。俊明什麼運動都拿手，成績也意外地優秀，最重要的是，俊明有著強烈的正義感。

別說是霸凌，只要有同學稍微受到排擠，俊明一概不會放過。話雖如此，但俊明不會有一般正義感強烈者特有的嚴肅態度，大家圍繞在俊明四周時總是笑聲連連。年幼時，俊明才是讓博司懷抱憧憬的對象。

升上國中後因為就讀不同學校，博司與俊明見面的機會也就變少了。後來博司聽說俊明當起小混混和壞人一起為非作歹，當下也就覺得自己以後應該不會再與俊明有所交流。事實上，從去了東京到回來愛媛之前，博司幾乎不曾想起俊明的存在。

然而，實際回到故鄉、受到一群老朋友們的歡迎後，博司發現自己還是與俊明最意氣相投。

博司打算只對俊明坦承回到故鄉的真正原因。然而，面對一邊說：「小康，你真是太酷了。你是大家的偶像。」一邊笑著讓鬍鬚臉皺成一團的這位好友，博司想要傳達事實的想法也就一點一點地消失。

「欸，俊明，要不要再去一家？」

雖然才開喝不到兩小時，但博司展露笑容這麼提議。俊明的表情瞬間黯淡起來。

「嗯，好提議……可是，我想想啊，今天還是不要好了。」

「放心，今天我請客。上次有人帶我去了一家有趣的店。可是，一個人要去那家店感覺比較不好意思。」

「那什麼店？酒店？」

「跟一般酒店的氣氛不太一樣就是了。」

俊明一臉訝異的表情皺著眉頭，但最後放棄掙扎地點了點頭。「好吧，那至少這裡讓我來付錢吧。」博司坦率地交給俊明結帳後，步行兩分鐘轉移陣地到了「都」。

上次來到「都」時，博司已得知這裡的收費沒有想像中的昂貴，而他也事先告訴了俊明這個事實。

即便如此，俊明還是明顯被「都」的古雅氛圍怔住。老實說，博司也不安了起來，心想是不是不該帶著身穿連身工作服的俊明來到這裡。

店內的狀況與上次大不相同，生意好得不得了。博司兩人忍不住想打退堂鼓，但都媽媽桑熱烈表達了歡迎之意：

「哇！博司！你真的來了啊？好高興啊！」

上次的兩間包廂都坐滿身穿西裝的團體客，博司兩人被帶到吧檯最旁邊的座位。

博司不確定是恰巧，還是媽媽桑的刻意安排，站在吧檯內負責招呼的女子正好又是惠梨香。

看見博司後，惠梨香的臉上也浮現了笑容。

「哇！七森先生，很開心見到您，歡迎大駕光臨！」

得知惠梨香還記得自己的名字後，博司稍微緩和了緊張情緒。

「妳們今天很忙呢！我們兩個人自己喝就好了，妳可以去其他桌沒關係。」

「您不要說這麼冷漠的話嘛～我馬上去幫兩位做準備喔！」惠梨香笑著說道，跟著轉身去拿西山為博司寄放的酒。

博司轉頭一看，發現俊明露出壞心眼的笑容。

「我懂了，原來是這麼回事啊。」

「幹嘛啦？」

「你對剛剛那女生有意思吧？然後呢，你很想見她，所以我就被利用啦。」

博司隨著俊明的視線移動，也看向惠梨香的背影。故鄉的一群朋友動不動就愛搬出自己的價值觀妄下斷言，把什麼事情都說得那麼肯定，這樣的舉動總會讓博司感到煩躁。

俊明原本還一臉不安的表情，現在突然大方地往前探出身子。就因為博司說了「我對那女生根本一無所知」這句話，俊明表現出「我這是在幫你」的態度，在惠梨香走回來後不停發問。

博司抱著難以置信的心情在一旁聆聽，但多虧俊明的雞婆，讓博司得知不少事情。包括惠梨香住在松山隔壁的伊予市、與安室奈美惠一樣就快滿二十二歲、才開始從事晚上的工作不久、白天在老家當地也有工作、從來沒有離開過愛媛、沒有男朋友等等。

雖不確定是不是全是實話，但只要發問，惠梨香都願意回答。當中最教博司感到驚訝的是，惠梨香竟然是本名。

「聽說當初是依花名來取名的，但我不太喜歡這個名字。」

說著，惠梨香在臉上浮現笑容，但那笑容有種試圖與人保持距離的感覺。博司不禁覺得惠梨香的表情顯得真實，也第一次感受到惠梨香並沒有以隨便敷衍的態度在回答問題。

後來，博司兩人一直待到晚上十一點半的打烊時間。另外兩名陪酒小姐招呼完其他桌的客人後，也來到博司兩人這邊作陪。俊明喝酒喝得心情大好，開口邀約小姐們說：「收工後大家一起去吃拉麵吧！」

最後只有後來的兩名女子接受了邀約。惠梨香只冷漠地說一句：「不好意思，我要先回家。」

惠梨香這時的冷淡態度，以及另外兩名女子所說的「惠梨香是個神祕主義者」這句話，都讓博司感到在意。

不過，這些都不是博司最在意之處。博司後來會為了見惠梨香，即便獨自一人也會光顧

「都」喝酒的最大原因是，那天離開之際再次聞到的那股香草氣味。

「都」的消費方式是只要寄了酒，一人只酌收五千圓。這已經是在東京絕對找不到的便宜價格，媽媽桑還以一句「在你升官之前，收你學生價就好」，自動為博司降價一千圓。

雖然沒有刻意要拿這個當藉口的意思，但博司時不時就會光顧「都」，有時是為了招待公司的客戶，有時則是與朋友聚餐喝酒後轉移陣地到「都」繼續喝酒。

一問之下，博司才知道原來「都」的陪酒小姐全是大學生，不然就是白天另有工作。據說「都」一共請了十五名陪酒小姐，每天會有當中的三、四人左右前來上班。因此，不是每次光顧「都」都遇得到惠梨香，就算遇到了，也會因為「都」沒有採用指名制度而不見得有機會讓惠梨香招呼。

即便如此，每次博司獨自光顧「都」時，只要惠梨香也在店裡，媽媽桑就會貼心地盡量安排惠梨香招呼博司。

與博司兩人面對面獨處時，惠梨香總愛聽關於東京的事。博司一旦提及關於東京時期的事，惠梨香就會問個不停。

「真好，感覺過得很開心。我也好希望以前能夠有機會在東京生活看看。」

有時博司會不禁感到納悶，不明白為何惠梨香的說話態度簡直就像一切都已是過去式。

「為什麼？妳不是才二十二歲嗎？還是可以有機會去東京生活啊。」

「不可能的。太不切實際了。」

「為什麼？」

「我是不可能的。」

惠梨香動不動就愛問與博司有關的事，卻幾乎不願提起關於自己的事。「因為我的人生真的很無趣。」博司不知道該如何解讀惠梨香的這般自嘲話語，時而會因此說不出話來。

即便如此，與惠梨香交談時，博司還是能夠感受到與俊明相處時會有的那種安穩感。

博司很快就與惠梨香互給了手機號碼。對於博司如日常問候般的E-Mail，惠梨香也會很快就回覆。

兩人只要在店裡碰到面，就會聊很多話題，對於博司說的每一件事，惠梨香總會臉頰泛紅地說：「我很嚮往七森先生這樣的生存之道。」其他陪酒小姐都把博司和惠梨香視為公認的一對，即使被當面調侃，惠梨香也不會特別否定。

明明如此，惠梨香不知怎地就是堅持不接受博司的邀約。博司不覺得惠梨香對他沒意思。當然了，博司也想過兩人畢竟是陪酒小姐與客人的關係，所以惠梨香只是想讓他有好感而已。只不過，「都」的陪酒小姐是領時薪在工作，並沒有「拉業績」的概念。

事實上，其他陪酒小姐也都一副不覺得自己有什麼不對的態度，笑著說：「我們就是因為不需要麻煩地跟客人談情說愛，才在這家店工作。」的確，「都」之所以讓人覺得舒適，原因就在於這些小姐們的業餘感，也可以從正向的角度形容是不夠專業。

博司找不出惠梨香必須特地只針對他拉業績的理由。俊明偶爾與博司一起光顧「都」時，也會一臉正經地說：「你們兩個絕對在交往，對不對？」遇到這種狀況時，惠梨香也會顯得開心地綻放笑容。

明明如此，每次博司約惠梨香下班後或假日見面時，惠梨香卻絕不會點頭答應。

「七森先生，你的心意我真的很開心，但很抱歉，我沒辦法答應邀約。」

不知不覺中，形成了博司被耍得團團轉的局面。就在博司對此漸漸感到挫折的一九九九年夏季的某一天，博司在加完班準備回家的車上，接到來自惠梨香的E-Mail。

『七森先生，你吃過飯了嗎？』

惠梨香的E-Mail內容一向簡短。不過，惠梨香不曾寫過如此直截了當的內容，博司不禁感到焦急。

時鐘指出晚上七點半的時刻。這時刻正好是「都」的上班時間。博司把車子停在路肩後，儘管已經在公司吃過便利商店的便當，還是回信告訴惠梨香自己還沒吃飯。

惠梨香立刻寄來回覆。

『我真的很糗，明明今天根本沒有排班卻跑來市區。要不要一起吃個飯呢？』

博司毫不猶豫地答應了邀約，並表示自己恰巧開車，提議去遠一點的地方吃飯。約好容易上車的市區地點後，博司與惠梨香十分鐘後便順利會合。

這是博司第一次看見惠梨香的便服打扮。博司原本擅自想像會是花俏的服裝，卻看見惠梨香一身白色T恤搭配牛仔褲、布鞋，再加上背包的樸素模樣，不禁感到有些掃興。不過，惠梨香綁成一顆圓形丸子的髮型可愛極了，飽滿的美麗額頭也讓博司看得捨不得挪開目光。

博司有些緊張起來，心臟也猛力跳動著。比起在店裡或E-Mail的互動，兩人在車上聊得更為起勁。博司不曾看過惠梨香如此開心，而博司也表現得侃侃而談。

即使進到位在北条海邊的老字號西餐店，兩人的話匣子依舊沒有停下來。「我今天可以喝一杯嗎？」惠梨香這麼詢問後，點了調酒。「那我也陪妳只喝一杯好了。」博司賣人情地這麼說，也替自己點了啤酒。

「可以問妳一個怪問題嗎？」喝下沁心涼的啤酒潤潤喉嚨後，博司壓低頭抬高視線注視著惠梨香問道。

「什麼問題呢？」

「妳身上抹的是不是Nina Ricci的香水？」

「咦？啊，是Nina Ricci的香水沒錯——」惠梨香不停眨著眼睛，看來博司的問題似乎真的讓她感到意外。

「東京人果然很厲害。我身邊根本沒有人聞得出來女生用了什麼香水。」

「沒有啦，我只是剛好很喜歡這個香味而已。其他香水我根本一竅不通，而且這也跟東京沒有直接關係。再說，我也不是東京人。」

惠梨香看似開心地說：

「我從以前就很喜歡這個香味，就覺得好像可以讓心情變得開朗。可能是因為很有夏天的感覺吧？我其實明明很討厭夏天。」

博司打聽過惠梨香的生日是八月十五日。「為什麼會討厭夏天？妳的生日明明就在夏天。」博司問道。惠梨香一臉為難的表情聳了聳肩說：

「對啊，我也不知道自己怎麼會討厭夏天。尤其是八月份，想到就讓人頭痛。你不覺得八月份是一個會讓人失控發狂的煩人時期嗎？感覺上，八月份的詭異事件也特別多。我的生日也沒有什麼美好的回憶。」

用完餐後，博司以「為了醒酒」當藉口，邀約惠梨香到海邊散步。夜裡的海風涼爽宜人，從岸邊可看見無數漁船浮在海面上。四周比想像中的更加昏暗，博司因此得以很自然地牽起惠梨香的手。不可思議地，惠梨香的手因為流手汗而有些溼潤，摸起來卻是冰冷的。

兩人牽著手緩緩走在沙灘上時，惠梨香自言自語似地低喃說：「空氣好鬆散。」

博司停下了腳步，惠梨香回過神地改口說：

「比起我出生長大的伊予市海邊，這裡的空氣感覺比較輕盈。」

「會嗎？會有差異嗎？因為這邊有風？」

「不知道是不是喔？怎麼說呢，這裡的空氣不會悶悶重重的。感覺連身體也變得輕盈起來。」

說罷，惠梨香猛力吸了一口氣。博司以前也去過伊予市的海邊游泳。提到兒時回憶，理所當然都是閃閃發光的開心回憶，博司根本不會感覺到空氣沉悶。

惠梨香時而會做出讓人聽不懂意思的發言，但不是時下流行的「天然呆」或「走自我風格」的那種。惠梨香時常突然改變話題，而這些時候的發言大多會讓博司感到在意。

博司加重力道牽住惠梨香的手，跟著豁出去地把惠梨香拉近自己，同時發現自己意外地冷靜。「我沒有那樣的想法。」「我們又不是男女朋友關係。」博司以為會聽到這類的話語，沒想到惠梨香坦率地依偎在博司的身上。

夜裡的海邊只聽見微弱的浪聲，博司先親吻了惠梨香的額頭、臉頰，最後緩緩吻上惠梨香的雙唇。惠梨香的雙唇軟綿綿的，非常溫暖。博司就這麼摟住惠梨香以鼻尖磨蹭時，Nina Ricci的香水味道從惠梨香的頸部傳了過來。

惠梨香沒有改變態度。任憑博司摟著自己好一會兒後，惠梨香把手貼在博司的胸口上，緩緩挪開身子。

惠梨香讓視線拉回海面，一副剛剛什麼事情也沒發生過的模樣說起話來：

「我一直很討厭。討厭那片海洋。現在也還是一樣討厭。即使到了現在，我還是很想逃離伊予市。」

惠梨香又做出像是已放棄什麼似的發言。

「既然這樣，就逃出來啊。」

「我就是沒辦法那麼做。」

「為什麼?要不然,跟我一起逃跑如何?」

「抱歉,我對這種玩笑話很感冒。」

「我不覺得自己完全是在開玩笑。而且,假設我們兩人以後開始交往好了,到時候我搞不好會選擇再去東京工作也說不定。這麼一來,妳只要跟我一起走,不就好了?」

博司不是在意氣用事,也不是想打心理戰,他只是做了假設而已。與故鄉的朋友們聊天時,博司也常常會像現在這樣感覺到對方的思維過於狹窄。博司經常會思考該怎麼做,才能讓對方擺脫這樣的思維。

有那麼短短一瞬間,惠梨香似乎緩和了表情。然而,轉眼間又抹上了死心的色彩。

「就算是那樣也不行。我有不能離開那裡的理由。就算真的要去東京,也要靠自己的力量去才有意義。而且——」

惠梨香說到一半忽然停了下來。惠梨香朝向有些煩躁起來的博司露出微笑,無力地搖搖頭說:

「我不是你想像中那樣的女人。你早晚一定會對我感到失望的。」

夜風夾雜著夏天的氣息,從博司的身上劃過。如果要問博司會不會感到失望,博司會回答惠梨香的發言才真正讓他深感失望。「我最討厭那種把自己說成像悲劇裡的女主角一樣的女生。」博司到現在還清楚記得前女友說過的這句話。

博司本來就不抱有什麼期待。基本上，就連自己到底喜不喜歡惠梨香，博司也還搞不太清楚。

在連對方是個什麼樣的人都搞不清楚的這個階段，對方一直不知隱瞞著什麼就算了，現在還說一句「我不是你想像中那樣的女生」，這實在教博司難以有太多感受。博司頂多只會覺得掃興地心想：「反正也不可能是多天大的祕密，何必呢？」

另一方面，博司也察覺到興奮的情緒悄悄爬上心頭。失望、焦躁、憤怒、掃興……博司知道這一類的負面情感時而會化為猛烈的慾火。

思考到這裡時，博司已經再次牽起惠梨香的手，比剛才更加激烈地親吻著惠梨香。

惠梨香一直張開著眼睛，一副感到無聊透頂的模樣，就只有博司一人呼吸變得急促。每認知到這個事實一次，博司的興奮情緒就越是高漲。

我也不是妳想像中那樣的男人——

博司劇烈地與惠梨香舌吻，硬是壓抑住想要這麼吶喊出來的衝動。

從一起到北条出遊的那天起，博司與惠梨香單獨見面的機會漸漸變多了。每次與惠梨香見面交談，都會讓博司想起今川美惠。

美惠比博司小四歲，是博司住在東京最後幾年交往過的女朋友。說得好聽一點，美惠是個很有主見的人，但說得難聽一點，會是個自我意識過強的人，而博司一直被這個情人要得團團轉。

美惠是個容易情緒劇烈起伏的女人。自己狀況好的時候，美惠就會黏在博司身上親密地喊著「小博、小博」，搞得博司都嫌煩，但一旦心情變得低落時，動不動就愛刁難博司。有時可能是情緒激動，也有不少時候會尖叫大哭，不肯聽博司勸說地喊著：「我要跟你分手！」

博司國、高中都就讀男校，升上大學後也絕不是戀愛經驗豐富的那種人，對博司來說，美惠是個自己應付不來的女人，另一方面也是博司所認知的情人基準。

好幾次博司因為被耍得團團轉而筋疲力盡，忍不住接受了美惠的分手要求。

因為這樣而與美惠分開的期間，博司與其他女性一起吃過飯，也約過會，甚至曾發生過肉體關係，但沒有一次感到情緒激昂。有時博司必須一字一句地做說明才能傳達想法，或是看見什麼景色時，彼此的感動點有所落差，每次發生這種狀況時，博司就會重新認知到美惠是個特別的女性。

美惠與其他女性的最大不同，莫過於做愛。美惠明明是個情緒起伏劇烈的女人，唯獨做愛時不會失控。美惠除外的女人總是單方面地交由博司引導，時而發出虛假的嬌喘聲音或假裝很享受，而每次看到那些女人的模樣，博司都會覺得自己被獨留在原地而陷入孤獨感。

每次與其他女人纏綿時，博司就會想起美惠。這時博司的意氣用事想法就會像融化似地消失不見，也總會在這時候主動聯絡久違的美惠。「好開心喔～我果然還是離不開小博。」美惠嘴上會說出讓博司心情雀躍的話語，但到了肌膚之親的時刻，美惠的眼神還是會如人偶般的冰冷。

對於這點，美惠曾經這麼做了解釋：

「因為我會怕人類變成不像人類。人類擁有其他動物所沒有的理性，不是嗎？我說什麼也信任不過那種會失去理性，沉溺在自我慾望之中的人。因為我覺得連這點都控制不了的人，不可能有能力控制自己的人生。所以啊，小博，你也不要因為做愛這種事情而迷失自我喔。」

「除了做愛之外，其他事情妳一下子就會失去理性耶？」博司刻意這麼開了玩笑，但美惠沒有生氣而點點頭說：

「對啊。有可能就是因為這樣，我才會不想因為做愛而失去理性吧。可能是因為我再怎麼努力都無法抑制自己身為女人的一面，才會覺得至少要能夠好好掌控慾望吧。」

雖然沒有美惠說得那麼頭頭是道，但在北条的海邊時，惠梨香也說過類似的話語：

「我在猜我應該是害怕男人的慾望。我會害怕，也會憎恨，所以一直想要遠離。尤其是男人迷失自我的那一刻真的很可怕，我一直讓自己盡量不去直視。」

這些話讓博司第一次可以感受到惠梨香的背景。在市區會合後已經過了好幾個小時，聽著惠梨香說話時，還是聞得到淡淡的香草香味。

博司之所以會知道那是Nina Ricci這個品牌的香水味道，正是美惠告訴他的。博司還記得有一次在床上聞到那香味而感到內心平靜，卻因為在那之後美惠點了香菸飄來煙霧，而覺得厭煩極了。

美惠與惠梨香不論長相、個性，或是散發出來的氛圍，都大不相同。不過，兩人卻有著許多共同點。包括兩人使用同一款香水、不會被氣氛牽著走的本質，還有總能算準時間聯絡博司也是其中之一。

博司深深覺得雖然美惠與惠梨香兩人身在不同處，但只要謹慎地沿著兩人各自拿在手上的繩索前進，一定會抵達同一個地方。

如果是美惠，博司能夠理解她的本質。

那麼，惠梨香的本質是什麼？

自從那天晚上去了北条後，博司一直無法不去在意惠梨香這個人的存在。

博司與惠梨香依舊頻繁地保持聯絡，但遲遲無法拉近與惠梨香的距離。博司鼓起勇氣，邀約惠梨香在她生日的八月十五日那天一起吃飯，卻被惠梨香的一句「那天已經安排好要與家人度過」，遭到冷漠拒絕。

對於惠梨香的想法，博司還有一點無法理解，所以只找了俊明商量過。從平常的互動狀況，博司實在不覺得惠梨香對他抱有厭惡感，也不覺得自己只被視為客人看待。

博司坦率地說出自己的這般認知後，俊明一副「這你也不懂？」的態度下定論說：

「那當然是因為已經有男朋友了啊。跟家人過生日？現在都什麼時代了？」

俊明毫不客氣的說話態度，發揮十足的力道在博司的胸口狠狠砍上一刀。博司知道自己肯定露出相當錯愕的表情。

博司沒有說什麼，反而是俊明一副難以置信的模樣嘟起嘴巴說：

「不是啊，小博，你有那麼迷戀她啊？」
「也不是迷戀啦。」
「不可能，你那反應明明就是已經動了真心。原來你喜歡她啊，感覺有點意外。」
「為什麼會覺得意外？」
「怎麼說呢，惠梨香感覺就是現實生活中的人物。說她是我們這群當中某個人的女朋友，還比較說得過去。她跟你會交往的女朋友形象完全不搭。」
俊明有個壞習慣，總會以「博司」和「我們這群」來區分同伴。
「什麼形象不搭？我不會跟酒吧的陪酒小姐交往的意思？」
「這部分也有啦，但比較大部分應該是因為她以前是不良少女吧。」
「咦？她以前是不良少女啊？」
「肯定的啊。」
「為什麼你會知道？」
「也不算是知道，就是憑感覺就能看出來。她以前絕對當過不良少女混過，一看就知道跟我們是同一掛的。」
俊明哈哈大笑地下此斷言。明明極度厭惡自己被周遭人們以外表來判斷為人，自己這方卻以同等態度做出相同舉動。
俊明似乎沒有什麼惡意，但這樣的態度更顯惡劣。

「我記得她好像說過住在伊予市，對吧？只要透過學弟妹的門路，應該可以打聽出什麼消息來。要不要我找人探聽看看？」

「不用啦，不需要那麼做。」

「是喔～不過，原來如此，她真的是妳喜歡的類型啊。既然這樣，就不要畏畏縮縮的，大膽去把她就好了啊。」

博司當然不會因為俊明的輕浮發言就有被推一把的感覺，但確實覺得多了那麼一點點的膽量。

博司不是真的愛得無法自拔，他只是有些在意而已。沒錯，博司只是想要多了解惠梨香一點而已。

這麼告訴自己後，博司獨自前往久違的「都」，並以比平常強勢一些的態度，提出希望與惠梨香單獨見面的要求。博司內心某處抱著「如果這次被拒絕，就毅然退出遊戲」的想法。

「不一定要當天也沒關係。可不可以讓我也有機會幫妳慶生？妳如果願意提早跟妳媽媽告知一聲，我會很開心的。」

博司看出惠梨香的雙頰微微泛紅。之前兩人單獨吃過幾次飯時，不論聊得多麼起勁，惠梨香每次都會以「因為會被媽媽罵」為由，表示希望在午夜十二點前回到家。雖然這個理由總會讓博司感到焦躁，但博司從沒有說出口。

「我真的很高興。」

沉默了好一會兒後，惠梨香低著頭低喃道。

「不過，可不可以不要吃飯，等你像是星期六放假的時候，再帶我出去玩好嗎？」

「去哪裡玩？」

「哪裡都好。啊！不過，我希望可以是愛媛以外的地方。我想去遠一點的地方。哪怕只有一天也好，如果七森先生可以帶我出去走走，我覺得自己就會有動力再努力下去。」

惠梨香面帶笑容說道。博司第一次看見惠梨香露出如此開朗明亮的笑臉，頓時說不出話來。最後，博司脫口說出如此呆傻的話語：「那個……謝謝。抱歉，提出這麼任性的要求。星期六沒問題的。」

「你的反應太有趣了吧。」惠梨香笑出聲音說道。惠梨香一副像在回味什麼似的模樣露出正經表情，然後壓低頭抬高視線看向博司。

「不過，我才應該向你道謝。七森先生，真的很謝謝你。我很期待星期六的到來。」

雖然一開始是以酒客與陪酒小姐的關係結緣，但博司根本不在意這點。就算俊明的判斷正確，惠梨香過去真的是一個不良少女，博司也不在乎。重要的是現在。博司的論點是，只要真心認為現在的對象很好，就應該肯定對方的所有過去。

這也是美惠灌輸給博司的觀念。美惠有不能告訴他人的祕密。在美惠懂事之前，也就是在一歲時，美惠的親生母親拋棄了她。

博司與美惠交往超過兩年後，美惠才告訴博司這個事實。博司已經不記得起因是什麼，但總之那天美惠整個人大失控。美惠又哭又叫，把博司罵得狗血淋頭。儘管如此，博司還是一直緊緊抱住美惠的肩膀不放，最後美惠像在對著博司懺悔似地切入話題說：

「有時我不管怎樣就是壓抑不住自己的情感，根本不存在我記憶裡的母親身影，總會在這種時候從我的眼前閃過。那真的讓我很不舒服。我會有種自己被鎖鏈綁住、脫不了身的感覺，那會讓我想要一死了之。」

聆聽著美惠的告白，博司深深點頭做出回應。畢竟博司比任何人都清楚看在眼裡，他知道美惠活在這世上，有多麼拚命地想要擺脫咒語的束縛。

「以前被迫要接受什麼時，我總會自己主動去扛起責任。我會裝出反抗的樣子，但其實很聽話。想起那時候的自己，我到現在都覺得很丟臉。」美惠這麼說，並打從心底懊悔當初讀國中時與育幼院的同伴一起惹事生非，也懊悔讀高中時沒有半點遲疑便決定輟學。

這份後悔的心情，引導著美惠走上與同伴斷絕往來、展開打工、取得可報考大學的資格、考上眾所皆知的著名大學、成為自己從小就嚮往的股票上市企業員工的挑戰之路。

這麼一想，就覺得絕對不應該否定美惠的過去。不應該直視過去，而應該直視現在，而「現在」正是能夠把過去轉為正面，也可轉為負面的力量。

如果美惠的母親沒有拋棄美惠，或甚至沒有生下美惠，博司就不可能邂逅美惠。若是否定美惠的過去，就等於是在否定美惠這個人的存在。

「我最討厭那種把自己說成像悲劇裡的女主角一樣的女生。」

美惠就是在做了告白後，說出這句話。那時美惠的呼吸總算平穩了一些，開玩笑地做出拒絕博司的動作後，美惠一副極度難為情的模樣繼續說：

「小博，你很容易被那種女人騙去，要小心一點喔。很多女人會若無其事地抓住男人那種『讓我來保護妳』的心態。就像我一樣。」

博司想要更了解惠梨香。既然能夠認同惠梨香的「現在」，不論她有什麼樣的過去，博司都能夠接受。

惠梨香的生日過了六天。八月二十一日，星期六到來。博司的心願似乎順利傳達給了上天，這天的天空一片蔚藍，晴朗無雲。

上午十點，博司在事先約好的伊予市車站圓環停下車子後，惠梨香小跑步地出現。

這天博司沒有駕駛平常的輕型車，而是特地租了四輪驅動車。斜眼確認惠梨香坐上副駕駛座後，博司踩下油門駛了出去。為了決定地點，博司煩惱了很久，最後決定前往高知。

「我想過很多地點，像是廣島、香川、岡山，還想過要不要乾脆去到別府。那個，如果妳覺得高知不好玩，也可以去別的地方。」

博司問得戰戰兢兢，沒料到惠梨香的表情開朗得教人驚訝。

「高知！我想去！我從來沒有去過高知！」

住在愛媛竟然從來沒有去過高知？博司訝異地這麼心想，同時也鬆了口氣。兩人去吃了博司在旅遊指南書上查到的鰻魚後，先繞到綻放如綠寶石般美麗色澤的仁淀川，最後在傍晚抵達目的地——興津海水浴場。

博司小時候與家人一起旅行來到這片沙灘時，簡直是看得目瞪口呆。博司本以為沙灘上會更熱鬧一些，但可能是時間偏晚，海水浴場的遊客身影比想像中的來得少。

走下車子後，惠梨香戴上博司在半路上買給她的便宜墨鏡，做出與博司少年時期相同的發言：

「這是怎麼回事？難道有颱風要來嗎？」

博司不由得露出苦笑。

「我懂妳的心情。真的會覺得有颱風要來。」

對只見識過風平浪靜的瀨戶內海的人來說，太平洋的海浪簡直如驚濤駭浪一般。那海浪的高度真的會讓人懷疑是不是颱風來襲，而且不誇張地，博司在看了這片海洋後，才第一次體會到世界有多麼遼闊。

博司分享了這段回憶後，惠梨香笑得身體不住晃動。

「再怎樣也沒那麼誇張吧！不過，的確是很驚人，跟電視上看到的完全不一樣。」

「這還算是比較平靜的。」

「你騙人的吧？」

「我以前住在東京時，曾經在一個叫作湘南的地方，見識到一次刮大風時的海洋。那海浪高得讓人覺得好像世界末日快到了一樣，我嚇得根本不敢靠近，但大家都不以為意地在海裡面游泳。我看了真的覺得他們是不同人種。我就是在那天，決定回來愛媛的。」

博司擔心著惠梨香聽不出他在開玩笑，但幸好惠梨香笑了。兩人在通往岸邊的階梯坐了下來，發呆地望著海洋好一會兒。

深綠色山脈圍繞在海洋的兩側，外海的防波堤上可看見紅色燈塔高高聳立。親子遊客的嬉鬧聲傳來，海風從兩人之間吹拂而過。明明只是跨過一個縣市，在眼前延伸開來的海洋景色卻是截然不同。

上次牽起的手就近在身旁。博司有自信此刻再牽起手也不會遭到拒絕，但可能是因為天色還亮，博司就是鼓不起勇氣像那天晚上一樣很自然地牽起手。

惠梨香發出炯炯有神的目光，渾然不知博司內心的掙扎。

「那孩子好可愛喔～」

惠梨香的聲音拉回博司的意識，博司順著惠梨香的視線看去。視線前方出現一個差不多二、三歲大的小女孩，小女孩拚命地在母親後頭追著。除了身穿泳衣這點之外，這樣的光景隨處可見。

惠梨香流露出彷彿看著自己孩子般的疼愛眼神，注視著眼前的小女孩。博司不禁覺得此刻在身旁的女人，與在酒吧裡碰面的女人根本不是同一人物。

忽然有了這般感受後，博司思考了起來。他心想或許惠梨香的魅力就在於這般不協調感。不只有外表而已，有時上一刻才覺得惠梨香築起絕不讓人闖進內心的高牆，下一秒鐘就表現出毫無戒心的少女模樣，融化博司的心。

博司想像了與惠梨香共築家庭的畫面。

出乎預料地，那畫面輕易地浮現博司的腦海。

畫面裡有一個小孩，一個長得非常像惠梨香的女孩。

到時候，就幫這孩子取一個像今天的天氣一般開朗祥和的名字吧！

博司察覺到自己連孩子的名字都做了想像，但沒有因此感到難為情。

「惠梨香，妳願不願意跟我交往？」

博司總算牽起惠梨香的纖細小手，從正面直直看著惠梨香。博司看出惠梨香頓時陷入不知所措，但沒有給惠梨香多說什麼的機會。

「就算妳跟我想像中的不一樣也無所謂。應該說，那是我接下來才要判斷的部分。」

「可是我……」

「別擔心，如果真的覺得沒辦法交往，我一定會跟妳說的。所以，我希望妳可以給我一次機會。」

儘管博司都這麼說，惠梨香似乎還是想要說些什麼。博司加重力道握緊惠梨香的手，一樣還是不給惠梨香多說什麼的機會。

惠梨香直直注視著牽起的手，輕輕嘆了口氣說：

「你真的一定會說出來嗎？」

「什麼？」

「如果覺得沒辦法交往，我真的希望你可以說出來。我這個人很笨，如果沒有好好跟我說，我不會懂的。」

雖然覺得惠梨香的發言帶有言外之意，但博司沒打算追究這點。

「沒問題，我答應妳。妳也可以好好判斷我是個什麼樣的人。如果覺得我不合格就告訴我，我會接受的。」

博司自認以非常認真嚴肅的態度傳達了想法，卻被惠梨香當成在開玩笑。

「哪有合不合格這種事。我不可能對七森先生有任何不滿。就算現在這樣跟你牽著手在一起，我還是會懷疑自己是不是被耍。我會覺得為什麼你要對我這種女生這麼好？」

博司發現了一個惠梨香與美惠的共同點。她們兩人對自我的評價都低得讓人覺得過度卑微。「我根本配不上小博。」與惠梨香一樣，美惠以前也會一直說這種話，但至少博司知道美惠之所以會有這樣的認知，背後原因在於她的過去。惠梨香的背後原因會是什麼呢？

「我可以說一些很蠢的話嗎？」

惠梨香仰望著天空，簡短問了一句。

「嗯，什麼話？」

「我好久不曾感到內心如此平靜。我真的玩得很開心。今天搞不好是我最幸福的一天。」

「最幸福是指多久以來？還是指人生中？」博司這回是真的抱著開玩笑的心態，沒想到卻讓惠梨香僵住了表情。

「沒錯，我是指人生中最幸福的一天。至少在夏天裡，我從來沒有過內心如此平靜的回憶。七森先生，真的很謝謝你。」

有別於去程的氣氛，博司與惠梨香在回程的車上沒什麼交談。即便如此，兩人還是連用餐也省了，便直接進到路過國道時映入眼簾的汽車旅館，有了第一次的肉體關係。

如博司所預料，惠梨香做愛時的反應果然極度平淡。惠梨香一直一副百無聊賴的模樣仰望天花板，頂多偶爾呆板地叫出聲音。別說是主動引導，惠梨香沒有享受在其中的感覺，甚至一滴汗也沒流。

這樣的態度使得博司性慾高漲。然而，每次性慾高漲，博司的腦海裡就會閃過惠梨香說的那句「男人迷失自我的那一刻真的很可怕」，而拚命壓抑激昂的情緒。

可能是這樣的舉動奏效，博司憋住聲音單方面地迎向高潮後，趴在惠梨香的胸口時，惠梨香一副情不自禁的模樣抱住博司的頭。

好一段時間，一片黑暗的房間裡只聽得到博司的喘氣聲。惠梨香像在安撫嬰兒似地撫摸博司的髮絲，低喃一句：

「我真的很幸福。謝謝你，七森先生。」

博司還來不及好好感受這句話，先緊緊抱住了惠梨香。

決定開始交往，也實際有了肌膚之親後，博司和惠梨香兩人之間並沒有太大的變化。惠梨香依舊必須趕在午夜十二點前回家，也沒有坦承其原因。

博司對惠梨香的心意也沒有改變。博司努力讓自己在直呼惠梨香的名字時不要覺得難為情，見面時也會想要有多一點機會與惠梨香有肌膚之親。不過，博司還是會照著惠梨香的要求，在午夜十二點前送她回家。

博司也照舊光顧「都」。惠梨香在招呼其他客人時，時而會朝向博司投來感到過意不去的目光，但博司內心反而比以往更加平靜。話雖如此，但博司並沒有因此而飄飄然起來。兩人的關係可說真的是沒有任何改變。

不過，周遭人們的目光倒是有了些微改變。西山是第一個發現異狀的人。事隔許久，西山難得主動邀約博司吃飯，在與上次同一家日本料理店會合後，西山說出博司想也沒想過的話語：

「聽說你最近迷上在『都』上班的小姐。」

西山如往常般笑得眼尾下垂，但語調顯得冷漠。博司沒有要瞞著西山的意思，但因為西山的話語來得太突然，而一時不知道該如何做出回應。

「怎麼會突然說這個？醫師哪裡聽來的消息？」

西山哼鼻子笑了一聲，岔開話題說：

「如果只是玩玩，那就沒關係。畢竟你還年輕，我也不是不懂你的心情。不過，你要不要考慮一下跟對方在店裡見見面就好？萬一變成什麼棘手的狀況，教我怎麼對得起你死去的父母？」

博司詢問什麼是「棘手的狀況」，但西山沒有再多說什麼。博司就這樣抱著疑惑的心情度過幾天後，怪事又發生了。

這回換成是在與幾個朋友一起去「都」的時候。媽媽桑像是刻意趁著惠梨香離席去化妝室的時間，朝向博司這麼說：

「我說博司啊，你可不要對惠梨香陷得太深喔！」

博司心想又來了，也因為這樣的情緒搶在前頭，而沒有感到訝異。

「為什麼會突然說這個？西山醫師要妳說的嗎？」

媽媽桑做作地一邊環視四周，一邊壓低聲音說：

「她不是你應付得來的簡單人物。聽我的話不要跟她太深入交往，我不會害你的。」

炎熱的夏天過去，四周開始吹起帶有秋意的涼風，惠梨香還是沒有主動告訴博司什麼。毫無進展的兩人關係讓博司感到焦躁之下，迎接了十一月的某天。那天晚上宛如寒冬一般下著冰冷的雨。在位於沿海、每次約會最後都會前往的老舊汽車旅館裡，博司的受挫情緒終於忍不住爆發出來。

起端是辦完事之後，惠梨香又照慣例地急急忙忙做起回家的準備。「妳今天也一定要趕在十二點之前回家嗎？」雖然博司根本不用問也知道答案，但看見惠梨香一副事不關己的態度，博司不知怎地就是覺得一肚子氣。

惠梨香沒有察覺到博司的異狀。先穿上內衣褲後，惠梨香在鏡子前方忙著戴耳環，也沒看博司一眼便開口說：

「抱歉。我如果沒有照時間回去，下次要見面就會變得困難。對不起喔，每次都這樣，我真的覺得對你很過意不去。」

惠梨香的用字遣詞固然禮貌，但口吻像在安撫小孩子，讓博司聽了只會感到不悅。

「難不成妳家是名門世家啊？」

博司耍狠地這麼脫口而出，還差點接著說出「明明就是個上班小姐」，但在最後一刻硬是把話吞了回去。

「咦？」惠梨香總算轉過頭看向博司。不論是只戴了一邊的廉價耳環，還是一臉無憂無慮的表情，都讓博司看了就覺得滿腔怒火。

等到察覺時，博司已經不顧全身赤裸地走近惠梨香。博司不知道該如何形容惠梨香在那一刻流露出的表情。不過，至少可以肯定那不是膽怯的表情。惠梨香沒有顯得害怕、失望或不安，而是一臉完全能夠掌握接下來會發生什麼事情似的表情，那模樣彷彿在說：「我早就習慣了。」

我只是捨不得讓惠梨香回家。我只是想跟她再相處久一點；替自己這麼找了藉口後，博司伸手抓住惠梨香的手腕。

惠梨香乖乖順從，一句話也沒說。這樣的態度更惹得博司不悅，博司像在丟東西似地把惠梨香壓倒在床上。

博司刻意讓惠梨香趴在床上，不想讓惠梨香看見他的表情。博司衝動地趴在惠梨香的身上，忘我地愛撫惠梨香的背。途中看見左肩胛骨部位的兩處刺青時，博司幾乎就快恢復了冷靜。

當然了，博司之前就知道惠梨香的背上有小小的刺青。兩處刺青都是以黑色的細線條，勾勒出花朵圖案。之前博司不曾在意過刺青的存在，只覺得全黑的刺青可以突顯出惠梨香的白皙肌膚，也認為那應該是年輕女生為了趕流行的舉動。明明如此，這時不知為何卻是感到特別在意。博司忽然覺得那些刺青象徵著惠梨香的過去，而壓抑不住極度興奮的情緒。

明明剛剛才射精過，博司的情緒卻越來越亢奮。博司的腦海裡不停迴盪著過去美惠說過的話以及惠梨香說過的話，並察覺到自己每次試圖甩開那些聲音時，就會更加性慾高漲。

最後，博司沒看過一眼惠梨香的臉，就這麼迎向了高潮。博司從背後緩緩趴在惠梨香的身上，並打算把臉埋進惠梨香的頭部側邊。惠梨香像在表示抗拒似地扭動一下身子，向著窗戶別過臉去。

博司全身快速流竄的血液漸漸緩和下來。博司瞬間恢復了冷靜，一抹不安的情緒隨之掠過胸口，他心想自己可能做了無法挽回的事情。

推開博司挺起身子後，惠梨香坐在床邊，並拿起原本想戴上的另一邊耳環湊近耳朵。

「那個，抱歉……我——」

擺設在枕邊的電子時鐘顯示出十二點半的時刻。如果什麼話也不說，或許能夠佯裝沒發生過任何事。只要裝作什麼也沒察覺到，露出笑容面對惠梨香，惠梨香肯定也會裝出沒受傷的樣子。

博司這麼心想，但腦海裡一直浮現惠梨香前一刻的表情揮之不去。惠梨香那虛無的表情究竟有著什麼含意？

「怎麼突然這麼說呢？七森先生真是奇怪，有時候都會這樣突然跟我道歉。」

惠梨香發出咯咯笑聲，那模樣看起來不像在逞強。惠梨香一副真的很愉快的模樣笑著，並總算轉過頭看向博司。

「你是在為什麼事情道歉呢？」

「咦……？不是啊，就是之前我們談論過的事。我做了辜負妳期待的舉動。」博司沒條沒理地說道。惠梨香先是驚訝地半張開著嘴巴，跟著突然爆笑出來。

「討厭啦，七森先生，拜託你不要害我笑到肚子痛好嗎？」

這回換成是博司感到訝異。

「抱歉，我不知道妳在笑什麼？」

「因為你一直說一些奇怪的話啊。」

「哪裡奇怪了？」

「你不用擔心，我覺得男人如果太溫柔才顯得虛假。」

「這什麼說法啊？什麼意思？」

「該怎麼說好呢，就是，我覺得今天的七森先生還比較正常。我知道都是那樣子的。」

博司在腦海裡反芻惠梨香的發言。博司不確定自己是否做出正確的解讀，但有種能夠找出惠梨香本質的預感。

然而，那肯定是博司不願意直視的本質。惠梨香一副豁出去的模樣獨自笑個不停。惠梨香的笑臉顯得卑賤，彷彿過去一直隱藏本性，扮演著另一個人，而博司清楚記得自己曾看過這樣的笑臉。

「全部都是我自己做的選擇。不管你是個什麼樣的人，責任都在我身上，因為是我自己選擇要跟你在一起。你沒有必要道歉。」

「沒轍，我完全聽不懂。」

「意思就是，我沒有期待什麼。不限於七森先生，而是整體男人。我對你們沒有抱以任何期待。我早就放棄這樣的權利了。」

到最後，博司還是沒能理解惠梨香想表達的意思。不過，博司深深感到受傷。儘管就理智面來說，博司知道自己根本沒有權利感到受傷，但聽到自己與不知哪些陌生人一起被統稱為「你們」，還是讓博司感到受傷，且嚴重受傷到連自己都覺得訝異。然而，面對一直笑個不停的惠梨香，博司沒能再多說什麼。

最後，博司送惠梨香到距離住家最近的車站時，已經過了深夜一點鐘。一路在車上，兩人沒有任何交談，分開之際也沒有親嘴的動作，博司心想與惠梨香的關係大概就這樣結束了。

然而，博司還是不願意就這麼與惠梨香分手。開著車子跑了十分鐘左右後，博司停下車子，寫了E-Mail給惠梨香。

幾乎在那同時，惠梨香也寄來了E-Mail。

『今天真的很抱歉。』

『抱歉，我今天說話太重了。』

第二封E-Mail換成惠梨香搶先了一步。

『（笑）謝謝你。』

這短短一句大大拯救了博司。博司靜靜地趴上方向盤，細細感受著喜悅與安心感。

那天晚上的激烈場面像是不曾發生過一樣，到了隔天，惠梨香已變回原本的惠梨香。博司只要寄出E-Mail，惠梨香就會回信給他，如果去到「都」，惠梨香也會負責招呼他。兩人每週會一起吃一次飯，也會上旅館。還有，博司每次一定會在午夜十二點前送惠梨香回家。

然而，正常轉動的齒輪已確實失去了協調。兩人的笑容明顯減少，等到進入冬季時，惠梨香的心已經徹底變得冰冷僵硬。惠梨香照慣例以「因為要與家人一起度過」為由，告訴博司不能與他共度聖誕節和除夕時，讓博司痛切感受到這個事實。

博司感受得到惠梨香在說出拒絕話語時，有種豁出去的感覺。

「是喔，既然這樣，那也是沒辦法的事。」

博司只能露出苦笑這麼回應時，惠梨香面無表情地注視著他。博司保持沉默地等待著惠梨香接下來的話語。

七森先生，我們分手吧——博司可以清楚預見惠梨香提分手的畫面，也做好了心理準備。博司心想惠梨香肯定會露出嘲諷的表情，以眼神訴說：「都是你害的。」

然而，在那下一刻，惠梨香先是受博司影響似地露出微笑，跟著說出出乎預料的話語：

「近期內可以請你來我家一趟嗎？」

「抱歉，我沒聽清楚？」

「我希望你可以到伊予市來我家一趟。我想讓你見見我的家人。如果就這樣跟你分手，我會覺得自己太狡猾。我想先讓你了解我的全部，再請你來做判斷。」

打從過去，博司就一直希望能夠更了解關於惠梨香的一切。博司一直試圖描繪惠梨香的母親模樣，也很想知道惠梨香母親過著什麼樣的生活、是個什麼樣的人？然而，惠梨香從未提起關於母親的事。

「好，沒問題。謝謝妳。」

惠梨香收起了笑容。恢復嚴肅的表情後，惠梨香垂下眼簾，一副像說給自己聽似的模樣低喃說：「嗯，那就這麼說定了。」

聖誕夜那天博司留在公司硬是給自己找了工作做，除夕那天則是儘管覺得會打擾人家，博司還是接受邀約去到俊明家叨擾。

俊明家有兩房兩廳，但空間與博司一個人住的套房差不多大。俊明一家六口住在這狹窄的空間，但正因為如此，家裡的氣氛十分開朗，博司不由得再次羨慕起俊明。

時間還早時，博司陪了年紀還小的孩子們一起玩耍，後來俊明的妻子仁美帶著孩子們去睡覺時似乎跟著睡著了，所以到最後變成只有博司和俊明兩人跨年。

「最近如何啊？我是說跟惠梨香。你們交往得還順利嗎？」

博司已經記不清與俊明喝下多少酒，俊明喝得滿臉通紅，一副舒服的模樣晃著身子。

博司也喝得醉意頗深。這陣子博司沒什麼向俊明報告近況，到了現在也不知道該從何說起才好。博司已經與惠梨香約好新年一過的一月三日，就去拜訪惠梨香家。

「就是很多有的沒的。」

「什麼啦？什麼有的沒的？」

「我有很多事情想跟你說，但總之就是很多有的沒的。」

「哈哈哈！你在說什麼東西啊！算了，讓你吃一點苦頭也好。誰叫你的人生實在過得太順遂了，活該！」

雖然俊明又是跟以前一樣對博司做出離譜的過高評價，但博司沒有生起想要否定什麼的念頭。兩人起勁地聊著一些愚蠢話題，聊著聊著，一直開著沒關的電視傳來告知新年到來的聲音。

與俊明互敲酒杯恭賀新年後，博司立刻寫了E-Mail向惠梨香祝賀新年快樂。博司在信中表示非常期待兩天後的會面，最後加上一句「今年也請多多指教」。

過了短短幾十秒鐘，博司的手機立刻響起。

「惠梨香啊？什麼嘛，這麼恩愛。真是受不了。」俊明一副感到無趣的模樣說道。博司露出微笑回應俊明後，拿起手機一看，不由得發出「咦？」的一聲。博司瞪大著眼睛，等到察覺時，才發現自己用手摀著嘴巴。

「啊？你那什麼表情？不是惠梨香啊？」

「咦？喔，沒有啦。放心，沒事的。」

「不是啊，你還說什麼沒事？你現在這反應也很不對勁！」

博司幾乎沒有把俊明說的話聽進耳裡。博司重新凝視著手機，螢幕上顯示出來自未知號碼的簡訊。彷彿就快從畫面中蹦跳出來的活潑字句、讓人心頭溫暖起來的稱呼「小博」。博司感受到沒見到面的歲月一次被填滿了。

博司有種不合時節的香草香氣掠過鼻頭的感覺。

『小博，新年快樂！今年就二〇〇〇年了耶！我一直想著等過了新年，就要找機會跟你聯絡。看來打賭是我輸了（笑）。最近過得好嗎？美惠』

雖然簡訊內容明顯有說明不足之處，但博司一看就知道美惠想表達的意思。美惠是在表達她說過「絕對會成真」的諾查丹瑪斯大預言失準。當初博司和美惠說好的打賭條件是「輸的人要服從對方說的話」。那時美惠笑得眼泛淚光說：「可是，等我贏了的時候，世界早就毀滅了啊！」

透過簡訊，博司還察覺到一件事。美惠寫的內容顯得過度開朗。

「抱歉，俊明，我到外面抽根菸。」

「何必呢？在這裡抽不就好了？」俊明抱怨說道，但博司還是沒有聽進耳裡。

提分手那天，美惠也表現得異常開朗。那已是三年前的冬天。開朗的態度時而會給人「拒人於千里之外」的感覺。上次看見惠梨香在沿海的汽車旅館裡笑個不停時，博司的心頭之所以會湧上分手的預感，無疑是因為回想起與美惠的往事。

三年前的那天，美惠做出衝擊力十足的告白。美惠一直在臉上掛著卑微的笑容，告訴博司她已經接受過墮胎手術。

當時博司甚至沒被告知懷孕的事實。博司先是愣住不動，很快地全身開始因為憤怒而顫抖，並在交談內容與氣氛完全不搭的原宿咖啡店裡追問美惠。

直到最後，美惠一直堅持著豁出去不管的態度。

「沒辦法啊，如果我說了，你一定會要負責，不是嗎？對現在的我來說，男人說要對我負責反而是一種重擔。畢竟我現在好不容易開始要好好掌握自己的人生，要是你聽到我懷孕而在那邊開心興奮，只會讓我覺得困擾。」

博司當然知道美惠過著充實的每一天。另一方的博司連日被忙碌的工作追著跑，連想要好好度過日常生活都有困難，也正處於目睹女朋友表現活躍而內心感到很不是滋味的時期。博司曾經因為美惠太晚回家而說出埋怨話語，也叨唸過美惠至少應該做一下聯絡。

博司表現得像是在替美惠擔心，但其實只是在宣洩自己的受挫情緒。對於這點，博司有自知之明，也曾經感到不安，深怕自己束縛住試圖自立自強的美惠。

不過，這不能與懷孕大事相提並論。有小孩不應該只是美惠一人的問題，而是關係到博司與美惠兩人的人生。

對於博司的這般不滿，美惠也已經準備好了答案。美惠依舊一副開心模樣笑瞇著眼，以說服博司接受的口吻說：「對不起喔，小博。」自始至終，美惠都不肯看博司一眼。

「一個不懂何謂家人的人，哪有辦法擁有家人？我喜歡你，但從不曾想過要跟你結婚。我不會有想要跟你一起走過人生的想法。我沒辦法跟你成為家人。」

那次是博司最後一次見到美惠。那天之後，美惠便消失了蹤影。美惠換了電話號碼、住處變成空蕩蕩一片，也沒有向兩人的共同朋友告知她的去處。讓博司最驚訝的是，美惠甚至辭去當初那麼執著投入的工作。

連續劇般的情節在眼前上演，使得博司的腦袋一片空白。在那之後將近一整年時間，博司像個空殼子一樣過生活，一面持續打聽美惠的消息。到最後，博司對一切心生厭煩，魯莽地拋開一切回到愛媛。

工作也好，人際關係也好，資歷也好，博司把這一切全留在東京。如果要問博司有沒有唯獨帶回某樣東西，那應該就只有手機號碼而已。博司內心某處一直抱著搞不好會有這麼一天到來的想法。

博司毫不猶豫地撥打了傳來簡訊的電話號碼。不可思議地，博司不覺得緊張。美惠遲遲沒有接起電話。在除夕的深夜裡，電話被轉接到語音信箱好幾次，但博司毫不在意地一次又一次按下通話鈕。

電話總算接通了。沙啞的聲音撼動鼓膜。聽見話筒另一端不是傳來冷笑聲，讓博司深深鬆了口氣。

三年前的那天，美惠在最後這麼說：

「一個不懂何謂家人的人，哪有辦法擁有家人？」

這句話讓博司百思不解。為什麼美惠的說法不是「一個不懂何謂母親的人，哪有辦法成為母親」？為什麼會說是「家人」？察覺到這點後，博司做了一個假設。然而，隔天博司抱著最後一絲希望撥打電話時，早已接不通電話。

美惠總算擠出顫抖的聲音說：

『我很差勁對吧？差勁透頂。小博，我真的很對不起你。我沒有想要你為我做些什麼的意思。我沒有對你抱著期待的意思。』

美惠哭了。美惠能夠好好哭出來的事實讓博司感到安心，他讓就快凍僵了的手加重力道緊握手機說：

「美惠，妳該不會——」博司說到一半停了下來。手機另一端傳來解開博司內心所有疑問的答案。

美惠一直哭個不停。

美惠的哭聲背後，永無止盡地傳來更加響亮的男孩哭聲。

諾查丹瑪斯大預言失準，二〇〇〇年就這麼展開了。

一月三日，這天的天空一片晴朗，晴朗得宛如諷刺著預言失準。博司心想搞不好會喝酒，所以選擇搭電車前往伊予市，但因此目睹許多在新年的開心氣氛之中攜家帶眷出遊的畫面，不禁後悔做了這個選擇。

不過，因為已經很長一段時間沒有搭電車，博司發現在電車上看著窗外的景色也頗為賞心悅目。從兩年前回到愛媛後，這是博司第一次搭電車。不限於電車，博司也不曾利用過公車、輕軌等大眾運輸交通工具。回想起住在東京時隨著地下鐵搖來晃去度過一天又一天的日子，博司甚至有種恍若隔世的感覺。

惠梨香指定的地點不是伊予市車站，而是不同路線的一個叫作新川的車站。惠梨香已經先來到車站等待博司的到來。惠梨香身穿平時會穿的羽絨大衣，搭配平時會穿的牛仔褲，唯獨頭上戴著平常不曾看過的針織帽。

「早安。」

博司先打招呼說道，惠梨香顯得有些拘謹地露出笑容說：「新年快樂，七森先生。」

「對喔，新年快樂。」改口這麼說之後，博司很自然地打算牽起惠梨香的手，但惠梨香婉轉地拒絕了。

「畢竟這裡離我家太近了。」

雖然博司覺得今天的行程令人鬱悶，但不怎麼緊張。不過，與惠梨香並肩走著走著，博司的情緒漸漸變得高昂。博司沒有做出任何決定，也沒有思考什麼。這三天，博司刻意讓自己不去思考任何事情。

博司大致想像得到惠梨香打算讓他看見什麼場面。那天與美惠通完電話後，博司冷得發抖而趕緊回到屋內後，俊明告訴他一個事實。這個事實也是西山和都媽媽桑試圖阻止博司與惠梨香交往的原因。當然了，博司確實感到震驚，但內心某處其實早有預感。反而是美惠的那通電話，教博司更是震驚。

步行約莫十分鐘後，惠梨香一副下定決心的模樣停下腳步。博司也不由得吐了口氣。

博司當然沒有離譜到會以為惠梨香住在高級公寓，但從未想像過會是小而精緻的公營住宅。博司看見集合住宅的入口處設有寫上「新川南公宅」的牌子。

「這裡？」

博司故作鎮定問道，但止不住聲調往上揚。狹窄的建地內，兩棟五層樓高的房屋面對面而立。兩棟房屋中間有一座小得可憐的公園，只見一名老人坐在長椅上抽菸。

房屋看上去絕不算老舊，也不會顯得骯髒，反而應該說給人帶有潔淨感的印象。比起博司老家附近的老朽公宅，這裡感覺舒適多了。

不過，氣氛顯得與惠梨香不搭。應該說，二十二歲女性與公營住宅的組合不具有真實感。公宅應該比較適合像坐在長椅上的老人世代來居住，不然就是……博司想到這裡時，腦海裡響起俊明幾天前說過的話。

那時俊明難得露出緊繃的神情，說了這麼一段話：

「惠梨香不是有小孩嗎？而且還兩個。一個女兒和一個兒子。聽我朋友說是不同父親生的。聽說其中一個還是流氓。小博，你知不知道這些事啊？惠梨香背上是不是有很驚人的刺青？聽說是龍虎圖案，那是真的還假的啊？有謠言說她每生一個孩子，就會在背上刺青。」

俊明的這段話讓博司聽得莫名其妙，分辨不出哪些內容是真、哪些內容是假。不過，博司至少能夠證明一點，惠梨香背上的刺青根本不是什麼「氣勢十足的龍虎圖案」，而是可愛的小花圖案。

惠梨香告訴博司她家在B棟三樓，然後沉默不語地爬上階梯。在彷彿所有住戶都出了門似的一片靜謐之中，只聽得見兩人的腳步聲。這裡的階梯平台不見陽光流瀉進來，博司從平台上仰望天空時，不禁覺得天空顯得特別清澈。博司頓時有種不知道自己身處何方的感覺。

爬上三樓來到階梯旁的住戶門前插入鑰匙後，惠梨香看了博司一眼。看見惠梨香眼裡流露出像在懇求什麼似的憂鬱神色，博司的決心就快動搖起來。博司不得不承認其實很想立刻逃離這裡。

當然了，博司不可能那麼做，而只能在臉上露出淡淡的微笑。確認過博司的反應後，惠梨香才拔出鑰匙，打開玄關門。香草的氣味率先撲鼻而來。博司先是看見好幾雙鞋子散落在狹窄的玄關處，跟著聽見了小女孩的哭聲。

惠梨香用著以往也曾經表現過的「這就是我」的坦然態度，教訓著兩個小孩。

「喂！麗央！你是不是又把愛華惹哭了！我不是一直跟你說不要欺負她嗎？」

惠梨香用著博司過去不曾聽過，但對小男孩來說，肯定是習以為常的尖銳聲音大聲吼道。忍不住破口大罵後，惠梨香一副感到厭煩的模樣抬頭仰望天花板。

肯定是染過頭髮吧？剛剛被喊為「麗央」的男孩有著一頭咖啡色頭髮，後腦杓留了長長的髮尾。男孩露出反抗的眼神看著惠梨香。「是愛華她——」男孩本準備為自己辯解，但在發現博司的身影後，立刻閉上嘴巴。

名叫愛華的女孩也在看見博司的那一刻，馬上停止哭泣。麗央瞪著博司看，愛華則是害羞地躲到惠梨香背後。「那、那個，你們好，我是七森博司。」博司這麼自我介紹後，兩個小孩做出了不同的反應。

博司不確定是不是因為如俊明所說，兩個孩子是不同父親所生，才會有不同反應。不過，就算聽到真的是不同父親所生，博司也不會感到驚訝。畢竟兩個孩子的個性實在相差太多了。愛華長得很像惠梨香，有著一雙細長的眼睛，麗央則是有著白皙的肌膚。以牙齒排列的整齊度來說，麗央好太多了，愛華一口亂牙的程度嚴重到甚至讓人不敢直視。

一方面因為麗央剛剛才把愛華惹哭，所以博司理所當然地認為麗央是哥哥，結果發現並非如此。

「我是越智麗央，今年四歲。」

麗央擺著臭臉說道，愛華保持低著頭的姿勢，小小聲地說：「我是越智愛華，今年五歲。」

也就是說，愛華和麗央分別是惠梨香在十七歲、十八歲時生下的小孩。博司發現明明桌上沒有放太多的東西，房間裡卻到處都是玩具。廚房四周放著大量的調味料、香鬆、酒瓶、即食包、零食餅乾……喝光果汁的寶特瓶沒做好分類便直接被塞在垃圾桶裡。

博司頓時有種看見了死胡同的感覺。這裡是越智惠梨香走過二十二年歲月後，所抵達的棲身處。博司這麼心想後，內心不由得蒙上黯淡的情緒。

看見孩子們的態度後，惠梨香一副覺得受不了的模樣發出嘆息聲。看樣子博司連接受一杯熱茶招呼的機會也沒有。不過，這樣剛好，因為就算從這個家裡拿出什麼東西來招呼博司，博司也沒有自信敢放進嘴裡。

托兒所好不好玩？平常都喜歡玩什麼？媽媽溫不溫柔？喜歡吃什麼？博司試著發問，但不論提出什麼問題，都勾不起兩個孩子的興趣。儘管如此，博司還是沒有放棄。因為他知道只要閉上嘴巴，冷漠的沉默氣氛就會立刻籠罩整個房間，所以只為了不想那樣的狀況發生而持續說個不停。

然而，這樣的做法轉眼間就失效。博司撐不到十分鐘，孩子們已經開始覺得無聊。

就在博司陷入窘境的下一秒鐘，助他一臂之力的事態發生了。在沒有人按門鈴，也沒傳來敲門聲之下，博司身後的玄關門突然打開來。

寒風吹進在空調發揮作用下而變得暖烘烘的室內。博司感覺到身體變得輕飄飄的下一刻，惠梨香母女倆像領悟到了什麼而露出黯淡表情，只有麗央一人發出炯炯目光從椅子上跳下來。

「美智子小姐！」

博司緩緩轉過頭看。一名身穿與公宅房間顯得不搭的鮮紅色大衣的女子，正在玄關處脫著長靴。

「呦！麗央。怎麼了？有客人來啊？」

「嗯，一個不認識的叔叔。」

「是喔～那我不就打擾到了？」女子嘴裡這麼說，卻毫不客氣地大步走進室內。

博司急忙站起身子。女子把手上的東西擱在地板上，然後一邊動作熟練地把大衣掛上衣架，一邊以很重的方言口音說：「好了，快請坐吧！不好意思啊，我們這地方亂七八糟的。」

不知道是因為女子的言行舉止，還是因為麗央稱呼女子為「美智子小姐」，亦或是因為女子有著簡直無法想像出年齡的外表，博司遲遲沒能聯想到女子就是孩子們的外婆，也就是惠梨香的母親。

身材曲線展露無遺的針織洋裝、完全無法與從窗外照射進來的陽光搭在一起的捲髮、與大衣相同顏色的口紅；女子全身散發出「我是女人」的濃濃氛圍。博司猜想著這可能是惠梨香平常喜歡穿著樸素服裝的原因。

「媽，別說了，快坐下來吧。」女子沒有理會惠梨香的話語，像要把人看透似地注視著博司。

「那、那個——」

女子以手勢制止博司切入話題，一副有所領悟的模樣露出微笑。女子有著大大瞳孔、神似惠梨香的雙眼，流露出凶悍的神色。

「你好，我是惠梨香的母親越智美智子。惠梨香似乎經常受到你的照顧呢。」

女子連聲音也顯得嬌媚。博司像被釘住似的動彈不得。博司從沒有過這樣的經驗，明明恨不得立刻逃跑，兩隻腳卻像陷入泥濘之中，拔也拔不出來。

博司不覺得自己做了什麼壞事。然而，美智子獻殷勤的打招呼話語，卻讓博司覺得像在指責他的過錯。

在那之後，完全是美智子的個人秀時間。美智子似乎已經喝了酒，從惠梨香年幼時期的往事、自己所經營的酒館、被迫照顧孫子的怨言，到自己一路走來吃了多少苦的往事，跳來跳去地反覆說著這些話題，美智子說個不停時，只有麗央一人開心地拍手說：「美智子小姐超強的！」一開始，惠梨香曾試圖阻止美智子，但到了中途，便一臉放棄掙扎的表情低下頭不再多說什麼。

美智子一邊撫摸全身僵硬的愛華的頭，一邊繼續說：

「為了讓這兩個孩子的生活可以過得不丟人現眼，我才接受讓惠梨香去做上班小姐的工作。當然了，我也是因為看見惠梨香很努力在工作賺錢，才答應幫忙照顧孫子。明明如此，沒想到惠梨香卻有時間跟你這樣的好男人交往。我完全被蒙在鼓裡呢！」

美智子的口吻固然恭敬得體，但博司聽了只覺得心痛。即便如此，惠梨香還是沒有阻止母親。惠梨香試圖讓博司了解她的「家人」的真實模樣。

經過約莫三十分鐘後，在麗央的纏人要求下，美智子站起身子準備帶兩個孫子去買東西。

「博司先生，那我先走了，你慢慢坐喔。不嫌棄的話，下次也請來我們店裡坐坐吧。我們找機會單獨兩人好好聊一聊！」

「好的，我很期待。」博司當然完全沒有想與美智子單獨聊天的意願。儘管如此，博司還是面帶笑容地從美智子手中接過酒館的名片，並遞上自己的名片。

三人離去後，屋內的空氣頓時變得輕盈，博司使出全身的力氣深深吸入空氣。

「抱歉，可不可以關掉空調？」

惠梨香一直注視著自己的手，沒有回應博司的話語。「惠梨香？」博司喊了名字後，惠梨香才總算有所反應地抖了一下身子，但臉上沒有一絲笑容。

沉默的氣氛變得更加沉重了。

「那個女人正是我想要離開伊予市的最大原因。」

聽了惠梨香的告白話語後，博司沒打算詢問這句話的含意。如果是在一小時前，博司想必會聽不懂這句話的含意，但現在完全懂得意思。惠梨香以「那個女人」來稱呼親生母親的舉動便說出了一切。

「同時，也是我離不開這裡的原因。」

博司也能大致理解這句話的意思。博司只輕輕點頭做出回應，然後點了一根一直忍著沒抽的香菸。

深深吸了一口菸後，博司把香菸擱在惠梨香輕輕遞出的煙灰缸上。白煙勾勒出線條裊裊上升。

博司心中有一大堆疑問想向惠梨香問個清楚。另一方面，也有一股什麼也不想知道的強烈心情。博司有種在開口詢問的那一刻，就必須扛起什麼責任的感覺。之前博司明明那麼渴望得知惠梨香的成長過程，如今卻如此抗拒。現在好不容易能夠與惠梨香兩人獨處，博司卻還是想要離開這裡。

惠梨香沒有讓博司如願。

「以前你曾經對我說過的那些話，真的讓我很感動。」

「什麼話？」

「你曾經對我說我們可以一起逃到東京。你說只要跟你一起逃跑就好。雖然知道不切實際，但光是那句話，就足以讓我得到拯救，也讓我有了想要信任對方的念頭。」

惠梨香再次陷入沉默。博司不明白惠梨香為何會陷入沉默。櫃子上的時鐘滴答滴答地響著。屋內的溫度又降了下來，但緊張感使得博司連伸手拿遙控器都感到遲疑。

博司等待著惠梨香接下來的話語不知等待了多久。彷彿試圖消散兩人之間的寂靜氣氛似的，窗外傳來了烏鴉的叫聲。

惠梨香像接收到暗號似的，總算眨了眨眼睛。

「我應該還沒有百分之百信任七森先生你。因為一路走來，男人一直讓我感到害怕。就是到了現在，也還是一樣。」

惠梨香依舊不讓博司有機會插嘴說話，一鼓作氣地下了定論。

「我懷了你的孩子。」

「咦？」

「因為這樣，我今天才會想要先讓你了解我的一切。當然了，你不需要為了人情而扛起我的人生。你如果說要墮胎，我就去墮胎。我會聽從你的決定。」

博司不認為惠梨香是在打心理戰，他知道惠梨香不是那種善於耍心機的女人。不過，惠梨香單方面地下定論、一副早已做出了斷似的說話態度，再加上「墮胎」這個字眼的強烈感，使得博司下意識地燃起怒火。

「等一下，這麼重要的事情妳為什麼突然——」

說到一半時，博司忽然有所驚覺。惠梨香會懷孕是因為那天晚上……腦中浮現這個想法的那一刻，愧疚的心情化為笨重的鉛塊沉入博司的胃裡。

惠梨香微微動了一下眉毛，但還是意氣用事地反覆說：「我會聽從你的決定。」

惠梨香的臉上彷彿隨時就要浮現之前流露過的冷笑。博司一時忘了自己所處的立場，毫不掩飾情緒地說：

「不是啊，是妳自己的人生吧？哪有人把自己的人生都交給別人做決定！」

「什麼？」

「我的意思是，妳如果有自己的想法，就應該大大方方地說出來！不要擅自對自己的人生讓步，在那邊裝成悲劇中的女主角，讓人明顯看出妳在放棄什麼的樣子！我是在叫妳大膽說出自己的主張，大聲說出妳想怎麼做、妳想過什麼樣的人生！」

博司的發言簡直是在勒住自己的脖子，心中也無疑感到自責。即便如此，博司還是無法認同惠梨香明明察覺到自己站在人生的轉捩點，卻裝出乖巧懂事的模樣試圖交給對方來做選擇的做法。

惠梨香咬著嘴唇，隔著長長的瀏海瞪視博司。博司忽然覺得那表情有些眼熟。腦中浮現這般想法後，博司立刻改變念頭告訴自己：「哪有什麼，不過就是跟剛才看到的美智子表情一模一樣而已。」

蘊藏凶猛神色的一雙眼睛忽然垂下淚水。

「還不是你們一個個都用暴力硬是蓋住我的聲音！」

「妳在說什麼東西？」

「就算我大吼大叫，根本也沒有人會聽我說什麼！不論是老師、朋友、我想要信任的男人，當然還有我那個媽，沒有一個人會聽我說什麼！我被逼著接受就算大吼大叫也無濟於事的事實！有願望又怎樣！根本不可能實現得了！懷抱願望到最後只會害得我們自己受苦！」

惠梨香的呼吸極度急促，美麗的淚水不停從瞳孔放大的雙眼溢出。

博司不知道是自己的癖好，還是惠梨香本身的特質，惠梨香激動喊叫的模樣果然美極了。無關乎穿著打扮，博司一直在惠梨香身上感受到「女人味」，也會被勾起性慾。惠梨香越是否定母親的生存之道、越是抗拒自己被看待成像母親一樣的女人，博司就會越強烈感受到惠梨香身上的「女人味」。

「有哪個女人會不想擁有自己所愛的男人的小孩？」

惠梨香在最後硬是擠出聲音低喃道，跟著就這麼崩潰大哭起來。

點燃的香菸早已熄了火。博司伸出手想要拿起香菸時，抬頭仰望起天花板。

據說如果要墮胎，最慢不可以拖過二十二週。博司確認月曆後，得知期限差不多是在四月中旬。

當然了，越早手術，想必對身體的負擔就會越少。博司心裡這麼想，但惠梨香在進入一月份後便辭去「都」的工作，而且像拋開了什麼煩惱似的變得開朗活潑，使得博司遲遲開不了口。

時間就這樣一分一秒地流逝。博司一星期還會在下班後到訪公宅一、二次，雖然有些難以下嚥，但也在惠梨香家吃了不少頓飯。

不知不覺中，惠梨香的女兒愛華開始會歡迎博司的到訪。對於愛華的態度轉變，麗央似乎有些不是滋味，但或許是看見母親和姊姊的開心模樣而有了什麼心態上的轉變，博司感受得到麗央也一點一點地慢慢對他敞開心房。

博司甚至有過索性把兩個孩子視為家人一起生活的念頭。惠梨香像是擺脫被惡靈附身似的一臉爽朗的表情，愛華也會一副難為情的模樣抓住博司的袖口說：「我可不可以叫你爸爸？」就連麗央也會對博司說：「我討厭頭髮這樣的顏色。美智子小姐會硬是要幫我染頭髮，叔叔你幫我阻止她啦！」

只要能夠給孩子們健全的環境，好比說當真離開伊予市，狠下決心搬到東京住，搞不好大家真的可以好好過生活也說不定。博司也曾經試著想像過與接下來即將出生的孩子，五個人一起建立開朗家庭的美好未來。然而，每次博司這麼想像時，腦中總會閃過惠梨香母親的身影。

最初的異狀是一通打來公司的電話。

「七森先生，有一位越智小姐打電話找你。」就連聽到同事這麼說時，博司也覺得不可能是惠梨香打的電話而感到納悶，即便在聽到話筒另一端傳來『博司先生，我是美智子。上次很高興見到你』的諂媚聲音的當下，博司也沒能立刻反應過來。

博司悔不當初，早知道就不該給美智子名片。儘管是上班時間，美智子還是滔滔不絕地說起私事。五分鐘、十分鐘過去，博司只是拿著話筒一直附和，看見同事投來詫異的目光，博司不得已只好把手機號碼給了美智子。

美智子不忘禮貌地復誦一遍手機號碼後，突然這麼說：

『對了，博司先生，雖然實在難以啟口，但每個月兩萬或三萬都好，你可不可以也幫我出一些生活費？不是啦，就惠梨香現在晚上已經沒有去上班，所以她以前每個月會給我的零用錢就沒了。我現在日子也過得很辛苦。』

美智子說得簡直像是被博司害的一樣。很明顯地，美智子是在敲竹槓，博司心頭湧上一股不安與憤怒交雜在一起的鬱悶情緒。

博司當然很想反駁美智子，但最後還是勉強把反駁話語吞進肚子，接受了美智子的要求。博司之所以這麼做，原因不只在於想要立刻掛斷電話。

原因是博司已經想通了，他告訴自己必須盡早與這家人斷絕關係。

「我知道了，關於這件事晚上我再打電話給妳。」博司打算結束話題時，美智子顯得尷尬地說：『那個，這件事別讓惠梨香知道喔。』

博司不禁感到訝異，沒想到美智子還有羞恥心。

「請放心，我不會說的。」

一股笑意忽然湧上來，博司一邊回答，一邊拚命地壓抑笑意。

每次與美智子之間發生什麼不愉快時，博司就會寫E-Mail給美惠。E-Mail的往來內容都是一些瑣碎小事。除夕深夜那天，美惠在電話裡不肯說明為什麼會有小孩的哭聲，在E-Mail裡也是一樣。

美惠換到比以前更大規模的公司上班，現在也一樣堅強地過著生活。『我的英語會話能力爛到一個境界！（笑）』雖然美惠在E-Mail裡如此怨嘆，但看得出來她的每一天過得很充實。

美惠在電話裡說過『我沒有對你抱著期待的意思』，那句話想必也不是逞強的話語。

博司向美惠坦承自己回到愛媛的事實時，美惠也沒有表現出失落的態度，只寄來一封教博司不知該如何回覆的E-Mail：『好好喔～出生長大的故鄉耶！到時候我再去找你玩，在那之前你絕對要一直待在愛媛喔！』

博司也沒打算讓美惠知道他的狀況。博司沒有提到工作，當然也沒有提到惠梨香的事，他只是從美惠那裡獲得鼓舞的力量。

對於惠梨香一事，最後也是美惠寄來的E-Mail內容在背後推了博司一把。

『我是一個人生留下莫大遺憾的人。所以，我希望你可以一直做出自己不會後悔的選擇。我會永遠為你加油打氣的！』

美惠的這段內容來得突然，與在那之前聊的話題完全無關。博司不禁懷疑起美惠該不會在不經意的互動之中，察覺到博司的處境。

雖然美惠從以前就經常會突然轉換話題，但這次轉換話題的時間點未免過於精準，博司不由得挺直了背脊。

「我想要跟妳單獨兩人說說話。」到了進入三月份時，博司把惠梨香叫到了松山市內的咖啡店。

在仍然帶有寒意的傍晚時分，惠梨香額頭上微微冒著汗珠來到了咖啡店。惠梨香依舊是一身彷彿強調著自己不會對男人諂媚的樸素服裝。

「抱歉，突然把妳叫出來。」

博司捻熄手上的香菸，接過惠梨香的大衣。「不會啊，這沒什麼。只是怎麼會突然叫我出來？」惠梨香臉上浮現放鬆的笑容。

博司感覺到心情沉重，整個胃像被人用力掐住了一樣，也聞到了自己有口臭。博司不曾忘記過十一月的那個晚上，自己在沒落的汽車旅館所犯下的過錯。博司的愧疚情緒早已化為罪惡感，讓他每天晚上想起惠梨香背上的兩朵小花而痛苦不堪。博司忍不住自問惠梨香的懷孕，會不會是他必須背負起的十字架？

即便如此，博司還是必須讓惠梨香知道他的想法。博司不得不承認是自己沒自信。他沒有自信未來能夠在背負如此強烈的罪惡感之下，繼續度過人生。

然而，博司更沒有自信能夠與其他三人當一家人。如果只是與惠梨香和她肚子裡的孩子，博司或許還有自信。話說回來，不論是在交往前還是交往後，惠梨香都沒有坦承自己有小孩。惠梨香也隱瞞了母親的事情。若是拒絕承擔惠梨香一家人的人生，有那麼罪過嗎？

博司不斷在腦海裡反覆找藉口，好讓自己振奮起精神。因為如果不這麼做，博司擔心自己就快被惠梨香顯得開心的眼神牽絆住。

博司輕輕吸了口氣。「惠梨香，妳聽我說——」博司握緊拳頭，好不容易開口準備切入話題。

這時，彷彿算準時間似的，頭頂上方傳來聲音。

「抱歉打擾兩位說話。」

博司戰戰兢兢地抬起頭後，看見一名陌生男子出現在眼前。男子看起來差不多四十歲左右，身穿風衣高高豎起領子，臉上滿是鬍鬚，樣貌活像是個舊時代裡的偵探。男子無視於博司的存在，朝向惠梨香揮手。

惠梨香頓時露出開朗的表情。

「哇！上原先生！好久不見，怎麼了嗎？你怎麼會在這裡出現？」

被稱呼為上原的男子一副難為情的模樣露出微笑。男子會不會是「都」的常客？博司這麼猜想，在一旁發愣地注視著散發出親密氛圍的兩人。

男子毫不客氣地露出懷疑的眼神看向博司。從男子身上，博司感受到一種可疑人物特有的氛圍。

男子發出像在烙印什麼似的目光凝視博司後，緩緩將視線移回惠梨香身上。

「有什麼狀況嗎？我看兩位一臉嚴肅的表情在交談，所以硬著頭皮冒昧來打擾。」

「你誤會了，一切都很好。啊！這位是七森博司先生。他是我男朋友，我現在——」

說著，惠梨香做出撫摸肚子的動作。上原表現出說不上是驚訝，也說不上是感慨的態度嘟起嘴巴，並為自己的失禮向博司致歉：

「那我真是太失禮了。我跟惠梨香認識很久了，我以為她被捲入什麼糾紛之中，所以衝動地跑來打擾，真的很抱歉。」

男子遞出的名片上印有「上原浩介」的姓名，以及當地報社的商標。

基於上次的失敗經驗，博司這次沒有遞出名片。上原也一副彷彿在說「我跟你已經無話可說」的模樣，馬上把話題拉回到惠梨香身上。

「妳媽媽後來還好嗎？還是老樣子？」

「還好，現在有比較穩定了。」

「那就好。孩子們呢？過得好不好？」

「託你的福，孩子們都很好。不過，都很調皮搗蛋就是了。」

「要是有什麼困難，都可以來找我商量的。我的電話號碼還是跟以前一樣。」

說罷，男子重新面向博司，垂下頭說：

「惠梨香就拜託你多照顧了。這孩子一路走來吃了很多苦，我希望她能夠過得幸福。」

博司自嘲地露出微笑。你憑什麼對我說這些話——博司拚命忍著不讓自己這麼說出口。

最後，上原拍了拍惠梨香的背，便安靜地走出咖啡店。直到上原走出咖啡店，博司都無法正視惠梨香與上原兩人的互動。

這時湧上博司心頭的，想必是忌妒心。博司來到這裡是打算要求惠梨香墮胎，並結束兩人的關係。博司抱著這般決心而來，卻看見自己即將傷害的對象與其他男人親密交談、看見上原知道自己所不知道的惠梨香過去，這讓博司強烈感到忌妒。

一股笑意從博司的體內深處湧上。博司感到忌妒的同時，內心也湧現過去不曾有過的強烈性慾。察覺到這點時，博司終於忍不住噗哧笑了出來。

「七森先生，你是怎麼了？」

惠梨香露出訝異的眼神注視著博司。泛著憂鬱目光的雙眸、性感的嘴唇。惠梨香不是會蠱惑人心的魔女，她只是一個十足的女人。即便惠梨香本人再怎麼努力想要遮掩，男人還是會在她身上感受到女人味，並對身為女人的她發情。

博司喝了一口早已冷掉的咖啡後，閉上了眼睛。惠梨香說過自己的人生因為男人而走調。回顧一路走來的人生，惠梨香說自己總被迫屈服於男人的暴力。

不過，惠梨香說錯了。其實是反過來的。這般假設想法宛如靈光一現般，閃過博司的腦海。一路來應該是男人們被迫屈服於惠梨香。惠梨香使得這些男人們的人生走調。沒錯，如同此刻的博司、如同博司此刻準備做出的抉擇——

博司掙扎地發出一聲嘆息後，緩緩張開眼睛。

「叫陽向好不好？」

「咦？什麼意思……？」惠梨香一副搞不懂狀況的模樣，博司溫柔地朝向惠梨香展露微笑。

「我是說孩子的名字。去高知旅行的時候，我看著那片海洋有過一個想法。我那時在想如果未來跟妳有了孩子，就要取一個像那天的太陽一樣開朗的名字。我希望我們的孩子可以成為一個不依賴任何人，自己就能站穩雙腳的人。不知道為什麼，我總覺得會是個女孩。」

「可是，那時候我們還沒……」

惠梨香說到一半時，倒抽了一口氣，無意識地摸著肚子。惠梨香沒有表現出開心的模樣，也沒有哭了出來，而只是發愣地注視著博司。過了一會兒後，惠梨香在臉上浮現淡淡的笑容，但依舊沒有落淚。

「我也是。我也覺得會是個女孩。那天在高知的海邊，我也想像過與七森先生的未來。不知道為什麼，那時我想像到未來有一天，我們的孩子、我們的女兒會帶給我幸福。不過，這件事絕對不能讓麗央和愛華知道。」

惠梨香揚起嘴角微笑說道。在那之後，惠梨香描述起兩人的未來。在惠梨香的想像世界裡，惠梨香不再是總處於被動的人，而是擁有主見，在家人之間有自己的立足之地，她得到博司的愛，自己也愛著孩子們。

惠梨香描述著一家人未來會住在哪裡、到時候一家人會開心笑著生活，那內容顯得千篇一律，無趣到了極點。

惠梨香根本不懂博司的心情。看著惠梨香表現得那麼開心，博司簡直不敢相信竟有人能夠如此遲鈍。博司此刻的抉擇根本不會帶來什麼明亮的未來。這個抉擇遠遠比要求墮胎來得惡劣殘酷。

「陽向，真是一個好名字。」

惠梨香的聲音讓博司回過神來。博司掩飾心情，讓自己表現得一如往常。

「不過，現在還說不準。搞不好會是個男孩也說不定，我們還是多想一些名字吧。」

惠梨香流露出天真的笑容。

「男孩也沒關係。就算是男孩，也一樣叫陽向。不過，不是男孩。雖然不知道為什麼，但我就是感覺得到。」

說罷，惠梨香再次撫摸肚子，像在做著什麼確認似的模樣點了點頭。

「這孩子一定是女孩，而且會帶給我幸福。我有信心。」

博司懶得再陪著惠梨香做白日夢了。他輕輕聳肩做出回應後，急忙拿著帳單站起身子。

「差不多該走了吧？」

「要走去哪裡？」惠梨香問道。博司嘲笑地心想：「這還用說嗎？」

「我們難得可以單獨見面，去旅館吧！」

博司所想像的一家人畫面裡，找不到博司的身影。畫面裡有愛華、麗央的身影，還看見了嬌小的女嬰躺在惠梨香的懷裡安穩地睡著。就連那位美智子小姐，也面帶微笑在一旁守護著這溫馨的畫面。然而，畫面裡唯獨不見博司的身影。博司怎麼也無法融入這一家人的畫面之中。

這麼一來，哪裡才是我的容身之處？

這般疑問閃過博司的腦海時，口袋裡的手機忽然震動起來。

博司的視線像被吸引似地落在手機螢幕上。美惠從以前就是個很會算準時間的女人。

『小博，我知道事到如今實在沒資格說這種話，但我有事想要當面跟你說。近期內方便讓我去愛媛找你嗎？我想跟你說關於我們倆的人生的事。』

博司一邊看著訊息內容，一邊讓思緒奔馳在另一個未來之中。在另一個未來的畫面裡，博司輕易找到了自己的身影。

『諾查丹瑪斯大預言的打賭還沒有失效吧？我去東京找妳。小博』博司這麼回覆後，背後傳來惠梨香的聲音：

「讓你久等了。」

博司面帶笑容地闔上手機，牽起惠梨香的白皙小手。博司聞到了許久不曾感受到的香草香氣。

「走吧！」

人生走調的人是我。

陽向會幫我帶給惠梨香幸福。

這兩個想法化為最佳藉口，減輕了博司內心的負擔。

＊

我的父親究竟是個什麼樣的人？

不知為何，我從來沒有思考過這個問題，但那年八月，我想像了父親的模樣。

就在母親被烙印上「罪犯」兩字的那一天。

過去，我的腳下一直是搖搖晃晃的地面，那地面一聲不響地崩塌了。我痛切體會到自己一路來拚命努力去相信的一切都是曖昧不明的存在，也毫不費力地失去了人生的方向。

不過，事實上，我從那時才展開真正的人生。從名為家人的體系之中得到解脫後，我的世界變得遼闊了一些些，但光是如此，便足以徹底改變眼前的景象。

我希望早日離開那座城市的想法一天比一天強烈。我想要到沒有人認識我、更加遼闊的世界生活；我比以往更加迫切渴望實現這般心願。

在母親變成罪犯、家族瓦解後，我掉進了深淵，但正因為身處深淵之中，才看見了微弱的光芒照射進來。

那一刻，我的人生就此展開。

「妳看起來氣色真的很好。太好了，妳做得很好。」

盛夏的陽光從天花板上的小窗照射進來。在冷氣十足發揮作用的店內，上原與我隔著桌子面對面而坐，喝著冒出白煙的咖啡。

明明是週日的白天時間，位在井之頭公園旁邊的老舊咖啡店，卻不可思議地不見其他客人的身影。

四周安靜得簡直就像配合我們的重逢而特地營造氣氛。一時之間，我甚至忍不住懷疑是上原刻意做了安排。

「這一切都是多虧了你，上原先生。」

我喝了口冰紅茶潤潤喉嚨後，輕聲說道。我不是在奉承上原。如果真如上原所說，我真的「做得很好」的話，其原因非上原莫屬。

對於上原本人，我也是一直強調這點。回想起來，每次見面時上原也總會說一樣的話。「妳看起來氣色真的很好。」「妳做得很好。」「有沒有什麼狀況？要是有什麼困難，都可以來找我商量。」

有一段時期，上原的這些話確實拯救了我。那時只有上原是我的心靈依靠，他了解我，更待我如親生子女。在炙熱的那年八月，我因為腳下的地面崩塌而墜入深淵時，眼前落下一條發出微弱光芒的繩索。那條繩索正是上原。

我忘我地緊緊抓住那條繩索不放。當初繩索若是突然斷了，或是在途中把我甩開，又或者其實是偽裝成繩索的其他存在，我現在肯定不會出現在這裡。

上原耐心地支撐我生存下去。他大力鼓勵我去實現以前就懷抱的美髮師夢，還為我找到了提供函授課程的美容學校。不僅學費，所有需要保證人的部份，上原也都一肩扛起。

最重要的是，上原設法幫助我逃離愛媛。上原為我指引生存之路，也總是願意為我伸出援手，更設法幫助我脫離束縛著我的母親。

我一直認為不可能有哪個大人不會要求回報，更何況還是一個男人。我已經做好打算，心想萬一上原哪天要求我回報，我將會獻上一切，好讓自己順利逃下去。

然而，不論經過多久，上原還是沒有要求我做什麼。不，上原強烈要求過我做到一件事。他要求我賭上人生去追求幸福。

世上只有上原是我的依靠。

我深信著上原會一直陪伴在我身邊。

不過，這些都僅止於我還住在愛媛的時候。當初是我主動鬆手放開上原這條一直支撐著我的強韌繩索。因為在終於來到東京後，我發現東京整座城市都發出淡淡的光芒。

在有光芒照射的地方，我不需要繩索。更大的原因是，我不願意接觸所有知道我的過去的人。「上原除外」的這條但書，在我有生以來第一次踏上東京之地的那一天，就化為泡沫飛散了。

我知道自己有多麼忘恩負義，但在八年前，也就是十八歲時來到東京的那一天，我變得也想逃離上原。

那段時間，上原會適時找時間來東京看我。每次見到面時，我總會裝出一副感到安心的模樣，但其實內心期望上原可以不要再來干涉我。

來到東京後，上原的體貼變成只會讓我感到束縛。「妳還好嗎？」「有沒有什麼煩惱？」「錢夠不夠用啊？」「如果覺得太辛苦，就回來吧！」上原簡直就像我的親生父親一樣反覆說著這些話，讓人聽得厭煩極了。

我覺得是時候該離開父母身邊，學習獨立了；在我二十歲即將成為社會人時，終於鼓起勇氣這麼告訴上原。那時我如願考取美髮師的國家證照，也已經找到髮廊的工作，在東京的生活總算就快步上軌道。與上原在新宿三丁目的咖啡店碰面後，我幾乎不敢正視上原的眼睛。

上原先是輕輕嘆了口氣，然後溫柔地低喃一句：「我一直期待著有一天可以聽到妳這麼說。」

那天，我和上原聊了好多好多。我記得我們聊過的所有話題。不論是痛苦的往事，還是即將迎接的未來，字字句句我都記得清清楚楚。

當然了，最後一句話也鮮明地烙印在我的心頭上。上原輕輕搭著我的肩，像在洗腦似地這麼說：

「絕對要讓自己幸福。只要妳現在答應我一定會做到這點，我就永遠不會再出現在妳的面前。我會信守承諾。」

我用力地點頭，忍住淚水答應了上原的要求。上原像在確認什麼似的一直注視著我的眼睛，最後一副死了心的模樣挪開手。

「好，妳要遵守承諾，絕對要讓自己幸福喔。」

說著，反而是上原淌下了豆大的淚珠。

那天後，六年的歲月過去。這六年間，我與健次結婚，有了新居。生下一翔後，我重返職場，現在再度懷了新生命，而且這次是個女兒。

對於上原，我只保持寫信給他的習慣。上原從未回過信給我。上原堅守自己的承諾，他的體貼讓我感動不已。

「妳看起來很幸福的樣子。」

這應該是上原第一次這麼對我說。「妳看起來氣色很好」、「妳看起來過得很順遂」；上原對我說過這些類似的話語，但意義大不同。對我和上原而言，「幸福」具有更深遠的意義。

我不由得露出微笑，但在那一刻，也繃緊了神經。這是上原一貫的作風。每次遇到難以啟口的事情時，上原總會在氣氛緩和下來後立刻切入主題。

不出所料地，上原果然使力縮起眼頭。每次準備訓話，或準備告知壞消息時，上原一定會做出這樣的舉動。

「老實說，看見妳在公園那幸福洋溢的模樣，我猶豫了起來，不知道該不該主動跟妳說話。就是現在，我也不敢確定這麼做到底對不對。我先跟妳賠不是，真的很抱歉。」

我的心臟猛力跳動一下。老實說，我不想聽上原說什麼。儘管我暗自這麼祈禱，上原還是沒有放過我。

「妳還是沒辦法原諒妳媽媽？」

咖啡店裡依舊沒有其他客人。今天我把一翔交給健次照顧。一翔還小的時候，健次會真心排斥與一翔兩人獨處，但在一翔懂得分辨是非後，健次也就願意爽快答應負責照顧一翔。

不知道他們父子倆在做什麼？好想趕快回家啊～

我一邊這麼思考，一邊輕輕歪著頭說：

「沒有什麼原諒不原諒，我已經過著跟她完全不同的人生。她跟我一點關係也沒有。我甚至不認為她是母親。」

沒錯，我現在過得非常幸福，也絕對不會鬆手放開這份幸福。母親就不用說了，哪怕是上原，我也不會讓他參與我的幸福。我順利逃出了愛媛，現在靠自己的力量在東京立足。我甚至能夠離開這個國家。

上原眉頭深鎖。我出生時上原應該還只有四十多歲。在那之後，已經過了二十七年的歲月。算一算上原差不多六十七歲了。他早已從長年服務的報社退休，目前在松山過著隱居生活。

上原一副不再遲疑的模樣放大嗓門說：

「妳媽媽下星期就要出獄了。」

對此我早有預感，但沒有做出任何回應。

上原不以為意，滔滔不絕地繼續說：

「我一直在煩惱該不該告訴妳這件事。不過，後來我覺得不應該由我來判斷。我的職責是正確傳達事實給妳知道。事實就是妳媽媽很想跟妳見面。她只想見妳一個人。」

我拚命壓抑著想要摀住耳朵的衝動。我不想聽到這些事情。為什麼上原不直接幫我做出判斷？憑上原對我的了解，他應該知道我一定會拒絕。

我全身的血液流動得越來越快，就快忍不住發出嗚咽聲。我的胸口發疼，不停反覆短促的呼吸。紅茶裡的冰塊早已融化消失，我一口氣喝光了紅茶。

上原見狀，流露出憐憫的眼神凝視著我。

「我一直覺得如果妳不願意，就不該去見妳媽媽。我心想以後再慢慢花時間修復母女關係就好。可是，既然妳就快離開日本，我想應該有必要現在就告訴妳事實。」

上原用力咬住嘴唇，然後看著我的眼睛狠狠丟出一句：

「妳媽媽得了癌症。」

「咦……」我一直忍著不出聲，但聲音終究溜了出來。「癌症？」我重複說了一遍後，上原一副深感遺憾的模樣皺起眉頭。

「其實妳媽媽在服刑期間已經接受過手術。一次就好。妳可不可以去見見她？妳媽媽只有妳一個親人可以依靠。拜託妳去見她一面。」

上原深深低下頭，額頭就快碰觸到桌面。上原的身影已經完全暴露出老態。想起發生事件當時上原明明還那麼有活力，讓我痛切感受到時光的流逝。

我慶幸著沒有帶一翔一起前來。我不想讓一翔看見這樣的場面。不過……假設一翔也在場的話，不知道他會說什麼？

媽媽，妳去見她一面嘛！

不然這個爺爺太可憐了。

一翔肯定會什麼也不懂就做出這般發言。

上原緩緩抬起頭。

「妳媽媽在牢裡老是提到妳的話題。妳可不可以考慮一下？我很希望妳可以去見她一面。畢竟那孩子……妳媽媽一路走來的人生也是真的相當坎坷。」

「那不關我的事。」

「拜託……求求妳，陽向。真的只要一次就好。求求妳去見惠梨香一面。」

我一直被迫在陰暗處生活，直到十八歲來到東京之前……不，即使到了二十六歲的此刻，我還是痛恨著「陽向」這個名字。

為了逃避上原的目光，我讓視線移向天花板上的小窗，夏日的太陽化為光束灑落店內。

每次母親的身影從腦海裡閃過時，就會喚醒我在十四年前的二〇一三年八月所留下的記憶。

八月總會飄來母親的味道。

進一步來說，那就是鮮血的味道。

我終究無法一路逃到最後——

在井之頭公園的入口處看見上原的身影時，這般絕望的念頭率先貫穿了我的心扉。

第二部

於公宅

2012年6月

有一個非常可愛的小女孩住在公宅裡。

小女孩名叫陽向。

越智陽向。

陽向比清家紘子小四歲，兩人第一次見面時還是個小學六年級生。陽向在家中始終顯得不自在，她幾乎不跟任何人對上視線，也沒有察覺到自己的「可愛」。

紘子清楚記得第一次見到陽向那天的狀況。

那天紘子就在這裡見到了陽向。這裡是位在愛媛縣伊予市的新川南公宅B棟三樓的三〇三室。

這裡是陽向的住家，也是紘子剛交往不久的男朋友——越智麗央的住家。

陽向是麗央的妹妹。不過，陽向給人的感覺不同於麗央，也不同於其姊姊愛華。不知為何，唯獨陽向一人散發著高雅的氣質，讓紘子驚訝不已。

在一年二個月前、空氣中還殘留著淡淡春天氣息的二〇一二年六月，麗央面帶略顯緊張的神情第一次邀請紘子到他家玩。

紘子跨上麗央的摩托車，準備前往伊予市的公宅。一路上，兩人幾乎沒有交談。公宅一片靜謐，麗央在狹小的空地上停好引擎聲吵得煩人的摩托車後，牽起紘子的手。麗央的手微微顫抖著。

中午時刻剛過不久，紘子和麗央兩人都翹了課。沉默不語地爬上三樓後，麗央在來到玄關門前時，停下了原本準備把手伸進口袋裡的動作。

「呿！我姊在家。」

麗央一副恨得牙癢癢的模樣低喃道。三〇三室的玄關門打開一小縫，門底下夾著黑色橡膠門擋。

屋內傳來年輕女孩們的聲音。紘子以前曾經在松山最大規模的商店街「大街道」遇過愛華一次。當時紘子對愛華並沒有留下太好的印象。

麗央比紘子大一歲，愛華則是又更大一歲。以年級來說，愛華今年高三、麗央高二，紘子則是高一。

紘子無法以言語說明愛華有什麼地方讓人覺得討厭。這麼說或許非常抽象，但愛華散發出來的氛圍就是會讓紘子感到棘手。

如大型折扣商店裡處處充斥的紫色氛圍、像狐狸一樣往上吊起的細長眼睛、缺乏血色的嘴唇、隔著制服也看得出來的肥胖身材；紘子內心湧現想要抗拒的衝動。

這位讓人心生抗拒的姊姊在家。紘子當然也可以選擇掉頭離開，和麗央去其他地方玩，但無奈兩人身上都沒什麼錢。

麗央心不甘情不願地打開玄關門。狹窄的玄關散落滿滿一地的鞋子，空間裡攪和著菸味以及香水味。

客廳裡的女生四人組一齊看向這方。「麗央，原來是你回來了啊！」搭話聲傳來，但聲音的主人不是愛華。女生四人組各個染成一頭咖啡色的頭髮，當中髮色最淺的女生才是聲音的主人。

「美優姊，妳好，好久不見。」

麗央動作滑稽地低頭行了一個禮，看來麗央似乎認識對方。被稱呼為美優、五官長得搶眼的女生瞇起眼睛說：

「過來坐吧！」

「不用了，沒關係。」

「客氣什麼，就叫你過來一起坐！」

就跟上次在街上遇到愛華時一樣，麗央沒有主動介紹紘子。麗央毫不掩飾地露出嫌煩的表情，對著紘子低聲說：

「我們去隔壁房間。」

說罷，麗央伸出手從背後摟住紘子。美優看見了麗央的舉動，開口詢問：

「怎樣？麗央，你女朋友啊？」

「嗯，是啊。」
「介紹一下啊。」
「喔，好，她是紘子。」麗央只說了紘子的名字，沒有要做更多說明的意思。紘子不得已只好接下話題說：
「那個，各位好，我是清家紘子。」
「哇喔～長得很可愛嘛！麗央也會交女朋友了啊。麗央，你是處男吧？」
「啥？怎麼可能！國中時我也不是沒交過女朋友。」
「哈哈哈！算了，放你一馬。等一下真的過來一起坐啊！這邊還有零食可以吃。」
「我又不是小朋友。」
「沒辦法，我對你小時候的印象太深刻了。雖然那時候你頭髮已經染成咖啡色，但真的好可愛。」
所有人都是愛華姊弟倆的兒時玩伴。看著所有人的互動時，紘子發現除了染髮四人組之外，屋內還有另一個人。
客廳最裡面有兩間房間。其中一間的房門關著，另一間的和室拉門被拆了下來。鋪著豹紋地毯的和室最裡面，有一疊摺好的棉被。棉被旁邊有個很適合以「仍帶有稚氣」來形容的女孩，把身體縮成一團在玩電玩遊戲。
「那孩子是誰？」

紘子無意識地開口問道。麗央瞥了女孩一眼後，一副感到無趣的模樣回答：「喔，我妹。今年小六。她不愛跟人親近。」

進到原本關著門的西式房間後，紘子發現室內一樣堆滿了物品。敞開的壁櫥裡，塞滿堆高如山的棉被和衣服。

「基本上我姊她們的生活起居都在隔壁房間，我媽媽會用客廳。幸好我們家只有我一個男的。拜這點所賜，我才能夠占用這個房間。」

紘子在麗央的房間待了好一段時間。麗央拚命地試圖營造氣氛，一逮到機會就想要觸摸紘子的身體，但愛華一群人的蠢笑聲隔著薄薄一層牆壁傳來，哪還有氣氛可言？

「不要就算了。」因為紘子一再地拒絕，麗央失去耐性地這麼說，最後走出了房間。雖然沒什麼興致加入其他人，但紘子也不好意思自己一人待在房間裡，不得已只好跟著走出房間。

愛華一群人已經轉移陣地到和室，霸占著遊戲機。麗央也走進和室坐了下來，六張榻榻米大的和室幾乎找不到多餘的空間。

紘子不知所措地站在原地不動時，抱膝蹲坐在棉被堆上、一副百無聊賴的模樣望著電視機的妹妹使了眼色，示意紘子坐到她的身旁。

紘子抱著獲得拯救的心情，穿過愛華的朋友們之間，來到窗邊的妹妹身旁坐了下來。

「謝謝，好險有妳在。」

紘子隨意攀談後，女孩輕輕點了一下頭。女孩身穿上下不成套的運動服，有著一雙帶著淡淡灰色的眼眸。愛華明顯屬於肥胖體型，麗央也算是偏肌肉型的體格，但女孩儘管身穿寬鬆的服裝，也明顯看得出身形纖瘦。

只有女孩一人留著一頭黑髮，泛光的毛鱗片形成美麗的天使光環。女孩有著讓人忍不住瞪大眼睛的白皙肌膚。不知道是不是因為與姊姊和哥哥相差多歲，女孩散發出不同的氛圍。

「妳是麗央的妹妹，對吧？妳叫什麼名字？我叫清家紘子，在商校讀書。妳可以叫我紘子就好。」

女孩總算轉過頭看向紘子。她直直盯著紘子的眼睛看，紘子一眼就看出女孩在思考什麼。這個人是敵或友？她會不會傷害我？紘子覺得女孩在向她這麼發問，於是用力點頭做出回應。

大家興高采烈地玩著類似棋盤遊戲的電玩遊戲，整間房間只有紘子和女孩坐著的一小塊區域明顯與大家的熱度不同。

看見紘子始終沒有別開視線，女孩似乎也感受到了什麼。

「陽向。」

「咦？」

「我叫陽向，太陽的陽、向前走的向。」

「是喔～好可愛的名字。陽向，請多多指教。」

紘子很自然地脫口說出誇獎話語，但陽向沒有表現出開心的模樣，再次把視線拉回電視機上。

學校已經下課了嗎？這個時間陽向怎麼會待在家裡？紘子就像個愛管閒事的三姑六婆一樣，內心不斷湧現各種疑問。有別於頭髮染得髮色不均，也不好好穿衣服的愛華和麗央，陽向完全沒有像個小混混的感覺。

「欸，陽向——」

雖然沒有特別想表達什麼，但紘子就是想與陽向說說話，於是很自然地喊了陽向的名字。這時，一陣風輕輕吹進房間。

房間裡的空氣變得輕盈起來，紘子陷在這般錯覺之中，朝向輕風吹來的方向看去。紘子看見有著一頭不輸給愛華和麗央的咖啡色頭髮的年輕女子，正在玄關處忙著脫去白色長靴。

「呼～好累喔～不是啊，家裡怎麼這麼多人！我說你們幾個！至少給我把鞋子排整齊吧！」

女子把購物袋擱在客廳的地板上，放大嗓門抱怨著。不過，女子的聲音聽起來顯得開心。大家的表情頓時變得開朗。

「惠梨香姊！打擾了！」

帶頭老大美優的音調也比先前高了好幾度。可能是因為聽到「惠梨香姊」這個稱呼，紘子沒有立刻聯想到女子是姊弟妹三人的母親。

「美優，妳來了啊，好一陣子沒看到妳了，最近過得好不好啊？」
屈膝坐上客廳的椅凳後，女子拿起細長的香菸點了火。
「很好喔～不過，我已經退學就是了。」
「妳真的是笨蛋一個。那妳現在在做什麼？」
「跟惠梨香姊一樣啊。」
「一樣？」
「我晚上在上班～謊報年齡。」
「笨蛋，我早就沒在做晚上的工作——」被稱呼為惠梨香的女子說到一半時，突然停了下來。
惠梨香叼著菸，視線捕捉到了紘子的身影。
「這孩子是誰？長得超可愛的！」
「咦？是在說我嗎……？」
紘子總算認知到惠梨香所指的對象是自己，急忙坐正身子。
「愛華的朋友嗎？」
「不是，她是麗央的女朋友。」長女愛華一邊操控搖桿，一邊答道。惠梨香聽了後，表情變得更加明亮。
「真假！麗央，真有你一套！可以交到這麼可愛的女朋友！」

在那一刻，紘子有種自己得到某種允許的感覺。惠梨香撥開狹窄的空間，在紘子和陽向中間坐了下來。

跟著，惠梨香緊緊抱住紘子的頭，低喃說：

「嗯～好柔軟的髮絲。妳真可愛。妳可以一直待在我們家沒關係喔。我叫惠梨香，相處愉快喔！」

一股盛夏的香氣忽然撲鼻而來。

紘子隔了好一段時間才察覺到那是香草的氣味。

在被惠梨香撫摸髮絲之中，紘子察覺到一件事。

姊弟妹三人當中，只有陽向長得像母親。

惠梨香抱住了紘子，紘子在無意識之中躺進惠梨香的懷裡。紘子深深吸入空氣，試圖鎖住香草的香氣。

在那之後，據說是麗央國中時期的朋友的兩名男子也加入行列，多達十人的陣容擠滿了兩房兩廳的狹窄住家。

「天啊！太擠了啦！你們幾個實在讓人看了就煩！」

儘管如此口出惡言，惠梨香卻顯得十分開心。惠梨香炒了好幾次炒麵，每次把炒麵盛入大盤子裡，就端到客廳的桌上去。

包含麗央在內的三個男生霸占了椅子，而且一副理所當然的模樣一邊吞雲吐霧，一邊手持筷子大快朵頤。當中還有人把手肘倚著桌面吃東西，而麗央手上的香菸煙灰眼看就快掉進餐盤裡。然而，沒有一個人出聲叮嚀。

更教紘子感到困惑的是，惠梨香對每個人都一視同仁的態度。紘子很佩服惠梨香記得孩子的所有朋友的姓名，惠梨香對任何人都直呼名字的作風也讓紘子感到訝異。

麗央有個叫健吾的朋友也在場。紘子之前在外面見過健吾幾次，沒想到健吾是第一次來到麗央家，也是第一次與惠梨香碰面。

「健吾，你有沒有認真吃？」「你太瘦了，多吃一點啊！」即使是面對初次見面的健吾，惠梨香也是如此隨意攀談，而健吾一開始固然露出感到困惑的表情，但到了中途也完全融入其中，跟著同伴們一起喊「惠梨香姊」。

紘子一直站在圈外望著大家的互動。陽向果然也一臉感到無趣的表情抱膝蹲坐，她把下巴靠在膝蓋上，一副無事可做的模樣等著時間過去。

後來，也是惠梨香發現了紘子和陽向這對無聊二人組。把最後一堆炒麵盛入盤子後，惠梨香撥開發出歡呼聲的麗央一群人，朝向紘子兩人所在的和室走來。

「陽向，妳去把桌子搬出來。」

陽向沉默不語地從棉被後方搬來折疊式矮桌，再拿出溼紙巾身手俐落地擦拭矮桌。

熱騰騰的炒麵被放上桌的那一刻，紘子的肚子咕嚕叫了起來。惠梨香察覺後，輕笑一聲說：「這些我們三個人一起吃吧！」說罷，惠梨香特地幫紘子盛了炒麵。

紘子不知道惠梨香炒的炒麵與自己母親的炒麵有哪裡不同，但眼前這盤柴魚片不停舞動的炒麵好吃得教人難以置信，感覺整個胃部溫暖了起來。

「好好吃。」

紘子自言自語地低喃道。

「妳應該覺得這個家很奇怪吧？」

惠梨香早早便擱下筷子，喝著美優幫她拿來的發泡酒（註11）時，這麼詢問紘子。

「不會的……」

「妳不用勉強自己說謊沒關係的。連我自己都覺得很奇怪。」

「真的嗎？」

「難道不是嗎？要是一個什麼都不知情的人突然來到這裡，肯定會被嚇到，心想這是什麼狀況？基本上，根本就看不出誰是這個家的小孩。」

關於這點，紘子也深感認同。畢竟惠梨香公平對待所有人的態度實在做得徹底。不論是對愛華、麗央、美優，還是健吾，惠梨香都是投以溫柔的目光。

在這之中，唯有陽向的存在會讓人覺得惠梨香有所偏袒。或許是因為只有陽向的年紀比較小，惠梨香無法克制不疼愛陽向的心情表露無遺。惠梨香會抓起陽向沾在臉上的食物渣放進自己的嘴裡，也會不時撫摸陽向的頭髮。

對於惠梨香的這些舉動，陽向都會一一露出深受其擾的表情。不知道陽向是對母愛感到厭煩，還是不自覺的反應？

惠梨香讓手指纏繞在陽向的柔軟髮絲之間，繼續說：

「不過啊，我不覺得這樣的環境有多不好。我是不知道世人會怎麼看待我們家，但畢竟這些孩子沒有其他地方可去啊。把這些無處可歸的孩子們丟著不管，只會往他們身上貼標籤，一下說是不良少女，一下說是小混混的那些人有可能拯救得了這些孩子嗎？」

個性容易得意忘形的健吾模仿起搞笑藝人，逗得房間裡的所有人開懷大笑。惠梨香跟著大家在臉上堆起笑容，低聲繼續說：

「還有啊，我一直很嚮往擁有這樣的家庭。」

「咦？」

「我一直都是自己一個人，就算有人陪我，也都是跟我媽媽兩個人而已。那真的會讓人覺得快喘不過氣來。家裡有很多孩子，孩子們又會帶很多朋友來家裡玩，我一直嚮往擁有這樣一個家。」

惠梨香一副情不自禁的模樣也伸手撫摸紘子的頭。這樣的舉動讓紘子感到開心極了，不由得安心地輕輕嘆了口氣。

註11：發泡酒為日本酒稅法所定義的酒類之一，其風味近似啤酒。

「紘子，妳也是隨時都可以來這裡喔。」

「真的嗎？」

「那當然！哪怕妳和麗央分手或是跟愛華吵架，也照樣可以來這裡。妳也是我疼愛的女兒，隨時都可以來依靠我。」

惠梨香的話語像一股暖流慢慢滲入紘子的內心。看著惠梨香，紘子不知為何有股想哭的衝動，急忙別開視線。

視線前方出現了陽向的身影。

陽向也顯得開心地看著紘子。

耀眼的陽光從窗外照進屋內。不可思議地，幾秒鐘前紘子還覺得室內顯得昏暗，此刻卻覺得明亮。

紘子的掌心滲出汗水而變得溼漉漉。

也切身感受到夏天的腳步已慢慢迫近。

惠梨香說「這個家很奇怪」。那時紘子還很緊張，所以沒能夠好好否定惠梨香的說法，紘子為此感到有些後悔。

紘子不覺得那個家「奇怪」。基本上，紘子根本也不知道怎樣才算正確的家。紘子自己家就是個很好的例子。

紘子家除了她自己之外，還有經營診所的醫生父親、家庭主婦的母親，以及年長兩歲、就讀升學名校「福音學園」的哥哥。位在松山市持田町的獨棟住家據說是在紘子出生那年所建蓋，這棟房子總是灑落一身來自南方的燦爛陽光，籠罩在開朗的氛圍之中。

紘子一家人積極參與過道後祭典以及地方上的活動，父親經營的皮膚科診所也深獲好評。紘子小時候經常被稱呼為「清家診所的女兒」，也沒印象曾經因此而心生反感。

在地方上，大家給予紘子家很高的評價。「我可不可以跟妳當朋友？」就讀小學時，同班同學曾經這麼問過紘子，紘子反問原因後，那位女同學一副靦腆的模樣回答：「因為我媽媽叫我要跟紘子當朋友。」

紘子家有嚴厲的父親，以及守護家庭的母親。紘子甚至曾經因為兩人的存在而感到自豪，也不曾懷疑過家人的存在。

可是，從某時期開始，哥哥會做出一些奇妙的發言。

「我們家很不正常，對不對？」

那時哥哥小六、紘子則是小四。哥哥本來個性很開朗，但那時國中考試近在眼前，哥哥因此變得神經質，而紘子也察覺到了這點。

尤其是在補習班時的表現，簡直已經不是紘子所認識的哥哥。在補習班時哥哥幾乎不說話，臉上也沒有笑容。如果有學生在自習室吵鬧，哥哥會毫不客氣地出聲警告說：「你們幾個吵死人了！」表現出這般態度的哥哥，被周遭的學生們看待成「怪咖」。

那時期哥哥在家裡也不太說話，更別說是在補習班了。對於紘子，哥哥沒有刻意表現出冷漠的態度，感覺上是根本沒注意到紘子的存在。

有天，哥哥突然主動向紘子攀談。紘子和哥哥已經有好一陣子不曾同時間回家，大雨滂沱的那天恰巧時間相同而一起在老地方等待母親來迎接時，哥哥突然丟出短短一句。他說，我們家很不正常。

「什麼意思？」

雨水猛烈拍打著雨傘。哥哥一副氣憤的模樣開口說：

「我覺得大家都拚命在扮演自己的角色。爸爸要表現得像一個爸爸的樣子，媽媽也是。妳也是沒得挑剔的好妹妹。我不知道該怎麼形容，就覺得這狀況讓我心裡發毛。」

紘子不明白哥哥的意思。父親當然是父親，母親也當然是母親。對我這個妹妹有什麼不滿嗎？紘子很想這麼反駁哥哥，但看見哥哥的表情實在太過嚴肅，最後什麼話也說不出口。

哥哥一副卑微的模樣面帶微笑說：

「我猜我們家應該是很脆弱。因為很脆弱，所以那兩個人死命地想要維持住形象。我不會被那個家的氛圍牽著走。我不會扮演自己被賦予的角色。我要貫徹自己的人生到底。」

傾盆大雨的那天，哥哥究竟有了什麼感受？當初是什麼事情讓哥哥有了那樣的心境？紘子試圖去想像，卻怎麼也想像不出來。

不過，到了後來，紘子明白了哥哥說那些話的意思。哥哥那天的發言簡直就像預言一般，紘子發現自己從未懷疑過的家庭是個極度空虛的體系。

在那之後過了半年左右，父親的外遇曝光。時間點好巧不巧地落在哥哥一個月後就要接受國中考試的十二月。

母親明明自己特地挑在這個時間點委託徵信社進行調查，最後卻宛如上演連續劇的情節般崩潰大哭。

「您到底在做什麼！竟然挑恭介就要考試的重要時期做出這種事！您不覺得自己身為父親很丟臉嗎？」

看著母親，紘子抱著事不關己的態度心想：「在這種時刻，這個人對父親說話還是畢恭畢敬的啊。」暖爐裡點著火，鋪上地毯的客廳裡一片暖烘烘，紘子卻感覺到冰冷的空氣不知從何處流竄進來。

哥哥一副感到厭煩的模樣仰頭看向天花板，然後扶著紘子的背說：

「妳不需要聽這些，我們上二樓去吧。」

哥哥好幾年不曾用如此溫柔的聲音對紘子說話，紘子當下只覺得這點讓她感到訝異，對於眼前的事態還是覺得不具有真實感。

即使上了二樓的兒童房，母親歇斯底里的哭聲還是不肯放過紘子兩人地追了上來。

直到聽到樓下傳來這段話時，紘子才總算知道什麼叫作心寒。

「您竟然偏偏挑這個時候提起私生子的事！您打算怎麼對孩子們做解釋？」

紘子當下還無法正確認知「私生子」的意思。不過，對於這個字眼所蘊含的做了虧心事的語意，紘子有了正確的理解。

哥哥理應也聽到了母親說的話，卻面不改色地在一旁繼續用功讀書。那光景讓紘子覺得不可思議極了，但也覺得哥哥的身影顯得可靠。

「哥哥？」紘子出聲喊了哥哥，但哥哥沒有轉頭看向紘子，只動起嘴巴說：

「不要信任他們那種人。對家人這種東西不要抱以期待。妳也要靠自己的力量去開拓自己的人生。」

隔天早上紘子醒來後，看見母親一如往常地忙東忙西。父親也一如往常地一邊看報紙，一邊默默把麵包送進嘴裡。

「恭介，你也快來把早餐吃一吃吧。紘子，妳也快去做準備。」

母親的話語實在跟平常沒什麼兩樣，若不是看見誇張到讓人忍不住想笑的紅腫眼睛，紘子搞不好會懷疑起昨晚發生過的事根本是一場夢。這時紘子總算明白了哥哥說那句「大家都在扮演自己的角色」的意思。

從這天起，父親幾乎不再回家。偶爾回來時，就會一副高高在上的態度說：「你有沒有好好讀書？你沒忘記自己也要立志當一個醫生吧？」哥哥以鄙視的態度，徹底忽視父親的話語。

哥哥輕輕鬆鬆考上了第一志願的福音學園。不僅如此，哥哥甚至獲得只有名列前茅的幾名學生才有的學費減免資優生資格，可說贏得百分之百的勝利。

「其實我本來就想拿到學費減免資格。我希望自己可以盡可能地不要受到這兩個人的照顧。」

在一家四口事隔多日聚在一起的慶祝會上，哥哥用著只有紘子聽得到的音量低聲說道。紘子更是加深了對哥哥的敬意，但同時也感受到壓力。因為紘子知道哥哥是在暗示她也要朝向相同的目標邁進。

升上國中後，哥哥比以往更加封閉起自己，父親也幾乎不再回家。在過去，母親對家庭的奉獻一直是分散開來的狀態，但現在勢必全部集中到紘子一人身上。

雖然沒有特意要回應母親期待的想法，但紘子直到五年級前，連在補習班也維持著頂尖的成績。老師們會以「不愧是清家恭介的妹妹」來看待紘子，也都理所當然地認為紘子會以幾年前已改成男女同校的福音學園為第一志願。

然而，紘子在這時早已感覺到自己就快到了極限。就算紘子再怎麼怨恨，也改變不了哥哥遺傳到擅於讀書的父親基因的事實。同樣地，紘子則是遺傳到畢業於不知名短期大學的母親基因，紘子也知道自己的本性與母親有多麼地相似。

不出所料地，升上六年級後，紘子的成績開始下滑。哥哥一臉事不關己的表情，父親也對紘子的事不感興趣。只有母親一人展現出積極的態度，但紘子清楚知道背後的原因。因為母親也在紘子身上看見了自己的影子。母親想必是抱著要讓父親刮目相看的想法。

最終，紘子沒能就讀福音。紘子根本沒有參加考試。在即將進入入學考季的前一刻，紘子取消應考。

原因是多重的壓力，以及母親的過度干涉。另一方面，父親偶爾突然回到家裡時，總是表現出當紘子不存在似的態度，可靠的哥哥也沒有對紘子伸出援手。

紘子內心一直醞釀著不想應考福音的想法，但也有著孩子氣的心態，覺得那會是最讓母親悲傷的事。

紘子終於再也受不了家人帶來的挫敗感而情緒爆發。在全家人事隔多月聚在一起的除夕夜晚上，紘子表明了自己的想法。

「我決定不考福音了。」

歌聲劃破了沉默的時間。紘子一家人宛如每個家庭都必須盡到這個義務般收看著紅白歌唱大賽，紘子前陣子還很喜歡的偶像正在節目上唱歌。

等到紘子察覺時，自己已哭著大吼大叫，看到眼前有什麼就拿起來逐一破壞。紘子對所有一切感到憤怒。不論是悠哉唱著歌的偶像、暖爐形成的微暖空氣、像在看怪物似的投來鄙視目光的父親、不知為何露出遺憾表情的哥哥，以及緊緊抱住紘子也跟著大哭的母親，都讓紘子感到憤怒。

「妳這是在做什麼？突然就情緒失控，給我振作一點！」父親撂下這句不知道是在對誰說的狠話後，像逃跑似地踏出家門。

「沒關係，我們不用去考試也沒關係。只要紘子過得開開心心的，媽媽就滿足了。」母親反覆說著違背真心的話語，最後崩潰大哭。

紘子甩開母親爬上二樓，把自己關在廁所裡哭個不停時，哥哥來到廁所前。

哥哥隔著一扇門的朦朧聲音傳來。

「紘子，對不起喔。」

許多不曾聽到的溫柔聲音，使得紘子就快收乾的淚水再次湧現。哥哥沒有等待紘子回答，便繼續說：

「我也覺得妳根本不需要去考試。事實上，福音也不是多了不起的學校。不值得為了去那種地方而受苦。不過，正因為如此，妳才更應該學會自己保護自己。我想妳現在應該已經知道那兩個人的真面目，但妳也不要想依靠哥哥。哥哥希望妳可以變得堅強。」

哥哥不知道有多久沒有像這樣以「哥哥」自稱了？紘子的注意力被這件事吸引，而遲遲沒能察覺到哥哥的話語中參雜著異物。

哥哥的語調明明很溫柔，卻帶有像是要拋開對方似的語意。紘子總算感受到這個事實時，很自然地脫口說出：「不要丟下我一個人。」

紘子的聲音沒能夠傳達到哥哥的耳裡。

「我高中沒有要繼續念福音。我打算去東京。我想再挑戰看看能不能拿到獎學金，也想過過看住宿生活。我唯一擔心的只有妳。紘子，妳要學會堅強，讓哥哥可以不用為妳擔心。」

直到最後，哥哥還是堅持他一貫的作風。「對了，新年快樂喔。」哥哥在最後忽然想起而這麼補上一句後，便快步走回自己的房間去。

紘子早已嚎啕大哭起來。強烈的不安情緒與孤獨感緊緊揪著紘子的胸口，淚水不停地湧現，紘子猜想這應該是自己有生以來流最多眼淚的一次。紘子用力咬住自己的手臂，拚命忍著不讓哭聲從嘴巴裡溜出來。紘子告訴自己不能讓哥哥聽見她在哭泣。

哥哥告訴紘子要學會堅強。

紘子不能讓抱著這般期盼的哥哥，聽見她沒出息的哭聲。

母親似乎已經忘了自己前一晚親口說過的話。從元旦早上，母親便一副理所當然的表情要求紘子讀書。

紘子死命地抗拒母親的強勢要求。「等高中我一定會以福音為第一志願。」紘子說出違背真心的話語，拚命說服哭著不放過她的母親，一直說服到十天後的入學考當天早上。

最後，紘子取消應考，升上當地的持田國中。雖然紘子很快就被迫再去補習班補習，但紘子壓根兒沒有想要讀書的意思。紘子升上二年級時，哥哥果真就讀了東京的私立高中。在那之後，紘子受到的束縛變得更少了，她沒有參加任何社團，也沒有找到自己想做的事，每天渾渾噩噩地過著日子。

紘子的成績越來越退步，福音已不是她高攀得起的學校。回到終究只剩下紘子與母親兩人的家中，就會看見歇斯底里程度與紘子的成績呈反比的母親，與母親相處變得只會讓紘子感到鬱悶。

在這樣的日子中，紘子與補習班裡一個名叫由紀子的女生變得熟絡。那是在升上三年級不久的某天。由紀子每天從隔壁的伊予市來補習班上課，她和紘子一樣與母親處不來而不想回家，兩人因此意氣相投。沒多久，兩人變得親密到不需要補習的日子也會在市區相約見面，一起打發時間。

「紘子，我好想跟妳上同一所高中喔～」

暑假就近在眼前時，由紀子突然這麼說。紘子聽了後，也滿心期待起來。

「好點子耶！嗯，我們絕對要上同一所高中！」

紘子的成績勉強好過由紀子，而怎麼想也實在不認為由紀子接下來有可能卯足勁用功讀書。這麼一來，紘子勢必只能配合由紀子的程度，紘子就這麼照著由紀子所說，決定以愛媛商校為第一志願。

說實話，紘子之前連看一眼都懶得看這個學校。紘子告知第一志願時，擔任導師的男老師還說：「咦？為什麼要考那裡？還是考程度更好一點的學校吧！」母親則是投來讓人甚至感到厭煩的痛恨目光，但此時的紘子早已學會閃避母親的技巧。

「反正是我自己的人生，無所謂吧？」

「妳不是說過要以福音為第一志願？」

「都幾百年前的事了，我哪可能考得上福音？」

「妳根本沒有為了考福音而努力，還好意思說這種話？」

「所以，媽媽也沒有努力囉？」

「什麼意思？」

「因為沒有努力，才會念商校，不是嗎？妳是想表達這個意思吧？」

紘子挖苦地說出母親畢業於愛媛商校的事實。母親眼裡發出冰冷的光芒。

「妳這個騙子！」

「什麼？」

「我不想管妳了。我才不相信妳說的話。隨便妳吧！」

「收到～我會照著做的～」

紘子當然不會後悔不該與母親有這段互動。而且，就算母親死纏爛打地試圖阻止，或是要心機地反過來鼓舞紘子，紘子也不認為當時的她會因此選擇商校以外的學校。

入學後，紘子發現學校無聊極了。不知道是不是商校與眾不同之處，商校有特別多學生熱衷於社團，女學生當中意外地也有不少人投注心力於簿記等學習，所以很少人有閒時間陪伴依舊提不起幹勁的紘子玩耍。

最讓紘子期待落空的是，進學校沒多久就與由紀子鬧僵了關係。事實上，在入學考試那時紘子與由紀子已經幾乎沒有碰面，也沒有互相聯絡。紘子早就有一股不好的預感，只是沒料到入學後倒楣地恰巧與由紀子同班，而由紀子很快就和其他女同學形成小團體。

紘子並不在乎這點，哪知道這個小團體居然對紘子展開攻擊。因為攻擊原因實在過於普遍，害得紘子也不好意思對其他人說。紘子被指控對由紀子喜歡的學長眉來眼去。

之前因為由紀子的關係，紘子與大她一歲、就讀當地的伊予高工的越智麗央見過四、五次面。

最初，紘子連麗央是誰都沒有印象。一大群人一起出遊幾次後，由紀子告訴紘子說：「其實我喜歡麗央學長。」聽到由紀子的表白時，紘子簡直驚訝得說不出話來。

「真假？為什麼？越智學長有哪裡好？」

紘子的用意是在暗示以由紀子的條件來說，可以找到更好的男生交往。然而，紘子的反應惹得由紀子不開心。

更糟糕的是，麗央明顯表現出對紘子抱有好感的態度。第一次見面那天，麗央便向紘子要了聯絡方式，紘子沒多想地給了聯絡方式，一切也因此展開。事實上，紘子那天是因為不想害得由紀子不好做人，才與麗央交換聯絡方式。對於麗央定期傳來的E-Mail，紘子只覺得困擾，也不太會回覆。

紘子沒有過問由紀子與麗央之間發生了什麼事。紘子猜想由紀子應該是在入學考前的重要時期向麗央告白，結果遭到了拒絕。而且，麗央肯定是以紘子為由而拒絕。由紀子開始與紘子保持距離的時間點，與麗央開始頻繁傳送E-Mail的時間點完全一致，讓紘子忍不住都快笑了出來。

對紘子來說，麗央不是一個具有吸引力的男人。「男人就應該這樣！」「所謂的女人就該這麼做！」麗央會不以為意地做出這類的發言，而紘子的父親也會強勢要求對方接受其認知的「何謂母親」、「何謂兒子」、「何謂女兒」，這兩人的類型可說十分相似。

明知麗央是這種男人，紘子卻答應與他約會，原因可想而知。除了放學後可以打發時間這點之外，當然就是刻意想要刺激由紀子。

紘子原本抱著肯定很快就會與麗央分手的想法，與麗央牽手或親吻時也不曾有過喜歡對方的感覺。不過，現在紘子慶幸著自己還沒有與麗央分手。

「紘子，妳也是我們家的孩子——」

因為麗央讓紘子邂逅了願意對她說這種話的惠梨香。

現在紘子有了公宅這個安身之處，光是如此便足以讓紘子打從心底慶幸與麗央交往。

2012年10月

每年只要暑假一到，紘子就覺得天氣熱到彷彿身體就快融化，而提不起任何幹勁。

盂蘭盆節假期結束後，紘子和麗央決定洗心革面，開始到糕餅工廠從事深夜的打工，結果也持續不到一週便辭去工作。

進入第二學期後，紘子一次也沒去學校上課過。早上起床後，紘子會先在媽媽面前裝出要去上學的樣子，但因為怎麼也提不起勁去學校，所以有時會跑去漫畫咖啡店，有時則會騎腳踏車直接飛奔到麗央家。

從位於松山市持田町的自家，到位於伊予市的新川南公宅。明明天氣熱得讓人提不起任何幹勁，在前往公宅的單程五十分鐘路上，紘子卻總是滿心雀躍。

早晨的公宅宛如前一晚的狂亂場面不曾發生過似的，一片鴉雀無聲。雖然晚上的氣氛有它的好，能夠撫慰寂寞的心情，但早晨的公宅也不差，在枝葉間流瀉下來的柔和陽光籠罩下，公宅瀰漫著一股神聖的氣氛。

不論任何時間、任何狀況下，越智家的玄關門總是敞開著，不曾被上鎖過。玄關門底下一定會夾著門擋，還會聞到從屋內飄出來的陣陣菸味。

即使到了紘子來訪的時刻，越智一家人也大多還在家中安靜地睡著，唯獨小六的陽向一人不在家。陽向的棉被總是疊得整整齊齊的，讓人甚至感覺不到她前一刻還待在這裡。

陽向都是自己起床出門的嗎？

對根本沒有提出要求卻每天都會被母親叫醒、餐桌上總是理所當然地排著早餐的紘子來說，實在難以想像陽向自己起床出門的畫面。

不知道陽向如何看待這樣的生活？

在不知道是第幾次翹課來到伊予市的公宅的早晨，紘子思考著這個問題時，發現陽向難得還在家裡。

「啊！早安～紘子。」

陽向睡眼惺忪地揉著眼睛，顯得開心地面帶微笑說道。晨光從窗簾縫隙裡流瀉進來，襯托出陽向的白皙肌膚。

陽向身上套著淡粉紅色的T恤，看上去就像穿著超迷你短裙的洋裝。雖然陽向本人想必毫無自覺，但那模樣微微散發出淫蕩的氛圍。

「早安，陽向。妳怎麼在家？今天學校放假嗎？」

「沒有，我睡過頭了。」

「妳還要去嗎？」

「要去啊～待在家也不能怎樣。我會去學校，然後乖乖挨罵。」

陽向很懂事。她被教得乖巧懂事。開始進出越智家後，紘子總會不經意地關注著陽向。雖然與陽向還沒有完全培養出可以坦承一切的關係，但紘子相信至少在進出越智家的所有人當中，她是陽向最願意敞開心房的一個。

陽向上了廁所回來後，紘子開口詢問：

「陽向，妳還沒吃早餐吧？要不要我做點什麼給妳吃？」

紘子從小就被母親逼著學習烹飪。「這是女生的工作。」回想起母親說過的這句話，紘子只感到極度不悅，但紘子不得不承認很慶幸自己在遇到這種狀況時，能夠身手俐落地煮出料理。

紘子在冰箱裡物色了一番，但沒找到可以當成早餐食材的魚肉或蔬菜。

「吃炒飯好嗎？雖然連雞蛋也沒有。」紘子轉身問道，結果看見陽向投來像看到什麼難以置信的東西似的眼神。

「咦？怎麼了？我說了什麼奇怪的話嗎？」

紘子心想自己可能有些興奮過了頭，而忽然有種被識破心聲的感覺，於是急忙替自己打圓場說：「對不起喔，我擅自打開冰箱找東西。我只是想到如果太客氣，反而會惹得惠梨香姊生氣。」

陽向輕輕搖頭搖了好幾次。

「妳沒有說什麼奇怪的話。我只是因為幾乎沒有吃過早餐這東西，才會那樣。」

「什麼？」

「就算有吃早餐，也都是麥當勞或便利商店之類的東西。我早上根本沒有吃過人家煮好的料理。」

不知為何，紘子沒有被勾起同情心。她只是心頭湧現一個疑問：「天底下有可能發生這種事嗎？」

「我馬上幫妳做早餐，妳快去做準備吧。」

「真的可以嗎？」

「這還用說嗎？小學生的工作就是要好好吃飯。只要我有來，我就盡量做早餐給妳吃。」

紘子沒有要裝出一副偉大母親模樣的意思。她只是希望看見陽向的臉上多一些笑容。紘子希望自己可以永遠是第一個站在陽向這一邊的人。就這麼單純而已。

紘子已經盡量避免發出聲響，但烹飪到一半時惠梨香起床了。「嗯～好香喔！妳在煮東西啊？」聽到聲音傳來後，紘子繼續動著手炒飯，只轉頭看向惠梨香說：

「早安。惠梨香姊要不要也吃點什麼？」

「不用，我喝咖啡就好。」

「那我這邊忙完後，再幫妳泡咖啡喔！」

「哇喔～真開心，謝謝妳。」這麼道謝後，惠梨香一臉納悶的表情詢問說：

「咦？紘子，妳昨天有在這裡過夜嗎？」

「沒有。我昨天晚上回家，早上又跑過來。」

紘子聽見背後傳來感到難以置信的笑聲。光是聽見惠梨香的笑聲，紘子就覺得開心。

「真是個傻孩子。既然又跑來，昨晚留下來過夜不就好了。」

「也對，下次我就厚臉皮地留下來過夜好了。」

「妳每次都說一樣的話。」

先把陽向的炒飯端上桌後，紘子立刻為惠梨香遞上咖啡。紘子也順便幫自己倒了一杯咖啡後，在惠梨香身邊坐了下來。

紘子喝了一口第一次品嘗的黑咖啡，結果發現難喝極了，但光是想到自己與惠梨香喝著一樣的東西，紘子就覺得開心。

「其實挺好喝的。」

紘子這麼低喃後，惠梨香彎起眼角，露出顯得壞心眼的笑容。

「紘子，妳不要逞強了。看妳眉頭都皺起來了。」

「我說的是實話。我又不是小孩子。」

「怎麼這麼可愛？妳真是太可愛了！」惠梨香用著開玩笑的口吻說道，跟著抱住紘子。

惠梨香的頸部也散發出早晨的香氣。紘子無法以言語形容那是什麼樣的香氣，只能說那是一種不曾在夜裡聞過、屬於早晨的香氣。

紘子緩緩抬起頭後，看見陽向扒著炒飯，一副覺得受不了的模樣笑著看向這方。

愛華和麗央還在睡覺。

客廳裡只聽得見惠梨香、陽向和紘子三人的聲音，那氣氛有別於平常，顯得祥和且充斥著柔和的笑聲。

紘子以「天氣還是太熱了」為由，整個九月份也幾乎沒有去上學，時間過著過著，最後演變成不論母親發再大的脾氣，紘子還是不肯爬出被窩的局面。到了十月份，紘子內心生起一定要設法重振生活的念頭，但就是抬不起沉重的腳步。

在這之中，唯一讓紘子感覺到獲得解救的事情是，母親在暑假結束後開始出門工作。從紘子懂事以來，母親一直是家庭主婦，而且會不以為意地做出「女人就是要守護家庭」、「當人家的太太就是要乖乖待在家裡」這類時代錯亂的發言。母親這樣的一個人竟然開始出門工作。

「現在這時代，女人也要工作才行。我接下來還有很漫長的人生要過，總不能一直只把心思放在你們身上。」

紘子與母親兩人圍著餐桌吃飯時，母親像在為自己辯解似的，滔滔不絕地說個不停。像是從事什麼樣的工作、在什麼樣的上班體制下工作等等，母親似乎做了很多說明，但紘子幾乎沒什麼印象。紘子頂多只記得當下一股不滿的情緒在內心翻騰。母親明明只是因為被全家人拋棄而有太多時間必須打發，卻說得頭頭是道。

紘子只能擺出覺得難吃、覺得無聊透頂的表情，不停地把份量多到兩個人絕對吃不完的料理往嘴裡塞。母親不可能沒有察覺到紘子的態度，肯定也氣炸了。

即便如此，母親直到最後還是不肯收起臉上的笑容。

「紘子，妳也要好好努力用功讀書才行。畢竟早晚有一天，妳也是要自立生活。一起加油吧！」

不過才工作沒多久而已，就在那邊講大道理，煩死人了！紘子之所以可以忍住不讓這般心聲從嘴裡溜出來，完全是因為她不願意跟此刻的母親說上任何一句話。

每次內心無法克制地萌生對母親的怒氣時，紘子就會回想人在東京的哥哥說過的話。

「紘子，妳要學會堅強。」

像現在這樣忍住怒氣是堅強的表現嗎？還是應該反駁母親，才叫真正的堅強？紘子不明白何謂真正的堅強。

不管怎樣，母親一早就會出門的事實解救了紘子。最初紘子還會做做樣子假裝要去上學，但日子久了後，母親來叫紘子起床時，紘子開始會不以為意地扯謊說自己晚一點才去上學。在傍晚前往公宅之前，紘子待在家裡的時間也變多了。

十月中旬的這一天，紘子也是賴在被窩裡直到接近中午時分。紘子前一晚在公宅喝下肚的酒精還沒有完全揮發，整顆腦袋嗡嗡叫地發疼。

即便如此，紘子還是死命掙扎地爬出了被窩。因為她和麗央約好中午要碰面。他們接到通知，告知兩人在暑假期間到工廠只工作幾天便無故缺勤的打工薪資，領取期限只到這天。

就算在公宅喝得再醉，紘子還是會每天回家。「妳就留下來過夜吧！」每次惠梨香都會這麼說，而紘子也很想這麼做。不過，紘子不想被母親胡亂猜測，也擔心自己一旦留下來過夜就會再也不想回家。

雖然還是頭痛得不得了，紘子振作精神出了門。然而，在街上與麗央會合後，紘子再次感到心情低落。

「今天要不要乾脆別去辦公室了？忽然覺得有點麻煩。」

紘子一時以為自己聽錯了。

「為什麼？打工的錢只能領到今天耶？」

「是沒錯啦，但我忘了帶印章。」

「什麼？」

「我去了也領不到錢。妳要去就自己去吧。」

紘子難以置信，但只有短短一秒。下一秒，紘子發現自己的手因憤怒而顫抖。

「既然這樣，你一開始就跟我說嘛！憑什麼要我配合你的時間！」

最近一直都是這樣，紘子只要與麗央見到面，老是在吵架。紘子原本就不是因為喜歡麗央才與他交往。為什麼我非得跟這種人在一起……每次紘子這麼思考時，腦海裡就會閃過對現在的她而言，非常非常重要的存在。

雖然有種像是被當成人質的感覺教紘子感到不悅，但每次只要腦海裡浮現惠梨香和陽向的笑臉，紘子對麗央的怒氣就會漸漸散去。

最後，兩人為了只領取紘子的薪資，決定前往位在三津的糕點工廠。「我也陪著一起去總可以了吧！」雖然麗央的態度惡劣，但紘子不得不坦率地承認能夠搭麗央的摩托車前去三津，讓她輕鬆許多。

在辦公室裡領到的信封裡，裝了多達二萬八千圓的現金。雖然因為無故缺勤一事受了不少工作人員的挖苦，但光是拿到現金，便足以讓紘子的臉上綻放笑容。

「謝謝你載我來。我們去吃個飯吧！今天我請客。」

紘子壓抑住難為情的情緒這麼說，麗央也一副彷彿在說「這還用說嗎？」似的表情揚起嘴角。然而，就在紘子重新跨上麗央的摩托車準備再次前往市區時，事情發生了。兩人沒忘記提高警戒而選擇騎小巷子，卻倒楣地遇上正在等紅燈的警車。

警車閃著紅燈從對向車道橫切過來，並發出警笛聲。如果只是兩人超載騎50cc摩托車會受到警告就算了（註12），重點是紘子還是個翹課的學生。

紘子萬萬不想見到母親被叫到警察局的局面。「快逃！」紘子大聲喊道。麗央回過頭看，臉上浮現壞心眼的笑容。

「是要逃去哪裡？」

註12：日本法律規定50cc以下的摩托車限乘一人。

「別說那麼多，聽我的指示就對了！」

紘子緊緊抱住麗央的腰，在他的耳邊逐一發出指示。紘子一條接著一條指示麗央走小巷子，等到好不容易甩開警笛聲時，已經來到熟悉的地方。

雖然紘子不太願意這麼做，但想到母親這時間正在外工作。再說，紘子也想不出此刻還有哪裡比這個地方更安全。

「吃我煮的東西OK吧？」

「啊？妳在說什麼？」

「你OK的話，就停那裡。停在那個轉角。」

「這裡？停在這種住宅區沒問題嗎？」

在靜謐的住宅區顯得突兀的引擎聲停了下來。紘子不想讓附近鄰居看見麗央與他的同伴一起上色的紫色摩托車，於是讓麗央把摩托車停進院子裡。

「進來吧。」紘子打開玄關門說道。麗央發愣地注視著紘子，戰戰兢兢地開口說：

「不是啊，這裡……」

「少囉嗦！快進來！」

不知為何，紘子克制不住怒氣湧上心頭。麗央根本沒有察覺到紘子的情緒，進到排列著觀葉植物的玄關後，麗央發出卑微的目光。

「嚇到我了！原來妳是千金大小姐啊？」

「沒有。我不是什麼千金大小姐。」

「不是啊，妳看——」

「夠了，你可以閉嘴了。」

「我怎麼可能閉得了嘴？這裡根本就是個豪宅。」

即使安分地在客廳的真皮沙發上坐下來，麗央還是毫不客氣地環視著屋內。面對麗央如此低級的言行舉止，紘子心頭的怒氣難消。

「拜託，你這樣太沒禮貌了吧。」

「這樣是哪樣？」

「就是在別人家裡這樣到處物色東西。」

「啥？我哪有在物色東西？不是啊，妳好意思說這種話？還是說，怎樣？妳的意思是像我們家那種垃圾房子就可以隨便亂拿東西？」

紘子不由得露出驚訝的表情。紘子知道麗央說這些話不是刻意在傷人。麗央依舊帶著不覺得失禮的目光環視屋內，看似開心地不停自言自語。

紘子仍陷在震撼之中。的確，麗央說的沒錯。在麗央家，紘子總是過得隨心所欲。紘子會擅自使用浴室洗澡、擅自在冰箱裡翻找食物，也會擅自使用廚房，紘子不知道若是換成麗央在她家做出一樣的舉動，自己會有什麼樣的反應？

「算了，去妳房間吧！」

麗央從沙發上站起來，抓住紘子的手說道。如果被帶進房間，紘子不用想也知道接下來會發生什麼事。所以，紘子沒打算上三樓。明明如此，紘子一時之間卻沒能拒絕麗央。

「哇喔～妳房間果然也很氣派。這裡不但很寬敞，也有女生的味道。」

麗央一走進紘子的房間，便這麼低喃道，跟著準備親吻紘子。麗央的菸味比平常來得刺鼻，紘子內心就快萌生厭惡感，但勉強壓抑住了情緒。

紘子告訴自己如果拒絕麗央就太不公平了。過去，每次都是在麗央的房間做愛。當然了，紘子沒有一次是自願的。麗央總會趁著家裡沒有其他人的時間來求愛，而紘子每次都是忍著乖乖上床。話雖如此，但如果紘子只有在自己房間時拒絕與麗央上床，未免也太過奸詐。

麗央維持著親吻紘子的動作單手脫去襯衫後，將紘子壓倒在床上。

沒事，只要忍耐一下，很快就會結束的；紘子如往常般這麼催眠自己，並開口詢問：「你有沒有帶保險套？」

麗央的呼吸比平時來得急促。

「我怎麼可能會帶在身上！放心，我會射在外面。」

「什麼？沒有保險套當然不行！」

「妳很煩耶！沒帶就是沒帶，不然要怎樣！」

麗央用著凶巴巴的口氣說道，但紘子根本不覺得害怕。紘子只覺得對麗央感到失望。「等一下。」紘子壓抑住失望的情緒從床上站起來，並從化妝包裡拿出保險套。

麗央扭曲著臉露出猥褻的表情。

「什麼嘛，妳也很想嘛！」

「你白癡喔，說什麼蠢話！」

「別說那麼多了，快把衣服脫一脫，上床吧！」

對於做愛，紘子不會要求要有什麼氣氛。若是對方刻意營造氣氛，只會讓紘子覺得噁心到想笑。

基本上，紘子根本不懂做愛有什麼好。她不明白為什麼大家會沉迷於這種行為，也想不通自己怎麼會如此無感？或許是因為紘子不是真心愛麗央吧。紘子甚至無法正確掌握到「愛一個人」是什麼感覺。

何謂做愛？何謂愛一個人？下次問問看惠梨香好了。麗央發出興奮的喘息聲，對紘子的胸部上下其手，紘子在任憑擺佈之中，回想起一件事。

那是差不多一個月前發生的事。「避孕是女人的職責。」那時惠梨香一邊這麼說，一邊把保險套放進紘子的化妝包裡。

惠梨香的發言讓紘子感到不悅。紘子不明白明明是女方讓男人傾瀉慾望，為什麼避孕會是女人的職責？男人更應該負起避孕的職責才對。

紘子不由得咬起嘴唇。惠梨香見狀，一副壞心眼的模樣聳肩說：

「我知道妳想說什麼。不過，那樣是不行的。妳必須自己保護自己的身體、保護自己的心靈。」

「可是，這樣太奇怪了。我無法接受。」

當然了，紘子的男朋友是麗央。正因為麗央是惠梨香的兒子，所以紘子不好意思多說什麼或做出輕率的發言。

就連紘子的這般心聲，也被惠梨香識破。惠梨香一副感到無力的模樣皺起眉頭，一邊溫柔地撫摸紘子的髮絲，一邊以淡定的口吻說：

「不過，還是不行的。不管妳能不能接受，都必須學會保護自己。畢竟事到緊要關頭時，我也沒辦法保護妳。」

說到這裡時，惠梨香點了一根菸，忽然變了表情。

「絕對不能對男人抱以期待。妳甚至可以把男人視為敵人。一旦對男人抱以期待，妳將會一敗塗地。當妳覺得真的無法接受某男人時，就要主動與對方斷絕關係。」

「可是，這麼一來——」

「哪怕對方是麗央也一樣。絕對不能讓男人乘隙而入。紘子，你必須學會堅強。」

現在回想起來，紘子才發現惠梨香那天說了跟哥哥一樣的話。惠梨香要紘子「學會堅強」。

如同聽到哥哥的話語，聽到惠梨香的話語時，紘子也大多能夠接受。惠梨香的話語不會參雜虛假的成分，而且公平。

沒錯，公平正是惠梨香的本質。不論是對自己懷胎十月辛苦生下的麗央，還是毫無血緣關係的紘子，惠梨香都是保持公平對待的態度。

紘子相信惠梨香的公平態度，也信任惠梨香，但紘子不確定若是真的與麗央分手，惠梨香還會不會以往常般的態度與她相處？公宅還會不會有屬於她的地方？

只要想到這些事情，紘子還是會感到些許不安。

紘子不小心睡著了，就連什麼時候辦完事也不記得。忽然醒來時，紘子看見麗央只穿著一條內褲坐在窗邊，並且把窗戶打開一小縫在抽菸。

雖然不樂見自己的房間飄著香菸的煙霧，但看見麗央憨厚老實地開著窗戶的舉動，紘子不禁覺得可愛。

「抱歉，吵到妳啦？」

紘子不知道自己到底睡了多久？夕陽餘暉從微微敞開的窗簾縫隙照射進來。冷氣吹得房間裡一片涼爽，紘子的襯衫卻因為汗水而溼透了。

「我還是覺得妳家真的很氣派。」

麗央的表情跟剛才有些不一樣。

「這個房間也是。光是你的房間，就跟我們家差不多大吧？」

「怎麼可能？這裡差不多四坪耶。」

「那也還是很大啊。妳為什麼要特地去我們家?有這樣的房間超棒的。如果換成是我,我一定會一直待在這裡,搞不好還會用功讀書。」

「絕對不可能。」

「也是,我怎麼可能讀書?」麗央笑著認同紘子的發言,但表情立刻變得正經。

「不過,我還是覺得妳跟人家不太一樣。我們家裡沒有一樣東西是這裡沒有的。」

紘子頓時不知道該回答什麼。紘子不是找不到答案,而是因為有太多答案而苦於回答。最主要的原因在於濃厚的家人氣味。紘子曾經有過這樣的感受,她想過麗央家的玄關門之所以一直敞開著,肯定是為了多少排放掉一些充斥整個家的家人能量。

那是惠梨香拚命建立起來的家庭。哪怕沒有丈夫、沒有父親,惠梨香的家也不會與「孤獨」、「寂寞」扯上關係。在那裡,肯定會有家人、有交談、有笑聲。受到如家人般對待的朋友們,把惠梨香當成自己的母親般仰慕她,整個家也就越來越充滿能量。

這些淨是紘子家找不到的東西。紘子反而想知道有什麼東西是自己家裡有,而惠梨香家裡沒有的?思考後,紘子腦海裡閃過「寬敞過了頭的空間」這個答案,更覺得這個答案的另一面,就代表著「孤獨」、「寂寞」。

紘子發愣地注視著隨著夕陽化為黑影的麗央身影。麗央準備在空罐子上捻熄香菸時,樓下傳來玄關門打開來的聲音。

紘子的心臟差點跳了出來。下一秒鐘,傳來了聲音:

『紘子～妳回到家了啊？』

「不妙。我媽媽回來了。你趕快穿衣服。」

紘子把衣服硬塞給麗央。「奇怪？我襪子不見了。」麗央一副悠哉模樣說道，不慌不忙地四處張望。

「還找什麼襪子！動作快一點！」紘子先穿上衣服，朝向人在一樓的母親說：

「對啊，我回到家了！」

『紘子，是不是有客人來？』

「我朋友來家裡玩，但已經要回去了，什麼都不用準備！我們要下樓了，妳等一下！」

約莫五分鐘後，紘子走下一樓一看，發現母親正在準備熱茶，臉上浮現最近不曾看到的溫和笑容。

然而，看見麗央跟在紘子後頭下樓，母親表情明顯黯淡，紘子忍不住想笑。

「妳好啊～打擾了～」麗央態度和善地打招呼說道，母親不加掩飾地用著像看見汙穢物似的眼神凝視麗央。

母親只看外表在評斷麗央。光是認知到這點，就讓紘子覺得受不了。對母親來說，麗央的真實為人一點關係也沒有。紘子想起自己如何受到惠梨香的珍惜對待，不禁打從心底感到羞愧。

麗央似乎不覺得在意。

「對了，我叫越智麗央。我本來念伊予高工，但後來輟學了。我是紘子小姐的男朋友。」

「男朋友？這話你說得——」

「好了啦，麗央，我們走吧！」

紘子打斷兩人的對話，抓住麗央的手臂說道。「等一下，不准走！」尖銳的聲音從後方追來。紘子沒有予以理會，往玄關直直走去。此刻，紘子就連看見擺在玄關處、被母親照顧得無微不至的觀葉植物，都覺得可恨。

麗央跨上停放在院子的摩托車，轉動著油門。紘子朝向麗央尋求同意說：「你看，很過分吧？」

麗央一邊騎車，一邊轉過頭來，一臉當真不明白意思的表情說：

「什麼東西很過分？」

「我媽媽！她就是我不想待在那個家的原因！」

「不會吧？我不懂耶！妳媽媽看起來很溫柔啊！」

「你不是在跟我開玩笑吧？」

「我說真的！比我媽好太多了！」

「那你何必說那些刺激人的話！」

「什麼刺激人的話？」

「你不是跟我媽媽說你是我男朋友，還有輟學之類的？」

「不會吧？不能說那些話喔？我從很小的時候，大人就教我不可以說謊耶！」

因為擔心引擎聲蓋過說話聲，紘子和麗央兩人都扯著嗓門說話。紘子赫然發現根本不是什麼必須扯著嗓門交談的重要內容，忍不住噗哧笑了出來。

橙色的天空在紘子的頭頂上方無限延伸。秋天是紘子最喜歡的季節。秋天可以讓人變得感傷，也可以讓人變得溫和。

「現在呢？要去哪兒？我現在是真的肚子快餓扁了！」

紘子這才想起今天沒吃過任何東西。紘子加重力道抱住麗央的腰，開口說：

「這還用說嗎？當然是回公宅啊！」

「不會吧？為什麼？妳不是說今天要請我吃東西？」

「取消了！」

「哪有人這樣！」摩托車朝向伊予市的公宅駛去，紘子坐在後座大笑聽著麗央的哀怨聲音。

公宅今天難得沒有人在家，也沒有其他同伴來玩耍。玄關處沒什麼鞋子，顯得反常地整齊。明明如此，玄關門底下卻不知被誰塞了門擋，那感覺簡直就像被規定一定要這麼做才行。

紘子理應討厭菸味才對，但現在聞到卻覺得心情莫名地變得平靜。這麼說或許不公平，但紘子不討厭在公宅聞到的菸味。

與麗央沒有喝酒，也沒有聊得特別起勁之下吃完飯，紘子還是沒有想回家的念頭。當然了，母親打了很多通電話，也寄了一大堆E-Mail，但紘子也沒有想要點開確認的念頭。

「我真的沒力了，先去睡一下。」過了一段時間後，麗央這麼說道，打了一個大哈欠便消失在自己的房間裡。像是與麗央交棒似地，惠梨香與陽向回來了。

「嗯？紘子妳一個人啊？妳今天要留下來過夜嗎？」

時針就快指向晚上十點鐘。紘子盯著時鐘看，最後嘆口氣垂下肩膀說：

「可以嗎？」

「妳還問？不是已經跟妳說過很多遍了嗎？不過，等一下，發生什麼事了嗎？」

「沒有啊，沒什麼事啊。」

「這樣啊～紘子也會瞞我事情啊？」

「我沒有瞞妳事情啦！我只是今天莫名地不想回家而已。」

「好吧。那這樣，我只要求一件事。妳去打個電話告訴妳媽媽。」

「我不要。為什麼——」

「還需要問為什麼嗎？假設妳真的是我們家的小孩，然後沒經過我的同意就在外面過夜的話，我肯定會寂寞到快要死掉。所以，一定要打電話。」

「妳對其他人明明都沒有這樣要求。」

「因為妳特別可愛啊。」

惠梨香用著捉弄人的口吻說道，紘子不由得鼓起腮幫子，但同時也發愣地想著如果自己真的是惠梨香家的小孩該有多好。

惠梨香笑了出來。

「好了，快打電話。如果覺得在這裡不方便說話，就去外面打吧。」

紘子聽話地來到公宅裡的公園，坐在鞦韆上。

電話鈴聲只響了一聲，母親便接起電話。

『紘子？』

紘子最近明明有不少時候比現在更晚回家，母親卻是哭得唏哩嘩啦。

「有什麼好哭的？」

『對不起喔，媽媽今天總覺得有不好的預感……我才在想是不是要打電話報警。』

紘子輕輕嘆了口氣。母親總是喜歡誇大事實，好像自己才是受害者一樣。母親的這種個性真的讓人很感冒。

紘子這麼思考的同時，察覺到自己就快心軟起來。

『快點回來吧。』母親溫柔地說道，紘子用力搖著頭。

「不，我今天不回去，而且我也沒有騎腳踏車來。我今天會住朋友家。」

『沒騎腳踏車又沒關係，搭計程車回來啊。啊！不然媽媽搭計程車去接妳？』

「拜託放過我吧。」

『妳要住在剛剛那個男生的家？』

母親毫不遲疑地問道。不，母親其實是內心感到極度不安，才會趁勢這麼詢問。

「不是啦。」
『真的嗎？』
「妳很煩耶。就跟妳說不是了。」
『真的喔？真的可以相信喔？』
「煩死人了。」
『紘子，拜託妳好不好？拜託不要讓媽媽更傷心。』
母親說的最後一句「更傷心」，此刻仍在紘子的耳邊迴盪。
真的是我不對嗎？
只有我不對嗎？
隨著時間過去，紘子內心的這般疑問如雪球般越滾越大，心情怎麼也開朗不起來，因此遲遲沒有回到屋內。
惠梨香擔心地單手拿著菸盒下樓來。
「喂～不良少女！妳還好嗎？」
在夜晚只見路燈發出落寞光芒的公園裡，紘子自己也不知道為什麼臉上會掛起兩行淚。紘子擔心若是被惠梨香看見又會遭到取笑，急忙別過臉去。
「惠梨香姊，我們去海邊一下。我想看海。」
「真的假的？現在去？不會太晚嗎？」

「不會，就現在去。我真的很想去看海。」

看見紘子難得做出任性的發言，惠梨香似乎感受到了什麼。惠梨香沒有多問原因，便陪著紘子往海邊出發。

從公宅徒步到海邊約莫五分鐘的路程。畢竟已經進入十月，夜裡的海邊帶著寒意。紘子讓發燙的身體迎著海上吹來的冷風，感覺舒服極了。

「嗯～好舒服。我好久沒有來海邊了。」

惠梨香大大張開手臂，以全身迎向海風，紘子也跟著一起張大手臂。兩人擺出相同的姿勢眺望閃閃發光的滿天星辰，臉上莫名地掛起笑容。

飛機的紅色燈光拉長著尾巴。海面上的船隻輕輕搖晃著。左手邊不知道是不是一路連接到佐多岬，可看見無限延伸的陸地。

看著一片美麗光景，上一秒鐘還在紘子內心翻騰的怒氣消失不見了。然而，惠梨香卻丟出這麼一句：

「我以前最討厭這片景色。」

「咦？什麼？」

「我說我討厭這裡的景色。在這裡不是可以看到很多希望嗎？」

「希望？」

「嗯。像是飛機、船、車子之類的。大家都可以自由自在地去到想去的地方。有些人可以隨心所欲地離開這個城市，而我卻做不到。這片景色像在告訴我有多麼無能，讓我感到絕望。在這裡看得到的所有希望都讓我感到絕望。」

紘子沒能夠好好做出回應。惠梨香以前也說過類似的話。惠梨香說自己從小便渴望離開這座城市，無奈最後卻只能在這座城市度過人生。惠梨香覺得如今擁有的生活固然神聖可貴，但如果能夠離開這裡，或許可度過不一樣的人生。

為什麼沒能夠離開這裡？當初為什麼會想要離開這裡？紘子詢問過原因，但惠梨香那天什麼也沒有回答。

不過，或許是因為其他孩子不在場，惠梨香今天甚至沒有半點遲疑，便回答了紘子再次提出的問題：「當初為什麼沒能夠離開這裡？」

惠梨香注視著瀨戶內海幾乎不見一絲波瀾的海面，爽朗地開口說：

「我試圖離開過這裡好幾次，但有個人，也就是我的媽媽不讓我逃跑。我真的一次又一次地試圖離開這裡。可是，那女人每次都會闖進我的人生，然後對我說：『連妳也要拋棄我嗎？虧我辛苦把妳生下來。』對於這種討人情的態度，我在言語上做了反抗，但最後還是沒能夠逃離。真不知道那究竟是怎麼一回事喔？我是說所謂的親子……應該說所謂的母女才對，可能是一種業障吧？我想盡辦法要斬斷關係，也真的下定決心準備離開，但那女人每次都會在我面前哭哭啼啼。她會說：『如果被妳丟下來，我的人生就結束了。』這句話真的很有用。應該是從那時候開始的吧。從那時候我就不會自己主動來到這裡的海邊。」

紘子也認識惠梨香的母親，也就是麗央他們的外婆美智子。她還聽說美智子在公宅附近的公寓獨居。有一次惠梨香不在家時，美智子來到了公宅，紘子看見陽向頓時臉色大變。還有一點也讓紘子印象深刻，紘子發現其他孩子沒有喊美智子「外婆」，而是喊「美智子小姐」。

「我希望孩子們可以活得自由自在。我要把自己沒能夠在那個母親身上得到的東西，全部分享給那三個孩子。」

惠梨香沒有等待紘子的回應，一副感觸極深的模樣繼續說：

「我不會束縛任何人。紘子，妳也絕對不能讓自己停留在這種地方。不然妳會變成像我一樣視野狹窄。」

如果要紘子說實話，她會說惠梨香遜斃了。小題大作的說話態度感覺像個整日為了柴米油鹽醬醋茶操勞的家庭主婦會有的舉動，常聽到的普遍看法也顯得像在訓話。

這讓紘子覺得簡直就像她的母親一樣。紘子腦中浮現這般想法時，話語已經脫口而出：

「妳在說什麼？這樣太遜了。把所有事情都怪罪到別人的頭上。」

說出口後，紘子才驚覺到自己的語調有多麼冷漠。不過，紘子還是必須說那不是她想聽到的惠梨香會說的話語。紘子所知道的惠梨香不會如此沉重，也不會拘泥於常識，無論何時都會以對等的態度面對紘子。紘子根本不想聽這種自以為了不起的人生大道理。

紘子腦中忽然閃過哥哥的身影。哥哥肯定也有過一樣的感受。哥哥在小學時發現有枷鎖試圖綑綁住他。所以，哥哥拚命地想要甩開枷鎖，而且不仰賴任何人，只憑靠自己的力量。「妳要學會堅強。」到了現在，紘子稍微能夠理解哥哥為何會對她說這句話。

不知為何，惠梨香明明被當面批評太遜，卻表現出開心的模樣。雖然稱不上是尷尬，但紘子就是覺得不自在。

「惠梨香姊，給我一根菸。」

「什麼？不用吧，勸妳還是別抽菸。」

「沒關係，我想抽抽看。我會對自己抽菸的行為負責，這樣可以吧？」

惠梨香再怎麼開明，還是忍不住皺起眉頭露出困惑的表情，但最後心不甘情不願地給了紘子一根香菸。紘子當然不至於不知道如何點菸，她也告訴自己抽了菸後，絕對要表現得泰然自若。畢竟紘子看過那些第一次抽菸的人，都會像掛了保證一樣不停咳嗽。

紘子自認已經非常謹慎地把煙吸入體內。明明如此，紘子還是不例外地嗆著了。因為實在太難受，紘子連眼淚都掉了出來，惠梨香在一旁看得捧腹大笑。

「妳看吧，就跟妳說過別抽菸的好。」

說罷，惠梨香打算搶走香菸，但紘子撥開惠梨香的手。紘子不想失去惠梨香給的香菸，光是想著與惠梨香抽著一樣的香菸，便足以讓紘子感到心靈變得自由一些。

紘子勉強再抽了一口菸，結果還是嗆著了。咳了一陣後，紘子一副發表宣言的模樣，篤定地說：

「我絕對會離開這裡。」

惠梨香看似開心地點了點頭。

「好決定。我希望妳可以去見識廣闊的世界。」

「嗯，我會這麼做的。所以啊，惠梨香姊，在那之前我可不可以也待在那個家？」

「嗯？」

「以後遇到像今天一樣說什麼也不想回家的時候，請讓我待在惠梨香姊的家。」

這麼說出口後，紘子察覺到一件事。那裡不是麗央家，也不是陽向家。公宅的那戶住家是惠梨香獨自建蓋出來、屬於惠梨香的城堡。

這回惠梨香真的沒收了紘子的香菸，一副享受的模樣吐著白煙。

「我不是每次都叫妳留下來嗎？想留下來過夜就儘管留下來過夜，想回家去就儘管回家去，有其他地方想去就儘管去想去的地方。大家都必須自己去尋找歸屬。這麼說或許對妳媽媽比較不好意思，但子女的歸屬不是父母能給的東西。」

紘子感嘆地心想：「這才是惠梨香。」惠梨香說的每句話、每個字眼、每個想法，都觸碰到紘子的內心深處。

紘子與惠梨香並肩看著大海看了好一會兒。這片曾經讓惠梨香感到絕望的景色，使得紘子的心情漸漸恢復平靜。

「給妳一個好東西如何？」惠梨香一副難為情的模樣聳起肩膀。

「好東西？」

「嗯，禮物。就這個。」

惠梨香從外套的口袋裡掏出串了一大堆鑰匙的鑰匙圈，然後取下其中一支鑰匙送給紘子。

「這是我們家的備用鑰匙。這樣妳就可以隨時想來就過來。記得，妳也是我的孩子喔！不要見外地再叫我什麼惠梨香姊了，妳也可以叫我『媽媽』。」

紘子不確定惠梨香是當真，還是在開玩笑，但惠梨香的表情顯得再認真不過了。紘子盯著手上的鑰匙看，下一秒鐘，不由得噗哧笑了出來。

「怎樣？有什麼好笑的？」

惠梨香一臉不悅的表情問道，紘子急忙揮手說：

「不是啦，我只是想到從以前到現在，我從沒看過家裡的門被鎖上過。不過，我真的很開心。這是最棒的禮物。謝謝妳，惠梨香姊。」

「惠梨香姊？」

「嗯~媽媽？」

紘子度過了一段就跟湧上岸的海浪一樣平穩的時光。

希望這樣的時光能夠永遠持續下去；紘子打從心底這麼禱告著。

2013年1月

仍沉浸在新年氣氛之中的一月上旬，紘子見到了久違的父親。原因只有一個。因為紘子無故缺課太久，學校終於不得不打電話到紘子家。

進入第二學期後，紘子幾乎沒有去學校上學。『繼續這樣下去真的不妙。』只有在國中時期少之又少的朋友寫E-Mail來提醒時，紘子才會去學校露個臉。然而，學校是個間隔越久沒去，就會越讓人覺得不自在的地方，紘子很快就又開始遠離學校。紘子早已料到這一天遲早會來。

『方便的話，請爸爸媽媽來學校一趟。』聽說是導師打電話來這麼告知。學校也有其他父母離婚的學生，而且其實只要說一聲父親工作忙碌就可以解決，誰知道母親老老實實地聯絡了父親。平常完全不顧家庭的父親竟然也接受了要求

想到這一天會到來，紘子就感到鬱悶。紘子本來真的有心打算在前一晚先回家，但因為實在懶得動，最後狠下心決定乾脆不理會，就這麼在公宅睡著了。

紘子明明已經決定不理會，卻在凌晨時被惠梨香硬是吵醒。

「妳今天不是要去學校？還不快點起床！」

沒有，我今天沒有要去；紘子本打算這麼回答，卻沒有說出口。紘子想起惠梨香前一晚心

情差得不得了。當惠梨香心情煩躁時，不論說什麼她都聽不進去。

最後，紘子只好乖乖讓惠梨香開車載她回到住家附近。惠梨香貸款買來的白色輕型車儀表板上，鋪滿了無數玩偶。當中有一大半都是陽向小時候喜歡的舊卡通角色。

在還感受不到清晨氣息的凌晨四點多鐘，惠梨香在車上只對紘子說了一句話：

「妳不適合染成這樣，我以前不是也叫妳別這麼做嗎？」

當然了，紘子現在仍然對惠梨香抱有仰慕之情。隨著與自家逐漸拉遠距離，紘子對惠梨香的信賴感也越來越深，而惠梨香也依舊十分疼愛紘子。不過，近來惠梨香會像這樣讓紘子感覺到自己被遷怒挨罵的次數不算少。

「她那種態度完全是因為生理期。」長女愛華如此下了定論，而惠梨香本人也承認這點。紘子聽說那是一種稱為ＰＭＳ（經前症候群）的症狀。「就是會莫名地覺得煩躁到了極點，有種自己的人格快要被哪個消極的陌生人霸占的感覺。」有一次惠梨香心情不錯時，滿不在乎地這麼告訴紘子。紘子生理期時頂多只會覺得肚子脹脹的，甚至不太會因為生理期而受到折磨，所以實在難以想像會有像惠梨香那樣的反應。

到了現在，紘子不需要確認惠梨香的表情，也能掌握到惠梨香的心情好壞。到了公宅打開玄關門的那一瞬間，紘子就能透過肌膚感受到屋內是否陷在冰冷緊張的氣氛。

遇到這種狀況時，一句話也不要說就對了。當惠梨香怒氣大爆發時，別說是辯解或找藉口，也不能說一些賠罪或反省的話語。對於這點，進入公宅的每個孩子都心裡有數。

之前，有個只來過一次的男生因為沒說「打擾了」，就不小心惹毛了惠梨香。

更慘的是，那男生還否認表示自己有說。當時像是面紙盒、空酒罐等等，惠梨香看見眼前有什麼，就抓起那東西往男生的身上砸。光是如此，還不夠惠梨香宣洩怒氣，最後甚至抓起收在流理台的菜刀。

帶那男生來家裡玩的麗央急忙扣住惠梨香的兩隻手臂，勉強制止了憾事發生，但萬一沒有人出面制止，搞不好惠梨香真的會拿菜刀砸人。「搞什麼東西！妳是怪物啊！」紘子到現在還能在耳邊清晰聽見男生如此撂下狠話的聲音。

對於染頭髮一事，紘子沒有為自己辯解。紘子其實很想在車上先抽根菸，但也是忍了下來。

紘子在自家附近走下車時，惠梨香沒有看著紘子的眼睛，直接毫不客氣地說：

「妳住在這麼好的環境，有必要到我們那種爛地方去嗎？妳是瞧不起我們還是怎樣？」

紘子心裡明白。事情根本沒有誇張到什麼人格被霸占的地步。惠梨香只是心情不好而已。這很正常，每個人都會有口吐惡言的時候；紘子必須這麼說服自己，否則淚水就快奪眶而出。

紘子心想早知道會這樣，昨晚就應該先回家。紘子一早就感到鬱悶，也後悔不應該抱著這樣的情緒打開家門。平常不論是遇到什麼厭煩事，或反過來遇到開心事的時候，紘子都不會把情緒帶回家裡。因為不論自己處在什麼樣的精神狀態，紘子都不願意被母親識破。

一方面因為惠梨香一路狂飆，紘子回到家裡時，才剛過五點半不久。紘子心想母親應該還在睡覺，更是作夢也沒想到父親會在家。

紘子看見父親和母親兩人一臉嚴肅的表情，在客廳促膝交談。

「呃……我回來了。」

因為尷尬的情緒搶在前頭，紘子不由得主動開口說話。父親和母親兩人默契十足地抖了一下身子。不可思議地，不只有父親，就連母親也沒有一副忿忿不平的模樣。「啊，紘子，妳回來了啊。」母親只是看似鬆了口氣地這麼低喃一句。

母親告訴紘子要等到放學後的時間，才會到學校與學級主任面談。紘子本打算睡到要去面談的時間，但鑽進被窩後遲遲無法入睡，比起想睡覺，待在一樓的兩人更教紘子感到在意，所以紘子決定去上學。

紘子沒打算向兩人告知自己準備去上學。然而，紘子從自己房間走下樓，直接往玄關走去時，母親喊住了她。

「紘子，可以跟妳談一下嗎？」

「什麼事？」

不知為何，母親一臉豁達的表情。父親也從客廳走到玄關來。有別於母親，父親顯得相當無精打采。

「紘子，抱歉，一路來讓妳難受了。我跟爸爸決定要離婚。」

「什麼？」

「我們一直在逃避，不肯好好談一談。妳會瞧不起我們也是理所當然的事情。真的很抱歉。所以，拜託妳不要自暴自棄。」

「瞧不起是什麼意思？」這麼脫口而出後，紘子才發現這不是自己該問的問題，而改口說：

「不是啊，自暴自棄是什麼意思？」

母親一副彷彿在說「這個問題還不簡單」似的模樣聳了聳肩。

「今天的面談啊。我不知道妳是看不慣媽媽的生存之道，還是在反抗我們？不過，這些都不重要。就算不願意，未來妳還是必須度過自己的人生。人生遠遠比妳想像中的更加漫長。如果妳不想變成像我這樣，就現在做好決心。一個人可以有所改變的時機，並沒有妳想像中的多。」

母親表現出像在表明自我決心的態度，沒讓父親有機會插嘴說話。母親毫無疑惑的爽朗表情讓紘子看得不禁傻住，而沒能夠立刻開口說話。不過，紘子還滿喜歡母親這般豁出去的態度。另一方的父親顯得沮喪失落。紘子不禁覺得父親看起來蒼老許多。父親與母親兩人的表情形成強烈的對比，讓紘子忍不住做了想像。紘子猜想著搞不好父親提出想回來家裡的要求，結果遭到母親的拒絕。

「那我們晚一點再去學校喔。」

母親說出這句話時，也露出紘子以往不曾看過的爽朗表情。

紘子來到久違的學校，依舊感覺到不自在。班上的同學沒有主動來向紘子攀談，也沒有說出諷刺的話語，大家只是站在遠處望著染了一頭紅髮的紘子。

同學們的視線沒有讓紘子感到在意。紘子在靠窗邊的座位上，托腮凝視著一片晴朗的一月天空。紘子忽然想起母親沒有批評她這頭紅髮，忍不住獨自笑了出來。

下午四點，紘子的父母親來到學校。與紘子沒說過幾句話的導師，以及紘子第一次見到的學級主任臉上，明顯浮現感到困惑的表情。

「我們不確定爸爸媽媽兩位掌握狀況到什麼程度，但紘子同學的上課天數完全不足。照這樣下去，留級的可能性極高。學校方面甚至有意見指出勸告學生自主退學。爸爸媽媽覺得如何呢？不知道家人有什麼想法？」

導師營造出「決定權還是在於家長這方」的氛圍，在臉上浮現無力的笑容問道。父親只是微微歪著頭，母親則是沒有表現出一絲動搖。母親像在強調此刻正是「一個人可以有所改變的時機」似的，保持著毅然的態度。

「我們會讓紘子本人決定要怎麼做。」

「可是，媽媽……」導師開口試圖說些什麼，母親沒有回答導師半句話，而是看著紘子繼續說：

「這是紘子的人生，而且也不是義務教育。她可以自己做決定就好。紘子，妳想怎麼做？」

紘子嘴巴開開的抬頭仰望母親。與母親四眼相交的那一刻，紘子還是忍不住笑了出來。紘子覺得莫名地痛快。

「如果從現在好好來學校上課，有可能不會留級嗎？」

紘子自發性地坐正身子問道。兩位老師，甚至父親都露出感到意外的表情。

「嗯～這很難說。畢竟妳已經好長一段時間沒有來上課了。」紘子沒有理會導師的發言，低頭拜託學級主任說：「拜託老師！我不會再缺課，也不會遲到。我想要好好重新來過，請再給我一次機會。拜託老師！」

紘子這麼說出口後，自己也嚇了一跳。直到剛才，紘子想也沒想過要這麼做。紘子的腦海裡不停響起母親說的那句「做好決心」，內心頓時萌生想要重新來過的想法。

母親輕輕撫摸紘子的背。對母親來說，紘子的轉變肯定是一件非常痛快的事。

「我也在這邊向老師求情，請再給紘子一個機會。」紘子從母親的聲音中，感受到母親有別於平常的意念。

「我不敢保證，但會試著與學校再商量看看。」在取得這句承諾之下回家後，紘子的生活一點一點地步上軌道。

紘子原本抱著死心的想法，心想反正去學校也交不到朋友，但發現自己不過是把頭髮染回黑色，然後每天早上乖乖到學校去，就開始有一定人數的同學會主動向她攀談。現在紘子只要設鬧鐘就會自己起床，到學校上課也不再覺得痛苦。

紘子與母親也相處得不錯。紘子鮮少主動與母親說話，母親主動攀談時，紘子也一樣會感到厭煩。

即便是這樣的關係，紘子與母親還是多了很多一起吃飯的機會。兩人也決定好暑假時搬離這個家，然後租公寓一起住。「我也來努力看看能不能考上東京的大學好了。」紘子不經意地這麼告訴母親時，母親明顯紅了眼眶。

紘子的周遭狀況改變了很多。最大的改變莫過於不再靠近伊予市的公宅。紘子在去年聖誕節還沉溺在公宅裡時早已經與麗央分手。麗央似乎喜歡上其他女生，也幾乎沒有再與紘子聯絡。

進入二月後，紘子在街上偶然遇到愛華。看見紘子後，愛華露出納悶的表情。

「這不是紘子嗎？妳最近都沒有來我家玩耶。偶爾露個臉嘛，沒看到妳很寂寞耶！」

愛華的說話態度實在過於不帶感情，反變成是紘子感到意外。紘子想起了惠梨香，也忍不住猜想起惠梨香的想法。惠梨香家現在肯定也會有很多人進進出出。

我來者不拒，也絕對不追往者；惠梨香曾經笑著說過這句話。對惠梨香而言，紘子的存在會不會也只是一個「往者」？「對耶，紘子最近都沒有來。」惠梨香是不是頂多在偶爾想起紘子時會這麼說一句？

紘子已經超過一個月沒有再去過公宅。期末考結束的二月二十日這天，紘子在回家路上看了手機後，發現收到一封來自陌生信箱的E-Mail。

『我有自己的手機了。』

雖然覺得有點在意，但對方沒有寫上姓名，紘子心想肯定是垃圾郵件而準備收起手機。

這時，對方很快地傳來了第二封E-Mail。

『抱歉，我是陽向。我還不太會操作手機。紘子，妳好不好？少了紘子的家讓人覺得好寂寞。』

紘子的腦海裡閃過陽向顯得不安的面容。陽向是個就算真的覺得寂寞，也不會坦率表達出來的孩子。

陽向在向我求救——

紘子這麼心想時，已經寫了E-Mail寄給母親。

『抱歉！我忘記今天跟朋友有約！今天不用幫我準備晚餐！』

紘子頂著寒風拚命騎著腳踏車，在事隔一個半月後來到伊予市的公宅。抵達公宅之前，紘子的情緒確實相當激昂。

然而，隨著距離公宅越來越近，紘子的心情漸漸變得沉重。等穿過松山市、進到伊予市時，紘子的熱情已經完全熄滅。

即便如此，紘子還是持續踩著踏板，並鼓舞自己說：「陽向在等著我！」就這樣，紘子踏上久違的公宅土地。不知道是不是因為已經跨過一個季節來到寒冷冬季，公宅的氛圍與以往有些不同。

公宅的公園裡停著幾輛不曾見過的摩托車。紘子抱著有些不安的心情，爬上B棟的階梯。天氣冷得彷彿也快要凍結了草木。紘子心想搞不好惠梨香家會關上玄關門，所以先從包包裡拿出惠梨香送給她的備用鑰匙，但在抵達三樓之前菸味已經撲鼻而來，也傳來了一群男生的吵鬧聲。

謹慎地調整呼吸後，紘子伸手握住三〇三室的冰凍門把。亂丟一地的鞋子映入眼簾，明明正值嚴冬時期，卻看見粉紅色拖鞋也混在雜亂的鞋子當中。不知為何，紘子被印在拖鞋上的可愛卡通人物吸引住了目光。

紘子看得入迷時，少根筋的聲音忽然傳進耳裡：

「哇！紘子！也太久沒看到妳了吧！妳怎麼了？」

紘子一抬起頭，立刻被香菸的煙霧燻得就快張不開眼睛。明明還只是傍晚時分，卻已經看見差不多有五個男生，在最裡面的和室裡暢快喝酒。

聲音的主人是紘子第一次到訪這裡時，同樣也是第一次來這裡玩的石川健吾。剩下的四人除了住在這個家的麗央之外，全是陌生臉孔。

「誰啊？」

當中個子最小的男生吞雲吐霧地問道。

「喔，她是麗央的前女友。」

健吾嘻皮笑臉地答道。才一陣子沒見，健吾的耳朵上多掛了好幾個耳環。健吾染了一頭金、黑色交雜的髮色，還留著不適合他的滿臉鬍渣，讓人就算想要奉承，也說不出他帶給人乾淨清爽感這種話。

坐鎮在一群人中央的小個子男人，露出猥褻的笑容。

「前女友來這裡做什麼？不會是來找麗央重修舊好吧？」

小個子男人的話語引來哄堂大笑。「龍二哥，別鬧我了啦。我已經有美優了。」麗央露出感到困擾的表情說道。當然了，紘子對麗央根本毫不留戀。麗央想跟誰交往也不關紘子的事，但眼前的一切讓紘子感到不悅。

一群男人像在試探的目光，一個也不漏地投注到紘子的身上。

「那個，我只是被陽向叫來而已。」

紘子想見的陽向和惠梨香都不在家，取而代之地出現一群陌生男人。公宅恐怕已經不是紘子該現身的地方。瀰漫公宅的氣氛其實沒有改變，改變的是紘子自身。紘子忽然覺得這樣的解讀貼切多了。

紘子不打算再來到這裡。「我要回去了。」紘子在玄關處輕聲說道，並準備轉身離去。這時，身後開關不良的玄關門發出嘎吱聲響打開來，更強一道冷風吹進屋內。

會是陽向，還是惠梨香嗎……有那麼短短一刻，紘子覺得嘎吱聲響像是拯救她的聲音。然而，紘子眼神發亮地回頭一看後，表情瞬間黯淡下來。

「妳杵在這裡不動是在做什麼？還不快進去！」

一名年齡不詳的女子拎著塑膠袋站在門口。女子身穿帶有白色毛領的大衣，大衣在狹窄的公宅玄關處嚴重歪了一邊，反而顯得廉價低俗。

女子是惠梨香的母親，同時是陽向他們的外婆美智子。紘子的聲音根本傳不進美智子的耳裡。

「沒有，我……」

「你們幾個，我幫你們買酒來了！」

「不愧是美智子小姐！」「超酷的！」男生們各個極力讚揚美智子。被一群十多歲年輕男生捧得高高的美智子髮絲，傳來特別香的氣味。

「好了，快進去吧！這裡太冷了啦。」

美智子推著紘子的背部說道。不知為何，紘子沒能夠抗拒。

紘子的腦海裡突然閃過惠梨香之前說過的話：

「有個人，也就是我的媽媽不讓我逃跑──」

看見美智子臉上的卑賤笑容，紘子內心不由得湧上一股強烈的厭惡感。

等陽向回來，就馬上到外面去；紘子這麼告訴自己後，與美智子一起加入酒席。

話雖如此，但紘子沒有喝酒。

「妳是怎樣？從剛剛就一直喝茶。都高中生了，還不會喝酒啊？」美智子一副難以置信的模樣說出刺激紘子的話語，一群男生也順勢鬧起紘子。

當中尤其是健吾的態度最為惡劣。健吾說到第二句時，不知為何說出瞧不起紘子的話語，最後甚至毫不客氣地這麼說：

「這女人只要喝醉酒，就會隨便跟任何人上床。她應該是為了自律才不喝酒的吧？」

紘子根本不曾做過那樣的事情，不禁整個人愣住了。在腦中反芻健吾的話語後，紘子才總算理解了話語的意思。

紘子的酒量還沒有好到會因為喝酒而失去記憶的地步，況且她根本也不喜歡喝酒。至於做愛，紘子也只與麗央做過。

以名叫中矢龍二的小個子男人為中心，一群男人臉上紛紛浮現猥褻的笑容。紘子原本期待著知道實情的麗央會站出來反駁，沒料到麗央反而是笑得最壞心眼的一個。

紘子感到噁心反胃。沒什麼好懷疑的，身為當事人的麗央肯定向同伴們吹噓過一些有的沒的。拿不在場的女人當作嘲笑的對象；紘子最厭惡男人這種得意忘形的舉動。畢竟自己以前幾乎每天待在公宅裡打混，所以紘子本來不想打壞氣氛而一直保持著沉默，但一想到再也不會來到這裡，紘子也就不覺得害怕。

更大的原因是，一想到陽向必須一直在這個家生活下去，就讓紘子覺得一定要說點什麼才行。

「我說——」

然而，紘子沒能把話說完。美智子用手摀住紘子的嘴巴，不讓紘子有機會做出任何發言。

美智子直接拿著啤酒罐喝酒，一副一點也不好吃的模樣吃著自己買來的洋芋片。美智子壓低頭抬高視線看向紘子。

「不要做沒意義的事。」

不可思議地，紘子不覺得美智子是在對她說話。美智子的視線只投注在紘子身上，但不知為何，她的聲音就是無法直直傳達過來。

「什麼意思呢？」

美智子帶著挑釁的意味一直凝視著紘子好一會兒後，一副感到無趣的模樣哼了一聲。

「我的意思是如果沒辦法憑拳頭打贏這些傢伙，做出反抗也是白費工夫。反正打不贏，一開始就沒必要去爭什麼。」

「我無法接受。」

「無法接受也無所謂。總之就是太麻煩了。你爭我吵，然後大打出手，這樣或許可以得到一時的痛快，但最後會被惹哭的還是我們。男女之間的這種模式已經定型。他們可以逃之夭夭。男人就是一種會自己在那邊慾火難消，等到宣洩過後，還能裝成什麼事都沒發生過的動物。永遠是女人這一方被迫要扛下沉重的負擔。男女之間一開始就是不公平的關係。既然知道是不公平的爭鬥，不如不要去爭鬥還比較好。我有說錯什麼嗎？」

以健吾為中心，一群男人開玩笑地發出勇猛叫聲，那表現簡直像在肯定自己雄性的存在。

紘子感到懊惱不已，一時之間也沒能夠找到反駁的話語。不知為何，紘子有種惠梨香被玷汗了的感覺。

「我要回去了。」

紘子緊咬住嘴唇，站起身子。美智子見狀，一副感到厭煩的模樣擺動手腕說：

「好啊，要走就快走吧！別再來了！這裡不是妳這種人該來的地方。」

紘子沒打算做出任何回應。只不過，紘子怒火中燒，就連看見夾在門下的門擋，都覺得可恨。

使出全力踹飛門擋，用力甩上玄關門的那一刻，紘子的淚水不停潸潸落下。

紘子一邊拚命擦拭眼角，一邊衝下階梯，急忙跨上腳踏車。就在紘子像逃跑似地準備離開公宅時——

「紘子？」

紘子一直想聽到的悅耳聲音，讓她停下了腳步。紘子不由得暗自埋怨起對方何必偏偏選在這時間點出現。紘子事隔多日來到這裡找對方，自己卻哭得唏哩嘩啦。紘子本是為了解救陽向而騎腳踏車奔來，現在自己卻淚流滿面，這樣是要如何解救陽向？

紘子說什麼也不能讓看見陽向看見她的臉，所以不敢轉過身子，沒想到陽向毫不留情地飛奔過來。「欸，紘子，妳是不是來找我的？」陽向也沙啞著聲音。

一陣子不見，陽向長高許多，看來早晚有一天會被她追過去；紘子的腦海裡浮現這般不合當下氣氛的想法，但怎麼就是說不出口。

「嗚嗚，陽向……」

紘子讓腳踏車倚在圍牆上，低著頭握住陽向的手。陽向下意識地搓著紘子的手。

紘子知道如果說明了自己為何流淚，只會使得陽向痛苦。對紘子來說，事情很容易解決，只要別再來這裡就好。然而，對陽向來說，公宅的生活正是她的日常。陽向必須繼續在這裡度過好幾年，搞不好一輩子都無法離開這裡也說不定。

公宅就像是一灘泥沼，會慢慢把人帶到地獄最深處。

紘子記得有一次在公宅迎接偏遲的早晨時，還沒完全清醒的朦朧腦袋裡浮現過這樣的想法。身處在這灘泥沼之中時，讓人感覺特別舒服。在遠離公宅好一段時間後，紘子終於明白了這灘泥沼會讓人覺得舒服的原因。

因為聚集到公宅的所有人，全都放棄了抵抗。每個人都妥協於自己的人生。

事隔多日又重新開始每天上學後，紘子感受到強烈的衝擊。紘子就讀的明明不是什麼高升學率的學校，每個學生卻都沒有放棄任何事物。明明沒有被保證一定能夠擁有明亮的未來，大家卻都對自己的未來懷抱期待，也抱有期待所伴隨的焦慮心情。

在公宅，完全看不到這些情緒。公宅的人們互舔傷口，沉溺於短暫的愉悅。大家試圖藉此度過自己一片茫然的人生、度過當下。

對他們來說，公宅才是全世界。他們甚至對近鄰的松山市發生過什麼，也絲毫不感興趣。他們覺得在愛媛、在四國、在日本、在地球上所發生的一切根本就像虛構的一般，也不會想要了解報紙或新聞節目的內容。

對於只存在這種人的環境，還是個小學六年級生的陽向會做出什麼樣的解讀？陽向是個遠比紘子聰明的孩子，她不可能沒有懷抱紘子此刻感受到的無力感。

有人會站在陽向這一邊嗎？我可以只自己一個人逃跑嗎？我是不是應該以自己為示範，讓陽向知道如何生存下去才好？紘子忽然思考起這些事情。

紘子遲遲沒能開口說話，陽向臉上的困惑神色也越來越濃。這時，背後傳來悠哉的聲音，解救了不知所措的兩人。

「咦？紘子，妳在做什麼？好久沒看到妳了呢～」

對啊！有人會站在陽向這一邊！不論面對再如何煎熬的環境，絕對有一個人會站在陽向這一邊。

「討厭啦，惠梨香姊～」

紘子大聲呼喊惠梨香的名字，先是甩開了尷尬的氣氛，然後就這麼趴在惠梨香的肩上。紘子全身顫抖，隨時就快哭出聲音來。雖然沒有勇氣看惠梨香的臉，但紘子想像得出惠梨香的表情。惠梨香肯定把與陽向像是一個模子刻出來的眉毛垂成了八字眉，一臉困惑至極的表情。

惠梨香一句話也沒說地伸長手臂抱住紘子，搓著紘子的背。即便隔著大衣，紘子還是感受到了惠梨香的掌心熱度。

紘子像是要彌補沒見到面的一個半月時間似的，放肆地向惠梨香撒嬌。看見紘子的撒嬌模樣，惠梨香說出令人意外的話語：

「謝謝妳願意回來。我最後那次對妳說了很傷人的話，到現在都還覺得很沮喪。」

惠梨香的話語瞬間感動了紘子。「妳是瞧不起我們還是怎樣？」那天早晨的這句冷漠話語，至今仍烙印在紘子的腦海裡。

紘子正準備回答時，惠梨香搶先一步繼續說：

「不過，妳也要跟我說對不起。妳要跟我道歉沒有遵守諾言。」

「諾言？什麼？」

「妳剛剛叫我『惠梨香姊』，對吧？我們不是說好不要再這樣叫我了？」

紘子戰戰兢兢地抬起頭。惠梨香一臉調皮的表情笑著。雖說只是短暫片刻，但惠梨香的柔和笑臉能夠為紘子療傷，也讓紘子至今仍嚮往不已。

紘子再次把臉埋進惠梨香的懷裡，也用著調皮的口吻低聲說：「謝謝。對不起喔，媽媽。還有，我回來了。」

這天晚上，人在東京的哥哥簡直像有不好的預感似的打了電話來。哥哥總是如此。他平常明明是個就連接到紘子的E-Mail也不會回覆的人，卻會在紘子遇到什麼狀況時，挑準時間打電話來，讓紘子都快忍不住懷疑起哥哥可能躲在某處監視著她。

『沒什麼特別的事，我只是在想不知道妳最近過得怎樣？』

紘子在公宅受到諸多言語攻擊而飽受恥辱，與惠梨香和陽向重逢而深感喜悅，但這些情緒都被推到了一旁。與美智子第一次交談時所感受到的不悅感，一直在紘子心中揮之不去。

「哥哥，東京怎麼樣？」

『什麼？哪有這麼抽象的問題？考試會出這種題目嗎？』

「我又不像哥哥那麼聰明。」

『妳這什麼回答？既然這樣，就好好讀書啊。在這個不公平的社會，讀書是人們被允許擁有的少數武器之一。搞不好還可能是唯一的武器。』

「這什麼說法？像在講大道理。」

『不過，我個人覺得這是事實。當然了，我不認為每個人都有對等的機會。有些小孩像我們一樣可以從小就上補習班，實際上也有一些小孩的父母會說有什麼好讀書的。不過，那跟自己選擇放棄完全是不同一回事。想要怨嘆自己所處的環境，就先好好讀書，讓人看見妳很努力想要爬出那環境，才夠資格怨嘆。這個國家勉強還有公平的舞台，可以讓用功讀書而變得強大的人好好展現。』

哥哥還是小學生時，就已察覺到這個事實。因為怨嘆自己所處的環境，所以哥哥卯足勁地讀書，最後贏得「不需要接受可恨父親的援助」的結果。哥哥沒有因為這樣就滿足，而是更加用功讀書，成功考上第一志願的國立大學。

一路來，紘子就在一旁親眼見證哥哥為了生存所付出的努力，所以能夠毫無抗拒地接受哥哥的發言。不過，紘子不認為哥哥的話語能夠傳達到公宅那群人的心中。抱著徹底放棄心態的那群人想必連聽都不想聽吧。他們會替自己找藉口說「我們跟你這個公子哥不一樣」，若是美智子，肯定會嗤之以鼻。

不過，只有一個人，哥哥的話語應該能夠傳達到陽向的心中。紘子生起想要把哥哥的話語傳達給陽向的念頭。不，搞不好陽向早已有所察覺。紘子想到陽向每天自己一個人起床去上學，放學後在圖書館看參考書的身影，忍不住懷抱起期待。

「哥哥，謝謝你。」

『不是啊，我沒有要妳跟我道謝，我是在問妳要不要也來東京？』

「下次再告訴我東京是個什麼樣的地方喔！」

『什麼？』

「啊！對了，哥哥。」

『怎樣？』

「恭喜考上大學。哥哥果然很厲害，我這個當妹妹的很自豪呢！」

『不是啊，等一下，妳到底有沒有聽懂我在說什麼？』

紘子也知道自己答非所問。哥哥的困惑心情可想而知，但紘子恨不得馬上找陽向說話，於是急忙掛斷了電話。

2013年4月

放寒假後，紘子開始重新進出伊予市的公宅。

升上當地國中的陽向熱烈地表示歡迎，從那天後，惠梨香也一有機會就會寫E-Mail把紘子叫來公宅。

可能是因為受到惠梨香的看重，曾經讓紘子內心好不平穩的中矢龍二和石川健吾那群男生，都表現出沒發生過任何事的態度接受了紘子。雖不確定是否真的與麗央在交往，但事隔多日再碰面時，山本美優也摸了摸紘子的頭說：「妳回來了啊，紘子。今天比較晚回來喔！」

待在公宅果然讓人覺得很舒服。紘子洗心革面，奮發圖強地用功讀書後，期末考一科又一科地考得高分。儘管如此，最後學級主任還是帶來必須留級的消息，對受到這般打擊的紘子來說，沒有任何地方比公宅更能帶來療傷的效果。

說來說去，這應該就是紘子又回到公宅的最大原因。對受了傷的紘子來說，公宅的同伴們最具有療傷的效果。

紘子抱著不安的心情坦承自己被留級後，引來大家的捧腹大笑。

「我還以為妳會很機靈呢！虧妳還特地把頭髮染黑，那麼認真地讀書！」惠梨香笑得合不攏嘴。紘子雖不明白有什麼那麼好笑，但惠梨香的大笑拯救了她。

「學校這樣太奇怪了！看見一個學生願意洗心革面好好讀書，學校卻棄之不顧，這算哪門子教育？」母親的語氣激動，與惠梨香一樣也流下了眼淚，只不過兩人的眼淚屬於不同性質。比起母親的反應，紘子不得不說惠梨香的反應讓她覺得好受太多。

我去圖書館讀書、我跟朋友出去玩、我去學校一下……放寒假後，紘子硬是擠出各種理由外出。

母親沉默不語地凝視紘子。媽媽相信妳，拜託不要再讓媽媽傷心了。

雖然母親沒有這麼說出口，但眼神勝過一切話語。紘子不禁覺得母親的舉動像在討人情，但不會像以前那樣忿忿不平，而是深深感到過意不去。

不過，只要壓抑住這般心情去到公宅，那裡的家人、同伴們就會為紘子揮去愧疚。

紘子自認絕對沒有被混濁的氣氛吞噬。好一段時間，不論受到任何人慫恿，紘子一概菸酒不碰。紘子會盡量趕在晚餐時間前回家，這陣子也不會在公宅過夜。有時紘子還會帶著陽向去到伊予市的圖書館，用功讀書到圖書館關門的時間。

不可思議地，重新開始進出公宅後，紘子變得比以前更認真讀書。一方面是因為牢記著哥哥說過的「讀書是武器」，另一方面則是因為公宅裡有太多讓紘子覺得不能一直在這裡止步不前的因素。每次直視到同伴們放棄一切的生存方式，紘子就會更加強烈懷抱「我要對自己的未來抱以期待」的想法。

紘子的心態可說相當矛盾。紘子覺得與大家相處在一起很開心，也因為大家的存在而得到拯救。明明如此，紘子卻不想自己變成跟大家一樣。當然了，紘子沒有瞧不起大家的意思，她也沒打算說出自己的想法。甚至在陽向面前，紘子也沒有坦承說出真心話。

不過，紘子知道惠梨香肯定早已識破她的心聲。

「我說紘子啊，妳現在又經常來這裡，但真的不要勉強啊！畢竟妳跟那幾個傢伙不一樣。」

惠梨香心情特別好的時候，經常會帶著紘子一起去買東西。哪怕頂多只是去到步行十分鐘即可抵達的藥妝店，紘子還是很珍惜能夠一人霸占惠梨香的特別時光。

「明明是媽媽自己寫E-Mail叫我來的耶？」

現在紘子已經可以很順口地稱呼惠梨香為媽媽。尤其在兩人獨處時，紘子說起話來也會很自然地變得輕率。

「那當然是因為有妳在家比較開心，我才會邀妳來啊。不過，就像我因為想邀妳來，所以寫信邀妳，妳想拒絕時，也要學會拒絕才行。畢竟我不知道像妳這樣家教好的孩子什麼狀況才叫作『一般』。我會擔心阻礙到妳的未來。」

惠梨香坦率吐露出自己的這般心情，使得紘子感到無比落寞。紘子覺得惠梨香彷彿在說：「我跟妳生活在不同世界。」紘子明明自己也抱有這樣的心態，被惠梨香點破後，內心卻又會產生渴望。

紘子不認為惠梨香是在耍心機。

不過，紘子發現每次只要惠梨香試圖與她劃清界線，她就會意氣用事地前往公宅。

進入四月後，紘子再次以一年級生的身分上學。除了紘子之外，還有三人留級，包括兩個男同學和一個女同學。女同學早在四月前已辦理退學，兩個男同學則是在校內外都出了名的小混混。

紘子可預想到即將展開痛苦的校園生活。雖然做好了心理準備，但面對新生們從遠處投來的目光、嘲笑，以及來自部分男同學帶有惡意的「學姊」稱呼，紘子的內心沒多久便發出哀號。紘子咬緊牙根到學校上課，但只撐過第一個星期。在可看見與心情形成對比的美麗櫻花盛放、蔚藍天空的另一端彷彿可透視到宇宙的晴朗日子的早晨，紘子勉強來到校門口，但就是鼓不起勇氣跳下腳踏車。等到紘子察覺時，已經就這麼騎著腳踏車在前往伊予市的路上。

在抵達公宅前，紘子全身被後悔以及害怕的情緒綁得緊緊的。紘子知道一旦今天逃跑，明天將會更加舉步維艱。現在去了公宅，也不能解決什麼問題，紘子早已痛切體會過短暫片刻的療傷一點意義也沒有的事實。

現在回頭還來得及。就算遲到，也應該去學校上課才對。紘子不停在腦海裡這麼催眠自己，但最後還是來到了公宅。

不知道該說是幸運還是不幸，這時恰巧只有陽向在家。

「咦？紘子，妳怎麼來了？不是要上課嗎？」

一身便服打扮的陽向顯得訝異地問道，臉上卻浮現若是長了尾巴，此刻肯定甩個不停的表情。

「我才想問妳怎麼會在家呢？」

「今天是我們學校的創辦紀念日。」

「喔，原來是這樣啊。其他人呢？」

「媽媽說今天開始有新工作。姊姊和哥哥昨天晚上就沒回來。」

「所以，只有妳一個人在家？」

「嗯，家裡太安靜反而靜不下心來，我正打算去圖書館讀書。妳要不要一起去？」

「喔，好啊，一起去吧！」先這麼回答後，紘子不經意地環視起屋內。屋內還殘留著菸味，四處可見酒精飲料的空罐和空瓶散落。明明如此，早晨的公宅卻不可思議地與夜晚完全切割開來。夜晚的混濁空氣已不知消失到何方，屋內充斥著全新的空氣。

紘子最喜歡這個彷彿象徵著可以重新來過的時段。明明紘子家更能充分曬到早晨的陽光，紘子卻甚至覺得公宅的早晨空氣比較新鮮。

「陽向，去圖書館前要不要先繞去海邊？」

「我是無所謂，但去海邊要做什麼？」

「就突然想去。今天天氣這麼好。」

「嗯～是喔。不過，我其實不太喜歡海。」

不知道陽向是否知道惠梨香也說過類似的話？紘子這麼心想後，不由得露出微笑說：

「陽向，妳有沒有地圖集？」

「地圖集？我有學校發的。」

「那我們就帶學校發的地圖集去。走吧，會很舒服的～」

陽向一臉納悶的表情，但紘子沒有說明原因便率先走出家門。

紘子經常一個人來海邊，也曾經與惠梨香兩人來過。不過，這倒是紘子第一次與陽向來到海邊。

來到公宅附近的新川海岸，可看見大海幾乎呈垂直地朝向西方延伸。新川海岸的黃昏特別美麗，不知從何處聚集而來的人們，好比說牽著小狗來散步的人，或是親子遊客，都會露出自豪的表情眺望染上一層橙色的景色。

白天時間來到這裡，紘子看見了截然不同顏色的大海。一方面也是因為天氣特別好的關係吧，宛如一面鏡子的水面上，映出天空的湛藍，瀰漫著莊嚴的氛圍。海灘上不見其他人影，紘子與陽向兩人獨占了清澈無比的空氣。

「哇～好舒服喔！」

陽向大大伸著懶腰說道，難以想像她原本還不太想來海邊。紘子想起惠梨香有一次也在這裡做出同樣的動作，暗自心想惠梨香與陽向兩人果然很像。紘子一直很羨慕她們兩人有著血緣關係。

「紘子，妳現在又會來我們家，我真的很開心。」陽向一副難為情的模樣轉身說道。

「怎麼突然說這個？」

「老實說，我經常自己一個人來這裡。」

「真的啊？」

「嗯。當我覺得在那個家找不到屬於自己的地方的時候。當我覺得討厭姊姊、討厭哥哥、討厭美智子小姐、討厭所有人的時候，大多會跑來這裡。我不是因為喜歡這裡，但也沒有其他地方可去。」

發現陽向沒有點名到惠梨香，紘子不由得鬆了口氣，然後點點頭說：

「妳可以約我一起來啊。」

「如果妳在家，就沒必要來這裡啊。妳在的時候跟不在的時候，那個家的氣氛完全不同。」

「沒那回事吧。」

「有那回事。畢竟妳不知道妳不在的時候，那個家是什麼狀況。最主要是媽媽的心情完全不同。媽媽最喜歡妳了。喜歡到姊姊都會忌妒的程度。」

「真的沒那回事啦。」

「真的有啦！上次我聽到姊姊跟美優說：『我們家的媽媽過分不區分自己的小孩跟別人家的小孩。』雖然美優笑著說：『那是惠梨香姊的優點啊。』但我覺得姊姊那時候是認真的。」

陽向用著開玩笑的口吻說道。紘子內心感到驕傲的同時，也感到胸口一陣隱隱刺痛。

「為什麼不喜歡海？」

紘子莫名地覺得尷尬，於是改變了話題。雖然主動這麼發問，但紘子其實早就知道答案。因為惠梨香以前也回答過這個問題。

海風陣陣吹來，陽向一副感到厭煩的模樣往後撥起瀏海。看著陽向撥瀏海的動作時，紘子才發現陽向稍微染了頭髮。

「這裡會讓人喘不過氣來，對吧？」

陽向像在懺悔似的低喃說道，然後注視著大海繼續說：

「在這裡會讓人莫名地有種永遠也逃離不了這個地方的感覺。會覺得自己被關在這裡。」

「以前也有人說過類似的話。」

紘子刻意沒有指出那個人就是惠梨香。陽向看著紘子露出感到不可思議的表情。

「真的啊，好意外喔。」

「為什麼？」

「因為在這裡看到的那些人都一副很幸福的模樣。我不知道有什麼事情可以那麼開心，但大家看起來真的都很幸福的樣子。」

陽向難得會做出感觸良多的發言，紘子不禁聽得入神。紘子朝向陽向伸出手說：
「陽向，地圖集可不可以借我一下？」
「對喔，我都忘了有帶來。」
「妳把眼睛閉起來一下。雖然不確定能不能成功，但我想讓妳看樣東西。」
從陽向手中接過地圖集後，紘子把地圖集放在沙灘上，翻開到某一頁。確認過陽向確實閉著眼睛後，紘子一邊留意方位和比例尺，一邊用手機拍照。
紘子針對相同構圖反覆拍了三次照片。「紘子～好了嗎？」陽向問道。「好了。」紘子這麼回答後，把手機藏到身後。
「猜謎時間。等一下我會給妳看一張照片，妳猜猜看是哪個國家喔。」
「國家？」
「嗯。某個國家的某個湖泊。」
「什麼？我怎麼可能猜得出來！」陽向抱怨說道。紘子把剛剛拍好的相片拿給陽向看。多虧了陽光，相片裡連文字也無法辨識，使得紘子的出題更加完美。
比起猜不出答案，不明白紘子發問的用意似乎讓陽向更有怨言。即便如此，陽向還是坦率地試著思考答案，那模樣讓紘子覺得可愛極了。
「嗯～英國之類的？」
「為什麼妳會這麼想？」

「因為最近上課正好學到湖區，所以就猜是那裡。」

看見陽向幾乎是胡亂回答，紘子忍不住摸了摸陽向的頭。這下子陽向的腮幫子鼓得更大了。不知所料地，紘子公布答案後，陽向果然瞪大了眼睛。

「這裡呢，就是我們現在所在的地方。」

「什麼意思？」

「意思就是這裡啊。這是四國愛媛縣的伊予市附近的海洋地圖。只是改變一下方位而已，看起來就會完全不一樣，對不對？我只是想知道即使可以像這樣變得完全不一樣，妳還是會覺得被關在這裡嗎？」

紘子其實是想傳達給惠梨香知道。在學校上課時，紘子不經意地望著地圖，望著望著，忽然察覺到一件事。

首先，試著讓朝向西方敞開的伊予市海洋，轉成朝向北方。接著，再試著把地圖框起來，就會發現看起來像是完全不一樣的地形。

四國看起來變得不像四國，九州、山陰地區的樣貌也變得不一樣。伊方核能發電廠所在的佐多岬，與位在大分的佐賀關半島看起來簡直像是彼此相連，如果把連接本州和九州的關門海峽挪到最北的方位，就會變成像一座巨大的湖泊。

陽向鬧起彆扭地嘟起嘴巴說：

「紘子，妳這樣太賊了啦。」

「為什麼？」

「妳剛剛明明說是湖泊啊。」

「看起來不像湖泊嗎？」

「是有點像啦。可是，明明就不是啊。如果一開始就跟我說是海洋，我絕對猜得到的。」

「妳確定？」

「好吧，我說謊。」說著，陽向再次盯著手機看。紘子不禁覺得那模樣可愛極了。

隔了一會兒後，陽向把視線拉回紘子身上，臉上的表情換上了嚴肅的神色。

「我真的離得開伊予市嗎？」

紘子想像得到陽向的腦海裡浮現了美智子、愛華、麗央的身影，恐怕連惠梨香的身影也包含在其中。

「可以的。妳絕對可以。」

紘子的聲音大得連自己都嚇了一跳，但紘子不在意地繼續說：

「妳不是很認真在讀書嗎？妳沒有抱著理所當然的心態接受現在所處的環境，也因此感到焦慮。總有一天，妳絕對可以去到自己喜歡的地方。」

「真的嗎？」

「真的。」

紘子的話語有一半是說給自己聽。很奇妙地，紘子沒有感到難為情，反而更加重語氣說：

「陽向，妳有沒有未來想做什麼的念頭？」
「我怎麼可能有。」
「我看是有喔。妳剛剛不知道隱瞞了什麼。」
「真的沒有啦。不然妳幫我想嘛！」
「嗯？」
「妳幫我想未來的夢想。」
紘子只遲疑了一秒鐘。當她察覺時，已經脫口說出：
「還需要想嗎？當然是美髮師啦！」
「咦？」
「妳的手那麼巧，也有一頭美麗的秀髮。不是啊，妳自己其實也想成為美髮師吧？我知道妳看到大家的頭髮都會很在意，妳現在的頭髮也是自己染的嗎？染得很好看，像專業美髮師染的一樣。」
紘子一邊說，一邊伸手觸摸陽向的柔軟髮絲。陽向沒有表現出感到厭煩的態度，但一副難為情的模樣低下頭。
紘子用力點頭說：
「我們要好好期待自己的未來。」
「未來？」

「嗯。我們兩個接下來都要卯起來讀書，長大後就去東京做自己想做的工作，然後卯起來玩樂。總之，我們要對自己有所期待。絕對會有無敵美好的未來在等著我們。」

一個連好好去上學都做不到的人哪有資格說這種話？紘子不否認自己抱著這樣的心情，但即便如此，她還是想要抬頭挺胸地傳達想法給陽向知道。

正因為陽向還沒有放棄任何事物，才更應該傳達給她知道。

在陽向面前高談美好的未來後，紘子也變得勇氣十足。然而，在黃金週假期結束後，紘子實在難以繼續承受教室裡的冷漠目光，又開始失去到學校上課的勇氣。

白天不論紘子是在圖書館、咖啡店，或在任何地方讀書，晚上大多會回到公宅。

理所當然地，紘子也開始喝酒。在公宅和大家一起說蠢話、一起大笑，能夠讓紘子因為在白天看著身穿制服、與自己同年代的學生而變得乾枯的心靈獲得滋潤。不，應該說紘子只要得到惠梨香的寵愛於一身，就能夠化解內心的不安情緒。紘子明明知道只要清晨一到，就會陷入更加強烈的自我厭惡感，卻怎麼也無法爬出泥沼。紘子心中的矛盾情緒逐漸膨脹。

母親絕沒有情緒失控，而是有耐心地持續鼓勵紘子。這樣的態度反而使得紘子倍感壓力，變得就連與母親碰面也內心充滿罪惡感。紘子期望自己至少在陽向面前能夠保持帥氣的模樣，卻也一直暴露醜態。

到了一直下著煩人梅雨的六月，紘子也不太回家了。每天早上，紘子把臉埋在因為曬不乾而發出霉味的軟墊中拉開窗簾時，勢必會有一片灰色天空映入眼簾，讓她陷入自己一直反覆過著相同一天的錯覺。

公宅一直有許多不同的新同伴加入。雖然當中也有人來過一次就不再出現，但基本上，屋子裡總是擠滿了與紘子同年代的年輕人。

正值梅雨高峰的六月十五日這一天，公宅裡也是擠滿了人。除了比紘子年長兩歲的愛華和美優之外，這兩人中、小學時的學妹、與紘子同年的進藤香織最近也是每晚都會留在公宅過夜。另外還有三個男生，分別是麗央、健吾以及龍二。這天晚上，惠梨香也加入了酒席。

大家互比酒量地大口喝酒，放肆喧鬧。原因是惠梨香在餐飲店打工了好幾個月卻突然辭掉工作。

「我一直看不慣那個愛性騷擾的店長。最後實在是忍無可忍了。那傢伙突然摸我屁股，還在我耳邊說：『下次要不要一起去喝一杯？』等到我回過神時，已經狠狠揍了他一拳。那傢伙說要開除我，所以我回他一句：『你才被開除了！』然後就跑回來了。」

「太酷了！不愧是惠梨香姊！」聽到惠梨香的說明後，美優大聲喝采。其他人也隨之開心地七嘴八舌了起來。紘子不覺得這是值得開心的話題。

被大家捧得高高時，惠梨香會有喜歡誇大渲染的壞習慣。看在紘子眼裡，會覺得惠梨香在這種時候早已失去冷靜，有時也會看出惠梨香說的話處處藏有矛盾和虛假的成分，而感到心情複雜。

「是那女人自己先來對我擠眉弄眼的。」此刻，那個愛性騷擾的店長想必正對其他員工說出這一類的話語吧。男人就是一種只要成群結伴，就會滿不在乎地扯出這類謊言的動物。

紘子曾聽美優說過惠梨香在當地的風評不太好。風評不好的原因想必是來自惠梨香的這些言行舉止。事實上，惠梨香是個本性體貼、表裡如一的人。惠梨香內心有著滿滿的愛，滿到讓人難以想像她是被美智子養育長大。

正因為如此，才讓紘子更覺得懊惱。惠梨香倔強固執、拙於表達，不懂得如何讓自己生存得有技巧。雖然惠梨香的直率態度讓美優等人讚不絕口，但紘子實在難以無條件地表示認同。

「紘子，妳是怎麼了？妳根本沒什麼在喝嘛！」

惠梨香逼著紘子喝酒。如果是在平常，紘子會隨便敷衍一下就讓事情帶過，但一方面因為紘子自身這陣子也每天過著心情煩躁的日子，所以聽從命令地喝起酒來。

「遵命！因為媽媽被臭男人欺負，我乾一杯表示慰勞！」

紘子自嘲地心想：「我的酒量還真是進步不少。我這個只會在那邊自我厭惡卻什麼也不做的人，根本沒資格替惠梨香感到焦躁。」

紘子一口氣喝光惠梨香遞給她的沙瓦後，惠梨香發出嬌嗲聲與紘子互貼臉頰。

「嗯～謝謝妳，紘子。我最愛妳了！」

「我也最愛媽媽了！」

「嗯～紘子～」說著，惠梨香整個人倒向紘子。在這之前，惠梨香一直保持著與平常一樣的興致。在絕對稱不上祥和的氣氛之中，看見惠梨香與紘子的這段互動後，同伴們的臉上與紘子一樣浮現了鬆口氣的表情。

大家好不容易鬆了口氣，卻有一個人以冷漠的目光注視著惠梨香與紘子兩人。

「說什麼愛不愛的，也太白癡了吧？」

如此撂下狠話的人是越智家的長女愛華，愛華一路喝得比任何人都來得猛。

愛華平常不太會發表自我主張。她不會因為擁有姊姊的身分，就表現得很了不起，但相對地也不會為了弟妹挺身而出。

愛華的最大弱點就是酒品差。平時大家總會一起多加留意，以防止愛華酒後鬧事。愛華逮到短暫的空隙突如其來地口出惡言，使得屋內的氣氛瞬間凍結。

所有人都知道惠梨香的眼裡燃起了怒火。健吾察覺到這點後，試圖緩和氣氛而用著開玩笑的口吻說：

「真是的，愛華姊，妳喝太多了啦！難得大家開心聚在一起。我們就開開心心地喝酒，好嗎？」

惠梨香以手勢制止了健吾。

「怎樣？愛華，妳有話想說就說清楚講明白啊！」

所有人的目光集中到愛華的身上。愛華的臉上依舊掛著惹人厭的笑容。

「我剛剛不是說了嗎？我說也太白癡了吧？噁心死了。」

「什麼意思？」

「這樣還聽不懂？叫什麼『媽媽』啊？這個人又不是妳的『媽媽』！抱來抱去的，噁心死了！」

愛華的惡意箭頭突然指向紘子。應該說，愛華從最初就一直對紘子懷抱惡意。紘子早就察覺到這點，但心想搞不好可以順利閃避到底，而一直選擇視而不見。

從紘子又開始成天泡在公宅那時開始，愛華就對紘子看不順眼。雖然愛華不曾像今天這樣當著紘子的面口出惡言，但紘子主動打招呼時，愛華不太會回應，也經常投來冷漠的目光。

重回公宅後，紘子發現一件事。這個家存在著以惠梨香為頂端，由上往下排序的架構。惠梨香不會對孩子們有所區別。然而，這不意味著惠梨香會與所有孩子交流，並展現同等的態度。惠梨香比較像是在把自己的孩子和別人家的孩子攪和成一團之中，建立出階級制度。

以這個角度來說，愛華和麗央的階級可說相當低。惠梨香不喜歡愛華兩人。很多時候可以感受到惠梨香對親生小孩的態度過於冷漠，其態度明顯對愛華兩人與陽向有所區分。在屋內擠滿一大群人的狀況下，聽見親生母親以一句「紘子，我們去買東西吧」邀約別人家的孩子，確實不是一件可以讓人心情愉悅的事。

面對愛華突來的惡言相向，紘子找不到話語反駁。不過，紘子受到強烈的打擊，忍不住在注視著愛華之下哭了出來。

愛華瞪視紘子的雙眼也布滿血絲。麗央咬著嘴唇在一旁靜靜看著紘子與愛華兩人的互動。

龍二和健吾兩人貼近彼此的臉，一臉彷彿在說「這下子有好戲可看了」的惹人厭表情。

陽向低著頭沒說話。沒有人站在紘子這一邊。愛華發出冷冷的聲音，劃破屋內的緊張沉默氣氛。

「大家都很討厭妳那種當自己是主角的態度。」

「等一下，妳說的大家是哪些人？」惠梨香為紘子挺身而出。

愛華一副難以置信的模樣哼了一聲。

「大家就是大家，還能有誰？」

「妳是聽不懂還怎樣？妳說的大家是哪些人？給我名字，我一個個踹飛他們！」

愛華瞪著惠梨香看了好一會兒。最後，從愛華口中溜出來的，是顯得極度無力、像在懇求似的聲音。

「媽媽，妳記得今天是我的生日嗎？六月十五日，妳記得嗎？」

惠梨香輕輕倒抽了一口氣。惠梨香沒有挪開視線，依舊怒氣沖沖的模樣，但明顯看得出她內心的動搖。

「那又怎樣？都已經十九歲了，還好意思提生日？是妳應該拿錢出來貼補家用才對！」

愛華用力搖頭說：

「我不是在問這些事情！我只是在問妳記不記得我的生日？」

「天啊，妳煩不煩啊！既然妳那麼討厭這個家，就快點給我滾出去！」

愛華只是聳了聳肩，沒有再多說什麼便站起身子，真的打算就這麼離開。

事情來得太突然，紘子一時沒能採取行動。陽向急忙想要追上去，但被惠梨香制止了。

「陽向！不用管那傢伙！氣死我了，好好的興致都沒了。今天要給它喝個痛快！」

紘子愣在原地不動時，美優搭起她的肩膀。紘子緩緩轉過頭後，美優一副彷彿在說「我懂妳的心情」似的模樣點著頭。

大家聽話地在惠梨香的慫恿下喝了大量的酒，硬是炒熱氣氛，直到過了凌晨十二點附近居民跑來抱怨，酒席才總算結束。所有人都留下來過夜。男生們全進了麗央的房間，女生們則是把和室收拾乾淨後，睡在地板上。

過沒多久便傳來大家呼呼大睡的聲音。紘子的情緒太激動，遲遲無法入眠。

於是，紘子一直等著愛華回來。其實紘子記得愛華的生日，她打算等愛華回來後說出祝福的話語，並表達歉意。雖然紘子不覺得自己有錯，但因為能夠體會愛華的心情，所以想要讓愛華知道她願意改進自己能夠改進的地方。

紘子躺在被窩裡不知道過了多久後，愛華總算回到只點亮著小燈泡的昏暗房間。

愛華似乎在哭泣。房間裡傳來謹慎走路的腳步聲，紘子的緊張情緒隨之不停上漲。究竟該在哪個時間點開口說話才好？該怎麼道歉才好？

紘子陷入苦惱時，忽然聽見惠梨香喝酒喝得沙啞的聲音：

「愛華，對不起喔。我說了很傷人的話，真的很對不起。明天我們去EMIFULL（註13）買禮物。看妳想要什麼，我都買給妳。」

愛華沒有做出任何回應，就這麼在紘子身旁躺了下來。愛華就近在眼前，紘子只要伸出手，就可以輕易碰觸到她。

然而，紘子卻假裝在睡覺而沒能向愛華攀談。不過是短短一句「生日快樂」，紘子卻沒能傳達出去。

不知道是不是也和紘子一樣醒著在等待愛華回來，新來的香織像代替紘子似地輕聲說：

「愛華，妳回來了啊，生日快樂。」

停頓了一秒鐘後，紘子聽見愛華低聲細語地說：「謝謝，妳真是個好孩子。」

紘子懷抱著孤獨的心情，不敢出聲地默默等待愛華與香織兩人安靜入睡。

2013年6月

比往年來得漫長的梅雨持續下著。在過了愛華生日的六月十五日那天後，新川南公宅三〇三室的氣氛有了些許改變。

表面上沒有任何改變。連日連夜，都會有同伴們像在填補什麼似的來到公宅，身為母親的惠梨香也會平等地接受所有人。

玄關門底下隨時夾著橡膠門擋，宛如在表態公宅依舊來者不拒。不論何時到訪公宅，門後都會傳來同伴們的笑聲、香菸的煙霧、香甜的香草氣味。

公宅只是氣氛上有那麼一點點的改變而已。可是，紘子卻無法不去在意。愛華在生日那天晚上鬧酒瘋，紘子當場被直接點名且受到批評。紘子本想在睡前設法與愛華和好，但最後沒能實現，隔天早上紘子頂著一顆沉重的腦袋醒來時，即看見早一步起床的愛華投來比前一晚更加冷漠的目光。

在那之後，紘子一直感覺到氣氛尷尬。紘子會展現謙虛的態度與愛華接觸，同伴們也會受

註13：EMIFULL的全名為EMIFULL MASAKI，位在愛媛縣的購物中心。

影響地顧慮愛華的感受。

這點身為母親的惠梨香也一樣。就某層面來說，那天晚上讓愛華感到受傷的惠梨香，表現得最為明顯。「這個人又不是妳的『媽媽』！」那時愛華說出了這句話，惠梨香因為顧慮到愛華的心情而開始與紘子保持距離。

最近惠梨香經常與每天來公宅報到的香織交談。對於與自己同年的香織，紘子最初也覺得她是個好女孩。

香織不但擁有搶眼的外表，也相當聰明伶俐。她就讀的愛媛中央高中，在松山市內算是頗有名氣的學校。與同伴們交談時，香織總是會引導話題的那個人。香織也能大方地與男生或學長姊接觸，這樣的表現讓她獲得表裡如一的評價。

乍看下，香織給人的感覺與公宅顯得不搭嘎。紘子聽說過香織是愛華和麗央就讀當地學校時的學妹，但總覺得想不通香織這樣的女孩怎麼會進出公宅。

直到最近，紘子才從香織本人口中得知原因。那時是平日的白天時間，公宅難得出現只有紘子與香織兩人在家的罕見狀況。

紘子並不覺得自己不善於與香織相處。明明如此，這天卻是與香織一直話不投機，就連香織坐在和室的窗戶邊看書也讓紘子覺得不自在，所以準備悄悄離開。

這時，香織忽然喊住了紘子。

「妳為什麼要泡在這裡？」

香織的聲音跟平常有些不同，再加上香織沒有從書本上挪開視線，所以紘子隔了好一會兒才察覺香織是在對她說話。

「妳幹嘛一直發呆啊？」

香織總算闔起書本，把視線移向紘子。

「喔，沒事。抱歉，妳剛剛說泡在這裡？」

「妳不是住在松山嗎？我聽說還是住在持田町。我一直想不通到底是什麼原因讓妳會想要從那裡特地跑來這裡。」

「沒什麼特別的原因，我只是覺得待在這裡很舒服。」

「很舒服？」

「嗯，畢竟我家不曾有過像這裡這樣一大群人到家裡來玩的狀況。」

「是喔，很舒服啊。」香織自言自語似地低喃道，那聲音聽起來帶有嘲笑的意味。

「妳為什麼會來這裡？」

紘子反問道，但絕非想要反擊，而純粹是感到好奇。香織一副沒什麼特別原因的模樣聳起肩膀說：

「我只是來消磨時間而已。」

「是喔。」

「我是可以跟學校的同學一起混，但大家都要補習什麼的。可以讓我們待到大半夜的地方其實挺少的，對吧？對我來說，這裡算是個方便的地方。」

「喔～原來如此。」

紘子想起有一次曾經聽美優這麼說：「香織家其實也挺複雜的。」雖然紘子那時對香織的話題不太感興趣，但印象中是因為香織的父親好幾年都沒有回家。

「方便的地方。」香織的這句話讓紘子覺得寶貴的存在被玷汙而內心生起厭惡感，但還不至於覺得香織帶有惡意。

香織不以為意地接續說出的話語，才真的讓紘子不由得感到憤怒。

「妳不覺得觀察這個家的人很有趣嗎？不管什麼時候，他們都覺得自己很特別、覺得自己是被害者。應該說，他們的視野很狹窄吧。每次只要來這裡，就覺得幸好還有事情可以讓我覺得不安。在他們身上，看得到很多可以提醒自己不能變成那樣的言行舉止。」

「啥？什麼意思？」

「什麼什麼意思？」

「不是啊，妳突然口出惡言，害我嚇一跳。妳總不會在大家面前說這些話吧？」

「怎麼可能說這些話。」

「既然這樣——」

「因為我知道妳也跟我一樣啊。」

香織一副滿不在乎的模樣說道。

「什麼意思？」

「天啊，太佩服妳了！妳還要裝啊？」

「不是，我沒那個意思，我是真的不懂妳在說什麼。」

「我知道了，妳想自己一個人當乖寶寶就對了。既然妳想這樣，那也無所謂啦。不過，大家其實都感覺到了。」

「感覺到什麼？」

「就是妳看不起這個家的人。妳心裡會想反正他們跟妳屬於不同世界的人，對吧？」

「我沒那麼想。」

「妳確定？妳確定自己真的沒那麼想？那我問妳，妳想像得到未來也會跟這個家的任何一個人繼續往來嗎？」

「這——」

「妳或許沒有自覺，但說穿了，妳也是在消磨時間而已。妳絕對瞧不起這裡的一家人，也瞧不起來這裡的所有人。我會這麼說不是在批評妳。因為我也是一樣的心態，所以能夠體會妳的心情。我只是想告訴妳好歹要有自知之明，不要自己一個人在那邊裝出乖寶寶的樣子！」

香織一副懶得繼續聊下去的模樣用鼻子笑了笑後，緩緩把視線拉回書本上。紘子發愣地望著香織的身影，心裡感到很受傷。「妳想像得到未來也會跟這個家的任何一個人繼續往來嗎？」紘子感到受傷的原因是當聽到香織這麼詢問時，自己沒能夠立刻回答「陽向」或「惠梨香姊」。

紘子不會有香織總算露出本性的想法。即便是面對惠梨香時，香織也是不以為意地表現出像與平輩說話的態度。機敏的表現就不用說了，香織的脫俗氣質和服裝等等，每一樣都完全符合惠梨香的喜好。

當中最吸引人的地方，莫過於香織說得一口完美的標準腔。聽說香織在關東地區住到小學二年級，她的發音不會帶有伊予腔。香織能夠說出像在電視裡聽到的標準腔，更值得佩服的是，那發音不會讓人聽了覺得在嘲諷鄉下人。

對於東京，惠梨香抱有強烈的自卑感。惠梨香凝視香織時的目光裡，甚至夾雜著淡淡的嚮往神色。

香織變得越來越有存在感。

這部分與惠梨香偏袒香織的程度成正比。

梅雨季結束後，進出公宅的年輕人更多了。當中特別是香織帶來的男生人數變多了。香織以「為了幫愛華找新男朋友」為由，每天帶著不同男生到訪公宅。

麗央和健吾會以公宅的學長身分，蠻橫對待這些新來的男生。他們一大早就開始喝酒，硬逼酒量差的男生乾杯，然後哈哈大笑地拿出電動推剪，把醉倒的男生剃成平頭。雖然紘子不至於也受到波及，但看著那場面讓她感到極度不悅。

愛華也會跟著一起耍壞，至於香織，她簡直把自己當成了統治者，對一群男生煽風點火。

自從開始與男生帶頭者的中矢龍二交往後，香織那旁若無人的態度簡直不堪入目。從這時期，男女情事開始被帶進公宅。

香織和龍二無時無刻不在房間裡卿卿我我。愛華也會配合地開始找某個男生當對象。

愛華和男人在一起時會像失去思考能力一樣，看得紘子甚至真心懷疑過愛華是不是被下了藥。只有惠梨香在家時，大家還會勉強表現得安分守己，一旦惠梨香出了門，就會迫不急待地播放起鐵克諾音樂（註14）。隨著音樂響起，大家就會像接收到暗號似的，讓房間化身為多人雜交的派對場地。

聽鐵克諾音樂讓紘子感到痛苦。更教紘子感到不悅的是，沒有一個人顧慮到現場有一個還只是國中生的陽向。尤其是愛華的醜態簡直到了讓人無法容忍的地步。愛華完全以女人的喜悅為優先，毫不在乎弟弟妹妹的目光。

陽向一個人鬱悶不已。紘子不確定惠梨香掌握現狀到什麼程度，但惠梨香不可能毫無察覺。只不過，惠梨香從沒有警告過哪個人。應該說，惠梨香看起來像是因為不知道該如何警告，而被這件事惹得心煩氣躁。

即便如此，紘子還是說什麼也不覺得惠梨香是個失敗的母親。當然了，如果想到陽向的窘境，確實會有一些感觸，但就算因此被扣了分，紘子還是覺得不能單方面地給惠梨香定罪。若是

註14：鐵克諾音樂（Techno Music），又譯「高科技舞曲」，是一種電子音樂，發源於80年代中期到晚期的密西根州底特律市。

顧慮到陽向那麼喜歡惠梨香，這樣的想法更是強烈。

惠梨香欠缺身為母親的自覺，但並非因此才造成目前的現狀。紘子有時反而會覺得惠梨香是母親的象徵。惠梨香對孩子們的愛意太強烈、太想要把愛灌注到每個孩子的身上，才會形成此刻的窘境。

「我一直都是自己一個人，就算有人陪我，也都是跟我媽媽兩個人而已。那真的會讓人覺得快喘不過氣來。家裡有很多孩子，孩子們又會帶很多朋友來家裡玩，我一直嚮往擁有這樣一個家。」

紘子第一次見到惠梨香時，惠梨香曾經這麼說過，惠梨香也照著她的發言接受無處可去的孩子們，使得公宅聚集了許多孩子。

當然了，並非因此就表示這是理想的局面。在某個時期以前，公宅的氣氛確實就如惠梨香所描繪的理想家庭，但此刻的公宅不可能是惠梨香所嚮往的家庭。忘記愛華生日一事，想必讓惠梨香比愛華更感到受傷。惠梨香明明察覺到陽向的異狀，卻因為不知道該為了陽向怎麼做而陷入混亂之中。

不知從何時開始，公宅的房間宛如擁有自我意識般逐漸膨脹。房間孕育著彷彿隨時就要爆裂開來的危險氛圍，且早已超出惠梨香所能控制的範圍。公宅本身已漸漸失去理智。

這是妳自己種下的惡果！紘子或許可以這麼對惠梨香撂狠話，但就是做不到。

因為毫無理由地，紘子就是喜歡惠梨香。

還有更重要的一點，紘子知道如果自己選擇放棄，將會使得陽向變成孤單一人，這讓紘子比什麼都害怕。

事隔多日，紘子在持田町的自家醒來。「早安。早餐呢？妳要吃吧？」穿上制服下樓來到客廳後，母親這麼詢問紘子。母親深信著紘子每天乖乖去上學。

「沒關係，我自己弄早餐就好。妳要去上班了啊？」

「對啊，今天一早要去今治談一個重要生意。」

「是喔。媽媽，妳最近好像過得很不錯呢。」

紘子沒有刻意要討好母親的意思，而是很自然地這麼脫口而出。自從開始工作後，母親每天看起來真的都一副精神奕奕的樣子。

「幹嘛啦，不要鬧我好不好！」

「我沒有在鬧妳啊，我是真心覺得妳過得很好。」

「真的嗎？謝謝。那我先出門囉。千萬記得要關瓦斯喔。」

今天一定要去上學。今天一定要去……紘子每天都會這麼告訴自己。今天絕對要去上學！這麼下定決心後，紘子以現有的食材做了早餐。先確認冰箱裡有涼拌菠菜和味噌湯後，紘子用微波爐加熱白飯，煎了火腿和荷包蛋豪邁地鋪在白飯上。「我開動了！」對著空氣這麼說之後，紘子打開平常不太會收看的電視。

電視正在播放晨間資訊節目，節目中恰巧播報起今日運勢。「才要展開美好的一天就被唱衰。」父親還在家時，總會感到厭煩地這麼說，紘子因為受到父親的影響，所以也不太喜歡這類的算命資訊。

明明如此，紘子的目光不知為何卻被電視畫面深深吸引住。紘子拿著遙控器，手指動也不動。紘子是九月生的處女座，至少在得知處女座今日運勢最差的當下，就應該轉到其他頻道。哪知道紘子乖乖地收看到最後，聽了正是所謂「才要展開美好的一天就被唱衰」的內容後，心情頓時低落到了極點。

『很抱歉，處女座的朋友們今天將會度過慘不忍睹的一天。你搞不好會被意想不到的哪個人扯後腿。建議處女座的朋友們保持低調度過今天。』

紘子勉強讓自己振奮精神，跨上腳踏車。從自家騎到學校約十分鐘路途上，收看今日運勢時聽到的那句彷彿瞧不起人似的「很抱歉」，一直在紘子的腦海裡迴盪。

最後，紘子因此替自己找了藉口。抵達校門口時，紘子甚至覺得噁心想吐，於是就這麼騎著腳踏車往伊予市出發。

前一晚惠梨香出門去參加新職場的歡迎會，所以屋內的狀況比平常更加瘋狂失控。在如此教人心情鬱悶的夜晚，儘管不捨看見陽向戴著耳機在客廳翻著參考書，紘子還是比大家早一步回家。

紘子花了約一個小時抵達公宅時，不用說也知道同伴們各個酣睡如泥，當中還有人半裸著身子。紘子感受到今早的公宅仍殘留著前一晚的濃濃氣息。惠梨香不知道去了哪兒過夜，到現在還沒有回來。

以前還有女生房間和男生房間的區分，但如今早已不存在。同伴們大多半裸著身子或只穿著內衣褲，東倒西歪地躺在地上。

陽向沒有闔上教科書，就這麼趴倒在桌上。陽向把頭髮染成更淺色，最近變得喜歡穿美優送她的花俏服裝。陽向翹課的日子也變多了，但包含紘子在內，沒有任何人出聲告誡。

紘子保持安靜地收拾起桌面，以免吵醒陽向。收著收著，紘子發現太多地方讓人看不下去，忍不住打掃起餐廳。

隔了一會兒後，美優起床了。

「早。」

有別於愛華等人，美優沒有衣衫不整。光是這點便足以讓紘子安心地露出微笑。美優見狀，微微歪著頭說：

「有什麼好笑的嗎？」

「沒有啊。美優姊，妳要不要喝咖啡？」

「嗯，給我一杯好了。」

美優慵懶無力這麼回答後，在餐廳的桌子前坐了下來。不知從何時開始，紘子變得經常與美優交談。

不對，紘子其實記得明確的時間點。也就是從進出公宅的人數一口氣增加許多、場面漸漸失控那時開始。「紘子，這裡以前會讓人覺得這麼不舒服嗎？」美優自言自語似地這麼詢問時，紘子忽然覺得美優的聲音莫名地可靠，也在心中留下深深的烙印。

「妳真的跟別人很不一樣。」

喝了一口紘子泡的咖啡後，美優低喃道。

「哪裡不一樣？」

「妳明明身世很好，卻每天來這種地方，這對妳根本沒有好處。是說，我也不是不能體會妳的心情就是了。」

紘子不由得停下打掃的動作，轉身看向美優。美優一副沒什麼大不了的模樣轉動著脖子。

「畢竟人們所面對的問題沒有什麼大小之分。如果某個人看見我這樣有地方可去，也有飯吃，還可以喝一杯咖啡，應該會覺得我很幸福，對吧？一個根本不了解我的傢伙，勢必會擅自這樣下定論。這麼一想，就會覺得妳的煩惱肯定也是讓人很痛苦的事。妳一定是有什麼原因才會待在這裡。」

紘子忽然覺得心靈得到解放。不知為何，紘子有種獲得原諒的感覺，但因為不想被識破真心，紘子裝出若無其事的表情繼續打掃。

「美優姊，哪天等妳成了美甲師後，我絕對會去妳的店裡光顧。」為了至少能夠表達謝意，紘子這麼說。紘子知道美優為了上美甲師的專科學校，不分晝夜都努力在打工賺錢。

美優的笑聲傳來。

「嗯。妳的指甲很好看，哪天讓我幫妳美甲一下。」

「我有自己專屬的美髮師和美甲師了耶，感覺好幸福喔～」

陽向已經醒來，並挺起身子，沒多久愛華也從隔壁房間來到餐廳。紘子的腦海裡閃過愛華昨晚的難堪身影，不禁僵住身子。紘子心想或許陽向，甚至美優也都跟她有著一樣的反應。愛華起床後，屋內便籠罩起莫名的緊張感，沒有人再開口說話。

愛華自身想必也感受到氣氛尷尬。她一副難以承受沉默氣氛的模樣點了一根菸後，把冷漠的目光移向陽向說：

「妳怎麼沒去上學？一個國中生跟人家學什麼翹課！」

陽向一副魂不守舍的模樣低下頭，美優則是表現出事不關己的態度大大打著哈欠。

愛華的無情發言讓紘子聽得一把怒火湧上心頭。

「等一下，愛華，妳沒必要這樣說陽向吧？」

話說回來，還不是妳們害得陽向變成現在這樣！紘子險些這麼脫而口出，最後硬是把話吞了回去，但她知道自己的情緒變得激昂。

愛華也因為憤怒而臉頰泛紅。

「妳是怎樣？我想訓自己的妹妹，有必要忍耐嗎？」

「話是這麼說沒錯，可是——」

「我才想問妳到底在幹嘛？妳幫別人家打掃房子，是又想裝乖寶寶啊？對啊，妳每次都表現得可圈可點。不過，妳最喜歡的『媽媽』今天不在家耶？妳要打掃也要先等她回來才比較有用吧？」

「好了啦，愛華，別說了。丟人現眼的。」

美優一副忍不住的模樣插嘴說道。愛華一臉感到意外的表情嘟起嘴巴，但很快地又揚起眼角說：

「美優，妳也是一樣。我看妳最近都一副覺得很無趣的樣子。」

「什麼？」

「妳被麗央甩了吧？這樣為什麼還要每天來這裡？妳不覺得丟臉嗎？」

「妳在說什麼？那傢伙說他把我甩了？」

「少在那邊裝傻了。」

「我才沒有裝傻。我不記得自己被甩，基本上我也沒印象跟那傢伙交往過。」

「妳在說什麼東西啊？白癡到了極點。」

「妳才是。」

「等一下，妳剛剛說什麼？」

愛華站起身子，猛力頂了一下美優的肩膀。美優發愣地凝視肩膀一陣後，一副嫌麻煩的模樣拍了拍肩膀說：

「妳這個花癡女，最好給我適可而止一點！」

「什麼？」

「打從妳像野貓一樣開始發情，這個家的氣氛都被搞砸了。妳知不知道為什麼有那麼多男人進出這裡？還不是因為到處都在傳言妳跟隨便什麼男人都可以上床！我和紘子都快被煩死了。」

「誰理妳們啊！這裡是我家耶！」

「這裡也是陽向的家。」

「誰管那麼多啊！」

「陽向還是國中生耶！妳不覺得她太可憐了嗎？」

「就跟妳說誰管那麼多啊！還是國中生又怎樣？我國中的時候也找不到什麼屬於自己的歸屬。當初就是因為那樣才會跟妳一起混，妳是失憶了啊？我也有過只能跟妳混的時期！」

愛華揪住美優的胸口說道。美優沒有表現出應戰的態度，她只是嫌煩地撥開愛華的手，也沒有看向愛華。

「不要把自己經驗過的寂寞滋味也讓妹妹去品嘗！」

「妳煩不煩啊！」

「再不想點辦法改善，這種家真的會讓大家變得無藥可救。」

美優像在懇求似地低喃時，紘子屏住呼吸轉過身看。惠梨香不知從何時就一直站在身後，她緊緊咬著嘴唇。陽向坐在椅子上，伸手抓住紘子的制服衣角。

惠梨香把手上的東西往地上一扔，口氣凶狠地詢問：

「喂！美優，妳剛剛說的是什麼意思？」

「什麼什麼意思？」美優應道。

「我在問妳剛剛說的『這種家』是什麼意思？妳是聽不懂啊！」

惠梨香與美優兩人就這麼互瞪彼此。讓人就快窒息的時間僵持著。最後是美優一副無法繼續承受的模樣深深嘆了口氣，率先別開視線。

「惠梨香姊其實也察覺到了吧？現在這個家怎麼想也知道不正常。」

「妳要我問幾遍？妳說的是什麼意思？」

「簡單來說，就是不舒服。這裡噁心過了頭，讓人覺得想吐。」

「既然這樣，妳就滾出去吧！」

「我不是這個意思。」

「這裡是我家，妳這個外人少多管閒事！」

「外人……」

「我不想說了。妳給我滾出去。妳算哪根蔥？別想有意見！對妳來說，這個家或許一毛不值，但這裡是我拚死拚活才擁有的城堡。我不允許任何人批評我的城堡，妳現在就給我滾出去！」

惠梨香拿起美優放在桌上的菸盒砸向美優。這樣的暴行沒什麼稀奇，惠梨香只是如往常般情緒失控而已。

只要假裝沒聽見，或許就能讓事情帶過。如果是在平常，美優肯定也會這麼做。

不過，美優這次正面接受了惠梨香的話語。剛才與愛華起爭執時，美優一次也沒有情緒激動過，現在卻溼著眼眶，握住拳頭猛力往桌子搥。

「妳這是真心話？」

「當然是真心話！我再也不想看到妳那張臉！」

「是嗎？好，我離開。我永遠不會再來這裡！」

美優這麼撂下狠話後，不知為何看向了紘子。「咦？我……？」紘子戰戰兢兢地開口問道。美優用力抓住紘子的手腕說：

「走吧！妳也要離開這裡才行。」

「可、可是——」

「少囉嗦，快點！」

美優加重語氣說道。紘子被美優的氣勢怔住，瞬間準備踏出步伐。不能一直待在這種地方，不然真的會自毀前程；紘子一直抱著這樣的感受，如今感受化為帶有真實感的物體，從紘子的內心深處湧上來。

美優現在是在拯救我逃離這裡；紘子的腦中浮現這般想法後，立刻改變念頭心想：「或許美優一直都在幫助我。」紘子忽然覺得美優其實一直都在旁守護著她。

就在篤信這點的那一刻，紘子忽然停下正打算踏出的腳步。「怎麼了？」美優顯得煩躁地問道。紘子也想立刻追上美優的腳步，但就是一步也動不了。

紘子有必須留在這裡的理由。陽向不停顫抖的手一直抓著紘子的制服衣角。

「妳不走，是嗎？」

美優做確認地問道，紘子什麼也回答不出來。美優見狀，無力地嘆了口氣，舉起可看見一道道割腕傷痕的左手，搭在紘子的肩上說：

「好吧。不過，千萬不要再隨波逐流。紘子，妳要自己保護自己的安全，知道嗎？」

美優靜靜地離開後，惠梨香猛力踹飛腳邊的垃圾桶，跟著像要追上美優的腳步似地奪門而出。

陽向依舊沮喪地垂著頭。愛華彷彿在說「都是妳害的」似的，以帶有惡意的目光盯著紘子看，顫抖著手點了香菸。

其他同伴們也都醒了。

同伴們各個露出驚訝的表情，唯獨一人沒有。只有香織的臉上浮現帶有嘲笑意味的笑容，讓紘子看得內心好不平靜。

2013年7月

自從山本美優離開後，陽向對紘子的依賴程度加深了。紘子、紘子、紘子、紘子……不論是打電話或寫E-Mail，在公宅時當然就更不用說了，陽向總是渴望有紘子的陪伴。遇到這種時刻，紘子也每次都會帶陽向出門。

雖然幾乎都是去圖書館、海邊或便利商店，但兩人也曾經出過遠門。

雖說是出遠門，但其實也只是去過有別於平常的大型超市。「我今天身上有錢，可以買妳喜歡的東西喔！」聽到紘子這麼說時，陽向堆起滿臉的笑容，最後卻只拿了巧克力餅乾放進購物籃。

「等一下，不行啦，好好挑妳喜歡的東西。」

「可是，我很喜歡這個啊。」

「我不是指這一類的東西，妳沒有喜歡什麼嗎？書或是CD之類的？看妳想買什麼，真的都沒關係的。」

陽向垂著眉尾一臉困惑的表情，但過了一會兒後，表情忽然明亮起來。

「那這樣，我想買觀葉植物！」

「咦？植物？」

「嗯。我一直很想在房間裡放觀葉植物。可以嗎？」

陽向表現出積極的態度，紘子的心情卻是反過來變得低落。公宅的房間已經夠狹窄了，根本沒有多餘空間擺設觀葉植物。

況且，讓觀葉植物一直暴露在香菸的煙霧之中也很可憐。更重要的一點是，紘子自家擺設了好幾盆觀葉植物，她知道那每一盆觀葉植物的價格意外地昂貴。雖不知道陽向預想買多大型的觀葉植物，但紘子就怕自己的荷包不夠深。

紘子展露笑臉，硬是掩飾內心的不安。

「好點子！等一下我們繞去花店看一看再回家。」

「耶！好開心喔！謝謝妳，紘子。」

陽向撲上前抱住紘子，兩人就這麼挽著手來到了花店。然而，陽向的表情漸漸轉為黯淡。

「這個好可愛喔！」陽向一邊這麼說，一邊伸手觸摸的花盆上，標出遠遠超乎兩人想像的價格。

「啊！」陽向急忙縮回了手。四周就快籠罩起尷尬氣氛時，紘子笑著緩和氣氛說：

「怎麼了？要買這盆嗎？」

「不要。我找其他的。」

「為什麼不要？就買這盆嘛！」

「不是啦，我想多看看其他不同種類。」

紘子忽然有種像是被哪個陌生人識破興奮心情的感覺。開心的情緒瞬間跌落谷底，在花店裡走動時，紘子和陽向兩人都不發一語。

紘子暫時離開花店去了洗手間，當她轉換心情回到花店時，發現陽向目不轉睛地注視著綻放小花的盆栽。

「紘子，妳回來了啊！妳看！這小花是不是很可愛？」陽向的目光再次變得炯炯有神。

紘子沒有看向小花，而是先確認價格。這回變成價格太便宜。紘子瞬間鬆了口氣，但立刻甩了甩頭讓自己斬斷天真的念頭。

「是很可愛沒錯，但這不是我們要買的。好好認真找一下。」

那不過是開著小花的盆栽，甚至不是陽向本來想買的觀葉植物。

陽向一副為難的模樣露出微笑。

「妳誤會了啦，紘子。妳來看一下！妳看這小花的名字。」

陽向指向盆栽說道。紘子一看，鼻頭瞬間一陣發酸。

「嗯，就買這個。我們兩個一起好好照顧它。」

上了年紀的女店員仔細地告訴紘子兩人如何照顧盆栽，還表示到了冬天就會綻放許多美麗的花朵。

紘子兩人就這麼把盆栽帶回公宅，放在西式房間的陽台陰暗處。包含惠梨香在內，沒有一個人發現這盆名為Erica的盆栽存在。

即便如此，紘子也不以為意。紘子與陽向約定好等冬天到來、盆栽綻放無數美麗花朵時，就把它送給惠梨香。

這個約定好似紘子與陽向兩人的祕密，兩人滿心期盼那一天的到來。

陽向的心情每一天起伏不定。有時陽向可以堅強地獨自用功讀書，有時又會露出泫然欲泣的表情，懇求紘子說：「紘子，拜託妳好不好？我今天真的不想待在這裡。」

「紘子，要不要去KTV？」

在紘子與陽向兩人都翹課的平日白天時間，紘子實在沒有心情開懷唱歌，加上荷包也不太可靠，所以沒什麼興致去KTV。

陽向察覺到紘子的心情。

「我不是想唱歌，我只是想找一個沒有其他人的地方跟妳說說話。我知道有一家KTV很便宜，而且我剛拿到零用錢。」

「錢妳不用擔心，一個國中生擔心這些做什麼！好啊，我們去KTV吧！」

兩人騎著腳踏車從伊予市去到松山市區的商店街，進了KTV連鎖店。陽向去到收銀台旁邊的自助飲料吧拿飲料時，紘子覺得喇叭傳來的聲音很吵，於是把音響轉成了靜音。

隔了一會兒後，陽向端著果汁回來，靜靜地切入話題說：

「紘子，謝謝妳。」

「謝我什麼？」

「謝謝妳那時候沒有離開。我真的很感激妳沒有拋下我。」

看見陽向就這麼低下頭，任憑情緒表露出來，紘子找不到回應的話語。紘子坐到陽向身旁，抱住陽向的纖細身軀。紘子的左手臂摟著陽向的頭，右手輕輕搓著陽向的背部，搓著搓著，紘子不禁也溼了眼眶。

陽向放聲哭了起來。紘子心想原來陽向是想放聲大哭，才會特地要求來ＫＴＶ，於是就這麼抱著陽向好一會兒。

然而，陽向的目的完全不是這麼回事。陽向像是想起什麼似地抖了一下身體後，急忙從紘子身上挪開身子。「不對，我不是因為想哭才來這裡的。」陽向一邊這麼為自己辯解，一邊在包包裡不知翻找著什麼東西。

看見陽向從包包裡掏出的物品後，紘子驚訝地瞪大了眼睛。

「紘子，我恐怕已經沒辦法保護自己了。」

紘子知道自己此刻肯定一臉呆傻的表情。紘子的嘴巴張得開開的，陽向對著她無力地點頭說：

「抱歉，紘子，我想要妳用這個幫我剃成光頭。這麼一來，那些人就不會想要對我下手，對吧？我根本不需要什麼頭髮。如果不這麼做，我將無法保護自己。」

陽向手上拿著龍二為了把學弟剃成光頭，而帶到公宅來的電動推剪。陽向把電動推剪舉高到眼前的位置，跟著啟動電源，目不轉睛地注視著紘子。

「等一下，妳是不是被欺負了？」

陽向沒有做出任何回答。

「快回答我啊！那些傢伙對妳做了什麼！」

紘子抓住陽向的雙肩，大聲吼叫。陽向用力地搖著頭。「拜託幫我剃光頭髮。」陽向如此低喃時的身影彷彿隨時有可能變得支離破碎，紘子不由得倒抽一口氣。

紘子根本沒料到陽向被逼到如此絕境。一個十二歲的女生陷入如此急迫且混亂的心情。即便如此，紘子的腦海裡還是閃過了惠梨香的身影。若是陽向剃成光頭去到學校上課，惠梨香的立場將會變得難堪。

「抱歉，我不能那麼做。」

紘子用著沙啞的聲音賠不是。陽向漲紅著臉說：

「求求妳！」

「不行！我做不到！」

陽向拚命地懇求紘子。紘子能夠理解陽向的心情，也想像得到陽向能夠拜託的對象只有她一人。然而，紘子說什麼也無法點頭答應。

有那麼短短一瞬間，陽向的雙眼發出猙獰的目光。那是時而會在惠梨香眼裡看見的相同目光。

「那就算了，我不會再拜託妳了。」

陽向一副失望的模樣這麼說之後，胡亂抓起自己的瀏海。跟著，陽向毫不猶豫地準備把電動推剪貼在額頭上。

紘子根本沒有時間思考。等到紘子察覺時，已經撲上前按住陽向的右手腕，流著眼淚大喊：

「不行！我絕對不能讓妳這麼做！」

「妳不要管我啦！」

「我絕對不會讓妳這麼做！不會有事的！妳不需要剃光頭髮，我會保護妳的！」

陽向抵抗了好一會兒後，宛如電池耗盡電力一般，陽向抓住電動推剪的手放鬆了力量。電動推剪在散發出尼古丁臭味的塑膠皮革沙發上，發出聲音跳動著。一小撮頭髮掉落在電動推剪旁邊。

「我快受不了了！我討厭這樣的生活！」

陽向哭著大聲吼叫，除了緊緊抱住陽向之外，紘子什麼也做不到。陽向的右側髮際簡直就像舊時的不良少年一樣，被剃出一道深深的溝痕。

緊緊抱住陽向之中，紘子思考起該如何遮掩這道溝痕。

我好想有機會可以去紘子家裡看一看。

每次陽向提出這般請求時，紘子總是笑著帶過話題。紘子害怕連陽向也會以一句「我跟妳生活在不同世界」與她劃清界線。

每次公宅的同伴們問及紘子自家的事情時，總會讓紘子感到傷腦筋。雖然香織曾指出紘子瞧不起大家，但紘子沒有那樣的意思。然而，紘子就是難以揮去沒自信的卑微情緒。紘子不想就連在陽向面前也要懷抱那樣的情緒，所以一直忽視陽向的請求。

紘子第一次帶陽向回到持田町的家。在KTV店裡多次延長時間後，紘子主動開口詢問：

「要不要來我家？」

陽向之前明明那麼想去紘子家，這時卻頻頻搖頭。

「不要啦。今天時間太晚了，還是不要去的好。謝謝妳。」

「太晚？現在才六點耶？」

「紘子的媽媽會生氣的。」

「哪會生氣。不是啊，平常我都在妳們家待到那麼晚耶！沒什麼好擔心的。」

兩人踏出KTV時，天空已染成一片紅。可能是盡情哭了一頓，陽向的眼睛腫得不像樣，但表情十分豁達。正因為如此，被剃出一道溝痕的髮際部位更顯得令人心疼，紘子提醒著自己盡量不要去看那道溝痕。

兩人推著腳踏車並排而行，從大街道一路走到紘子家所在的持田町。

「我每次都會想如果這世上沒有男人就好了。這麼一來，世界絕對會一片和平。搞不好也不會發生戰爭什麼的。」

陽向的口吻不帶一絲怨恨的情緒，而是感觸良多地低喃道。紘子忽然感覺到胸口一陣刺痛。紘子明白陽向想表達什麼。如果公宅少了男人的存在，肯定會是一個更開心愉快的地方。

不過，基於兩個原因，紘子想要否定陽向的發言。一個是陽向的外婆美智子，以及母親惠梨香都說過類似的話語。她們兩人的發言帶有強烈的惡意，讓人聽了會覺得不舒服。

另一個完全是紘子個人的原因。

「陽向，我明白妳想表達的意思。我的想法也跟妳一樣，但事實上應該不是那麼回事。我覺得不應該過度抱有這樣的想法。」

陽向一臉納悶的表情歪著頭。

「為什麼？」

「因為這世上到處都看得到充滿愛的故事。不管是在電視上、漫畫或小說裡都看得到。我在想那應該是真理。要有女人、有男人，才會帶來故事。世上不是全都是壞男人。總有一天，一定會有某個男人現身來解救妳。而且──」

一口氣說到這裡後，紘子停下了腳步。走在紘子身旁的陽向也停下步伐。

「怎麼了？」

「喔，沒事，妳聽了或許會覺得噁心，但我哥哥有點像超人。」

「我怎麼不記得妳有哥哥啊？」

「嗯。我哥哥在福音念到國中，升上高中後就拿到學費減免資優生的身分去東京了。他從小學就開始思考自己的生存之道，然後憑自己的力量開拓一切。他總會在我遇到難關時，算準時間跟我聯絡，真的挺厲害的。雖然把自己的哥哥拿來當例子感覺很奇怪，但世上真的也有像他那樣的男人。」

陽向的臉頰微微泛紅。

「真了不起！紘子的哥哥好酷喔！」

「是沒有好到那麼誇張啦。」

「沒那回事，我相信他絕對是個很好的人。好好喔～好想有機會見到他。」

「不然我們兩個一起去找他好了。」

「咦？」

「在妳國中畢業之前，我會去打工存錢。到時候我們兩個就一起去找我哥哥。」

陽向的臉越來越紅。

「我覺得和妳一起聊東京的事情時最幸福了。」

「真的？」

「嗯。紘子，真的很謝謝妳。光是聽到妳剛剛說的話，我就有動力努力下去了。」

兩人抵達紘子家時，七月的太陽還沒有完全下山。紘子看見玄關沒有亮著燈，便認定母親還沒回家。

「進來吧，別客氣喔。」

紘子看得出來陽向被玄關的寬敞空間嚇傻了，但心想也沒有必要辯解什麼。就跟紘子不是自己渴望住在這個家的道理一樣，住在這個家只是一種事實而不是什麼罪過。

紘子暗自這麼心想，並打開通往客廳的門。在不見陽光照射進來的客廳裡，出現母親孤單獨坐的身影。察覺到紘子回到家中後，母親的身體微微抖了一下，跟著急忙擦拭眼角。

「妳回來了啊。」

客廳裡響起冷漠的聲音。母親緩緩站起身子，點亮客廳的電燈。暖色系的燈光讓人莫名地感覺到寒意。

「紘子，妳一整天去哪裡了？」

母親的視野裡似乎沒有捕捉到陽向的身影。紘子也一時忘了陽向的存在，下意識地開口說：

「當然是去學校——」

「少跟我說謊了！妳真的是滿口謊言！」

歇斯底里的聲音劃破客廳的空氣。母親放聲哭了起來。紘子再一次聽到一直讓她苦於面對的討人情哭聲。

「我什麼滿口謊言？」

紘子讓自己恢復冷靜問道。感覺到陽向的動靜後，紘子這回變成憤怒到了極點。紘子把自己的愧疚感拋到腦後，頂撞母親說：

「妳什麼意思？我根本沒有說謊。」

母親一副難以置信的模樣搖頭否定。

「我剛剛接到學校打來的電話。學校說妳從四月就幾乎沒有去上學。」

「什麼？怎麼可能！我有去上學！」

「學校好像決定要讓妳退學。」

「咦？」

「妳打算怎麼做？妳這樣拖拖拉拉地逃避下去，到底有什麼未來可言！」

紘子早已預料到這一天早晚會來。雖然沒有聯想到會收到退學通知，但紘子知道讓母親失望的日子早晚會來。

「沒打算怎麼做。又沒關係，我有好好讀書。我會去考個什麼高中學力鑑定，然後去上自己喜歡的大學。」

「妳實在是……」

「夠了，我的事不用妳管！妳好好過自己的人生就好了。」

「妳給我等一下——」說到一半時，母親突然停頓下來。母親原本凝視著紘子的雙眼，到了現在才看向陽向。

「妳是誰？」

母親毫不掩飾地扭曲著表情。陽向染了一頭咖啡色頭髮，額頭上方還剩了一道溝痕。儘管任誰都看得出陽向的年紀比紘子小，母親卻毫不客氣地投以不悅的目光。

據說人類沒那麼容易改變本性，紘子的腦中閃過這個念頭。此時，陽向阻止了大為惱火的紘子，朝向母親深深行禮說：

「我叫越智陽向，平時經常受到紘子小姐的照顧。」

儘管陽向恭敬有禮地打了招呼，母親臉上依舊掛著鄙視的神情。

「妳說妳姓越智，請問是哪一戶人家？」

「夠了沒有？妳問那什麼白癡問題！」

「白癡？我的問題哪裡奇怪了？」

「妳連這也不懂？難道妳不覺得很沒禮貌嗎？」

「我不覺得。這麼晚了卻沒有事先聯絡就到訪他人家中，請問究竟是誰沒禮貌！」

陽向一副感到過意不去的模樣垂著肩膀。紘子覺得自己實在太窩囊、太丟臉，遲遲找不到話語向陽向搭腔。這時，陽向剛毅地展露微笑，抬起頭說：

「那個，真的很抱歉，是我太沒禮貌了。我先告辭了。」

說罷，陽向準備走出客廳，紘子急忙在後頭追上。「妳要去哪裡！」尖銳的聲音傳來後，紘子轉過身瞪視母親說：

「我絕對不會原諒妳的！」

紘子最近在公宅感受到的窒息感徹底消失不見。這時，浮現在紘子腦海裡的只有謝意。紘子感謝以惠梨香為首的家人、同伴們願意以笑臉接受她的存在，讓無處可去的她擁有歸屬。

母親的雙唇因憤怒而不住顫抖。

「妳眼裡還有沒有長輩！」

「煩死人了！」

「妳這個不孝女！我不管妳了！以後不准妳再踏進這個家門！」

紘子沒有理會母親的話語。鬼才想踏進這個家門！紘子壓抑住這句心聲，專心在後頭追著陽向的腳步。

太陽已經下山了。錢包裡沒有半毛錢。肚子已經咕嚕咕嚕叫了很久。紘子兩人能去的，只有一個地方。

在返回伊予市的路上，不論紘子再怎麼道歉，陽向還是聽不進去。

「不要再道歉了，妳又沒有錯。妳媽媽說的話是對的。」

紘子兩人避開卡車頻繁往來的國道，騎在幾乎不見燈光的農路上。一路上，只見紘子兩人的腳踏車燈搖來晃去。左手邊的石鎚山脈形成巨大的黑影，山頂附近可看見三座基地台發出紅色燈光。

兩人緩緩踩著腳踏車，花了將近一小時回到公宅。白天看見的每一輛摩托車還停放在原地，無人的鞦韆隨風搖擺著。

拉開夾著門擋的三〇三室玄關門後，震耳的笑聲以及不變的香菸煙霧傳來。沒有人發現紘子兩人回來。和室的拉門敞開著，大家以背對這方的香織為中心，在和室裡大開宴席。

惠梨香今天似乎也沒有回家。陽向垂下肩膀輕輕嘆口氣後，立刻戴上耳機在餐桌前坐了下來。

這時間點和陽向在一起顯得尷尬，但紘子也沒有興致加入同伴們的宴席。紘子決定先去陽台幫Erika盆栽澆澆水，於是來到以前屬於麗央一人的西式房間打開房門。

房間裡沒有開燈，只看見微弱的光線從屋外流瀉進來。紘子沒有開燈，就這麼往窗戶的方向走去時，突然有人喊住了她。

「什麼事？妳回來了啊？」

紘子本以為房間裡沒有半個人卻突然被人搭話，嚇得差點整個人跳起來。紘子朝向像個小孩子一樣抱膝把身體縮成一團的人影，開口詢問：

「媽媽——？」

這陣子，惠梨香明顯表現得不尋常。惠梨香陷入不穩定狀態的週期比以往來得短，嚴重程度似乎也加深了。

惠梨香緩緩站起身子，按下房間裡的電燈開關。刺眼的日光燈發出清脆聲響亮起的那一刻，紘子驚訝地瞪大了眼睛。

紘子都快數不清今天一天看了多少人的哭泣臉龐。惠梨香連擦拭一下哭得紅腫的雙眼也沒有，就這麼走近紘子。

紘子從未對惠梨香懷抱過恐懼心，但這時不知為何瞬間感應到自己即將挨揍。紘子不由得閉上眼睛時，惠梨香溫柔地緊緊抱住她。

「太好了。謝謝妳願意回來，紘子。」

紘子睜開了眼睛。日光燈依舊刺眼，壁櫥裡雜亂堆高物品和棉被的光景率先映入紘子的眼簾。

不只有陽向。

我也必須保護眼前這個人。

察覺到惠梨香不安地顫抖著身子時，紘子內心湧現這般感受。

炙熱的空氣讓紘子醒了過來。

昏暗的房間，以及蟬鳴聲。從窗簾細縫中窺見到的藍空，以及裹住全身的黏膩汗水。

紘子拚命轉動昏昏沉沉的腦袋，以確認自己身處何方。得知自己身處公宅的房間後，紘子不禁感到失望，而這樣的日子已經反覆多日。

紘子伸手拿起放在枕邊的手機。

七月三十一日，正午剛過不久——

世上人們正在開心放暑假。手機畫面沒有顯示出來自母親的未接電話。從自家帶陽向回到公宅的那天後，紘子不曾與母親聯絡過。

昨晚紘子接到哥哥久違的電話。

『媽媽擔心妳擔心得要命。既然妳不想回家也無所謂，但至少要讓媽媽知道妳在哪裡吧？』

紘子其實也掛念著母親。母親那麼愛操心的人怎麼會毫無聯絡？紘子為此感到不安，都忘了是自己惹得母親不開心。

得知母親找哥哥商量過，紘子有些鬆了口氣，但這麼一來，又莫名其妙地逞強起來。

「誰理她啊，她根本也沒有打電話給我。」

『不過，我稍微能夠體會媽媽的心情。媽媽是整個人慌了，根本不知道該怎麼辦才好。』

「誰理她啊，我跟她沒什麼話好說。」

『喔，這樣啊。我看妳們兩個這陣子好像相處得不錯，還覺得高興呢。媽媽就自己一個人也挺可憐的，不是嗎？妳偶爾也主動讓步一下吧。』

哥哥還住在家裡時，對母親懷抱的不滿情緒遠遠勝過紘子。

「哥哥，你是怎麼了？你什麼時候變成對媽媽那麼體貼了？」

『不是變體貼了，應該說我已經學會原諒她。媽媽也不是一生下來就是個母親，她以前也跟妳一樣曾經是個國中生、高中生。妳不覺得只要換個角度這麼想，就比較能夠原諒她嗎？』

「我完全不懂。」

『那這樣，妳至少要接受她也是個女人的事實吧？不要對她是個母親這件事過度抱以期待。』

哥哥的語調變得有些不同。每次試圖告誡紘子什麼時，哥哥總有這樣的習慣。紘子不由得繃緊神經，但還是無法接受哥哥的說法。

母親自身一直安於「媽媽」這個立場。一路來，她只會以「我是媽媽」這件事來證明自己的存在。

這般不滿的情緒在紘子內心翻騰，但紘子沒打算說出口。

「哥哥，你暑假會不會回來？」

經過短暫的沉默後，紘子改變話題問道。

『現在還不確定。』

「盂蘭盆節呢？」

『喔，盂蘭盆節可能有困難。我跟朋友約好那時候要去旅行。』

在那之後，紘子和哥哥繼續聊了一些無關緊要的話題。準備掛斷電話時，哥哥一副「接下來才是主題」的態度，開口詢問：

『對了，妳現在住在哪裡？』

不知為何，愧疚感緊緊揪住紘子的胸口，於是含糊其詞地回答說：「沒住哪裡，就朋友家而已。」

掛斷電話後，紘子才起了念頭心想：「或許至少可以讓哥哥知道我住在哪裡的。」

到最後，紘子還是沒有接到母親的聯絡。紘子跨上腳踏車，在過了傍晚的時刻離開公宅。幾天前，紘子開始到隔壁城鎮，在一家24小時營業的平價餐廳打工。

一方面因為覺得一直待在房間會讓人喘不過氣，另一方面紘子也希望每個月至少可以拿一些錢給惠梨香貼補家用。

更主要的原因是，因為退學已成定局，所以紘子有了參加高中學力鑑定考試的目標。考試費用就不用說了，紘子也希望盡可能自力掙得前往東京就讀大學的費用。

對於紘子開始打工一事，陽向羨慕不已。除了能夠賺錢之外，能夠離開家中似乎也讓陽向有所感觸。

陽向想必是不想獨自待在同伴們戀酒貪杯的場合，所以總會坐在中庭的鞦韆上等待紘子回來。

這天晚上打工結束後，紘子也卯足勁地踩著腳踏車。這天店裡的客人特別多，紘子因此比平常晚歸。不知道是不是因為晚歸，紘子來到中庭時沒看見理所當然會坐在鞦韆上的陽向身影。

紘子擦去額頭上的汗珠，快步衝上階梯。一把抓住如往常般夾著黑色門擋的玄關門門把時，紘子忽然嗅出一股不對勁的味道。

紘子並非看見了什麼具體的異狀。如果硬要說有哪裡不對勁，頂多就是沒有傳來每次都會聽到的同伴們的瘋言瘋語。

調整呼吸後，紘子戰戰兢兢地打開玄關門。日光燈的刺眼光線照進視野裡的那一刻，彷彿就快震破鼓膜的尖叫聲傳來。

「好痛！不要！拜託不要這樣！」

紘子看見差不多有八個人在最裡面的和室。不知為何，每個人都背對著這方，沒有人察覺到紘子回來。

紘子不想讓人發現她的存在，於是躡手躡腳地走近和室。陽向坐在地上，所有人在四周圍成一圈。陽向背對著敞開的窗戶用雙手摀住臉龐，全身不知為何沾滿了泥巴。

健吾喘吁吁地一把抓住陽向的頭髮。紘子搞不清楚發生什麼狀況。不過，紘子從未看過陽向受到這般近似凌虐的對待。

等到察覺時，紘子已經大吼大叫地衝進人牆之中。

健吾被紘子撞開，整個身體猛力撞上牆壁。劇烈撞擊聲響起的那一刻，紘子感覺到籠罩整個房間的熱氣瞬間消散短短幾秒鐘。

「妳是怎樣……想找碴是不是！」

健吾站起身子後，語氣凶狠地說道。這時紘子才察覺到自己為了成為擋箭牌而坐在陽向的前方。

「我才想問你在做什麼！你在胡鬧什麼，這個白癡！」
健吾表現出感到有些意外的模樣，但沒有畏縮。
「妳知不知道自己在跟誰說話！妳算哪根蔥啊？」
「我才想問你算哪根蔥！竟敢對國中女生動手！」
「是她自己先來找麻煩的！」
「不可能！」
「妳說的不可能就真的發生了。妳自己妄下定論在那邊情緒激動，但很抱歉，我不得不潑妳冷水。」
伴隨強烈厭惡感的聲音，介入紘子與健吾兩人的爭執。聲音的主人貼近健吾，輕輕把手搭在健吾的肩上。
香織頂高下巴，俯視紘子說：
「我們只是在陽台放鞭炮而已，哪知道陽向突然衝過來，然後莫名其妙地用力推開龍二。」
「拜陽向所賜，我都被燙傷了呢！」龍二動作誇大地甩了甩右手。
不論聽了哪個人的辯解，紘子依舊怒火難消。再怎麼樣都不應該群體對一個國中生動粗。況且，陽向也不可能毫無理由就做出失常舉動。肯定是發生了什麼逼得陽向不得不那麼做的事態。

不出所料地，陽向擠出沙啞的聲音說：

「不是那樣子的，紘子，這些人把我們的盆栽搞得一塌糊塗。」

「咦……？」

「因為大家在陽台放鞭炮，所以公宅的人跑來抱怨，我想要去傳達這件事情時，卻被我看見了。根本沒有任何人察覺到盆栽的存在。我們兩人那麼用心地照顧，卻被搞得一塌糊塗。」

陽向說話說得斷斷續續，呼吸急促得就快引發過度換氣。「好了，我知道了。」紘子來回搓著陽向劇烈上下起伏的背部說道，跟著再次瞪視健吾。現在紘子總算明白陽向為何會全身沾滿泥巴。

「我不允許有人對陽向動粗。」

「什麼？」

「算我拜託你們好了，誰都無所謂，但拜託就是不要對陽向動粗。陽向跟我們不一樣！唯獨她……唯獨陽向不能被這種環境毒害！」

「既然這樣，那就由妳代替她受懲罰好了。」

冷漠的聲音劃破屋內的空氣。紘子自己也想不透原因，不知為何她就是認定某個人絕對不在現場。

紘子戰戰兢兢地轉身後，看見面目猙獰的惠梨香站在眼前。惠梨香臉頰泛紅，眼睛眨也不眨一下地瞪著紘子看。這陣子惠梨香經常露出這樣的表情。儘管如此，惠梨香也絕對不曾對紘子露出這樣的表情。

紘子不明白惠梨香究竟對什麼感到煩躁、憤怒、氣餒。不過，紘子信任著惠梨香。紘子相信惠梨香至少在看著陽向時，確實流露出母親的眼神。不過，紘子無法原諒惠梨香目睹陽向被群體包圍的場面，卻只是默不吭聲地在一旁望著。

不發一語地互瞪好一會兒後，紘子理解了惠梨香在生什麼氣。惠梨香最厭惡這個家受人批評。一路來，當感受到自己打造出來的環境被人看輕時，惠梨香也都是用著驚人的大聲量反擊。惠梨香的憤怒情緒是來自紘子說的「這種環境」。

這下慘了；這個念頭只在紘子的腦中停留了一秒鐘。已經無所謂了，既然惠梨香是一個看見陽向面臨危機卻視而不見的母親，那早已不是紘子所喜歡的惠梨香。

「算了，不管了，快點離開這種家吧！陽向，我們走！」

紘子自己也無法判斷究竟是在無意識間，還是刻意說出「這種家」這樣的字眼。

紘子以為不會被留住。畢竟惠梨香的原則就是往者不追，來者不拒。「妳想走就快點滾出去吧！」紘子以為惠梨香會像對待美優那時一樣說出這類的話語，也在心中搭起防護罩以免聽到惠梨香的惡言惡語時感到受傷。

明明如此，惠梨香瞪視紘子的目光卻是越來越顯無力。隔了一會兒後，傳進紘子耳裡的話語也同樣教人意想不到。

「不行。不准離開。就只有妳們兩個，我絕對不會讓妳們逃跑。」

紘子不禁懷疑起自己是不是聽錯了。紘子還來不及發言，另一個人跳出來試圖阻止紘子離開。

在這之前，陽向一直躲在紘子的背後不安地顫抖著身子，此刻卻加重力道握住紘子的手說：

「不可以這樣，紘子，不能丟下媽媽一個人。」

「一個人？可是媽媽她——」

「拜託，我沒辦法丟下媽媽離開。」

聽到這句話的那一刻，紘子瞬間回過神來，同時感覺到小小的絕望。紘子想起過去惠梨香親口告訴她的往事。惠梨香說過她的母親一再地強調不會讓她逃跑，最後那些話化為腳銬使得惠梨香動彈不得。

紘子不禁覺得這簡直就像爬著螺旋梯。

同樣的歷史反覆上演。

從惠梨香口中得知與美智子的往事的那天，紘子在伊予市的海邊批評惠梨香「太遜」。紘子笑著對惠梨香說出狠話，批評惠梨香明明自己沒能夠離開伊予市、沒能夠付諸行動，卻怪罪到母親的頭上。

然而，紘子根本沒有批評惠梨香的權利。對惠梨香而言的伊予市，就等於是對紘子而言的公宅。

紘子一直焦急地想著必須離開公宅才行。畢竟必須離開公宅的原因實在多到數不清。至於逃出公宅的手段，照理說也是隨處都可覓得，而紘子也多次做出離開公宅的決心。明明如此，紘子此刻卻還在公宅裡。紘子害怕被丟到無邊無際的寬廣世界，而一直不肯採取行動。為了陽向、為了惠梨香才留下來的說法都是藉口。說穿了，紘子不過是因為覺得舒服才沒有離開。紘子跟沒有離開伊予市的惠梨香沒什麼兩樣。

紘子過去對惠梨香撂下的狠話，像迴力鏢一樣折返回來。紘子只知道在名為不安的柵欄所圍起的小圓圈裡徘徊，而不肯努力去移除柵欄。這跟惠梨香有什麼兩樣？紘子沒有權利譴責惠梨香。

察覺到這般事實的那一刻，紘子頓時雙腳發軟地癱坐在地上。在那同時，明顯看得出來惠梨香鬆了口氣。

房間裡一片鴉雀無聲。香織一副不允許這份安靜的模樣，蹲下身子抬高紘子的下巴。

「所以呢？妳打算怎麼處理現在這氣氛？」

「什麼氣氛……」

「妳剛剛不是跟健吾槓上了嗎？明明是陽向自己來找碴，妳卻擅自會錯意大鬧一場，不是嗎？好好處理一下這氣氛吧！」

香織一副壞心眼的模樣扭曲著表情，紘子衝動地朝向她的臉吐了口水。帶有情緒的神色，在總是那麼冷靜的香織臉上蔓延擴散。

有事情要發生了；紘子這麼心想而繃緊神經時，眼前的景象忽然變得扭曲。

一時之間，紘子掌握不到發生了什麼事。等到紘子反應過來時，龍二已經使力一把抓住紘子後腦杓的頭髮，硬是讓她站起身子。

「看妳做了什麼好事？現在是瞧不起我們，是嗎？」

紘子受不了菸味混雜酒味的口臭而別過臉去。「妳這傢伙當真瞧不起人啊！」龍二激動怒吼，跟著朝向紘子的肚臍毫不留情地揮出拳頭。紘子胃裡的食物一鼓作氣地逆流而上，克制不住地吐了出來。

愛華等人的歡呼聲傳來。紘子因淚水而模糊的視野裡，出現被尼古丁燻得泛黃的牆壁上的時鐘。

已經過了午夜時刻。

對喔，今天就進入八月份了。

紘子這麼心想時，第二拳朝向她的背部揮下。

可以到海邊游泳或花時間讀書，只要拚一下，搞不好還可以去東京玩。

我們絕對要讓這個暑假過得開開心心——

紘子在心中對著陽向這麼呼籲。不知為何，陽向讓愛華摟著肩膀，一副宛如看見怪物般的表情俯視著紘子。

2013年8月

八月總會飄來血腥味。

進入八月份後，紘子的嘴裡一直滲著鮮血。

第一次被龍二毆打的那天晚上，紘子緩緩甦醒過來後，看見惠梨香在面前淌著眼淚。

「紘子，對不起。我……真的很對不起。」

惠梨香無力地反覆說道，但紘子不明白惠梨香在道歉什麼。「媽媽，妳怎麼了？」紘子試圖伸出手時，才感覺到腹部疼痛。

在那之後，紘子開始感覺到全身上下痛了起來。手臂、大腿、背部、嘴唇……發覺右眼皮也劇烈疼痛時，紘子才總算察覺到自己的視野缺了一半。

「都怪我是個這麼沒用的人，才會害得連妳也受到這種對待。真的很抱歉，對不起……」

惠梨香像小孩子一樣哭個不停。看見惠梨香如此不安的身影，反而紘子感到胸口緊緊揪起。

「好了啦，沒事的。媽媽，妳別再哭了。」

如果惠梨香的舉動顯然就是想利用獎懲效應來束縛住紘子，紘子或許能夠出聲譴責。「妳想法變來變去的，是在耍我還是怎樣？」哪怕對象是惠梨香，紘子相信自己也敢這麼說出口。

然而，事實並非如此。惠梨香只是不懂得如何控制自己而已。惠梨香本來就是個情緒起伏劇烈的人，而最近連她自身也被自己的情緒甩得團團轉。紘子能夠痛切理解這點，才會忍不住原諒惠梨香。

沉默時間持續好一會兒後，惠梨香輕輕嘆了口氣。

「謝謝妳，紘子。我真的只有妳可以依靠了。要是連妳也拋棄我，我真的會活不下去。」

「妳在說什麼啦，太誇張了。放心，我絕對不會拋棄妳的。」

「真的？」

「這還用說嗎？」

哪怕只是短暫片刻，紘子還是希望藉由硬是說出動聽話語的舉動，讓自己能夠從慢慢就快沉入泥沼底部的惡劣狀況中跳脫出來。

想起第一次得到惠梨香認同的那天，紘子至今仍記憶鮮明。那時紘子感到驕傲不已，有種自己的存在獲得全面肯定的感覺。

「而且，不只有我而已啊。還有陽向陪著妳，不是嗎？」

不知不覺中，紘子和惠梨香的立場反了過來。紘子像在安撫幼兒似的，溫柔地對著惠梨香說話。或許是緊張的情緒緩和下來，紘子全身的疼痛感變得越來越強烈。

「我們一起保護陽向吧！我一直祈禱著陽向長大後，可以成為一個有成就的大人。媽媽也是一樣的心情吧？只要陽向能夠不要步入歧途地堅強活下去，要我忍受任何事情我都願意。這麼說或許很像在騙人，但我甚至願意拿性命換取陽向的未來。」

如果要問誰比較悽慘，那肯定是紘子。即便如此，在鼓舞惠梨香的這段時間，紘子還是勉強得以保持鎮靜。

惠梨香沒有回應紘子的話語。她只是無力地垂著肩膀，像在自言自語似地反覆說：「真的很對不起。對不起。我已經害怕得不敢待在這個家……真的很對不起。不應該是這樣子的。」

紘子有種胸口不知被什麼東西砸中的感覺。

「妳說不應該是這樣子是什麼意思？」

惠梨香用雙手抱住自己的頭。

「我只是想要好好愛大家而已。只要能夠看見大家開心地笑著，那就夠了。我沒有太多的渴望。」

「既然這樣——」

「已經控制不了了。我不知道該怎麼辦才好。紘子，妳救救我好嗎？拜託救救我，紘子。」

說罷，惠梨香握住紘子的手。惠梨香的手出奇地冰冷。

紘子記得過去也曾經碰觸過同樣冰冷的手。

那是誰來著……紘子還來不及仔細回想，便已得到答案。有什麼好回想的呢？不就是陽向那雙纖細的小手。

同伴們開始會對紘子動粗。

起因總是大同小異。首先，陽向會成為被攻擊目標，有時被嘲笑樣貌，有時被調戲。紘子會試著假裝沒看見，但過了一會兒後，就會忍無可忍地介入阻止，同伴們的矛頭也會隨之轉為指向紘子。

大家都像變了個人似的，把紘子和陽向兩人視為眼中釘。尤其是愛華的態度最為惡劣。有段時間，香織因為與家人去旅行而離開公宅幾天。

紘子期待著局勢可能因此而有所改變，但事與願違，這回換成愛華會慫恿同伴。愛華有時是自己動手打陽向，有時則是煽動弟弟麗央等人對陽向動粗。

妳怎麼忍心對自己的親生妹妹如此下重手？紘子直接這麼質問愛華本人。

愛華回答了紘子，但這些話恐怕是說給就在紘子背後的惠梨香聽。

「畢竟我長期受到的對待，就跟一個沒爸媽疼的小孩沒兩樣。我媽只有在被男人拋棄的時候才會疼愛我和麗央，沒有一次例外。每次當我期待著總算可以開始過正常生活時，她就又搭上別的男人不回家。我和麗央是美智子小姐養大的。明明如此，那傢伙一生出來，這女人就突然表現得像個慈母的樣子。這點一直讓我們很不爽。」

愛華說出「那傢伙」時，指尖指向了陽向。陽向抱膝而坐，把臉埋進手臂之間，拚命地想要蓋住耳朵。

「也不能因為這樣，就怪罪到陽向的頭上啊！陽向根本沒有任何罪過。」

「怎麼會沒有！她的存在就是一種罪過。」

「豈有——」

「我和麗央對那傢伙的爸爸可熟悉了。就是那種看起來很正經、很聰明、家教很好的人，而且很明顯地瞧不起我們。我們勉強試過要跟他拉近距離，結果那男人居然光明正大地藐視我們。我到現在也還忘不了那男人的眼神。陽向的眼神也跟那男人一模一樣。還有妳也是。」

「我？」

「妳那種鄙視別人的眼神，就跟那男人像一個模子刻出來的一樣。完全就是我媽喜歡的類型。每次聽到妳喊『媽媽』，都會我覺得噁心想吐。」

愛華一副「這就是動粗原因」的模樣，賞了紘子一個耳光。「哇喔～女人打女人耶！」男人們說著風涼話，一齊揚聲大笑。陽向一直在發抖，惠梨香也只是鐵青著臉一句話也沒說。

從愛華等人以臉上有傷為由，逼迫紘子無故缺勤沒能去打工那天開始，紘子連外出的權利也被剝奪了。

「妳要是敢擅自逃跑，我絕對會追到底。不只妳而已喔？妳的家人，還有陽向，我全都會追到讓他們只剩下死路一條。」

很單純的恐嚇，但正因為單純，所以震撼力十足，也束縛住了紘子。龍二為自己的發言感到滿意地露出微笑，以他為首的同伴們對紘子施以暴力的程度越發猛烈。就連香織在幾天後回到公宅時，都驚訝得瞪大眼睛說：

「紘子，妳是怎麼了？妳這張臉也太誇張了吧？啊！妳該不會又瞧不起大家了吧？」

進入八月份後，紘子的嘴裡一直滲著鮮血。紘子心想未來有一天回顧起今年的夏天時，比起藍空或炙熱的陽光，她肯定會對這鮮血的味道更加記憶深刻。

對紘子而言的第一任男朋友，流著眼淚在紘子的身上動來動去。為什麼麗央會全身赤裸？為什麼我會全身赤裸？為什麼一群陌生面孔的男人們露出壞心眼的猥褻笑容在旁邊圍觀？紘子試著在記憶裡尋找，但就是找不到答案。

紘子甚至不覺得憤怒，而只是一心想著能不能趕快結束。不論身心，紘子都沒有感覺到一絲疼痛，只感覺到無意義的時光一點一滴地流逝。

麗央總算達到高潮在體內射精後，就這麼趴在紘子的身上。「什麼嘛！這傢伙也太快了吧！」四周的男人們投來嘲笑的話語，但紘子依舊毫無感覺。

麗央用著不會讓大家聽見的微小音量，在紘子耳邊低聲說：

「紘子，對不起……對不起……我不敢反抗。」

麗央究竟被誰、被什麼束縛了？

我究竟被誰、被什麼侵犯了？

紘子一邊發愣地凝視著天花板上如鬼腳圖般縱橫交錯的線條，一邊以事不關己的態度思考著這些問題。

在那之後隔沒多久，紘子也被禁止進出大家聚集的和室。紘子被關在緊密拉上厚重遮光窗簾的西式房間裡，陷入時間錯亂之中。手機早已耗盡電量，紘子甚至搞不清楚獨自待在這個房間裡多久了。

想上廁所時，紘子必須先敲一敲房間的牆壁取得許可後，才能到廁所去。至於食物，有人時而會心血來潮地拿東西來給紘子吃。說是食物，但大多是巧克力或零食，頂多有時會有沒吃完的下酒菜。

大家像理所當然的一樣對紘子動粗。很奇妙的是，那些來對紘子拳打腳踢的男人們臉上，看不出感到開心的表情。不只麗央，就連健吾在對紘子動粗時，臉上總是露出像感到恐懼的表情。每個人宛如受到某人的命令，或像是被某種力量操控似的，一臉狼狽的表情。

這幾天紘子還沒看到過香織的身影，也沒聽到愛華的聲音。難得的一個安靜夜晚。紘子感覺得到隔壁房間有動靜，但不至於傳來吵鬧的瘋言瘋語。

房間的電燈和空調一直開著沒關。雖然依舊掌握不到時間的早晚，但紘子大概猜得出來大家都已經安靜入睡，並為自己平安無事度過一天鬆了口氣。

紘子緩緩挺起身子，在被窩上伸展僵硬的身體時，忽然傳來敲門聲。

每次不論是誰進來房間時，根本不可能敲門。不過，紘子的思緒沒有靈活到想到這點。紘子急忙抓起棉被，全身僵硬起來。

紘子看見門縫突然探出一顆頭，結果發現是多日不見的陽向。

「抱歉，紘子，妳沒在睡覺吧？」

看見甚至已讓人覺得懷念的身影映入眼簾，紘子頓時放鬆全身的力量。

「嗯，我沒在睡覺。」紘子發覺自己很久沒有開口說話了，也聽出自己的聲音變得沙啞。

陽向臉上浮現感到安心的表情，手裡握著冒出熱煙的杯麵。紘子只是看見杯麵而已，肚子便輕輕叫了一下。

在紘子身旁坐下來後，陽向貼心地替紘子轉開寶特瓶裝的冷茶瓶蓋。紘子先拿起冰涼的冷茶湊近嘴邊。一口氣喝下半瓶冷茶後，紘子感覺得到水分慢慢滲透到就快乾枯的身體各個部位。

陽向流露出悲傷的眼神注視著紘子。

「紘子，對不起。」

紘子一口一口地慢慢咀嚼杯麵，花了好一段時間才總算吃完杯麵時，陽向輕聲說道。

紘子從腹部深處吐出氣息。

「沒關係，我沒事的。」

紘子發現自己還能夠在陽向面前保持堅強。光是如此，便足以讓紘子覺得自己真的撐得下去。只要是為了保護陽向，紘子就還能夠抗鬥下去。

「我才要問妳沒事嗎?妳跑到這裡來不要緊嗎？」

「今天姊姊她們不在。而且大家都睡著了。」

「這樣啊，太好了。媽媽呢？」

「媽媽已經好幾天沒有回來了。」

「喔，果然是這樣。」

紘子對自己會說出「果然」兩字感到意外。

「真的很對不起。」陽向沮喪地說道。紘子刻意露出笑容給陽向看，微微歪起頭說：

「先不說這些了，倒是妳沒事吧？有沒有被那些傢伙欺負？」

「我沒事，因為妳保護了我。」

「是嗎？那太好了。嗯，真的太好了。」

紘子好久沒有與陽向兩人說說話了。自從紘子被關進西式房間以來，陽向一次也沒有在這個房間出現過。

陽向壓抑住聲音哭了起來，但紘子佯裝沒發現。

「陽向，今天幾號啊？」

「咦……？」

「我一直待在這個房間裡，時間都錯亂了。」

「喔，呃……十一號。」

「是八月沒錯吧？也是啦，不可能已經過了八月。那這樣，就快到了呢。」

「什麼快到了？」

「八月十五日。媽媽的生日不是嗎？」

幸好還沒過了八月十五日；紘子的腦海裡率先浮現這個想法。今年的八月十五日是惠梨香第三十六次迎接生日。紘子和陽向很早以前便開始計畫要一起幫惠梨香盛大慶祝生日。

「好好幫媽媽慶祝生日吧！就我跟妳兩個人。我們找個地方帶媽媽去吃一頓大餐。然後，就直接三個人離開這裡如何？我們可以離開公宅，甚至可以離開伊予市，三個人去到遙遠的某個城市生活。啊！但要記得把Erica盆栽一起帶走。」

「Erica盆栽……那盆栽已經——」陽向顯得悲傷地扭曲著表情。陽向用著不安的眼神一直注視著紘子，隔了好一會兒後才喃喃自語地說了起來：

「我明天要跟朋友去海岬玩。我朋友家在那裡有別墅，他的家人邀我去玩的。聽說要住三個晚上。我很久以前就被邀請，也滿想去玩的。我可以去嗎？」

陽向的語氣顯得相當過意不去。國中一年級的女生要跟朋友去海邊玩。不過是這麼點小事卻讓陽向感到愧疚，面對這般事實，紘子不禁感到過意不去。

「當然可以啊！去好好玩吧！妳要跟朋友出去玩啊，那太好了。好好盡情去玩吧！」

紘子不曾聽陽向提起過交到什麼朋友。得知陽向有朋友的事實只會讓紘子感到安心，當然不可能會有想要阻止陽向與朋友出遊的念頭。

紘子自認已經盡量避免自己的發言害得陽向擔心，但陽向的表情依舊沒有改變。不僅沒有改變，陽向更加淚眼婆娑地做出這般發言：

「紘子，我是不是應該報警比較好？」

紘子驚訝得說不出話來。直到前一刻，紘子從未有過這樣的念頭。紘子已經好幾天不曾看過自己的臉。她甚至無法判斷自己的狀況是否真的嚴重到需要接受警察的保護。

紘子硬是在臉上浮現微笑說：

「陽向……妳喜歡媽媽嗎？」

「咦？媽媽？」

「嗯。」

「該說是喜歡嗎？不過，她畢竟是我的媽媽。只是，她害得妳遭到這樣的對待，我心裡會覺得無法原諒她。」

「我完全不會恨媽媽喔。到現在我也還是很喜歡她。而且，媽媽絕對會站在妳這一邊。不論這個家的哪個人成為妳的敵人，媽媽也絕對會站在妳這邊。」

紘子怎麼可能讓陽向失去這樣的存在。所以，紘子絕對做不到跑去向警察求救這種事情。

紘子緩緩調整了呼吸。

「媽媽是妳的盟友。所以，不管未來發生任何事情，妳也要跟我一樣信任媽媽。還有，可以的話，我希望妳原諒媽媽。」

紘子自己這麼說出口後，忽然覺得這句話聽來耳熟。用著不靈光的腦袋拚命思考後，紘子想起那是哥哥曾經對她說過的話。

紘子不禁覺得好笑，但已經沒有多餘力氣笑出來。取而代之地，寂寞的情緒湧上紘子的心頭。在自己說出相似話語的當下，紘子才總算理解了哥哥說那些話的用意。

紘子這才察覺到自己能夠原諒惠梨香。從邂逅的那天開始，直到今天為止，紘子一直都能夠原諒惠梨香。

原因是惠梨香不是真正的紘子母親。

紘子對惠梨香根本沒有抱以期待。

紘子與惠梨香不可能成為真正的母女。紘子與陽向的不同就在於這點。對於自己會有這樣的念頭，紘子感到悲傷不已。

陽向一臉嚴肅的表情。紘子猜想陽向不知道該如何解讀紘子說的「我希望妳原諒媽媽」這句話。

紘子腦中忽然閃過一個畫面。那是紘子與惠梨香兩人在伊予市的海邊，凝視漆黑大海時的畫面。

那天，惠梨香露出顯得難為情，同時也顯得極度不甘心的表情。紘子一邊在腦海裡浮現惠梨香當時的表情，一邊低喃說：

「不過，這麼做或許是錯的。」

「咦？」

「或許不應該原諒才對。或許必須斬斷關係才行。」

「抱歉，紘子，妳在說什麼？」紘子幾乎就快失了神時，忽然被陽向的聲音拉回現實世界。

紘子對自己會說出這些話感到不可思議。不過，紘子立刻認知到了事實。紘子拚命擠出所剩不多的力氣，用力握住陽向的手說：

「我希望至少還有妳可以一直站在媽媽那一邊。不過，萬一哪天在妳準備做出人生重大抉擇時，如果那個人試圖阻礙的話，或許妳就必須毫不留情地放手。」

陽向顯得不安地扭曲著可愛的臉龐。

「抱歉，我聽不懂妳在說什麼。妳說的那個人是指媽媽嗎？我完全聽不懂妳的意思。」

「嗯，沒關係的。妳現在還聽不懂也沒關係。不過呢，妳要好好記住一點，妳的人生不是為了某人而存在。絕對不要把自己必須生存下去這件事怪罪到某人的頭上。妳的人生只屬於妳自己。就這件事絕對不能讓任何人，也不能讓媽媽插手干涉。妳現在還不懂也沒關係，只要好好記住就好。」

紘子告訴自己這應該才是惠梨香的真正期望。因為在海邊時，惠梨香說過想要把自己渴望從母親身上得到的東西分享給孩子。

紘子輕輕撫摸陽向的髮絲，摸著摸著，紘子也終於溼了眼眶。不過，不知道為什麼，紘子就是沒有流出眼淚來。

「妳會在媽媽生日之前回來吧？」

「嗯，預計會在十五號的中午回來。」
「那這樣，我們就一起幫媽媽慶生吧！在那之後，也要幫妳慶生，還有幫我慶生。」
「是啊，好期待。」
「對吧！所以，在那之前我們兩人一起加油吧！」
「嗯，謝謝妳。真的很抱歉。紘子，對不起喔……」
陽向的淚水止不住地流下，並輕輕依偎在紘子的身上。太陽的氣味撲鼻而來。聞到有種懷念的感覺、完全符合陽向的香氣後，紘子的胸口緊緊揪起。
即便如此，紘子還是沒能哭出來。
紘子不禁為此感到錯愕，而努力試著讓自己流眼淚，但最後還是怎麼也哭不出來。
紘子聽見屋外傳來了摩托車聲，急忙讓陽向離開房間。
「我猜媽媽是逃跑了。她丟下我們逃跑了。真的很抱歉。紘子，對不起。」
這是陽向留下的最後話語。
紘子拿起手機想要確認時間，但拿起後才想起手機早就沒電了。直到玄關處傳來同伴們的吵鬧聲音時，紘子才後悔地心想：「早知道至少應該要陽向拿充電器來。」
即便獨自一人待在西式房間，紘子也感受得到屋內的空氣密度一鼓作氣地大大提升。紘子難以想像有多少人待在和室和餐廳裡。

只能一直壓抑住聲音的無止盡漫長時間再次展開。在這之間，數不清的男人一個接著一個來到紘子的身邊。當中也看見了龍二和健吾等熟悉面孔，但幾乎都是紘子不認識的男人。

男人們興致一來就對紘子動粗。若是有動粗的理由，好比說玩遊戲輸了或沒能一口氣乾杯等等，那還說得過去，但大多不是那麼回事。男人們毫無理由地來到房間，毫無理由地對紘子動粗。

當中讓紘子感到最煎熬的，莫過於被關了房間的總開關。

「人渣還想吹冷氣？等下輩子吧！」

有個男人這麼大笑說道，而紘子甚至無法辨識對方是誰。紘子的腦袋不靈光，意識矇矓。陽向出門去海水浴場多久了？感覺像是已經過了好幾天，又像是才過了幾小時。陽向已經出門了嗎？惠梨香還是沒有回來嗎？

大家不再供給紘子任何食物。在熱氣沸騰的一片黑暗之中，紘子只靠著陽向留下的幾瓶寶特瓶裝的水苟延殘喘。

不久後，紘子連去到廁所的精力都喪失了。什麼都能忍，但就是不能直接在這裡……紘子一直忍著不直接在房間排泄，但最終還是忍不住排泄在被窩裡時，甚至也不覺得骯髒了。

沒有人來解救紘子。惠梨香沒有來到房間，陽向也沒有。每次來到房間的都是男人，男人們動粗時的動作也做得越來越敷衍，連紘子都忍不住覺得好笑。

不論是悶熱、飢餓、口渴，一切的感覺都漸漸變得遲鈍。不可思議地，紘子也感覺不到身體的疼痛，呼吸也變得淺短。

紘子沉睡的時間變長了。我在忍受什麼？為了什麼而忍受？我到底在等待什麼？這一片黑暗的另一端能看見什麼？紘子什麼都搞不清楚了。

就在紘子已經陷入這般狀態時，房間裡的日光燈無預警地亮了起來。紘子的身體沒有像平常那樣變得緊繃，也沒有湧上想要挺起身子的力氣，甚至也不覺得刺眼。紘子只轉動視線看向門口。

有那麼短短一瞬間，紘子看成是惠梨香打開房門。紘子以為自己看見了女神來解救她脫離窘境。

然而，紘子在朦朧視野裡，捕捉到與惠梨香天差地遠的惡魔身影。

「嗚！這房間是怎樣？這裡面熱到爆，而且好像臭臭的耶？有沒有這麼悽慘啊？」

香織杵在門口不動。紘子沒有做出任何反應。把視線拉回天花板後，紘子重新閉上眼睛。

「拜託，紘子，妳不會是在棉被裡尿出來了吧？」香織用著嘲笑的口吻問道，但紘子不為所動。

香織一副下定決心的模樣踏進房間後，打開了空調。久違的冷風在房間裡輕輕吹起的那一刻，食物的香味掠過紘子的鼻尖。

紘子總算挺起上半身。香織沒有察覺到紘子的舉動，顧著打開窗簾和窗戶，打算讓房間裡的悶熱空氣換換氣。這時，紘子早已抓起放在地板上的塑膠袋翻找食物。對自己還有這般精力而感到訝異的同時，紘子從袋子裡拿出加熱過的便當，忘我地不停動著筷子。

難以置信的聲音從紘子的頭頂上方傳來。

「拜託妳控制一下好不好？簡直跟個餓死鬼的一樣。」

紘子隔了一會兒後，才轉動視線看向站在窗邊的香織。認知到陽光照射進來房間的事實後，紘子得知目前是白天時段。隱約可見的天空染上了暗紅色。紘子猜想著不知道現在是早晨，還是伊予市被色彩點綴得最美麗的黃昏時刻？

紘子把視線拉回便當上，放慢速度把剩下的配菜吃光後，從塑膠袋裡拿出冰水，也往嘴裡倒。

香織坐在與紘子拉開距離的位置。

「好吃嗎？」

光是攝取了食物和水分而已，紘子便感覺到血液在全身流竄。話雖如此，但紘子還是沒有力氣回答。

「我說紘子啊，可不可以問妳一個怪問題？我一直很想問妳一個問題。」

香織一副百無聊賴的模樣把弄髮尾，補上一句「所以我才會特地帶便當來給妳吃」之後，繼續說：

「其實我最討厭我媽了。雖然我們也不是感情特別差，但我就是怎麼樣也沒辦法喜歡她那樣的人。可是，我一直搞不懂討厭她的原因。結果呢，認識惠梨香姊之後，我好像有點理解了。」

香織娓娓而談，那模樣宛如正在與好友分享今天遇到什麼事情一般。

「紘子，妳覺得女人的母性怎麼樣？我從小時候就一直深信一個母親為了保護小孩，就絕對必須擁有母性。不過，那是騙人的，對吧？應該說，那只是因為我們都被洗腦成無條件相信母性是美好的東西。現在我已經發現這個事實。總之，母性不見得都能夠讓小孩活得好好的——」

香織一路說到這裡時，紘子才第一次開口說話：

「……被誰？」

紘子真的已經很久沒有發聲了。香織顯得很開心，連表情都亮了起來，她往前探出身子詢問：

「咦？什麼？妳說什麼？」

「我在問妳，妳覺得一路來是被誰洗腦成那樣？」

紘子宛如做著復健一般，一字一字地使力發音。香織臉上染上失望的色彩，那表情彷彿在說：「什麼嘛，我還以為妳要說什麼呢！」

「那當然就是一些覺得這樣洗腦會比較好辦事的人吧？」

「誰？」

「不是啊，妳幹嘛那麼執著於這個問題？應該就是男人之類的吧？我猜啦。」

香織一副感到無趣的模樣把視線拉回分岔的髮尾上，但紘子不由得倒抽了口氣。紘子想起有一次哥哥回到老家時說過的話。

「我發覺這樣久久一次回到這裡來，不論是好的地方或不好的地方，都可以看得很清楚。

我是指愛媛。」

「好的地方？」紘子用力吸起涼麵線後，歪著頭問道。哥哥輕輕點頭回答：「好的地方應該就是這裡在石鎚山的庇護下，所以極少受到災害。還保留著古老文化的地方也很不錯。無庸置疑地，那些都是愛媛的獨特景色。」

紘子莫名地有種自己受到認同的感覺，心情大好地繼續發問說：「不好的地方呢？」

哥哥在胸前交叉起雙手，稍作思考。跟著，哥哥在臉上浮現感到無力的表情做出發言，那發言像一把利劍刺在紘子的內心深處。

「不好的地方應該也是因為長久以來一直被守護下來，才會變成那樣。以負面的角度來說，這裡非常傳統。有時候真的會被嚇到，想說為什麼男人可以一副自己很了不起的態度對待女人？為什麼女人要讓男人表現得像是很了不起的樣子？」

「像我們家的媽媽一樣？」那天紘子只開玩笑地這麼說，沒有多做追究。「對啊，像我們家的爸爸一樣。」哥哥也只是笑著這麼回應，沒有多說什麼。

那時與哥哥的這段互動，以及烙印在紘子心上的頓悟，在這個意外的時間點被喚醒過來。

女人是必須具備母性的動物。

香織認為是男人灌輸了這樣的觀念。紘子沒有去思考這個看法能不能讓人接受，只抱著事不關己的態度心想：「香織這看法挺有趣的。」

香織用著平淡的口吻娓娓道出：

「不過，我們這樣像被洗腦一樣而認知的母性，不見得只是為了讓小孩活下去而存在的東西，對吧？看著我媽，我一直覺得母性也可能反過來害死小孩，也思考著這究竟是怎麼回事？不過，站在非常客觀的角度觀察那女人後，我想通了。」

紘子一下子就聽出香織帶著惡意所說的「那女人」，指的是惠梨香。紘子再次閉上嘴巴。

香織用鼻子哼了一聲。

「一開始，我覺得惠梨香姊是個很有趣的人。該怎麼形容呢，她是一個內心充滿愛，同時又有虐待傾向的人。我還滿喜歡這種不協調感的。可是，不知道從什麼時候開始，看到她會讓我覺得毛骨悚然。我之所以會覺得毛骨悚然，應該是因為她跟我媽很像。她們那種人的共同點就是自己沒有長大，根本還是個幼稚小孩就當了母親。」

香織用著感到厭煩的語氣說道，表情變得扭曲。

「那不是愛，也不是虐待傾向。她們只是從幼稚小孩時就一路被灌輸必須具備母性，結果被自己的母性甩得團團轉而已。母性才不是什麼了不起的東西。母性還是有可能害死小孩。現在這個家的狀況不正如此嗎？那女人沒能夠保護妳，也沒能夠保護陽向。沒辦法，畢竟她是假貨。說什麼母性是本能，那根本是騙人的。到最後，她們只會拚命地保護自己，然後輕而易舉地拋開為小孩無私奉獻的念頭。說穿了，就是仿冒品。」

不知為何，香織的眼眶顯得溼潤。香織的母親是個什麼樣的人？她的母親從幼小時到現在經歷過哪些事情？紘子不曾問過香織這些事情，也不想問。

不過，紘子感受得到香織對自己的母親抱有極大的期待。應該說，香織「也」對母親抱有極大的期待。因為有所期待，所以會失望。因為有所期待，所以會覺得遭到背叛。紘子也是一樣的心情。紘子的耳邊再度響起哥哥說的那句：「我希望妳原諒媽媽。」

清晰的蟬鳴聲傳來，讓人陷入宛如蟬隻就在房間裡的錯覺。

「即便如此，我還是覺得那是本性。我是說母性。」

紘子硬是張開嘴巴說道。儘管知道香織高高揚起眼角，紘子還是無法克制地開口說：

「我應該也有。就連我這個根本沒有生過小孩的人，肯定也擁有母性。」

「妳是聽不懂嗎？就跟妳說那是幻覺。」

「那不是幻覺。因為我願意拿自己的性命去交換。」

「什麼意思？妳是在說陽向？」

紘子沒有回答。香織漲紅著臉說：

「妳是想靠說這些裝英雄的話，讓自己覺得爽快吧？那女人也會有像這樣的表現。心情好的時候都會說一些動聽的話。可是，真正到了緊要關頭時，卻一點用也沒有。」

「才不是那樣。」

「我勸妳快醒醒吧！都已經不成人樣了，妳還說得出那麼自以為了不起的話。絕對不可能的。憑妳那偽造的武器，絕對不可能保護得了陽向。」

「保護得了。」

「就說不可能了。真正的母親們都那副德性了，何況是妳？絕對不可能。不可能的，絕對！」

妳要恨就恨那個女人吧！香織在最後撂下這麼一句後，一邊用手反覆搓揉眼睛，一邊走出房間。

香織的個性或許很像她的母親吧。紘子不禁感到不可思議，比起紘子，香織似乎對惠梨香抱以更大的期待。

若是認同香織的一切說法，再下跪祈求原諒，或許紘子就有機會踏出房間。

不過，紘子壓根兒就沒打算那麼做。

紘子自認沒有逞強，她說的也都是真心話。不過，如香織所說，紘子也不明白為什麼會覺得現在的自己保護得了陽向。

香織離開後，換成一大群人進到房間來。厚實的窗簾再度被拉上，總開關也被關閉。在昏暗又悶熱的房間裡，男人們一副愉快得不得了的模樣，一邊大笑，一邊毆打紘子。

不知道輪到第幾個男人時，男人跨坐到紘子的身上。紘子拉起棉被蓋住頭，拚命地想要反抗，但這是個錯誤的舉動。

男人把棉被當成了彈跳床，意氣用事地上下跳著。男人不知道第幾次著地時，紘子聽見一道悶聲響遍體內。

那聲音想必也貫穿了室內。男人猛地停下動作。室內瞬間陷入寂靜，下一秒鐘紘子在棉被裡像噴灑似地吐出剛剛吃下肚的食物。疼痛感貫穿全身，紘子猜想應該是肋骨或胸骨的哪根骨頭斷裂，刺入身體的某部位。

紘子把臉埋進滿是嘔吐物的被窩裡，大聲嘶吼。

紘子全身冒出冷汗，無法克制地發出痛苦呻吟。

明明就快暈厥過去，腹部的疼痛感卻諷刺地在最後一刻硬是讓紘子滯留在現實之中。

「喂！妳太吵了吧！讓人聽了就悶，給我安靜一點！」

紘子聽出了龍二的焦躁情緒，但就是克制不了呻吟。龍二嘆了口氣，朝向身邊的不知某人發出命令說：

「這傢伙真的太吵了，把她關到壁櫥裡面去！」

雖然不知道現在這個家的地位關係，但紘子猜想應該是愛華和麗央顫抖著聲音回答：

「是。」

紘子死命抵抗。然而，紘子怎麼可能還有力氣抗鬥。身體被抬高的那一刻，紘子拚命地抓起放在枕邊的不知何物。直到被關進壁櫥後，紘子才知道自己抓起的是早已耗盡電量、毫無用處的手機。

「我會想辦法。我會想辦法救妳，妳先在這裡待一下。拜託妳再撐一下。」

不知道是在害怕什麼，麗央說話時的聲音顫抖個不停。紘子點頭做出回應。對著多次背叛過自己的前男友，紘子不知點了多少次頭。

紘子緊咬住就在身邊的布料，死命地試圖忍耐，但還是止不住悶聲從嘴裡溜出。紘子緊緊閉上眼睛弓起身體躺著，並且用手按住腹部。

一秒接著一秒流逝的時間，宛如發出巨響般朝向紘子逼近。紘子看見了無數幻覺，也幻聽到聲音。這時，奇妙的畫面彷彿從大腦中樞滲出似地掠過紘子的眼皮。

畫面裡出現紘子過去與陽向一起看地圖集時所看到的愛媛地形，而紘子在天上的雲端，獨自低頭俯視著。

一直讓人覺得喘不過氣、為其狹窄而悲嘆，並在心中誓言絕對要離開的故鄉。為什麼我會眺望著這故鄉的景色？腦中浮現這個疑問的下一秒鐘，紘子放聲大笑地一躍而下。紘子突破多層雲朵，與街景的距離越拉越近。

紘子知道自己正朝向何處墜落。她正朝向狹窄愛媛縣裡的伊予市、朝向狹窄伊予市裡的某個公宅、朝向狹窄公宅裡的某戶住家、朝向狹窄住家裡的某個房間、朝向狹窄西式房間裡的壁櫥墜落。明明對寬廣的世界嚮往不已，紘子卻像被吸引似地墜入越來越狹窄的世界。

紘子的腦海裡也閃過其他無數幻覺。當中有年幼時的回憶，也有不存在記憶中的景色，還有如夢境般不帶有真實感、支離破碎的無數畫面。

紘子感覺到身體各部位都像被火燒似地疼痛。明明熱得一直冒汗，不知為何紘子卻覺得冷到了極點，身體不停地嘎吱作響。

紘子就快沉沉睡去，但本能拒絕讓她這麼做。若是不小心睡著了，將會引發不可挽救的事態；這般預感讓紘子勉強維持住意識。

有誰會來救我？還要忍受多久才可以解脫？想著想著，紘子忽然在意起時間，於是握緊恰巧觸摸到的手機。

紘子長按住電源鍵。朦朧的藍光在壁櫥裡亮起。

紘子拿起手機移動到眼前。

日期正好在那一刻跳到新的一天。

八月十五日，印象中這個日期好像有什麼事？

紘子這麼心想，並打算放下手機。就在這時，紘子的心臟才總算猛力跳動一下。

紘子感覺到身體湧現一股微弱的力量，等到察覺時已經在通話記錄裡尋找著某人。

紘子抱著祈求的心情把手機湊近耳邊。

手機沒有傳來任何聲響。

不知道對方的鈴聲有沒有響起？紘子抱著絕望的心情從耳邊挪開手機時，壁櫥裡再次被黑暗吞噬。

紘子明明害怕得不得了，卻不知為何流不出眼淚。沒多久，紘子感覺到胃部發熱，不知何物從呼吸道逆流而上，穿過喉嚨從嘴巴噴了出來。

紘子不禁感到納悶，她以為自己早已吐光胃裡所有東西。一團漆黑之中，紘子輕輕吸了一口氣後，察覺到那並非單純的嘔吐物。紘子的嘴裡還殘留著鐵鏽味。就在紘子認知到那是鮮血味道的下一秒鐘，發熱的物體再度從體內湧上。這回紘子是在有自覺的狀況下，口吐鮮血。

紘子因為悶熱而冒汗，身體因為發冷而顫抖。紘子已經無法做任何思考，也不覺得害怕。不過，在拚命忍受身體疼痛之中，紘子看見了最後的幻影。

紘子看見理應緊閉著的拉門敞開，沒道理在家的陽向就蹲在眼前。

「妳趕快逃跑。不要插手管事，快逃——」

雖然甚至不確定自己有沒有順利發出聲音，但紘子硬是擠出力量露出微笑。陽向的淚水滴落在紘子被溫柔握住的手上。那觸感無比溫暖，而且顯得特別真實。

「陽向，拜託妳快逃。」

只要陽向能夠走在人生的正途上好好生活，紘子陷入這般窘境也將會變得有意義。

不要怪罪於任何人，好好過只為了自己而過的人生——

紘子試圖這麼說，但果然發不出聲音來。不知不覺中，陽向的身影消失不見了。

不可思議地，紘子不再感覺到身體疼痛，也不會痛苦呻吟。紘子不覺得悶熱，也不覺得發冷，她讓自己仰臥在壁櫥裡，哼起歌來。

紘子哼著小時候經常與母親一起唱的〈瀨戶の花嫁〉（註15）。哼著哼著，紘子忽然想起惠梨香心情好的時候，也經常唱這首歌。

啊，對了……紘子總算想起來了。已到了八月十五日，紘子總算能夠迎接惠梨香的生日。

一片黑暗之中，這回換成浮現出惠梨香的身影，而且是紘子不曾遇過的孩童時期的惠梨香身影。

惠梨香開心地笑著。

天真無邪的惠梨香對自己的未來確實抱以期待，享受著滿滿的愛。

紘子也隨著笑了起來。

紘子一直握在左手裡的手機滑落下來。

她已經沒有力氣重新握起手機。

紘子對著露出笑臉的惠梨香說話。

謝謝妳願意接受我。媽媽，我不會恨妳。以後我也永遠都會原諒妳。

孩童時期的惠梨香一臉感到納悶的表情。

紘子看了後，還是忍不住笑了起來。

「生日快樂——」

這時，紘子總算淌下熱淚。

這也成了紘子陷入長眠前一刻的最後記憶。

註15：〈瀨戸の花嫁〉是在1972年發行的日本老歌，歌詞內容描述即將出嫁到瀨戸內海某座小島的新娘心情，以及對新生活的決心。

終章

八年前，我在十八歲時離開故鄉愛媛，來到了東京。當時，我去見了知道某事件的一個人。

事件發生後上原浩介成為我的保證人，是他告訴我對方的聯絡方式。「妳自己一個人真的沒問題嗎？如果會擔心，我可以陪妳一起去的。」上原不知道已經這麼說了多少遍，但我堅決地表示拒絕。

我心中當然會感到不安。畢竟除了上原之外，那是我第一次與其他人談起關於事件的事。不過，我不能再選擇逃避。

還住在愛媛時，我便一直認為自己必須先過了這一關，才能展開連作夢都會夢見的東京新生活。

「謝謝。不過，我必須自己一個人去。」

在那之前，我寄過好幾封信給對方，但對方從來沒有回覆。在這樣的狀況下突然接到我的來電時，對方似乎連話都說不出來。

我想像著下一秒鐘就會傳來怒罵聲，所以閉上眼睛靜靜等待著。對方沉默了好一會兒，但最後還是答應與我直接碰面交談。

對方指定在新宿的咖啡連鎖店見面。那是我第一次去到新宿，儘管就快被喧囂的街道給怔住，但我的注意力還是沒有因此轉移。

比約定時間早了一個小時抵達咖啡店後，我一直注視著放在桌上的手機。對方也早了三十分鐘來到咖啡店。

「請問是越智陽向小姐嗎？」

我與對方不曾碰過面。我以為對方抵達後會撥打電話，沒想到對方突然主動攀談，我驚訝地從座位上站起來。

我的表情肯定十分僵硬。對方雖然也同樣散發出緊張的氛圍，但一副不由自主的模樣垂下了眼角。

「我們應該是第一次見面吧。妳好，我是清家。」

對紘子而言「像超人一樣」的哥哥清家恭介，再度朝向我展露笑容。

我一直喉嚨乾渴。明明如此，我卻因為身處在咖啡店這樣的場所而感到畏縮，不小心點了熱飲。

因為太緊張，我的手顫抖個不停。杯子不停地輕輕發出鏗鏘聲響。恭介壓低頭抬高視線注視著我，然後輕輕嘆了口氣。

「我沒有一天忘記過那起事件。這不是誇飾說法，六年來，我每天都思念著紘子。」

「真的非常抱歉。」

「妳不需要向我道歉。」

「不，我應該要道歉的。因為——」我下定決心試圖說出一切，但恭介沒有讓我繼續說下去。

「真的不用。我們並不恨妳。」

紘子比我大四歲，聽說恭介又比紘子大兩歲，所以恭介這時的年紀會是二十四歲。我聽說過事件發生當時恭介是個大學生。恭介放在桌上的名片印出銀行名稱，就連我也認得那家銀行。

我們沒有談論發生事件那時的事，更不可能閒話家常，就這麼任憑沉默的時間一秒一秒地流過。

緊張的情緒遲遲無法緩和下來。雖然不太可能是因為顧慮到我的情緒，但恭介總算放下杯子，緩緩移動視線看向我說：

「陽向小姐，妳應該還沒有滿二十歲吧？」

從恭介的話語中，我聽到一絲絲的伊予腔。我用力點頭說：

「我今年就要滿十九歲。」

「這樣啊，還很年輕呢。」

「可是，已經超過紘子小姐的年紀。」

「嗯？」

「紘子小姐沒能夠迎接十七歲，我自己滿十七歲那時，心慌得不知道該怎麼辦才好。我一直都覺得很愧疚，也很痛苦，但從不曾像不小心長大到十七歲時那樣完全不知道該怎麼辦才好。我一直在想不應該只有我自己活下來。」

對我來說，不論是家裡還勉強像一個家的小學時期，還是家庭瓦解的國中時期，當然還包括發生事件的前後時期，一切在愛媛的記憶都是灰色的。

當中尤其是十七歲那一年，更是讓我痛苦得想要放棄生命。當時的我情緒起伏特別劇烈，每天都在安定與不安定之間來來回回。我還曾經因為月經沒來，大吵大鬧地說自己也必須了斷性命才行，讓上原傷透了腦筋。

即便如此，我還是活了下來。我抱著在東京重新展開人生的一縷希望，結果一路活到現在。

這樣的我就算受到撻伐，也是應該的。應該說，我內心某處反而期望受到撻伐。明明如此，恭介卻是一直溫柔地保持著微笑。

恭介重新拿起杯子，但沒有湊近嘴邊，而是一直凝視桌上某處低喃說：

「其實紘子臨死之前曾經打電話來。」

我的心臟猛力跳動了一下。

「紘子小姐打了電話？」

「嗯？」

「打給恭介先生嗎？」

「不是，打給我母親。」

「咦？」

「我就知道，妳這樣的反應很正常。我母親也發現了紘子打電話來，但聽說電話只響了不到一秒鐘就斷了。我母親當然立刻回撥了電話，但就這樣沒有再接通過。」

「那是什麼時候打的電話？」

「在紘子臨死之前。八月十五日的凌晨一點左右。」

「可是，那時候已經……」

「嗯，手機早就沒電了，對吧？警方也這麼跟我們說明過。所以，我在想那或許是個奇蹟。紘子在臨終那一刻想要聽到母親的聲音。紘子想聽到的不是我，也不是妳或妳媽媽，而是自己母親的聲音。紘子也有可能是想求救。雖然已經無從得知紘子的真實想法，但我覺得她應該是在最後原諒了母親。」

「原諒？」

「嗯，我在想紘子應該是想直接告訴母親已經原諒她。不管怎樣，因為有了那通來電，我母親才能現在還好好活著。如果是我還住在老家那時候的她，肯定會因為沒接到電話而後悔一輩子。不過，她現在以非常正向的態度在面對生活。我想應該是因為感受到了紘子的心情。」

恭介後半段說了什麼，我幾乎沒聽進耳裡。我明明在心中堅定立誓絕對不要這麼做，但當我察覺時，早已泣不成聲。

後來，我一邊哭，一邊向恭介坦承了一切。包括事件前發生過什麼事、事件後一路怎麼走過來、我完全沒有與服刑中的母親以及其他任何家人聯絡、外婆美智子因罹患癌症已去世、沒有參加外婆的守夜和喪禮、與紘子共同懷抱著來到東京的夢想……

還有一件事件當晚發生的事，這件事我不曾向警察、不曾向監護官，甚至不曾向上原坦承過，但只向恭介一人坦承。

我做好這回肯定會受到譴責的心理準備。我更加使力握緊拳頭，把身體縮成小小一團等著承受如雷貫耳的怒罵聲。不誇張，我甚至已經做好挨打的心理準備。

然而，恭介依舊沒有改變表情。

「這樣啊，原來妳會來東京是有這一層涵義。這點我還真的是不知道。」

恭介用著彷彿其他所有事情他都知道似的口吻說道，跟著輕笑一聲，並這麼補上一句：

「妳一路走來也是辛苦了。」

恭介的語調實在過於平靜，我不由得心煩氣燥起來。

「為什麼你都不責備我？」

「嗯？」

「你明明應該對我恨之入骨，為什麼還能夠對我說出這麼體貼的話語？」

我眼裡的淚水不停地湧出。恭介臉上浮現感到困惑的表情，但沒有要收起笑容的意思。

「我已經說過了，我一點也不恨妳。就算在聽了妳的告白之後，我的心情也沒有改變。我說得更明白一點好了，哪怕妳媽媽現在也在這裡，我的心情想必也不會有太大的改變。」

「請等一下。為什麼——」

「因為我不認為紘子會恨妳們。以前紘子經常跟我提起妳們。我很少聽到她會那樣聊起別人的話題。所以，我的看法應該是對的。」

「可是，我母親……那個人在緊要關頭時逃跑了。她任性地自己描繪出理想家庭，任性地想要成為每個人的母親，但最後演變成自己無力應付的事態時，就率先逃跑了。我認為是我的母親殺死了紘子。」

「嗯，是吧。對於越智惠梨香，我確實抱著比較複雜的心情。事實上，在訴訟上我也希望她被判重刑。所以，對於妳媽媽，嗯，一些情緒或許有部分是來自個人因素。」

「個人因素？是指恭介先生你本人嗎？」

「嗯。我和紘子在最後一通電話裡談論到的正是那樣的內容。我告訴紘子正因為覺得對方無法原諒，才更應該選擇原諒。對我而言，沒有人比越智惠梨香更教人無法原諒。可是，正因為如此，我才希望自己至少應該持續抱著想要原諒她的心。」

不過，因為一直很難做到這點，讓我很痛苦就是了；恭介露出靦腆的表情補上這麼一句時，我實在看得不忍心而無力地垂下頭。

「以後方便讓我每年至少可以去墳前上香嗎？」

我好不容易鼓起勇氣說出這句話。這時，恭介第一次表現出毅然決然的態度說：

「不，沒那個必要。」

恭介直截了當的拒絕讓我感到訝異，不由得往前探出身子。

「可是——」

「不是的，妳別誤會。我不是在排斥妳來上香的意思。我只是想到妳要去紘子的墳前上香，就表示必須每年回到愛媛，不是嗎？」

聽到恭介這麼說之前，我完全沒有想到這個理所當然的事實。不過，我的想法不會因此而改變。

「我當然是抱著這樣的打算。」

恭介輕輕地，但堅定有力地搖了搖頭。

「妳應該優先讓自己在東京的生活步上軌道。既然妳已經自己決定在那之前不回去愛媛，就貫徹到底。」

恭介一副不讓我有機會插嘴的模樣，直到最後的最後依舊保持著笑臉繼續說：

「嗯，沒錯，妳應該先好好過自己的人生。不要找藉口，也不要怪罪於別人，只為了妳自己而活。妳能夠好好為自己而活，就等於是紘子……我妹妹曾經在這世上存在過的最大證明。所以，我發自內心期望妳可以過得幸福。」

恭介是知情的嗎？難道恭介知道紘子有一次也對我說過一樣的話嗎？

我趴倒在桌上崩潰痛哭。在連自己都難以置信的嗚咽聲不斷從嘴裡溜出之中，我不是賠罪，而是不停地道謝。

在那之後，走過了八年的歲月。

這段歲月裡，我擁有了許多。第一次自己一個人住、第一次結交同年代的朋友、第一次體驗符合學生該有的生活……我也如願地從事夢想中的美髮師工作，並且與健次邂逅、成為家人、在新地方擁有住家，現在擁有兩個值得疼愛的小孩一翔與肚子裡的女兒。

無庸置疑地，我度過了幸福的時光。對於這點，我可以毫不慚愧地大聲說出來。每次邂逅讓我覺得絕對不能失去的重要存在，故鄉就會離我更遠一些。

這八年來，我沒有對任何人提起關於事件的事。包括我的丈夫，當然也包括兒子，就連在松山為我擔心的上原也沒有。

只有在每年一次，也就是紘子的忌日八月十五日時，我才會寫信向恭介吐露自己對事件以及對紘子的心情。

幸福的時光若是就這麼持續下去，說不定我就能夠把愛媛的往事、那事件的存在、母親的存在，甚至紘子的存在都封鎖在記憶的角落。我內心某處一直抱著這般近似期待的想法。然而，事實上，不論我沉浸在多大的幸福……不，應該說每當我在每天的生活中找到幸福的瞬間，就會有越來越多個夜晚被惡夢糾纏。

於是，我被瞬間拉回過去的記憶之中。起因是在進入八月份不久後，我忽然抬頭仰望天空時，感受到了母親的味道。

不知為何，從那天開始，許多周遭發生的事物都會讓我回想起故鄉。丈夫健次即將外派新加坡、一翔突然「愛媛病」發作、懷了與母親和我同樣會在八月出生的小孩，還有小孩是個女兒也是原因之一。

最關鍵的是，上原毫無預警地到訪。「是時候該離開父母身邊學習獨立了，請不要再來找我。」自從我在六年前這麼告訴上原後，別說是來到東京，上原甚至不曾打過電話給我。明明如此，上原卻突然在我面前出現。

然後，上原接二連三地告訴我母親罹患癌症、下週即將出獄的消息，並且用著懇求的口吻說：

「一次就好，可不可以拜託妳去見見惠梨香？」

唉～我終究無法一路逃到最後——

看著上原深深低下頭的身影，我發愣地這麼想著。「我要逃到最後」的意識原本在我的心中沉睡著，如今卻被上原強勢逼得必須去直視。

「請讓我考慮一下。」

這麼告訴上原時，我心中理應早已有了結論。即便如此，想到必須向家人坦承一切，我還是需要相當的決心。

與上原分手後，我沒有立刻回家。我無處可去，只能搭著電車任憑時間無意義地流過。望著從車窗外流過的東京街景時，我還不死心地思考著有沒有什麼好方法可以繼續逃下去。

太陽早已西沉，到了晚上九點多時，我終於回到家中。我說過自己會在傍晚回來，如今卻晚歸，但健次沒有表現出訝異的情緒。

「妳回來了啊～如何？聊得還開心嗎？」

我騙了健次，說是要跟朋友去吃午餐。

「嗯，聊得很開心。對不起喔，這麼晚才回來。」

「不會啊，畢竟很難得聽到妳會說要跟朋友出去玩。我還覺得妳可以玩到更晚一點再回來呢！應該說，妳其實可以把朋友帶來我們家的。」

「嗯……謝謝。不過，我朋友晚一點好像還有事。不說這個了，一翔呢？」

「那小子玩得太累，已經睡著了。」

「是喔，你吃飯了嗎？」

「吃了啊。咦？我有傳E-Mail給妳，妳還沒看啊？我們兩個去吃了燒肉。」

「這樣啊。嗯，有收到你的E-Mail。」

「那小子越來越會吃了呢，看得我都佩服了起來。」

「對啊，我在擔心一翔有可能變成小胖子。」我開玩笑地說道，但即使在這種時刻，我也還是無法直視健次的眼睛。

「我流了滿身汗，先去洗澡喔。」這麼說一句後，我像逃跑似地衝進浴室。洗手台的鏡子裡，映出臉色鐵青的女人面孔。

我打開浴缸的水龍頭，趁著蓄水的時間仔細清洗身體。花了將近一個小時放鬆緊繃的身體之間，我讓思緒奔馳於過去的種種往事。就這樣，我讓自己做好向健次坦承一切的心理準備。我必須說出來，不能再逃避了。

讓化妝水滲入肌膚，再仔細吹乾頭髮後，我回到了客廳。健次坐在沙發上看著娛樂節目開懷大笑。

「爸爸，可以跟你聊一下嗎？」

說實話，我很想跟著健次一起看電視。我能夠想像出逼真的畫面，到時候祥和安穩的時光、幸福將會輕易地被破壞。所以，即便已經到了這個地步，我還是忍不住心生「能不能表現得像平常一樣就好」的念頭。

不過，我再怎麼動腦思考也找不到這個選項。

「嗯？到那邊聊嗎？」

健次一臉納悶的表情指向餐廳後，關掉電視站了起來。與健次隔著桌子面對面而坐後，我很自然地低下頭。

「對不起喔，爸爸。真的很抱歉。」

面對我突如其來的道歉舉動，健次沒有掩飾訝異的表情。

「什麼？怎麼了？幹嘛突然道歉？」

「你聽了我接下來要說的話，可能會覺得莫名其妙。我想你一定不會原諒我，也會覺得受傷。搞不好會演變成最糟的狀況。不管你怎麼批評我，那都是沒辦法的事。我會全盤接受。」

我一邊說，一邊心想：「我真是太賊了。」我對自己的舉動感到難以置信。妳到底要做多少辯解才甘願？妳打算遮上多少層防護罩讓自己不會內心受創？

健次依舊一副感到可疑的模樣，但沒有再多問什麼。

「真的很對不起。」

再次說出賠罪的話語後，我謹慎地做起說明。我說明了自己為什麼會逃避故鄉、為什麼會對名為家庭的體系如此嚮往、為什麼明明嚮往卻與娘家斷絕關係、為什麼從不肯提起關於母親的話題……也就是說，我拚命地建構話語，說明了十四年前的那年夏天八月，在伊予市的公宅所發生的事。

一小時、二小時……時間一點一滴地過去。在這之間，健次沒有插嘴過半次。我相信肯定有說明不足的地方，健次心中肯定也出現過什麼疑問。即便如此，健次還是從頭到尾都沒有打斷我說話。

事件剛曝光時的經過、接受警方調查的經過、訴訟的經過、受上原照顧了五年半的經過、來到東京後的經過、邂逅健次之前的經過，以及母親下週即將出獄的事實，我全盤托出。

除了某件事之外，我真的全部照實向健次做了說明。

「這就是我的真面目。你會覺得我這是一種背叛也是理所當然的事。不論你做出任何決定，我都會心甘情願地接受。」

儘管我照實做了說明，健次依舊保持著沉默。健次看了一眼時鐘後，動用全身深深吐了口氣。這天晚上，健次只對我說了這麼一句：

「我了解狀況了。因為實在太突然，我沒辦法當下就說些什麼，給我一些時間思考一下。」

「我明白了。」

我像要逃開似地也看向牆上的時鐘。

時刻早已過了午夜時分。

我痛恨自己不已，痛恨自己怕內心受創而以見外的態度回答丈夫。

隔天早上，健次一如往常地與一翔吃完早餐後，便出門去上班。這天健次比平常早了一些時間下班回來，但回到家後也沒有任何異狀。一翔衝到玄關迎接時，健次會跟他玩鬧，也跟平常一樣體貼身懷六甲的我。三人一起吃了晚餐、洗完澡後，健次也一副理所當然的模樣哄了一翔睡覺。

一翔肯定開心得不得了。每次只要健次早歸，一翔大多要哄很久才會入睡。

我當然沒有忘記昨天一事，但因為一切實在過於日常，我因此大意起來。我忙著洗碗盤時，健次比預料中更早從臥室走了回來。

「媽媽，方便聊一下嗎？」

「嗯？現在？」

「嗯，昨天聽了妳說的事情之後，我試著以自己的方式認真思考了一天。我想告訴妳我思考出來的答案。」

我的心臟猛力跳動了一下。「給我一些時間思考一下。」對於昨天健次說的這句話，我擅自認定還要好一段時間。

「好，我馬上過來。」

我一邊整理心情，一邊洗完剩下的餐具。沒擦乾手便直接稍微撫平頭髮後，我在餐桌前坐了下來。

看見攤開在餐桌上的東西時，我不禁啞口無言。

健次一副感到過意不去的模樣垂著眉尾說：

「抱歉，這麼做或許有些犯規，但我想已經沒什麼時間，就直接帶回來了。」

健次指著大量的雜誌報導影本說道。不用說也知道，那些全是某事件的相關報導內容。當中有我看過的內容，也混雜著我堅持不想看的內容。「瘋狂」、「惡魔」、「群體心理」、「失控」、「暴力」、「階級制度」；映入眼簾的淨是一些試圖勾起讀者好奇心的煽情標題。每個標題幾乎都使用了「母親」或「惡母」等字眼。

健次像在辯解似地開口說：

「其實我今天提早下班，然後有生以來第一次去了一個在八幡山的雜誌圖書館。媽媽，妳知道有這種地方嗎？聽說那裡收藏了幾乎所有以前發行過的雜誌，只要用關鍵字查詢，就可以找到想找的內容。我在那裡盡可能地瀏覽了那事件的相關內容，也影印了一些內容回來。」

我不知道該如何做出回應而陷入詞窮的窘境。健次以嚴肅的眼神注視著我，斬釘截鐵地說：

「內容太震撼了。簡直是個像惡魔一樣的女人。」

冰冷的聲音響遍屋內，那聲音甚至讓人懷疑起不是健次的聲音。我弓起背部把身體縮得不能再小，並且閉上眼睛。我根本找不到任何回應的話語。從小到大，我一路承受無數的惡意。「不准跟那女人的女兒一起玩！」我也曾經親耳聽到這樣的惡言惡語。

這些惡言惡語一字一句地扎實磨耗了我的心靈。不過，聽到自己最愛的人投來的惡言惡語，比過去的任何一句話都來得更具殺傷力。

當然了，我不會因此而譴責健次。健次一直被我這樣的人欺騙，還跟我結婚，連小孩都有了。

我自知是個惡劣的利己主義者。不，應該說我總算察覺到這個事實。我貪心地為了得到幸福，而剝奪了最愛的人的幸福。

「很抱歉一直瞞著你沒說。我就是那個惡魔的女兒。我本身也跟惡魔沒什麼兩樣。」

我緩緩抬起頭，但很奇妙地，淚水沒有奪眶而出。儘管兩隻手顫抖得厲害，我還是用力握緊拳頭，凝視著健次。

健次也目光犀利地直視我的眼睛。我們兩人都屏住呼吸，眼睛眨也不眨一下，氣氛緊張的時刻持續了好一會兒。從結婚到現在，我們兩人之間不曾陷入如此緊繃的氣氛。

我擔心自己只要稍有鬆懈，就會不小心別開視線。我說什麼也不願意那麼做，於是讓意識專注在呼吸上。

上天似乎感應到了我的心聲，健次先別開了視線。健次眨了幾次眼睛後，揚起嘴角露出無力的笑容。

「也是啦，如果換成是我，我應該也會瞞著不說。」

「咦？」

「不過，被蒙在鼓裡的感覺還是會讓人覺得不舒服。不是那種正經八百的理由，好比說因為是家人、因為是夫妻才會覺得不舒服。怎麼說呢，就是會毫無理由地覺得不開心。被自己重視的人隱瞞事情會讓人很不爽。」

不過啊……健次馬上又接著這麼說，但臉上的表情沒有改變。

「有一個更大的前提，陽向，妳是被害人，而不是加害人。妳不可能是惡魔。妳沒有必要道歉。」

健次看似不擅長表達情感，沒想到意外地懂得運用技巧。健次挑在這個時間點喊了我的名字「陽向」，想要藉此拯救我。

理解這點後，我頓時就快覺得自己已得到原諒，但果決地搖了搖頭。

「謝謝。可是，你說錯了。」

「我說錯？說錯什麼？」

「我是那事件的當事人，也無疑是加害人之一。」

「沒那回事的。因為妳──」

「不是那樣子的。都到了這個地步，我還有一件事情沒有坦白告訴你。還有一個我自身一直逃避去直視的事實。」

不可思議地，我的身體停止了顫抖。我沒有向上原、警察、媒體坦承，只有向紘子的哥哥恭介坦承過這個事實。

健次嘟著嘴巴，我朝向他輕輕點了點頭。然後，我一五一十地坦白說出那天晚上發生過的事實。

當時，我有個男朋友。

對方是大我兩歲的學長，名叫洋介。

雖然只是國中生的純純的愛，但對我來說，洋介是重要的存在。只有對洋介，我毫無保留地坦承家裡的一切慘狀。

相反地，我沒有告訴任何家人洋介的存在，就連紘子，我也沒能坦白。因為我覺得很愧疚。我知道紘子努力地想要當我的擋箭牌保護我。對一個為我付出這麼多的人，我無法說出自己有一個比她更能信賴、更能依託的對象。那完全是國中生的膚淺想法。當時如果老實告訴紘子我有這麼一個對象，紘子肯定會為我感到開心，或許也能夠安心地離開那個家。怎麼想也都覺得是我害紘子被困在公宅裡。

洋介是個深具正義感的人，他把我當成親人般聆聽我的表白。「我們去找警察想辦法。」每回聽到我的表白而皺起眉頭時，洋介都會這麼對我說，但我總會聯想到母親陷入窘境的畫面，而沒能點頭答應。

「既然這樣，那妳至少來我家住吧！」事件發生的八月那個時期，洋介這麼邀請我，並告訴我哪怕只是短短幾天，也想讓我可以遠離公宅。當時洋介的父母親預定在八月十二日起的四天時間，返鄉回廣島的老家。

對當時的我來說，洋介的邀約難能可貴。雖然覺得不可能取得認可，但我還是試著提出「我想跟朋友去海邊玩」的請求，結果早已失去理智的母親，一副嫌麻煩的模樣只說了句：「妳高興就好。」

比起向母親提出請求，必須向紘子開口更教我緊張。就在我遲遲開不了口之間，紘子被關進了西式房間。

當時隨時有人監視著，我連想去看一下紘子的狀況都有困難。若是沒機會告訴紘子，就放棄去洋介家好了。就在我抱著這般念頭來到八月十二日的前一天晚上，很幸運地，家裡的核心人物都出了門。

我抱著焦躁的心情等著待在家裡的幾個人安靜入睡後，敲了敲房門。看見紘子躺在被窩裡的身影時，我大受打擊。

試圖保護我的人陷入如此慘狀，而其原因正是為了我。明明如此，我卻想要投靠男朋友讓自己能夠喘口氣。我內心當然充滿了罪惡感。

不過，正因為如此，我想要早一刻逃離自己家的心情變得強烈。

「我可以跟朋友出去玩嗎？」

回想起來，我不禁覺得自己的問法過分狡猾。我明明知道紘子不可能對我說「不」。

不出所料地，紘子對我說：「去好好玩吧！」不僅如此，紘子甚至對我展露笑容。既然紘子都這麼說了，我就去吧；我這麼說服自己，並在隔天早上像逃跑似地離開公宅。

明明如此，與洋介在一起時我卻無法像平常一樣正常呼吸。第一天、第二天過去，在那之前我都還承受得住，但到了第三天晚上，我終於無法繼續保持理智。

那或許就是所謂的不好的預感吧。強烈的不安感折騰著我，我求著洋介說：

「對不起，我想回家一趟。我一定會回來，拜託讓我再回來。」

「回家？為什麼？」

「我有種不好的預感。」

「不是啊，陽向……」

「拜託你！」

「既然這樣，那我也一起去。」

「不要。我不想讓你看到那個家的樣子。而且，我必須自己一個人去。我跟我媽媽不一樣。我沒辦法就這樣逃跑。」

洋介明顯露出感到困惑的表情，但後來像是想通了什麼而答應了我。

「好吧。不過，陽向，妳今天一定要回到這裡來，不然我會擔心，好嗎？」

與洋介做了約定後，我在夜路上走了約莫十五分鐘回到公宅。對於當時在公宅裡所看見的光景，我幾乎不記得了。

房間一片漆黑，不知什麼物體橫躺在壁櫥裡。我只記得自己的手沾到溫熱的液體，以及聽到沙啞的聲音說：「拜託妳快逃。」

最後，等到我反應過來時，早已逃離那個家。不是因為有人叫我快逃，而是我害怕得不得了。當時，我的腦海裡沒有閃過母親的身影。

我一邊抽抽搭搭地哭，一邊照原路跑著折返回去，當我忽然回過神時，手上已經抓著手機。

立刻打電話報警……這樣的念頭從腦中閃過，但我甩開了念頭。「要是連妳也拋棄我，我就活不下去了！」在這種狀況下，我耳邊竟然響起母親的嘶吼聲，並奪走了我向人求救的想法。

我嚎啕大哭地回到洋介家，一臉錯愕表情的洋介緊緊抱住我。這時，在光線明亮的房間裡，我才發現沾在手上的液體是鮮血。

無意識之間，我把沾上鮮血的手藏到背後去。洋介的房間牆上掛著一面大大的時鐘。時刻早已過了午夜時分。引頸期盼的八月十五日已經到來。然而，我卻想不起八月十五日是什麼日子。

洋介耐心地緊緊抱住我直到我不再全身顫抖，就這麼抱著倒在床上後，洋介趴到我的身上來。

我沒有力氣抗拒，也沒有想要抗拒的念頭。

「可以嗎？」洋介問道。我什麼也沒回答，只是一直哭個不停。

在重要的朋友就快喪命的這個時刻，我有生以來第一次被名為男人的動物摟在懷裡。

其實我救得了紘子。

是我殺死了紘子。

我和那天一樣淌下豆大的淚珠，向健次做了告白。無庸置疑地，這是我人生中第二次的懺悔。

健次把雙手環抱在胸前，一路聆聽我說話，表情沒有一絲改變。當我說完話，緩緩張開眼睛時，健次臉上還是一樣的表情。

「即便如此，我還是要說妳不是惡魔。」

我忍不住暴怒起來。

「就跟你說——」

健次用手勢制止了我的怒吼。

「我不是跟妳說過很多遍了嗎？我只相信自己親眼看見的東西。出現在這些報導裡的母親確實像個惡魔。就連一起出現的『國一少女』也被描述得惡劣不已。我看到『骯髒血緣』這樣的形容時，還真的是忍不住笑了出來，心想現在都什麼時代了。妳告訴我好了，我所認識的秋元陽向、舊名越智陽向哪裡骯髒了？對我來說，比起這種報導內容，與妳一起走過的時間才是正確答案。妳的這種自我否定態度，等於是在否定我，妳知道嗎？我現在眼裡看到的陽向還是原本的陽向，跟昨天沒有任何改變。妳還是原本的陽向。」

看得出來健次努力地想讓自己保持冷靜，但他的雙眼溼潤泛紅。看見健次這般模樣後，我終究情緒失控。我甚至無力挺直身子，整個人趴倒在桌上。

我不知道自己就這麼趴倒在桌上過了多久。健次不知抽了多少遍鼻子，一直耐心等待著。好不容易稍微平靜下來後，我抬起了頭。我肯定是頂著一張相當狼狽的臉。看見我慘不忍睹的面容後，健次毫不客氣地噗哧笑了出來。

健次一副難為情的模樣開口說：

「在知道這一切之後，我必須再說一遍。妳一定要去見妳媽媽一面才行。」

「我上次就跟你說過了……」

「妳必須去確認。去親眼看看自己是不是真的是惡魔的小孩。」
「我不用確認也知道那女人是什麼樣的人。畢竟我跟那女人一起生活了長達十三年，她是什麼德性我再了解不過了。」
「十三歲的妳和現在的妳不一樣。」
「根本就一樣。」
「妳錯了。十三歲的妳不認識我，十三歲的妳也不是一翔的母親。兩者或許很像，但內在截然不同。既然這樣，就讓現在的妳去做判斷吧。如果是現在的妳親眼看過後再做出判斷，那我也能相信。除了自己親眼看見的東西之外，我唯一能夠信任的，只有妳親眼看見的東西。」
健次斬釘截鐵地說道。
「畢竟有人失去了性命，所以我沒打算否定妳的過去。不過，不論發生任何事情，我都不會否定妳。妳可以放心地去用現在也為人母親的自己的眼睛，好好看一看自己是什麼樣的人、妳媽媽是什麼樣的人。」
最後像在叮嚀似地又說了一次「我不會否定妳」之後，健次還是露出了微笑。
蟬像當機似地叫個不停。
不能再燦爛的陽光灑落四周。
第一次的母子二人之旅。一翔早早就開始嫌無聊，不論是對松山城，還是道後溫泉都不感興趣，真不敢相信他之前還一直吵著說想去愛媛。

「明天等爸爸來之後，我們再去小島玩好了。」

我這時才說出早已預定好的行程。

「小島？」

「嗯。那裡有很漂亮的大海喔。我們去那裡玩水吧！」

一翔瞬間心情大好。「哇～太棒了！我要去、我要去！」一翔露出開心的眼神仰頭看著我說道。

我們來到松山市內位於臺地的墓園。在這裡，連遠處的瀨戶內海也一覽無遺。恭介似乎事先聯絡過紘子的母親，我因此被允許到墳前上香。花了長達十四年的時間，我終於能夠來到這裡。我真的不知道自己該道歉多少遍才足夠。

以後我每年都會來看妳喔！

我暗自在心中這麼說，最後與一翔一起再次做出雙手合十的動作。

緩緩張開眼睛後，我放低視線看向手錶。時針指向下午四點鐘。距離相約的時間只剩下不到一小時。

「媽媽，再來要去哪裡？」

我與一翔牽著手，而我的手不停地顫抖。一翔也察覺到這點卻沒有詢問原因，我知道他以自己的方式在展現體貼。

「等一下呢，我們要去見媽媽的爸爸，也就是一翔的外公。」

我以外公來形容上原的存在。一翔的表情頓時明亮起來。

「咦？外公？我有外公啊！」

「嗯，有喔。其實你已經見過外公了。上次在井之頭公園的時候。」

「啊！我記得！原來那個人是我的外公啊！」

「對一翔來說，他是外公。另外還有一個人——」

我輕輕倒抽了一口氣。

「我們也會見到外婆。對不起喔，媽媽以前騙你說外婆死掉了。」

我以為一翔聽了肯定會很開心，但或許是感受到了我的緊張情緒，一翔只是露出驚訝的表情。

「是喔，也會見到外婆喔。那我們快點去吧！」一翔沒有詢問我為何緊張，他只是用力拉著我的手這麼說而已。

事隔八年回到愛媛後，我發現愛媛的景色跟以前比起來，變得有些不同。不同的原因不是街景本身有所變化，而是與痛苦不堪的那時期比起來，我自身的狀況變得不同。

自己租車來開，也對放鬆我的心情帶來了助力。照著汽車導航的指示下了山丘後，我順著56號國道行駛，朝向伊予市前進。上原指定了公宅旁的新川海岸為碰面地點。那是我年幼時最討厭的海洋。那裡的海洋像被封鎖起來一樣帶給人窒息感，卻是我唯一能夠喘息的地方。

前往新川海岸的車上，一翔沒有開口說話。車內安靜得讓我以為一翔睡著了，結果發現他在車窗邊托著腮凝視窗外的景色。

「一翔，你真的就快要當哥哥了呢！」

雖不是覺得氣氛沉悶，但我主動向一翔攀談。一翔回過神地眨了眨眼睛。

「嗯。我超期待的！已經取好女生的名字了嗎？」

「嗯，已經取好了。」

「咦？什麼名字？」

「現在還不能說，等生出來之後就會知道了。」

我和一翔兩人都硬是保持輕鬆的口吻。沿途沒有遇上塞車，車子順利地朝向目的地前進。雖然中途停靠過洗手間，但還是在下午五點鐘前即抵達新川海岸。

我本來期待著會覺得景色有那麼一點點的改變，偏偏只有海岸的景色與當時一點也沒變。存在腦海裡的痛苦記憶也好，辛酸回憶也好，微微泛光的景色也好，全都瞬間被喚醒過來。

「媽媽？」

一翔在我的腳邊問道。

「嗯？」

「這裡的海感覺有點可怕。」

「可怕？哪裡可怕？」

「因為很奇怪啊！這裡完全沒有海浪，好像時間靜止了一樣。」

我隨著一翔讓視線拉回海洋。對我來說，風平浪靜的海洋是熟悉的景色，但看在一翔的眼裡，卻覺得不可思議。眼前是象徵瀨戶內海的平靜海洋。去到東京第一次看見太平洋時我也曾經感到不安，當時因為看見海浪實在高得嚇人，我還以為颱風即將來襲。

我在剛年滿紘子沒能夠迎接的十七歲時，曾經獨自來過這裡一次。那天，我把自己的家人身影投射到這片伊予海面。

瀨戶內海看起來風平浪靜，但多處會有湍急的潮流而形成具代表性的鳴門漩渦。因為多處形成漩渦，瀨戶內海才會幾乎不起浪，得以整體維持著平穩的狀態。

潮流正是促使海洋平穩的功臣。忽然察覺到這個事實時，我心想或許我們一家人的存在正是漩渦。因為存在著不少像我們這樣失敗的家庭，社會才得以維持平穩。

我知道這樣的說法缺乏一致性，但那天的我強烈地抱著這樣的想法。根本不可能有所有家庭都正常發揮功能的社會。如果不這麼想，我實在無法理解我們這些人存在於社會有何意義。

我原本擔心著不知道能不能在寬廣的海岸順利會合，結果發現海岸上幾乎不見人影。

「會不會是他們？」

一翔像在自言自語似地問道。開始染上淡淡橙色的岸邊，站著一對男女。

緩緩走近後，我先認出上原的身影。或許應該說，若不是上原站在旁邊，我有可能認不得在一旁的女人是自己的母親。

或許是生病的緣故，母親的外表改變之大，足以讓我認不得她。母親看起來比六十七歲的上原蒼老得多。我看見一個像駝背老太婆的女人，杵在原地不動。

「很高興看到妳們來。路途遙遠的，累壞了吧？」

順利會合後，上原立刻放大嗓門說道。上原使勁地摸著一翔的頭，一翔似乎很緊張，但努力地在臉上堆起笑容回應。

「你好。我是秋元一翔。今年五歲！」

一翔活力充沛地做了自我介紹，母親眼睛眨也不眨地凝視著一翔。

很快地，不自在的沉默氣氛瀰漫四周。上原試圖營造氣氛而積極開口說話，一翔也拚命地回應上原，無奈盡是無足輕重的對話。

在這之間，我沒有勇氣正視母親一眼，也沒感覺到母親投來視線。不過，一直沉默不說話也不是辦法。

「好久不見，媽媽。」

我下定決心地轉身面向母親。母親正拿著手帕拭淚。

「嗯，好久……真的好久不見了，陽向。」

「妳也跟這孩子說說話嘛。」

「嗯。你叫一翔對不對？你好，我是你的外婆惠梨香。」

「妳叫惠梨香啊？」

「是啊。」

「真的喔，跟花的名字一樣耶！我們幼兒園也有跟妳一樣名字的花，到了冬天的時候就會開出很漂亮的花喔！」

母親試圖忍住淚水。我很想知道母親哭泣的原因，是因為失去的存在過於龐大？還是為過去的暴行感到懊悔？

一翔很快地便與上原打成一片。上原像算準時間似的，對著一翔說：

「好！要不要我們兩個一起去玩水一下？」

「可以嗎？」

「嗯。我們讓媽媽她們兩個人單獨相處一下。」

「媽媽，我可不可以去海邊玩一下？」

「好啊，去玩吧！不過，不可以跳下去游泳喔！」

「好！」一翔笑容滿面地應道，跟著鬆開上原的手，朝向海邊奔去。我像是要把一翔的背影烙印在腦海裡似地目送一翔離去後，重新轉身面向母親。

「身體狀況還好嗎？聽說妳動了手術。」

母親淚流不停。相反地，我卻是相當冷靜。

「嗯，託妳的福，現在狀況非常好。」

「這樣啊，那很好。要不要去那邊坐一下？」

母親輕輕點頭。母親已經是個即將迎接五十歲的人，看見她身軀那麼弱小、那麼缺乏霸氣，我不禁感到心情低落。不過，心情低落肯定不是基於同情心。

我與母親兩人坐在沙灘的樹幹上，一起望著一翔他們。遠方的海面上浮著多座小島，還有無數艘的漁船。在那另一端的太陽，漸漸為大海染上紅色。右手邊可看見飛機起飛，左手邊則可看見無限延伸的海岸線。

這是我的故鄉景色。

我怎麼也無法從記憶裡刪除的景色。

我一邊這麼心想，一邊開口詢問母親：

「妳想了什麼？」

「咦……？」

「在監獄裡的十二年時間，妳都思考什麼度過日子？」

母親把身體縮成更小一團。從母親的氣息中，我感受到了她的緊張情緒。

「那當然是思考過很多很多事情。」

「比方說？」

「就是為什麼會變成那樣的狀況？我的人生到底在哪裡出了錯？我是不是其實有能力阻止那失控的場面？我都在思考這類的事情。」

「這樣啊，責任果然還是在別人的身上。」

「不是，我沒有那樣的想法。」

「沒關係的，我沒有要責怪妳的意思。我只是想知道妳想了些什麼而已。」

「就是那個……我一直在想自己做了很對不起人的事情。」

「對不起誰？」

「當然就是對不起那孩子。還有妳……」

「這樣啊。媽媽，妳知道嗎？我一直無法原諒自己。」

「咦？」

「我覺得是我殺死了紘子。這樣的想法一直在我腦中揮之不去。我內心滿是後悔，也做了反省。我覺得很痛苦，但就是無法原諒自己。我真的無法原諒自己。」

訴訟時母親直到最後都沒有承認自己有錯。母親會說出形式上的反省話語、道出形式上的懊悔話語，但還是持續原諒自己直到最後。「我沒有殺意。我很愛紘子小姐。」我一輩子也不會忘記聽到母親這麼說時，自己有多麼地憤怒以及絕望。

「妳不需要有那樣的想法。」

母親的聲音微微顫抖著。

「為什麼？」

「這還用問嗎？責任不可能在妳身上。」

「那這樣，到底是誰的責任？」

「這……就是我和──」

「妳和誰？」

「沒有，抱歉。是我的責任。不過，我也是──」

「妳也是怎樣？」

「我也是一路過得很辛苦。一路來，我以自己的方式很努力地在過日子。我不需要其他人的理解，但只有妳，我希望妳至少能夠理解這點。」

說罷，母親崩潰地掩面痛哭。我真的沒有要責怪母親的意思。事到如今，我也不會想要母親扛起罪名。同時，我也不覺得母親可憐。這個人還是一樣，什麼都沒變。她只是換成在高牆的另一端，度過十二年的歲月而已。

母親以前是個美女。小時候我還曾因此感到自豪。然而，當時的光輝如今已蕩然無存。

母親一直哭個不停，但我的內心沒有萌生同情。我露出苦笑，用著像在宣告的語調開口說：

「這次是個女孩。」

我無意識地摸起自己的肚子。

「咦？抱歉，妳說什麼？」

「我是在說即將出生的孩子。媽媽，妳不會很在意嗎？妳不會很在意我現在過著什麼樣的生活嗎？」

「可是，嗯……上原先生有跟我提到過妳的狀況。」

「我是在問妳不會在意嗎？」

「會啊，我當然會在意啊。」

「媽媽，我現在過得非常幸福。發生那事件後的這十四年來，我一心只想著要讓自己變得幸福。因為保護我活下來的所有人都強烈要求我這麼做。我一直無法原諒自己，覺得痛苦難耐……不過，每次因為這樣而覺得活著讓人感到絕望時，我就會拚命要求自己設法變得幸福。因為我覺得只有這麼做，才有臉去面對紘子。多虧有這樣的想法，我現在真的非常幸福。我不想讓任何人奪走我的幸福。我擁有很多絕對不想讓任何人去碰觸的寶貴存在。」

我告訴自己絕對不要讓語氣變得帶有譴責的意味，也告訴自己絕對不能哭。然而，不論是前者或後者，我都沒能夠如願做到。等到察覺時，我已經在譴責母親，也已經潸然淚下。

比起我，母親更是哭得哀痛欲絕。母親無力地垂著頭哽咽，哭聲大得響遍四周。

一翔在水邊一臉擔心的表情看向這方。我揮揮手告訴一翔不用擔心，靜靜地等待母親停止哭泣。

在那之後，母親持續放聲哭了將近十分鐘。眼前的景色逐漸泛起橙色光芒。以前這片景色有這麼美麗、這麼豐富多采嗎？

母親慢慢抬起頭。從她的目光裡，明顯看得出帶著決心。

「我今天之所以會想跟妳見面，只有一個原因。」

我瞬間挺直背脊。我沒有做出回應，抱著祈禱般的心情等待母親接下來的話語。
母親毫無顧忌地一口氣說了出來。
「短時間……真的只要一小段時間就好，希望妳可以照顧我。」
母親果然還是原本的那個母親。到最後，母親什麼也沒有改變。
我終於能夠確實對這個事實感到絕望。
我終於能夠確實讓自己一直不原諒母親。
不論對方再怎麼令人失望，還是會抱以期待，當期待落空時就會感到絕望。紘子到臨死之前，還是一直原諒這個人。不過，我做不到。
因為這女人正是我的母親，所以我做不到。
我很自然地笑了出來。
母親拚命地說個不停：
「我只有妳可以依靠。從以前就是這樣，只有妳才是我的希望。我不會想跟愛華或麗央聯絡。所以，拜託妳好嗎？真的只要照顧我到生活步上軌道就好。希望妳可以照顧我，我絕對不會帶給妳困擾的。拜託妳，陽向。求求妳！」
母親對著我深深低下頭。像在強調自己才是被害人、自己才是悲劇女主角的態度，以及過去一直束縛我的討人情口吻。我有種一旦放下戒心，就會瞬間被母親以鎖鏈綑綁住的感覺。
我毅然決然地搖了搖頭，藉此動作斬斷了鎖鏈。

「媽媽，我完全沒有這樣的打算。」

「拜託妳，陽向！不要丟下我不管！我只有妳可以依靠。上原先生也跟我說要好好跟妳低頭道歉——」

「不是這樣子的。媽媽，妳完全想錯了。我今天是為了斬斷一切才會來這裡。我直接說好了，我看見的景色跟妳截然不同。就算妳這樣向我低頭求情，我也毫無感覺。我已經不會再被任何東西束縛。我不是特地來說要照顧妳的。」

母親戰戰兢兢地抬起頭。我再怎麼堅定，還是忍不住聲音顫抖，也感到不安。不過，背後有股力量支撐著我，也就是紘子過去曾對我說過的話。

我終於懂了……我不由得就快這麼脫口而出。原來是這麼回事啊，現在我總算明白紘子的意思了。

我耳裡重新響起紘子在那天晚上所說的話。

「妳現在還聽不懂也沒關係。不過呢，妳要好好記住一點，妳的人生不是為了某人而存在。絕對不要把自己必須生存下去這件事怪罪到某人的頭上。妳的人生只屬於妳自己。就這件事絕對不能讓任何人，也不能讓媽媽插手干涉。」

紘子在背後推了我一把。為自己的人生而活、不要怪罪到某人的頭上；母親自身想要擁有的人生不就是這樣的人生嗎？

我拚命地抽著鼻子。

「男人並非全都是敵人。我身邊有很多男人支持我。因為他們，我才能夠好好活著走到現在。」

「陽向……？」

「我打算離開日本。跟我的丈夫、兒子，還有肚子裡的女兒四個人一起離開。」

「咦……？」

「她叫明日花。」

「什麼？」

「我肚子裡的女兒名字。明日之花的明日花。當然了，我想到了妳。不過，我腦中只描畫了明亮的未來，而不是過去。」

我從正面直直看著母親啞口無言的一張臉，在最後依舊斬釘截鐵地說：

「所以，媽媽，今天會是我最後一次跟妳見面。我今天只是來告訴妳這件事而已。」

淚水如泉水般不斷湧出。明明如此，我的心情卻是比過去任何一天都來得開朗。我相信自己的臉上肯定也綻放了笑容。

「我會爬出螺旋梯。讓我來斷絕那個家的漩渦。」

當然了，這個斷絕不會帶來絕望。

「媽媽，我不會再把任何事情怪罪到妳的頭上。」

只限於我們母女、唯獨對這個家庭而言，斬斷關係反而能帶來莫大的希望。

「未來我也會不找藉口地讓自己的人生走到底。媽媽，請妳也盡全力面對自己的人生。」

母親瞪大著眼睛。我告訴自己要去相信，相信母親已經察覺到是什麼束縛著我、束縛著我們。我們總算發現了那東西的真實樣貌。

一翔朝向這方奔來的身影映入眼簾。

我仰頭看向天空，急忙擦拭淚水，但一翔還是察覺到了異狀。

「妳們怎麼兩個人都在哭？有誰欺負妳們嗎？」

我不由得與母親互看一眼。我一邊反覆揉著眼睛，一邊緩緩站起來。

我摸著乖乖待在肚子裡的明日花，開口說：

「每次到了八月，我就會覺得聞到媽媽的味道。」

八月總會飄來母親的味道。

十三歲時被迫分開、十四年沒見到面的母親味道。

「我的味道……？」

母親歪著頭問道，臉上依舊是迷惘的表情。

一翔回答了母親。

「啊！我知道！是陽光的味道對不對？媽媽身上會有陽光的味道！真的很不可思議喔！」

這次我真的忍不住噗哧笑了出來。原來不是血腥味，而是陽光的味道。一翔早已認知到我今天才總算得知的事實。原來我身上也散發出與母親一樣的味道啊！

我抓著一翔的頭胡亂摸了一陣後，大大地張開手臂。

一翔也調皮地模仿我的動作。

大海閃耀著金色的光芒，浮在海面上的一切全化為太陽的影子。

我第一次發現這片海洋的空氣如此地輕盈。

我保持大大張開雙手的姿勢，讓漸漸西沉的八月陽光灑落全身。

我深深吸入一口氣，讓自己牢牢記住母親的味道。

謝辭

由衷感謝井上誠二先生、井上典子小姐、相中勇貴先生等所有協助我完成本書寫作的朋友，謝謝大家！

作者

〈瀬戸の花嫁〉

OT：瀬戸の花嫁

OA/OC：山上路夫/平尾昌晃

OP：Watanabe Music Publishing Co. Ltd.

SP：Universal Ms Publ Ltd

國家圖書館出版品預行編目資料

八月之母 / 早見和真作 ; 林冠汾譯 . -- 一版 . --
臺北市 : 臺灣角川股份有限公司 , 2023.03
面 ; 公分
譯自 : 八月の母
ISBN 978-626-352-450-7(平裝)

861.57 112001741

八月之母

原著名＊八月の母

作　者＊早見和真
攝影・日版設計＊鈴木成一設計室
譯　者＊林冠汾

2023 年 3 月 27 日　一版第 1 刷發行

發 行 人＊岩崎剛人
總　　監＊呂慧君
總 編 輯＊蔡佩芬
主　　編＊李維莉
美術設計＊李曼庭
印　　務＊李明修（主任）、張加恩（主任）、張凱棋

台灣角川

發 行 所＊台灣角川股份有限公司
地　　址＊104 台北市中山區松江路 223 號 3 樓
電　　話＊（02）2515-3000
傳　　真＊（02）2515-0033
網　　址＊http://www.kadokawa.com.tw
劃撥帳戶＊台灣角川股份有限公司
劃撥帳號＊ 19487412
法律顧問＊有澤法律事務所
製　　版＊尚騰印刷事業有限公司
I S B N＊ 978-626-352-450-7